DUMONT

Venedig: Journalist Jeff Atman soll von der Biennale berichten. Obwohl er die Kunstwelt verachtet, stürzt er sich ins Partyleben. Dort trifft er auf Laura, die ihn sofort in ihren Bann zieht. Er weiß, er muss sie wiedersehen, doch sie will auf den Zufall setzen: Treffen sie sich wieder, ist es Schicksal – wenn nicht, dann soll es so sein.

Varanasi: Eine Reisereportage hat den Ich-Erzähler in die indische Pilgerstadt geführt. Wer hier stirbt, soll das Rad der ewigen Wiederkehr verlassen können. Der Journalist taucht ein in die Straßen Varanasis, er sieht brennende Leichen am Ufer des Ganges, trifft auf westliche Aussteiger und indische Straßenkinder, auf heilige Männer und heilige Kühe. Die Stadt verschlingt ihn und will ihn nicht wieder hergeben.

Mit dieser grandiosen Zusammenführung zweier mythenbeladener Orte aus West und Ost zeigt Geoff Dyer, warum er in seiner Heimat zu den ganz Großen zählt. Mit unwiderstehlichem Witz und einzigartiger Beobachtungsgabe setzt er seine Figuren dem Geist dieser Orte aus, bis sie merken: Wohin man auch geht, eins hat man immer im Gepäck – sich selbst.

Geoff Dyer ist der Autor mehrerer preisgekrönter Romane und Sachbücher, darunter die viel gerühmte Jazz-Studie ›But Beautiful‹, ›Zona‹, eine Verneigung vor Andrej Tarkowskij, und ›Another Great Day at Sea‹ über seinen Aufenthalt auf dem Flugzeugträger USS George H. W. Bush. Der u. a. mit dem Lannan Literary Award, dem E. M. Forster Award und dem Windham Campbell Prize for Nonfiction ausgezeichnete Schriftsteller lebt zurzeit in Los Angeles. Bei DuMont erschien zuletzt ›Aus schierer Wut‹ (2016).

GEOFF DYER

SEX IN VENEDIG

Roman

TOD IN VARANASI

Aus dem Englischen von Matthias Müller

DUMONT

Von Geoff Dyer ist bei DuMont außerdem erschienen:

Aus schierer Wut

Papier aus verantwortungsvollen Quellen
FSC® C083411

November 2016
DuMont Buchverlag, Köln

Die englische Originalausgabe erschien 2009 unter dem Titel
›Jeff in Venice, Death in Varanasi‹ bei Canongate Books, London.

Umschlaggestaltung: Brian Barth, Berlin
Gesetzt aus der Garamond
Druck und Verarbeitung: CPI books GmbH, Leck
Gedruckt auf säurefreiem und chlorfrei gebleichtem Papier
Printed in Germany
ISBN 978-3-8321-6392-1

www.dumont-buchverlag.de

»Für jeden Schritt war die Spur schon da.«

Roberto Calasso

»Riesige Mauern & Türme & Felsen & Balkone –
ein Prospekt entlang der Biegung des Flusses
wie Venedig entlang des Canal Grande
oder von der Giudecca aus gesehen – schließlich
zum brennenden Ghat von Manikarnika …«

Allen Ginsberg, *Indisches Tagebuch*

ERSTER TEIL

Sex in Venedig

*»Leider war der Film nicht besonders erwähnenswert.
Und außerdem hat mir das Buch auch nie sonderlich gefallen.«*

Joseph Brodsky, *Ufer der Verlorenen*

*»Die Entmachteten, die Besiegten, die Enttäuschten,
die Verletzten oder sogar nur die Gelangweilten
haben dort anscheinend etwas gefunden,
das kein anderer Ort bieten konnte …«*

Henry James

Jeffrey Atman verließ an einem Juninachmittag des Jahres 2003, als es für einen kurzen Moment so aussah, als wäre die Invasion im Irak doch gar keine so schlechte Idee gewesen, seine Wohnung, um einen Spaziergang zu machen. Er musste hinaus aus der Wohnung, weil jetzt, da die anfängliche Erleichterung über den Gesamtzusammenhang verflogen war – Erleichterung darüber, dass Saddam seine nicht existenten Massenvernichtungswaffen nicht gegen London gerichtet hatte, dass die ganze Welt nicht in einen Flächenbrand gerissen worden war –, die unzähligen Irritationen und Frustrationen in den Einzelheiten umso heftiger wiederkehrten. Die Aufgabe, die er eigentlich vormittags hatte erledigen wollen, hatte ihn extrem angeödet; ein zwölfhundert Worte langes sogenanntes *Think Piece* (das null Denken seitens des Lesers erfordern sollte und kaum mehr von dem Verfasser, mit dem er aber irgendwie trotzdem nicht zurande kam). Es hatte ihn so sehr gelangweilt, dass er schließlich eine halbe Stunde lang nur auf die einzeilige E-Mail an den Redakteur gestarrt hatte, von dem er den Auftrag bekommen hatte:

»Ich kann diese Scheiße einfach nicht mehr machen. Gr. J.A.«

Der Bildschirm bot nur eine nüchterne Wahl: *Senden* oder *Löschen*. So einfach war das. Auf *Senden* klicken, und er hatte es hinter sich. Auf *Löschen* klicken, und er war wieder da, wo er angefangen hatte. Wenn es so leicht wäre, sich das Leben zu nehmen, gäbe es jeden Tag Tausende von Selbstmorden. Du stößt dir den Zeh auf dem Weg zum Bad. Klick. Du kleckerst dir beim Toastessen Marmelade auf den Ärmel. Klick. Es beginnt zu regnen, sowie du das Haus verlässt, und dein Regenschirm ist oben.

Was tun? Wieder raufgehen und ihn holen, ohne ihn losgehen und klitschnass werden oder … klick. Während er noch dasaß und auf die E-Mail starrte, beinahe im Begriff, sie abzuschicken, wusste er bereits, dass er es nicht tun würde. Der Gedanke daran, sie abzuschicken, genügte, um ihn davon abzuhalten. Anstatt also die E-Mail abzuschicken oder an seinem Artikel über eine ›umstrittene‹ neue Kunstinstallation am Serpentine weiterzuarbeiten, saß er da wie gelähmt und tat weder das eine noch das andere.

Um den Bann zu brechen, klickte er auf *Löschen* und verließ das Haus, als flöhe er vom Schauplatz irgendeines düsteren, noch unbegangenen Verbrechens. Er hoffte, frische Luft (wenn man sie so bezeichnen konnte) und Bewegung würden ihn wieder so weit beleben, dass er am Abend noch schnell diesen blöden Artikel erledigen konnte, um danach die letzten Vorbereitungen für seinen Flug nach Venedig am darauffolgenden Nachmittag zu treffen. Und wenn er dann in Venedig war? Dort musste er noch mehr von solchem Mist produzieren. Er sollte über die Eröffnung der Biennale berichten – das war in Ordnung, das war ein Kinderspiel –, aber dann hatte sich noch ein Interview mit Julia Berman ergeben (oder zumindest ein wahrscheinliches Interview mit Julia Berman), und jetzt musste er nicht nur über die Biennale schreiben, sondern sie auch noch überreden, sie anbetteln, anflehen (und sich generell erniedrigen), ein Interview zu geben, das im Endeffekt nur weitere kostenlose Werbung für das demnächst erscheinende Album ihrer Tochter wäre und zum ohnehin schon überblähten Renommee von deren Papa, Steven Morison, dem notorisch überschätzten Künstler, beitragen würde. Und dann sollte er sie auch noch überreden, *Kulchur* die Exklusivrechte für die Veröffentlichung einer Zeichnung zu überlassen, die Morison von ihr gemacht hatte, einer bislang unveröffentlichten Arbeit, die niemand bei *Kulchur* je gesehen hatte, doch die aufgrund der Angst, dass ein Konkurrenzblatt ihrer habhaft werden könnte, den Status eines seltenen und wertvollen Artefakts erworben hatte. Was die Bestandteile dieses Arrangements jeweils für einen Wert hatten, war völlig irrelevant. Entscheidend war, dass hinsichtlich Marketing und Publicity (oder aus verlegerischer Sicht Auflage und Werbung) eine optimale Planetenkonstellation vorlag. Er musste sie interviewen, er brauchte das Bild und das Recht, es abzudrucken. Mannomann …

Eine Frau, die ein Kind im Buggy vor sich herschob, warf ihm schnell einen Blick zu und sah noch schneller wieder weg. Wahrscheinlich war es wieder einmal passiert – er hatte diese Angewohnheit, nicht direkt laut mit sich selber zu reden, sondern die Worte mit dem Mund zu formen, als eine unbewusste Lippensynchronisierung des reißenden Stroms von Klagen, der ständig durch seinen Kopf stürzte. Er hielt den Mund fest geschlossen. Er musste damit aufhören. Von all den Dingen, mit denen er aufhören oder anfangen musste, stand dieses hier ganz oben auf der Liste. Aber wie hört man mit etwas auf, wenn man gar nicht merkt, dass man es überhaupt tut? Es war Charlotte gewesen, die ihn darauf aufmerksam gemacht hatte, als sie noch zusammen gewesen waren, aber wahrscheinlich hatte er es da schon seit Jahren getan. Gegen Ende hatte sie sein stummes Karaoke nur noch als »es« bezeichnet. »Da ist es wieder«, sagte sie dann, »du machst es schon wieder.« Am Anfang war es ein interner Scherz gewesen. Später, wie alles in einer Ehe, war es plötzlich kein Scherz mehr, sondern wurde zu einem Zankapfel, einem Problem, einem Anlass von Verstimmung, zu einem der vielen Dinge, die das Leben auf dem Planeten Jeff – wie sie die unbewohnbare Einöde ihrer Ehe bezeichnete – unerträglich machten. Er hatte ihr immer entgegengehalten, sie wolle einfach nicht begreifen, dass das Leben auf dem Planeten Jeff auch für ihn unerträglich war, und zwar noch mehr als für alle anderen. Worauf sie stets zur Antwort gab, genau darauf wolle sie hinaus.

Gegenwärtig gab es niemanden in seinem Leben, der ihn darauf aufmerksam machte, dass er hier auf offener Straße seine Gedanken lautlos vor sich hin murmelte. Es war eine sehr schlechte Angewohnheit. Er musste damit aufhören. Aber es war gut möglich, dass er, während er die Straße entlangging, stumm die Worte murmelte: »Das ist eine sehr schlechte Angewohnheit, ich muss damit aufhören, es ist sogar gut möglich, dass ich, während ich die Straße entlanggehe, stumm diese Worte …« Er drückte die Lippen fest aufeinander, um diesen Gedankengang abzuschalten. Diese Angewohnheit, Worte stumm mit den Lippen zu bilden, konnte er sich nur abgewöhnen, wenn er sich abgewöhnte, die Worte *in seinem Gehirn* zu bilden, sich abgewöhnte, die Gedanken zu haben, die die Worte bildeten. Wie machte man das? Es war ein größeres Unterfangen, das gehörte zu den Dingen, die man in einem Ashram erledigte, nicht kosmetisch im Schönheitssalon um die Ecke. Früher oder später wird sich alles, was im Innern vor sich geht, äußerlich manifestieren. Das Innere wird veräußerlicht … Er rang sich ein Lächeln ab. Wenn er sich nun angewöhnen könnte, ständig so zu lächeln, sodass sein Gesicht in Ruhestellung fröhlich aussah, dann könnte vielleicht das Äußere verinnerlicht werden, könnte er allmählich innerlich strahlen. Es war nur so anstrengend, ständig so zu lächeln. Sowie er sich nicht mehr bewusst auf das Lächeln konzentrierte, verfiel sein Gesicht wieder in seine übliche nichtstrahlende Norm. »Norm« war sicherlich das treffende Wort. Die meisten Passanten wirkten zu Tode betrübt. Viele machten ein Gesicht, als hätte ihre Seele schlechte Laune. Vielleicht hatte Alex Ferguson ja recht, vielleicht hieß die einzige Antwort, wie ein Wilder Kaugummi zu kauen. In dem Fall bot sich die Lösung auch gleich in der Gestalt eines Zeitungsladens.

Hinter der Theke stand eine junge Inderin. Wie alt? Siebzehn? Achtzehn? Aber bildschön und mit einem strahlenden Lächeln, ungewöhnlich für Leute ihres Fachs. Vielleicht fing sie ja gerade erst an, gönnte sich eine Auszeit von ihrer Kollegstufe oder wie man das heutzutage nannte, vertrat ihren grantigen Vater, der zwar wenig Englisch sprach, sich aber so vollständig an die britische Lebensart angepasst hatte, dass er genauso sauer aussah wie jemand, dessen Vorfahren mit den Normannen herübergekommen waren. Die Begegnungen mit diesem, so kurz sie auch sein mochten, nahmen Atman immer ziemlich mit, weil der Kerl es immer schaffte, jedes Gefühl von Wohlbefinden aus ihm herauszusaugen, das er beim Betreten des Ladens noch verspürt haben mochte. Obwohl es schwerfiel, die Gewohnheit zu unterdrücken, »Bitte« oder »Danke« zu sagen, griff sich Jeff als Vergeltung, als Protest gegen die Weigerung des Burschen, die einfachsten Höflichkeitsregeln einzuhalten, die Waren – die Zeitung, einen Schokoriegel – und hielt dem Mann das Geld hin, ohne ein Wort zu sagen. Doch heute war das ganz anders. Jeff gab ihr eine Pfundmünze. Sie gab ihm das Wechselgeld zurück, begegnete seinem Blick und lächelte. Noch ein paar Jahre, dann würde sie kaum mehr darauf achten, wen sie gerade bediente, würde nur kurz aufblicken, nach dem Geld grapschen und nicht versuchen, die Begegnung zu irgendetwas zu machen, das über die unbedeutende finanzielle Transaktion, die sie letztendlich war, hinausging. Aber im Moment hatte es etwas ganz Zauberhaftes. Es war so einfach, Menschen (d.h. Jeff) dabei zu helfen, ihrem Leben (d.h. sich selbst) positiver gegenüberzustehen, so einfach, die Welt ein klein wenig besser zu machen. Das Rätselhafte war, dass so viele Menschen – und oft genug gehörte er selbst zu ihnen –

sie lieber schlechter machen wollten. Er verließ den Laden fröhlicher, als er hereingekommen war, von ihr verzaubert, sogar ein wenig erregt. Vielleicht nicht direkt erregt, aber neugierig. Neugierig, was für Unterwäsche sie wohl unter dem T-Shirt und den tief sitzenden Jeans trug – vermutlich genau die Denkart, die vielen in der muslimischen Gemeinschaft – der *sogenannten* muslimischen Gemeinschaft – als Rechtfertigung für den Vollschleier diente. Einige Tage zuvor hatte er irgendwo gelesen, dass die britischen Muslime die Verbittertsten, Verdrossensten und generell Unzufriedensten von ganz Europa seien. Was sollte also dieses Gerede von wegen, Muslime müssten sich in die britische Gesellschaft integrieren? Die Tatsache, dass sie so stinksauer waren, war ein Zeichen tiefgehender Assimilation. Was könnte es für einen überzeugenderen Beweis geben?

Während er über dieses bedeutende Thema grübelnd an seinem Schokoriegel knabberte – im letzten Moment hatte er sich für Schokolade statt Kaugummi entschieden –, ging Jeff weiter zu Regent's Park. Die Tatsache, dass er an dieser Stelle hätte nach Hause und zurück an die Arbeit gehen sollen, bedeutete, dass er weiterging, unter dem dickdunstigen Himmel quer durch den Park lief und dann die Marylebone Road überquerte.

Als absolutes Gewohnheitstier war Atman darauf programmiert, sowie er den Fuß in die Marylebone High Street setzte, zur Patisserie Valerie's zu gehen und einen schwarzen Kaffee mit heißer Milch und einem Mandel-Croissant dazu zu bestellen – obwohl er jetzt weder das eine noch das andere wollte. Gewöhnlich kam er morgens hierher, aber jetzt, in der nachmittäglichen Flaute, war es zu spät für Kaffee, zu früh für Tee (tatsächlich war es die Tageszeit, zu der niemand irgendwas wollte) und viel zu spät, um die Zeitung zu lesen – die er Stunden zuvor besonders gründlich gelesen hatte, um die Arbeit an seinem blöden »Think

Piece« hinauszuschieben. Zum Glück hatte er ein Buch dabei, das ihm Gesellschaft leistete, Mary McCarthys *Venedig*. Er hatte es zum ersten Mal vier Jahre zuvor gelesen, nachdem er von der Biennale 1999 zurückgekommen war, und hatte gerade damit begonnen, es – zusammen mit der üblichen Standardliteratur über Venedig – als Vorbereitung auf seinen zweiten Besuch erneut zu lesen. Sein Mandel-Croissant hatte die Größe und Farbe eines kleinen gebratenen Truthahns, und bis er sich hindurchgekaut hatte, hatte er den gesamten Abschnitt über Giorgiones *Das Gewitter* durchgelesen.

McCarthy meinte, es gebe in der Renaissance »eine neue Melancholie in der chronischen Muße« des Adels. Ließ sich eine ähnliche Melancholie unter den müßigen Damen der Marylebone High Street feststellen? Offenbar nicht. Wie alles andere auch, hatte sich die Muße mit der Zeit verändert, sich beschleunigt. Also hatten diese Ehefrauen von Investment Bankern und Hedgefonds-Managern tatsächlich eher etwas Dringliches an sich in der Art, wie sie die kurze Pause zwischen dem Lunch und dem Abholen ihrer Kinder vom Lycée oder der amerikanischen Schule angingen. Sie hatten die Lektion der Muße gelernt, nämlich wie wichtig es war, Dinge zu ersinnen, sodass gar keine *Zeit* blieb, unglücklich zu sein. Damals in der Renaissance häufte sich die Zeit an, ohne zu verstreichen, sodass plötzliche Gewitter immer und ewig kurz davor waren, loszubrechen. Daher die Melancholie, die »Giorgiones Bilder durchströmt, ein Atem der Unruhe, gerade zu schwach, um das Laub der Bäume zu bewegen … Es ist die absolute Fixiertheit seiner Szenen, die diesen seltsamen Eindruck erzeugt.«

Atman hatte das Gemälde 1999 nicht gesehen, aber es war eines der Dinge, auf die er sich dieses Mal am meisten freute (wenn er die Zeit dazu haben würde): *Das Gewitter* zu sehen, das Gemälde – und die Stadt – mit dem zu vergleichen, was McCarthy darüber geschrieben hatte.

Vollgestopft mit Gebäck, angespannt vom Kaffee, verließ er Valerie's und stöberte ein bisschen im Bücherladen von Oxfam herum, alles Bestandteil eines normalen Spazierganges auf der Marylebone High Street. Völlig ungewöhnlich war allerdings, dass er vor der Schaufensterscheibe eines teuer aussehenden Coiffeurs stehen blieb und hineinsah. Er hatte noch nie mehr als zehn Pfund (einschließlich Trinkgeld) bezahlt, hatte sich seit dreißig Jahren, seit dem Unisex-Fimmel Mitte der Siebziger, die Haare nie woanders als bei einem normalen Friseur schneiden lassen, und vor allem *musste* er nicht zum Friseur. Und doch öffnete er die Tür, trat ein, tat die ersten Schritte, um etwas zu tun, was er schon seit Jahren überlegt hatte: sich die Haare färben zu lassen. Lange Zeit hatte er graue Haare als ein Symptom betrachtet, ein Synonym für innere Tristesse, und es entsprechend als unvermeidlich akzeptiert – aber das würde sich jetzt alles ändern. Er schloss die Tür hinter sich. Im Geschäftsraum roch es angenehm nach Haarpflegeprodukten, und die Ausstrahlung war eher konservativ und gediegen – nicht die Art von Etablissement, in dem man als hoffnungslos bürgerlich abgestempelt wurde, wenn man sich die Haare in einer anderen Farbe als Orange oder Knallrot färben lassen wollte. Es hatte beinahe die Atmosphäre einer Klinik oder einer Kureinrichtung. Ein Mann mit formlosem braunem Haar – war es eine subtil suggestive List, dass Friseure so häufig aussahen, als müssten sie dringend zum Friseur? – fragte, ob er einen Termin habe.

»Nein, hab ich nicht. Aber vielleicht haben Sie ja jetzt gerade Zeit?«

Er warf einen Blick auf das schwere, abgewetzte Terminbuch, eine Art Reichsgrundbuch der Haarwelt.

»Waschen und schneiden?«

»Ja. Und könnte ich vielleicht …« Er war verlegen wie jemand aus einem Fünfziger-Jahre-Roman, der Pariser kauft. »Wäre es vielleicht möglich, sich die Haare färben zu lassen?« Der Typ, der bis dahin nur marginal interessiert gewirkt hatte, war mit einem Mal mehr bei der Sache.

»Ja«, sagte er. »Färben ist eine Kunst, wie alles andere auch. Wir können es besonders gut. Wir können es so, dass es echt aussieht.«

»Das ist nach Sylvia Plath paraphrasiert, stimmt's?«

»In der Tat.« Ein Friseur, der Lyrik zitierte. Das war wirklich ein anspruchsvolles Etablissement. Oder vielleicht war so etwas in diesem Teil Londons auch Standard. Jeff hätte gern ebenfalls mit irgendeiner Anspielung gekontert, aber es fiel ihm auf die Schnelle nichts ein. Er erklärte, er wolle nichts allzu Radikales, es solle subtil sein.

»So wie das hier?«, fragte der Typ mit einem Lächeln.

»Wie was?«

»Wie meins?«

»Wow! Ja, genau.« Es war schwer zu glauben, dass seine Haare gefärbt waren – sie sahen durch und durch natürlich aus, er hatte sogar noch etwas Grau an den Schläfen. Sie traten jetzt in ausführlichere Verhandlungen ein. Es würde ein Vermögen kosten, aber das Tolle war, dass Jeff in zehn Minuten – er habe Glück, sagte der Typ, es habe gerade jemand abgesagt – auf einem Stuhl säße, um sich die Haare ein klein wenig schneiden und färben zu lassen … »Diskret, sehr still«, dachte er, aber es war jetzt zu spät, um mit dieser Plath-Stelle zurückzuschlagen: Der Mann, der ihn begrüßt hatte, war offensichtlich eine Art Empfangschef. Das eigentliche Färben wurde von einer jungen Frau mit verschiedenen Piercings erledigt (Augenbraue, Nase, ein speichelglänzender

Zungenknopf), die es vorzog, schweigend zu arbeiten. Atman hatte nichts dagegen. Während er dasaß, beschäftigte ihn die Frage, welche Folgen es haben würde, wenn er gleich als ein Mann in die Welt hinaustrat, der sich die Haare färbte. So etwas tat man, wenn man nach Amerika auswanderte, irgendwohin ging, um ein neues Leben zu beginnen, wo niemand einen als den vormals Grauhaarigen kannte – aber er erfand sich in seinem eigenen Revier neu, in London, in der Marylebone High Street. Man wird unmerklich älter. Die Knie fangen an, merklich wehzutun. Sie werden nicht besser. Manchmal werden sie schlimmer und dann wieder besser, aber sie werden nie wieder so, wie sie vorher waren. Man akzeptiert allmählich, dass man's am Knie hat. Man passt seinen Gang an, um es zu kompensieren und die Schmerzen zu erleichtern, aber indem man das tut, schafft man die Voraussetzungen für Kreuzschmerzen. Das waren komplizierte Sachen, und manchmal waren sie unmöglich wegzukriegen. Und jetzt wurde mit einem dieser Symptome des Alterns – möglicherweise nicht dem schlimmsten, aber sicherlich dem sichtbarsten – kurzer Prozess gemacht, schmerzlos und schnell. So einfach war das. Man brauchte dazu nicht mehr als Geld und etwas Zeit. Abgesehen davon saß man einfach unter einer dieser Trockenhauben vom Mars, wartete, und man fragte sich, ob man lieber eine hellere Tönung hätte wählen sollen – oder eine dunklere. Oder vielleicht doch nur kürzen.

Der Augenblick kam, der Augenblick der Unwahrheit. Die Silberfolie wurde entfernt. Jeff wurde über das Becken nach hinten gekippt. Seine Haare wurden mit Shampoo gewaschen, das nach Mandeln duftete, und gespült. Dann wurde er in den aufrechten Modus zurückgekippt und im Spiegel mit seinen neuen Haaren konfrontiert. Nass glänzten sie schwarz wie die einer Figur aus *Thunderbirds*. Beim Trocknen hatte man das Gefühl, als würde man die umgekehrte Entwicklung eines Polaroidfotos beobachten. Das Schwarz verblasste allmählich zu einem überzeugenden Ton der Verjüngung. Es hatte geklappt! Seine Haare waren dunkel, ohne gefärbt zu wirken. Er sah zehn Jahre jünger aus! Er war von dem Ergebnis so begeistert, dass er eine Ewigkeit da hätte sitzen bleiben und sich bewundernd im Spiegel betrachten können. Er war es, aber auch wieder nicht: ein dunkelhaariger Er, ein plausibel jugendlich wirkender Er. Alles in allem waren das die am besten investierten achtzig Kröten seines Lebens gewesen. (Noch glücklicher hätte es ihn nur noch gemacht, wenn er sie als Spesen hätte zurückfordern können, als notwendige Vorbereitung und Recherche für die Biennale.) Und morgen würde er auf dem Weg nach Venedig sein. Das Leben war süß, viel süßer, als es drei Stunden zuvor gewesen war, als er das Haus verlassen hatte, um sich vor dem Schreiben eines dummen Artikels zu drücken – der noch geschrieben werden musste. Wenn das nicht gewesen wäre, wenn er nicht hätte zurückgehen und seinen dämlichen Artikel schreiben müssen, hätte er mit dem Gedanken gespielt, noch einmal zum Zeitungsladen zu gehen, um noch einen Schokoriegel zu kaufen und zu sehen, ob diese junge Inderin noch da war.

Wieder daheim, wieder an seinem Schreibtisch, nervte ihn ständig die ewige Frage: Wie lange konnte er diesen Kram noch machen? Ungefähr zwei Minuten am Stück, wie sich herausstellte, doch schließlich läpperten sich diese zweiminütigen Zuwächse – unterbrochen von E-Mails, die mit einem Ping hereinkamen und hinausgingen – zusammen. Herrgott, was für eine elende Art, sein Geld zu verdienen. In den alten Zeiten, als seine Haare von Natur aus diese – oder eine dunklere – Farbe gehabt hatten, war es aufregend gewesen, so ein Zeug zu schreiben, oder zumindest war es aufregend, es gedruckt zu sehen. Die Tatsache, dass seine gefärbten Haare die Zeit irgendwie zurückgedreht hatten, führte ihm vor Augen, wie wenig Fortschritte er in den dazwischenliegenden anderthalb Jahrzehnten erzielt hatte. Er machte immer noch denselben Schrott wie schon vor fünfzehn Jahren. Und leichter wurde es dadurch auch nicht, nur deprimierender. Wie immer hatte er große Mühe, auch nur entfernt in die Nähe der vorgeschriebenen Wortzahl zu kommen, und dann, nach reichlich Strecken, hatte er zu viele Worte und musste noch mehr Energie darauf verwenden, den Text auf die geforderte Länge zurückzukürzen (die im Endeffekt immer mehr war, als dann tatsächlich gedruckt wurde). Trotzdem, um elf Uhr war er fertig, hatte es geknackt, erledigt. Er feierte das mit Kamillentee – vor ihm lagen Tage schweren Trinkens – und dem Rest von *Newsnight*, erstaunt, wie *grau* Jeremy Paxmans Haare geworden waren.

Morgen würde er auf dem Weg nach Venedig sein ... Aber im Moment war er, weniger erhebend, auf dem Weg nach *Stansted.* In Anbetracht dessen, was erfahrungsgemäß alles schiefgehen konnte – gestrichene Verbindungen, Signal- und Weichenstörungen, Lok-Ausfälle –, hatte er reichlich Zeit für Verzögerungen eingeplant, aber diesmal gab es keine. Alles lief wie am Schnürchen, und er kam verfrüht am Flughafen an. Auf diese Weise bewerkstelligte es das störanfällige Verkehrssystem des Landes, unsere Zeit zu vergeuden, selbst wenn nichts schiefging. Vor ihm in der Check-in-Schlange stand Philip Spender, einer der Leiter der Gagosian Gallery, in seinem cremefarbenen Anzug – dem cremefarbenen Anzug, den er immer trug – und mit einer teuren Sonnenbrille oben auf seiner teuren Frisur.

»Jetset-Jeff! Was für keine Überraschung, dich hier zu sehen.«

»Gleichfalls, Phil.« Er starrte auf Jeffs Haare. »Du siehst gut aus.«

»Du auch.« Spenders Blick war immer noch auf seine Haare gerichtet. Jeff sah die Frage »Hast du dir etwa die Haare gefärbt?« in seinem Kopf brodeln, unfragbar zu dieser noch nicht alkoholisierten Tageszeit. Aber *irgendwann* würde er sie stellen; wahrscheinlich genau dann, wenn ein Höchstmaß an öffentlicher Peinlichkeit gewährleistet war. Sie hatten sich ein paar Abende zuvor gesehen, anlässlich Grayson Perrys Vernissage bei Victoria Miro, also muss der Kontrast zwischen vorher (grau) und danach (diskret ungrau) in Phils Augen besonders deutlich und wenig diskret gewesen sein. Sie klärten kurz ab, wo sie in Venedig übernachteten (ganz in der Nähe voneinander) und zu welchen Partys sie gehen würden (eine Menge Überschneidungen, aber Phil ging noch zu ein paar anderen, einschließlich einem ungeplanten, halb geheimen Kraftwerk-Gig, von dem Jeff nicht einmal gehört und auf den er eigentlich auch gar keine Lust hatte, der jetzt aber an ihm nagte). Das war er, der eigentliche Beginn der Biennale: Es ging bereits los mit der Party-Panik und dem Einladungsneid, mit der Angst, dass es bessere Partys gab, zu denen man nicht eingeladen war, eine höhere Vergnügungsstufe, von der man ausgeschlossen war. Wenn man erst einmal in Venedig war, verschärfte sich das noch. Man konnte auf einer Wahnsinnsparty sein, voller netter Menschen, umgeben von wunderschönen Frauen, reichlich Alkohol, restlos glücklich – aber ein Teil von einem befände sich in einem Zustand der Qual, weil da eine andere Party war, zu der man nicht eingeladen worden war. Da ließ sich auch nichts machen. Jeff war eigentlich kein Akteur in der Kunstwelt. Er war von gewisser Nützlichkeit, wenn es darum ging, für Galerien und Künstler Werbung zu machen, war aber als Person nicht von Bedeutung. Er war jemand, der relativ billig eingekauft werden konnte – ein paar Gläser Prosecco, ein asiatisch beeinflusstes Canapé –, zufrieden damit, die Begleitperson von jemand anderem zu sein, wenn ihm das Zutritt zu einer Party verschaffte, der ihm sonst verwehrt gewesen wäre. Er befand sich ganz unten in der Rangordnung, aber eine Menge Leute waren nicht einmal *Teil* der Rangordnung – und nicht jeder, der zum Check-in anstand, wollte zur Biennale. Da waren auch Familien kurz vor dem Ausrasten, Rucksackreisende und eine Gruppe rotgesichtiger Iren, die aussahen, als hätten sie nur zu dem Zweck Tickets gebucht, um ins Duty-free zu kommen.

»Weißt du«, sagte Phil, als könnte er seine Gedanken lesen, »Fliegen ist nicht mehr dasselbe, seit die Concorde eingemottet wurde.«

»Ganz recht.« Wo war das »ganz recht« bloß hergekommen? Das hatte er noch nie gesagt. Wahrscheinlich hatte er das aus dem Roman von John le Carré, den er ein paar Wochen zuvor gelesen hatte. Der Circus. Skalpjäger. Babysitter. Ganz recht. Vielleicht war Phil ein Spion, der für Gagosian arbeitete, aber insgeheim bei White Cube angestellt war. Und jetzt, da sich die Vorstellung von einem Doppelspiel in Jeffs Gedanken eingeschlichen hatte, kam ihm in den Sinn, dass Gagosian mit Sicherheit eine Party gab, zu der er nicht eingeladen worden war. Was war Spender doch für ein Arschloch, hier so mit ihm zu plaudern, in vollem Bewusstsein, dass seine Galerie eine Party geben würde, zu der Jeff auffallend uneingeladen war. Zum zweiten Mal in ebenso vielen Minuten schien Phil seine Gedanken zu lesen.

»Du kommst doch hoffentlich zu unserer Party?«

»Wann ist die denn? Ich glaube, ich habe keine Einladung gekriegt.«

»Am Freitag. Du hättest aber eine kriegen müssen. Ich habe höchstpersönlich deinen Namen auf die Liste gesetzt.« Typisch: Da dachte er, alle seien völlige Arschlöcher – feindliche Agenten –, und dann stellte sich heraus, dass sie aufmerksam und zuvorkommend waren. Das einzige Arschloch war Atman selbst, dass er so misstrauisch war, so bereit, von jedem das Schlimmste zu denken.

Phil klickte seinen schwarzen, spionage-ledernen Aktenkoffer auf. »Hier«, sagte er und überreichte ihm eine Einladung. »Nimm diese.«

»Danke.« Jeff musterte die Einladung, nahm das Logo des Sponsors – Moët, schön – und die Uhrzeit zur Kenntnis. Scheiße, das war genau zur gleichen Zeit wie die Australien-Party, die ihrerseits zur gleichen Zeit wie ein Dinner stattfand, das er abgesagt hatte, sowie die Australien-Einladung gekommen war. Das gehörte auch zum Biennale-Erlebnis: Nicht zu etwas eingeladen zu werden, war eine Quelle der Qual; zu etwas eingeladen zu werden, erhöhte die logistische Schwierigkeit, zu viel mehr Dingen gehen zu wollen, als man eigentlich Lust hatte. Ein weiteres Anzeichen, dass das Venedig-Erlebnis schon hier, in Stansted, begonnen hatte: Er und Spender warfen beide Blicke über die Schultern des anderen, um zu sehen, wer sonst noch dabei war. Jeff erkannte mehrere Leute in den verschiedenen Check-in-Schlangen, die Gefahr liefen, zu einer zu verschmelzen. Da war Mary Bishop von der Tate Modern, der beim Telefonieren und gleichzeitigem Kramen in ihrer Handtasche Feuerzeug und Pass herunterfielen. Der Mann neben ihr – Nigel Stein – bückte sich und hob alles für sie auf. Jeff winkte beiden zu. Wie er sich so umschaute, erkannte er sogar eine Menge der Leute, die sich alle umschauten und all den anderen Leuten zuwinkten, die sie kannten.

Obwohl es eine lange Schlange war, ging es zügig voran. Jeff konnte jetzt das Logo der Fluggesellschaft über dem Check-in-Schalter sehen und las, einigermaßen überrascht: »Air Meteor: Wir lassen einen fliegen!« Es war genau dieselbe Schriftart vor demselben gelben Hintergrund wie auf den übrigen Firmenschildern der Fluggesellschaft, aber keiner der anderen Schalter führte diese interessante Änderung. Als er näherkam, sah er, dass dieser Slogan über den existierenden geklebt worden war, aber so geschickt und schlau, dass es kaum auffiel. Angesichts dessen, wie schnell der Vorgang hatte vonstatten gehen müssen – Flughäfen waren heutzutage nicht gerade der günstigste Ort für subversive Guerilla-Aktionen oder künstlerische Scherze –, war das Ergebnis äußerst eindrucksvoll. Vielleicht war es sogar Bansky gewesen. Oder vielleicht war es sogar von der Fluggesellschaft geduldet worden, hatte man es im Geiste künstlerischer Zusammenarbeit und ironisierender Markenbewusstseinsoptimierung geschehen lassen. Wie auch immer, auf jeden Fall ein angemessener Kommentar. Fluggesellschaften wie Ryanair oder EasyJet versuchten, ihr Billigflieger-Image aufzumöbeln, Meteor dagegen sonnte sich in ihrem. Was man sah, war das, was man bekam. Genauer gesagt, was man *nicht* bekam. Dies war Billigfliegen an der Grenze des Möglichen. Sie hatten alles abgespeckt, was das Fliegen auch nur ein bisschen angenehmer machte, und übrig blieb das im Prinzip unangenehme Erlebnis, von A nach B zu gelangen, wobei B dann oft gar nicht in B lag, sondern in der benachbarten Stadt C oder gar im Land D.

Spender checkte erfolgreich ein. Als er den Schalter verließ, sagte er, man würde sich auf der anderen Seite sehen, als wären sie gerade im Begriff, den Styx zu überqueren. Jeff trat vor, überreichte seinen Pass, beantwortete die Fragen zur Sicherheit, sagte, er habe kein Gepäck zum Einchecken. Die Frau am Check-in bat darum, sein Handgepäck sehen zu dürfen. Er hob die kleinere der beiden Taschen, die er trug, und sie fuhr mit dem Check-in fort. Er wandte sich ab und steuerte auf Passkontrolle und Security zu, wobei er darauf achtete, die andere Tasche vor ihr zu verbergen. In Ermangelung eines größeren Ziels bestand sein Leben ausschließlich aus kleinen Triumphen und Erfolgen wie diesem. Er war darum herumgekommen, seine Taschen einzuchecken, was ihm am Zielort einen unermesslichen Zeitaufwand ersparte.

Das Boarding war ein kaum noch höfliches Gerangel, doch die Nachfrage nach einem Sitz vorn im Flugzeug war derart groß, dass es Jeff gelang, den Hauptpreis zu ergattern: einen Platz in der Notausgangsreihe. Er verstaute seine Taschen, von denen die eine kaum in das Gepäckfach über den Sitzen passte, lächelte seinem Nachbarn zu und schnallte sich in Erwartung einiger unbequemer, doch geselliger Stunden an. Die Maschine war voller Menschen, die sich bereits kannten, alle auf dem Weg zur Biennale. Er kam sich vor wie auf einem Schulausflug, der vom Kunstlehrer organisiert und von einer Reihe wohlwollender Brauereien teilfinanziert worden war.

Mit der Biennale betrat man ein Reich zauberhaften Exzesses. Champagner floss wie Brunnenwasser. Es kursierten Gerüchte, auf der Ukraine-Party gäbe es Kaviar im Wert von einhundertfünfzigtausend Dollar. Hier im Flugzeug war das natürlich ganz anders. Die Kosteneinsparungen waren erstaunlich, geradezu extravagant. Man hatte keine Kosten nicht gescheut. Das Streichen von kostenlosen Mahlzeiten und Getränken war bloß der Anfang. Man hatte bei den Uniformen der Flugbegleiter geknausert, bei Design und Firmenschildern am Check-in-Schalter, bei der Anzahl von Schriftzeichen auf der Bordkarte, mit der Menge von Schaumstoff und Polsterung in den Sitzen. Es war schwer vorstellbar, dass sie nicht auch bei der Sicherheit gespart hatten – wozu ein Rettungsfloß, wenn jeder wusste, dass man bei einer Notlandung auf dem Wasser sowieso am Arsch war? Offenbar hatten sie sogar beim Aussehen der Flugbegleiterinnen gespart.

Diejenige, die die Sicherheitshinweise gab, schien an der fliegerischen Version der Taucherkrankheit zu leiden. Keine Menge an Make-up – und da war einiges davon, angetrocknet wie die erste Schicht einer Totenmaske – konnte verbergen, dass jahrelanger Jetlag und Kabinendruck ihren Tribut gefordert hatten.

Doch was diesen speziellen Flug betraf, verlief alles nach Plan. Die Maschine beschleunigte, hob erfolgreich ab, begab sich nach Erreichen der Billig-Reisehöhe in eine horizontale Lage und würde, wenn nicht noch irgendetwas Katastrophales geschah, in weniger als zwei Stunden in Venedig (oder irgendwo in der Nähe) landen. Selbst ein Vielflieger, hartgesottener Querulant und Upgrade-Jäger wie Atman musste einräumen, dass die Zustände an Bord für die gerade mal zwei Flugstunden einigermaßen erträglich waren. Er kaufte eine Cola und eine kleine Rolle Pringles – »Könnte ich bitte eine Quittung bekommen?« – und nahm sich das Pressematerial über Julia Berman, Steven Morison und ihre Tochter Niki vor, das man ihm gestern per Fahrradkurier geschickt hatte.

Eigentlich nichts Besonderes. Die beiden hatten eine Affäre gehabt, sie war schwanger geworden und hatte das Kind allein großgezogen. Morison hatte etwas Geld beigesteuert, ansonsten aber sein Leben als global erfolgreicher Künstler fortgesetzt, das in der Hauptsache darin bestand, Bilder zu malen und, wenn ihm danach war, seine Modelle oder Studioassistentinnen zu bumsen; die letzte war kaum älter als seine Tochter, die mit zweiundzwanzig gerade ihre erste Platte rausbrachte (mit Cover-Art von ihrem berühmten Papa). Niki war bereits von *Vogue* interviewt worden, doch ein »seltenes« Interview mit der »öffentlichkeitsscheuen« Mama und dazu ein noch nie gezeigtes Bild, das käme einer journalistischen Sensation gleich. All das musste von Jeff persönlich eingefädelt werden, weil sich Julia Berman drolligerweise dem E-Mail-Verkehr verweigerte. (Wie Max Grayson, sein Redakteur bei *Kulchur*, gesagt hatte: »Du bist sowieso da, und es ist so ein einfacher Auftrag, dass nicht einmal du ihn versauen kannst.«). Sie war jetzt Mitte fünfzig; es gab – bereits seit Jahren – Gerüchte über eine demnächst erscheinende, ohne fremde Hilfe verfasste Autobiografie. Jeff sollte auch darüber mehr in Erfahrung bringen, wenn möglich.

Zu ihrer Zeit war Julia eine legendäre Schönheit gewesen, ein Sexsymbol, wie man früher gesagt hatte. Ihr haftete noch immer ein nostalgischer Glamour an, obwohl es eigentlich nichts Tragischeres gibt als diese alten Tussis, die ein Aussehen vermarkten müssen, das sich schon seit Jahren verflüchtigt hat. Jeff hatte schon einmal eine dieser zerbröckelnden Schönheiten interviewt, im Rahmen eines Auftritts beim Brighton Festival. Das Grauen! Wie sie sich rauchend durch ihr raustimmiges Repertoire klassischer Anekdoten hindurchgearbeitet hatte – das eine Mal, als sie auf LSD gewesen war und Hendrix in ihren Kamin gekotzt hatte!; als sie Fußballer George Best gefragt hatte, was er von Beruf sei –, während das Publikum höflich lauschte, geeint durch einen einzigen gemeinsamen unausgesprochenen Gedanken: würg! Sie hatte nicht mal irgendwelche Memoiren anzupreisen gehabt. Das Einzige, was sie der Öffentlichkeit mitzuteilen hatte, war die erstaunliche Tatsache, dass es sie immer noch gab. Traurig. Und was war dann Atman? Eine noch viel traurigere Figur natürlich, Stichwortgeber für ihre tollsten Anekdoten, ein Job, der mit einer Reisekostenerstattung und vier Getränkegutscheinen vergütet wurde. Wie sehr er auch andere Menschen verachtete – wenn er die Dinge mal bei Licht betrachtete, fand Atman sich selbst immer noch etwas verachtenswerter. Vor allem nachdem er darum gebeten hatte, einen anderen Festivalgast interviewen zu dürfen – Lorrie Moore, eine Schriftstellerin, die er nie kennengelernt hatte, aber deren Arbeit er liebte –, und dann hören musste, dass diese Position bedauerlicherweise bereits von jemand anderem besetzt war. Die Lektion war, dass er gerade noch für Tratsch und Klatsch taugte, doch für ernste Dinge ungeeignet war. Eher *FHM* als die Literaturbeilage der *Times*.

Wie so oft hatte der Akt des Lesens eine nagende innere Unzufriedenheit ausgelöst. Er blätterte weiter durch die Presseberichte und hielt bei Fotos von Julia inne, die offenbar – er musste bei der Bildunterschrift nachsehen – kein Geringerer als David Bailey gemacht hatte. Kein Zweifel, sie hatte sensationell ausgesehen. Geschmeidig wie ein Panther, mit überdimensionierten violetten Armreifen um die Handgelenke und einem Schlafzimmerblick, wie man das früher genannt hatte. Heutzutage hatte niemand mehr einen Schlafzimmerblick (der Ausdruck war beinahe so veraltet wie »wohlgeformte Beine«). Sie waren von den Schlafzimmerärschen und Schlafzimmertangas des neuen Zeitalters von *Loaded* und Internet verdrängt worden. Jeff hatte keine Ahnung, wie sie jetzt aussah. Sie war seit Jahren nicht mehr fotografiert worden – daher der letzte und verabscheuungswürdigste Teil seines Auftrags: Er sollte irgendwie heimlich ein intimes Foto von ihr schießen. Da wurde also auch noch von ihm erwartet, einen auf Paparazzo zu machen, ohne die Vorteile eines Tele-Objektivs, nur mit seiner eigenen kleinen Digitalkamera mit ihrem 4x optischen Zoom. Der größte Witz bei all dem – das, was ihn wirklich total runterzog – war, dass er auf einer gewissen Ebene als erfolgreich galt. Leute beneideten ihn um solche Aufträge. Und einer von denen, die ihn um solche Aufträge beneidete, war Jeff. Er meckerte und moserte, aber er hätte noch mehr gemeckert und gemosert, wenn er gehört hätte, dass irgendein anderer Schmierfink statt seiner diese verkappte Vergnügungsreise ergattert hatte. Zugegeben, was er schreiben musste –

ein sogenannter »Stimmungsbeitrag« –, war dröge, diese alte Ex-Promi in ihrem Miet-Palazzo aufsuchen, das war auch nicht so berauschend, aber Venedig zur Biennale – das war spaßig, das durfte man nicht verpassen.

Er stopfte die Ausschnitte in seine Mappe zurück, holte wieder *Venedig* hervor, döste beim Lesen ein und wurde von der Stimme des Flugkapitäns geweckt, der ankündigte, dass sie sich im Landeanflug auf Venedig-Treviso befänden. Nichts Besonderes dabei, aber als der Flugkapitän dann die Temperatur in Venedig durchgab – sechsunddreißig Grad –, konnte man hören, wie es allen in der Maschine den Atem verschlug. Sechsunddreißig Grad, das war *heiß*!

Die Passagiere nahmen an, dass da jemandem irgendein Irrtum unterlaufen sein musste, doch sowie sie über die vibrierende Treppe hinunter auf den Asphalt traten, erkannten sie, wie sehr sie selbst im Irrtum waren. Es war, als würde man mitten in einer Hitzewelle in Jamaika ankommen. Die Hitze löste unter den britischen Passagieren sogleich eine Art Hysterie aus – eine Mischung aus Fröhlichkeit und Grauen. Damit hatten sie nicht gerechnet. Einige hatten während des Fluges sicherlich Textmeldungen oder Anrufe von Freunden erhalten, die schon eingetroffen waren und durchgegeben hatten, dass es heiß sei, aber das hier war … Mann, das hier war *heiß*! Die Hitze prallte vom Asphalt ab. Die Luft waberte und brutzelte. Es war schwer, sich irgendeinen Ort auf der Erde vorzustellen, an dem es heißer war. Nicht einmal in Kairo konnte es so heiß sein.

Wie erwartet befand sich Venedig-Treviso alles andere als in der Nähe von Venedig – ein Grund mehr für Jeff, sich zu freuen, dass er als einer der Ersten durch den Zoll war. Er war dem Feld voraus, war ihnen allen zuvorgekommen, war bereit, sich abzusetzen. Doch wie sich herausstellte, war seine schlaue List, beide

Taschen mit in die Kabine zu nehmen, völlig zwecklos gewesen. Draußen stand zwar ein Bus, aber er war ausdrücklich für ihren Flug gechartert worden und fuhr erst ab, als alle ihr Gepäck abgeholt hatten, durch den Zoll gegangen und eingestiegen waren. Letztendlich verbrachte er eine geschlagene schweißgetränkte Stunde hin und her tigernd in einer Ankunfts-Lounge, die so groß war wie ein umgebauter Gartenschuppen und so heiß wie eine Sauna, bis der Bus, gerammelt voll mit Biennale-Besuchern, bereit war, im Kriechtempo zu der Stadt zu fahren, in der das Flugzeug nominell gelandet war. Jeff bekam einen Platz neben einer rothaarigen Frau, die er erkannte, aber an deren Namen er sich nicht erinnern konnte, eine Kuratorin vom Barbican, die während der gesamten Fahrt auf ihrem BlackBerry herumtippte. Aus Gründen, die sogar ihm selbst nicht ganz klar waren, besaß Jeff kein Mobiltelefon, geschweige denn ein BlackBerry – was bedeutete, dass er immer größere Teile seines Lebens in einem Zustand in der Schwebe gehaltener Nicht-Existenz verbrachte, während andere Leute Anrufe entgegennahmen, Berichte checkten und Kurzmitteilungen verschickten. Im Bus lesen ging nicht, und durch die Scheibe gab es nichts zu sehen. Er hatte sich danach gesehnt, dass der Flug endlich vorbei wäre. Jetzt sehnte er sich danach, dass die Busfahrt endlich vorbei wäre. Wann würde dieses Sehnen danach, dass etwas vorbei wäre, vorbei sein, damit er voll und ganz die Gegenwart behausen konnte?

Jedenfalls nicht, so stellte sich heraus, als die Fahrt endete, weil er sich nun mit seinen Taschen und in der Backofenhitze durch den mit Bussen vollgestellten Busbahnhof hindurchdrängeln musste. Es war, als befände man sich in der italienischen Version einer öligen, enorm demoralisierenden Kunstinstallation mit dem Namen *Dieses Fahrzeug fährt rückwärts*. Doch als er endlich ein Vaporetto an der Piazzale Roma bestieg, war er im richtigen

Venedig. Was es für einen Spaß machte, überall mit dem Boot hinzufahren – obwohl das Boot dann ebenso überfüllt war wie eine Londoner U-Bahn zur Stoßzeit. Nur dass diese Bahn den Canal Grande entlangschipperte, durch das Wunder von Venedig in der Abenddämmerung! Venedig im Griff einer wahnsinnigen Hitzewelle! Venedig, die Stadt, die nie enttäuschte und nie überraschte, der Ort, der genau so war, wie er sein sollte (nur heißer), absolut deckungsgleich mit dem ersten Eindruck eines jeden Touristen. Es gab kein wirkliches Venedig: Das wirkliche Venedig war – jetzt und seit aller Zeit – das Venedig der Ansichtskarten, Fotos und Filme. Kaum eine originelle Beobachtung. Es war das, was alle immer sagten, einschließlich Mary McCarthy. Sie war nur einen Schritt weitergegangen und hatte gesagt, mit Venedig verhalte es sich so, dass es unmöglich sei, etwas über Venedig zu sagen, das noch nicht gesagt worden war, *»einschließlich dieser Feststellung«*. Trotzdem, da war immer noch der Schock, dass solch ein Ort tatsächlich existierte, nicht nur in Büchern und Bildern, sondern in echt, mit der geballten Staffage von Venedigheit: Kanäle, Palazzi, Gondolieri, Vaporetti und alles. Eine auf Wasser gebaute Stadt. Was für eine unpraktische, doch wunderbare Idee. Jeff hatte zwar schon mehrere Schilderungen über den Bau der Stadt gelesen, doch es ergab immer noch keinen Sinn. Besser man dachte, sie sei einfach so erschienen, voll ausgeformt und bereits im Moment ihrer Gründung Hunderte von Jahren alt.

Es war beinahe dunkel, als er sich endlich aus dem Vaporetto hinauszwängte, bei Salute, der Haltestelle an seinem Hotel (fünf Minuten waren es zu Fuß, hatte man ihm gesagt), die aber dann alles andere als in der Nähe des Hotels war – oder zumindest war das Hotel, wenn es in der Nähe war, von dieser Haltestelle aus gänzlich unauffindbar. Wären nicht die Hitze, die schweren Taschen und der ständig wachsende Druck in seiner Blase gewesen, hätte es ihm gefallen, in der Nachbarschaft umherzuschlendern, doch Hitze und Taschen verhinderten, dass es ein nettes Schlendern wurde, und machten daraus eine erschöpfende Schlepperei in der Affenhitze. Da ihm im Labyrinth der Gässchen, Gewässer, Brücken und Plätzchen, die einander so sehr glichen, der Ortssinn versagte, dauerten die fünf Minuten Fußmarsch zwanzig Minuten. Als er schließlich durch Zufall darüber stolperte, war das Hotel an einem völlig anderen Ort, als es hätte sein sollen, und gleichzeitig genau da, wo es sein sollte. Jeff zeigte seinen Pass vor, während der Mann am Empfang eine Bemerkung über die unglaubliche Itze machte – Itze, die der Hotelpage zu lindern versuchte, indem er ihm auf einem blitzenden Silbertablett ein Glas Wasser brachte, das so kalt war, dass ihm die Zähne schmerzten.

Was für eine Erleichterung, endlich in seinem erfreulich überteuerten Zimmer angekommen zu sein (gebucht und bezahlt von der Zeitschrift *Kulchur*). Es lag im obersten Stock und hatte eine gewisse Aussicht – nicht auf die Lagune oder den Canal Grande, sondern auf die Dächer von Gebäuden wie dem, von dem er hinausblickte. Was für eine Erleichterung auch, dass es in einem minimalistischen Boutique-Stil eingerichtet war – weiße Laken, helles Holz – und nicht im Rokoko-Stil wie die meisten Hotelräume in Venedig. *Was für eine Erleichterung!* Es war eine dieser Phrasen, die ihm ständig durch den Kopf sirrten, Phrasen, die in der Musik Themen oder Motive gewesen wären, die sich durch eine Symphonie hindurchfädelten, verblassten, über lange Strecken verschwanden, aber schließlich immer wiederkehrten.

Wie das in Boutique-Hotels üblich war – und gab es ein anständiges Hotel in der Welt, das sich nicht als Boutique bezeichnen würde? –, waren verschiedene Bücher auf ästhetisch-angenehme Stellen im Zimmer verteilt worden. Natürlich waren es durchweg Bücher über Venedig. Das Zimmer war angenehm klimatisiert, nichts, was er normalerweise benötigte oder in Anspruch nahm, doch unter diesen Umständen war zumindest ein klein wenig Erholung von der mörderischen Hitze – der Itze, wie sie jetzt für ihn hieß – unentbehrlich. Leider war er schon spät dran für das Dinner, zu dem er erwartet wurde. Es wurde von der Zeitschrift *Modern Painters* veranstaltet, und obwohl es normalerweise empfehlenswert war, solche großen Dinners zu meiden – sie belegten einem fast den ganzen Abend –, war ihm dies als die ideale Art erschienen, um sich langsam in den Biennale-Betrieb einzugewöhnen. Nun, da war nichts mehr zu machen. Wenn er jetzt noch hinginge, käme er gerade noch rechtzeitig zum Nachtisch und könnte nicht wie geplant einen schnellen Abgang machen, um zur Island-Party in der Nähe des Campo Manin zu gehen (eine sehr begehrte Einladung: Björk wurde erwartet, würde vielleicht sogar auflegen). Er rief die Redakteurin auf ihrem Handy an, hinterließ eine Nachricht, entschuldigte sich, schob es aufs Flugzeug, auf den Bus, den Zeitunterschied. Er zog sich aus, duschte, wechselte Hemd, Unterwäsche und Socken, verließ das Hotel und nahm in der Trattoria ein paar Häuser weiter eine schnelle, einsame Mahlzeit zu sich – kümmerlichen Salat, Brot, das irgendwann einmal frisch gewesen sein mochte, hausgemachte Ravioli.

Der Portier hatte ihm versichert, wenn er mit dem Vaporetto zur nächsten Haltestelle fuhr, über den Canal Grande zur Santa Maria di Giglio, wäre es danach nur noch eine kurze Strecke zu Fuß bis zum Campo Manin. Und erstaunlicherweise hatte er recht. Jeff fand den Palazzo mühelos, kam zur perfekten Zeit an, gerade als die Party in Schwung kam. Aus dem Inneren wummerte anständig klingende Musik, doch da es immer noch über fünfundzwanzig Grad warm war, drängte sich alles draußen im

Hof zusammen. Er nahm von einem Kellner einen Bellini entgegen – seinen ersten der Biennale, aller Wahrscheinlichkeit nach der Erste von sehr vielen – und leerte das Glas in wenigen Zügen. Es war immer etwas unangenehm, auf solchen Massenpartys anzukommen, bevor man bekannte Gesichter sah, also tauschte er das leere Glas gegen ein volles, das Letzte seiner Art auf dem Tablett. Er hatte auch dieses beinahe hinuntergekippt, als er Jessica Marchant entdeckte, die eine Op-Art-Bluse à la Bridget Riley trug. Sie stießen ihre Gläser aneinander. Jeff machte ihr ein Kompliment zu ihrer Bluse und gratulierte ihr zu dem Roman, den sie einige Monate zuvor veröffentlicht hatte. Von den Leuten, die Jeff kannte, hatte etwa jeder Zweite ein Buch geschrieben, aber die meisten hatte er nicht einmal zu lesen versucht. Und die wenigen, die er doch begonnen hatte, hatte er größtenteils schon bald genervt wieder weggelegt, aber Jessicas hatte er mit ständig wachsender Bewunderung verschlungen. Es schien ihm ein gutes Omen zu sein, dass der erste Mensch, dem er in Venedig begegnete, jemand war, den er mit Lob überschütten konnte. Das Problem war nur, dass dies Jessica derartig in Verlegenheit brachte – hatte er zu sehr geschleimt? –, dass sie sofort den Spieß umdrehte und sich nach *seinem* langerwarteten Buch erkundigte.

»Ich hatte gehofft, das hätte jeder schon vergessen. Die Verlage eingeschlossen. Ich hab's einfach nie geschrieben.« Das war genauso ehrlich wie seine Bewunderung für Jessica. Man muss nur lange genug für Zeitungen und Zeitschriften schreiben, und früher oder später wird garantiert ein Verlag darauf kommen, dass irgendein Artikel, den man geschrieben hat, den Samen für ein mögliches Buch enthält. Ein Brief, der von *Esquire* weitergeleitet wurde, hatte zu einem Telefonanruf geführt, der hatte zu einem Mittagessen geführt, das hatte zu einem Vertrag über ein Buch geführt, das … Er verdrängte den Gedanken. Schon damals hatte er keinen Drang verspürt, ein derartiges Buch zu schreiben, hatte aber gehofft, dass der Vertrag und der Vorschuss – so winzig er auch war – ihn zwingen würden, es zu tun. Und so war es auch gewesen. Ungefähr einen Monat lang. Es folgten sechs angespannte Monate, bis er das Buchprojekt mehr oder weniger aufgab und wieder dazu überging, Unsinn für Zeitschriften zu schreiben. Als er hörte, dass sein Lektor den Verlag verlassen würde, beglückwünschte Jeff sich dazu, eine kleine Summe Geld gewissermaßen umsonst bekommen zu haben. Bis auf einen kurzen Anruf vom Nachfolger des Lektors schien niemand im Verlag irgendetwas von ihm zu erwarten. Und er hatte nicht einmal den Vorschuss zurückzahlen müssen. Perfekt. Der einzige Fehler, den er in dieser ersten Aufwallung von Begeisterung begangen hatte, war, herumzuerzählen, dass er an einem Buch schrieb. Daher das gegenwärtige Gespräch. Er erklärte, er habe aufgegeben, das Projekt eingestellt.

»Das kann ich gut verstehen«, sagte Jessica, »ein Buch zu schreiben, ist die Hölle.« Es gab so viele Leute, die einen, mit Absicht oder nicht, herunterzogen (viele hielten Jeff für so jemanden), aber bei Jessica fühlte man sich immer gut, einfach normal. Als hätte sie den Arm um ihn gelegt und gesagt, sie würden im selben Boot sitzen.

»Ja, oder?«, sagte er. »Ich verstehe wirklich nicht, warum trotzdem jeder eins zu schreiben scheint. Aber was machst du eigentlich hier? Schreibst du für irgendjemanden über die Biennale?«

»Für *Vogue*«, sagte sie. Tja, das war sicherlich einer der Gründe, warum man ein Buch schreiben sollte. Dann bekam man solche Gigs angeboten. Und sogleich mischte sich in Jeffs Bewunderung ein Gefühl von Neid, obwohl sie eigentlich, abgesehen von ein paar Details – Unterbringung, Honorar und Art des Artikels –, zum selben Zweck hier waren, im Prinzip dasselbe erlebten. Das war das Eigentümliche an der Biennale: Es war ein klar umrissenes Erlebnis, absolut fixiert, mit nur geringfügigen individuellen Abweichungen. Man kam nach Venedig, man sah sich jede Menge Kunst an, man ging auf Partys, man ließ sich volllaufen, man quatschte stundenlang dummes Zeug und kehrte mit einem multiplen Kater, Leberschaden, einem beinahe notizlosen Notizbuch und dem ersten Jucken eines Fieberbläschens nach London zurück.

David Kaiser, ein Filmemacher (d.h. ein Fernsehfuzzi), und Mike Adams, ein *Frieze*-Redakteur, gesellten sich zu ihnen. Jessica kannte sie auch beide. Der Kaiser war frisch aus Saudi-Arabien zurück, »einem wahrlich abscheulichen Land, durchaus einen Besuch wert, wenn auch nur um des Erlebnisses unüberbotener Abscheulichkeit willen.« Das Erlebnis, eine Woche lang ohne Alkohol auskommen zu müssen, hatte eine tiefe Wirkung auf ihn gehabt.

»Es war, wie in der Wüste zu sein und eine Fata Morgana zu sehen«, sagte er. »Alle paar Sekunden, egal was ich gerade tat, egal mit wem ich gerade redete, verlor ich den Faden. Ich sah immer nur ein großes Glas Bier vor mir. Das Klima verleitet natürlich sehr zum Trinken, und man darf es einfach nicht.« Mike und Jeff schüttelten voller Abscheu den Kopf und nickten voller Mitgefühl. Dies war offensichtlich eine Geschichte von der Sorte »Menschliches, Allzumenschliches«, obwohl es eigentlich um etwas ganz anderes ging. Es ging darum, dass der Kaiser entdeckt hatte, dass er Moslem war. »Jemand von der Polizei oder dem Komitee zur Förderung der Tugend sprach mich an. Er sagte nicht ›Salami Leikum‹ oder so was, nur: ›Hast du den Koran gelesen?‹ Ich sagte: ›Ja, habe ich.‹ Und er: ›Hast du ihn richtig gelesen?‹ Und ich: ›Ich denke schon, ja.‹ Und er wieder: ›Dann bist du ein Moslem. Gut.‹ Ende des Gesprächs. Unschlagbare Logik.«

»Und die ganze Zeit, während er mit dir redet«, sagte Mike, »kannst du nur an ein großes, kaltes Heineken in einem eisgekühlten Glas denken, stimmt's?«

»Nicht zwangsläufig ein Heineken. Manchmal auch ein Budvar.«

»Aber immer Lager? Nie ein richtiges Ale?«

»Es war zu heiß für richtiges Ale. Aber wir wollen uns nicht in Details verzetteln«, sagte er. »Hier geht es um den größeren Zusammenhang.«

»Wie viel größer kann diese Geschichte denn noch werden?«, witzelte Jeff.

»Das Entscheidende ist, dass ich erst nach Saudi-Arabien reisen musste, um mir darüber klar zu werden, dass ich seit alles in allem dreißig Jahren Bier liebe, und zwar wenn nicht leidenschaftlicher, dann auf jeden Fall beständiger als irgendetwas anderes in meinem Leben.«

Der Kaiser war sechsundvierzig, also klang das einigermaßen stimmig. Es gab jedoch keine Gelegenheit, länger bei diesem Glaubensbekenntnis zu verweilen. Entsprechend den Gesetzen der Soziophysik hatte die Vierergruppe begonnen, andere in die Umlaufbahn ihres Gesprächs zu ziehen: Melanie Richardson vom Institute of Contemporary Art, Nathalie Porter, die bei *Art Review* arbeitete, und Scott Thomson, mit dem Jeff seit mehr als einem Jahrzehnt mal mehr, mal weniger Kontakt hatte. Während dieser ganzen Zeit, in der andere Leute ihre Stelle wechselten und ihre Karriere vorantrieben, hatte Scott (unterbrochen von längeren Zeitabschnitten, die auf Reisen verbracht wurden) immer dieselbe anspruchslose Tätigkeit als Ersatzschreiber beim *Observer* ausgeübt. Damit verdiente er sein Geld, doch seine wahre Berufung war es, ein ewig Konvertierender zu sein. Alle paar Jahre begeisterte er sich derart rückhaltlos für etwas Neues, dass es alles, was ihm zuvor so wichtig gewesen war, völlig auslöschte. Doch seine jüngste fixe Idee war dieselbe, mit der er schon vor acht Monaten allen auf die Nerven gegangen war: Burning Man, die große Freakshow in der Wüste von Nevada. Er war zum ersten Mal vor einem Jahr dort gewesen und wollte im August wieder hin. Es sei, sagte er jetzt, »eine lebensverändernde Erfahrung« gewesen. Scott hatte, als Jeff ihn auf einer Party anlässlich der Frieze Art Fair zum letzten Mal gesehen hatte, genau dasselbe gesagt, und er hatte es ihm gern abgenommen. Aber nicht Mike.

»Also, meiner Erfahrung nach«, sagte er, »ist es mit lebensverändernden Erfahrungen meistens so, dass sie sich überraschend schnell abnutzen und man nach ein paar Wochen ziemlich unverändert wieder auftaucht. In den allermeisten Fällen ist es gerade die lebensverändernde Erfahrung, die es einem ermöglicht, sich mit der Unveränderlichkeit des eigenen Lebens abzufinden. Deswegen sind diese Romane auch so beliebt, wisst ihr, die, wo alles in einem Tag oder einem Ereignis gipfelt, das ›ihr aller Leben für immer verändern wird‹. Reine Fiktion.«

»Mein Gott, *du* veränderst dich jedenfalls nie, was, Alter? Zynisch wie immer.« Ehre, wem Ehre gebührt: Scott (der andere immer »Alter« nannte) hatte Mike die Bemerkung nicht übel genommen. Im Gegenteil, er lachte, während Mikes Ton zwar nicht direkt aggressiv, doch etwas streng gewesen war.

Die leicht angespannte Stimmung, die durch diesen Austausch entstanden war, verflog wieder, als jemand in einem blauen Leinenjackett rückwärts gegen Jeff stieß und dabei sein Getränk verschüttete. Er drehte sich halb um, und Jeff entschuldigte sich instinktiv. Dazu war keine Selbstbeherrschung erforderlich, es war ganz einfach die Art und Weise, wie sich bei ihm der aggressive Impuls äußerte. In gewisser Weise ein Triumph der Evolution, der Zivilisierung. Jeff war ständig unterschwellig enerviert. Wenn er es mit einem widerspenstigen Gerät zu tun hatte – einem abgestürzten Rechner, einem blockierten Drucker –, platzte ihm der Kragen, doch in zwischenmenschlichen Situationen verwandelte sich seine Aggression mühelos in ihr lächelndes Gegenteil.

Jemand tippte ihm auf die Schulter: Jeff erkannte ihn sofort, er kannte ihn sogar ganz gut, doch auf seinen Namen kam er in dem Moment nicht. Wie ein Zeuge, der das Polizeifoto eines Verdächtigen betrachtet, registrierte Jeff die Details seiner Erscheinung – breite Nase, kurze braune Haare, weißes Hemd, das den gebräunten Teint unterstrich –, aber sie weigerten sich, zusammen einen Namen zu ergeben, eine Identität. Jessica und Melanie unterhielten sich mit einem Typ in einem blauen Bob-Marley-T-Shirt und gebleichten Jeans. Mike und der Kaiser waren weitergezogen. Nachdem die ursprüngliche kleine Gruppe eine gewisse Gravitationsmasse erworben hatte, verstreute sie sich, zersplitterte in neue Gruppen. Ach, er war in Venedig, er war auf einer Party … einer Party, auf der es eine Menge hübsche Frauen gab, herausgeputzt in schicken Markenkleidern von Missoni und Prada.

»Ganz schön viele hübsche Frauen hier«, sagte … wie *hieß* er bloß? Bevor Jeff krampfhaft versucht hatte, auf den Namen zu kommen, hatte er genau dasselbe gedacht, doch laut ausgesprochen bekam diese völlig zutreffende Beobachtung etwas erstaunlich Ordinäres. Es klang so, als verbrächte man sein Leben in einer frauenlosen Kneipe, leer bis auf ein paar verbitterte Männer, die traurig in ihre Gläser starrten. Jeff wischte dieses Bild fort, indem er einen Schluck von seinem fraulichen Bellini nahm.

»Kann man wohl sagen«, erwiderte er, während sie mit ihren Bellinis in der Hand dastanden und sich umschauten. Natürlich war es schön, auf einer Party voller hübscher Frauen zu sein, doch seinen eigentlichen Wert erhielt dieser Umstand – eine Party voller hübscher Frauen – erst dadurch, dass sich unter ihnen *eine* Frau befand, die atemraubend hinreißend war, von einer ganz eigenen Strahlkraft, die nur ein Mann auf der Party – hoffentlich Jeff – angemessen würdigen konnte. Und so war es.

Als Erstes fielen ihm ihre Haare auf: Sie waren schattenschwarz und reichten ihr bis knapp unter die Schultern. Die Frau hatte ihm den Rücken zugekehrt. Sie war groß gewachsen und trug ein blassgelbes, ärmelloses Kleid, ihre Arme waren schlank und gebräunt. Sie sprach mit einem kahlköpfigen Mann in einem gestreiften Hemd. Der Typ, an dessen Namen Jeff sich immer noch nicht erinnern konnte, erzählte gerade von einem Künstler, von dem Jeff nie zuvor gehört hatte, der irgendwelche Zeichnungen von Bäumen machte, die ewig dauerten und genau wie Fotografien aussahen – das war der *Clou* daran –, obwohl es Zeichnungen waren. Jeff nickte, aber seine ganze Aufmerksamkeit richtete sich auf die dunkelhaarige Frau in dem gelben Kleid. Sie hatte das Gesicht immer noch abgewandt, plauderte immer noch mit dem Typen mit dem rasierten Schädel und dem gestreiften Hemd, aber er wusste, wenn sie sich umdrehte, würde sie schön sein. Daran bestand so wenig Zweifel, dass er es nicht einmal eilig hatte, diese Voraussage bestätigt zu bekommen. Er brauchte nur dazustehen und zu warten. Also stand er da, das Glas in der Hand. Der Typ mit dem glattrasierten Schädel lachte über etwas, das ein anderer Typ mit einem glattrasierten Schädel gesagt hatte. Eine Frau trat zu ihr und berührte sie an der Schulter. Sie wandte sich um, lächelte, als sie ihre Freundin erkannte, die sie auf die Wange küsste. Ohne die Einzelheiten ihres Gesichts erkennen zu können, wusste Jeff, dass er recht gehabt hatte. Während sie dastand und mit ihrer Freundin plauderte, sah er ihre dunklen Augen und ausgeprägten Wangenknochen. Ihre in der Mitte gescheitelten Haare waren beinahe glatt. Einem unvoreingenommenen Betrachter wäre ihr Gesicht vielleicht zu knochig, ein wenig pferdeartig erschienen. Das war er, der Makel, der für ihn entscheidend war, der Makel, der keiner war. Er hörte nicht mehr auf das, was gesagt wurde, stand einfach nur mit offenem Mund da. Er riss seinen Blick von ihr los, konzentrierte sich wieder auf seinen Gefährten, der jetzt nicht mehr von den Fotografien redete, die wie Zeichnungen von Bäumen aussahen oder wie auch immer. Jeff kam der Gedanke, dass er in die *vage* Phase seines Lebens eingetreten war. Er hatte eine vage Vorstellung von Dingen, ein vages Gefühl von dem, was in der Welt geschah, ein vages Gefühl, jemandem früher schon einmal begegnet zu sein. Als ob man die ganze Zeit vage betrunken war. Das Einzige, was für ihn nicht vage war, war die Frau in dem gelben Kleid, die – er warf wieder einen Blick zu ihr hinüber – immer noch mit ihrer Freundin plauderte. Der Typ mit dem Namen, der ihm einfach nicht einfallen wollte, redete immer noch. Jeff hörte zu, versuchte zuzuhören, aber zugleich überlegte er, wie er sich der Frau in dem gelben Kleid vorstellen könnte, die, als er wieder dorthin blickte, wo sie gestanden hatte, verschwunden war. Der Grund für diese Katastrophe, die, wie sich herausstellte, gar keine war, lag darin, dass sie und ihre Freundin herübergekommen waren, um Frank zu begrüßen. Frank! So hieß er, Frank Delaney. Natürlich. Die Frau, die er *kennenlernen wollte*, war gerade herübergekommen und hatte die Identität desjenigen enthüllt, an dessen Namen er sich *erinnern wollte*. Was war hier los? War dies ein Tag, an dem er nichts falsch machen konnte, an dem er nur an etwas zu denken brauchte, und es geschah? Glück dieses Kalibers trieb Menschen in den Wahnsinn, überzeugte sie davon, dass Gott ihnen befahl, schreckliche Dinge zu tun, Präsidenten oder Prominente zu ermorden.

Es war jetzt nur noch eine Frage der Zeit. Jeff brauchte nur noch lächelnd dazustehen, sein leeres Belliniglas in der Hand, und in einigen Sekunden – vorausgesetzt, Frank konnte sich an *seinen* Namen erinnern – würde er der Person vorgestellt werden, die er in diesem Raum am dringendsten kennenlernen wollte. Aus der Nähe sah er, dass das gelbe Kleid ein leichtes Muster hatte. Sie trug kein Make-up – oder hatte es zumindest so geschickt aufgetragen, dass es unsichtbar war – und hatte eine dünne silbrige Kette um. Er schätzte sie auf Anfang dreißig. Ihre Augen – die über etwas lachten, das Frank sagte – waren braun. Frank machte sie miteinander bekannt. Sie hieß Laura, Laura Freeman. Er schüttelte ihre Hand, ihre schmale Hand. An ihrem Mittelfinger befand sich ein großer gelber Ring aus Acryl. Den Namen ihrer Freundin vergaß Jeff in seinem erregten Zustand im selben Moment, in dem er genannt wurde. Bemüht, einen guten Eindruck zu machen, richtete er seine Aufmerksamkeit auf diese Freundin, während Laura sich weiter mit Frank unterhielt. Wie gefalle ihr Venedig? Wo komme sie her? Er stellte die Fragen, war aber weder in der Lage, die Antworten zu hören, noch konnte er verhindern, dass sein Blick zurück zu Laura wanderte, die einmal in seine Richtung blickte, als er sie gerade betrachtete. Als Frank etwas zu der Freundin sagte, nutzte Jeff die Gelegenheit, eine erste Bemerkung an Laura zu richten. Es spielte keine Rolle, was das für eine Bemerkung war. Sie konnte stinklangweilig sein. Wichtig war, überhaupt etwas zu sagen, egal was, damit die Sache ins Rollen kam. Er sah sie an, aber es gab nur eines zu sagen. Wenn er irgendwas anderes sagte, wäre es eine Lüge, und da er nicht sagen konnte, was er sagen wollte – du bist wunderschön, und wenn du nicht gerade eine Stimme wie David Beckham hast, werde ich mich in weniger als einer Minute in dich verliebt haben –, sagte er gar nichts. Sie wartete darauf, dass er sprach, und er sah sie bloß an. Sie war groß gewachsen, vielleicht eins siebzig. Ein paar Zentimeter kleiner als Jeff. Unter dem schmalen Träger des gelben Kleides sah er den weißen Träger ihres BHs. Sie hatte kleine Brüste. Eine Stimme in seinem Kopf sagte: *Sei ganz normal, sei ganz normal, sag irgendwas* Normales. *Führ dich nicht wie ein Spinner auf.* Sie kam ihm zu Hilfe.

»Und wann sind Sie hier in Venedig angekommen?« Er beobachtete, wie sie die Worte formte. Es war die normalste Frage der Welt, und obwohl sie nicht den Bann brach, erlaubte sie ihm zumindest, wieder normal zu funktionieren.

»Eben erst, vor ein paar Stunden. Und Sie?«

»Gestern.« Sie war Amerikanerin.

»Wo kommen Sie her?« Er redete. Sie *unterhielten* sich. So machte man das: Sie sagte etwas, und er erwiderte etwas. Es war ganz einfach.

»Los Angeles«, sagte sie. Er wollte sagen: *Ich ziehe gleich morgen dorthin,* aber schaffte es zu fragen, ob dies ihre erste Biennale sei.

»Die zweite. Ich war letztes Jahr hier. Ich meine, vor zwei Jahren.« Er nickte begeistert. Vor zwei Jahren. Es war erstaunlich, dass eine simple Feststellung so magisch sein konnte, so *interessant.* »Und Sie?«

»Ich war auch schon mal hier, vor vier Jahren.« Was Jeff betraf, so war dies so ziemlich die faszinierendste Unterhaltung, die er jemals geführt hatte, aber so konnte es nicht weitergehen. Irgendwann würde er aus der Schleife von Artigkeiten ausbrechen müssen. Sie sah ihn an, als warte sie auf etwas, möglicherweise darauf, dass er etwas Interessantes sagte, und wenn das nicht geschah, dann würde sie auf die nächste Gelegenheit warten, sich aus dieser Nicht-Unterhaltung zu befreien. Ohne nachzudenken, sagte er: »Ihr Kleid gefällt mir sehr.«

Dies hatte die Wirkung, dass der Druck in seinem Kopf nachließ und gleichzeitig – da diese Bemerkung eine Andeutung von sexueller Wertschätzung in sich trug und beinahe eine Liebeserklärung an die Person war, die in dem Kleid steckte – drastisch anstieg.

»Danke«, sagte sie. Jeff begriff, dass sie sich der Wirkung, die sie auf ihn hatte, voll und ganz bewusst war. Statt ihn noch mehr zu hemmen, entspannte ihn das.

»Ein tolles Kleid«, sagte er. »Aber ehrlich gesagt wäre es nichts ohne diese Schultern. Und am allerwichtigsten …« Sie hob fragend die Augenbrauen, unsicher. »Brüste« zu sagen, wäre so geschmacklos gewesen, dass das jeglichen Funken erstickt hätte, der vielleicht im Begriff war, sich zwischen ihnen zu entzünden, doch obwohl es in seinem Kopf gewohnheitsmäßig nur so von Geschmacklosigkeiten wimmelte, hatte er nie vorgehabt, irgendetwas anderes zu sagen, als das, was er tatsächlich sagte: »Das Schlüsselbein.«

Sie war sichtlich erleichtert – kein Trottel! – und geschmeichelt.

»Nochmals danke.« Er hatte ehrlich gesprochen. Ihre Schultern waren nicht breit; sie waren knochig, aber sahen stark aus.

»Ich sollte das Kompliment wohl erwidern.«

»Fühlen Sie sich bitte nicht verpflichtet.«

»Nein, ich möchte. Wirklich.«

»Okay. Vielleicht das Hemd.« Er streckte die Arme aus, eine Geste, die teils Vorzeigen, teils Schulterzucken war.

»Es ist *wirklich* ein schönes Hemd.«

»Danke. Gut, ich weiß, ich musste Ihnen das abpressen, aber, na ja, es ist mein Lieblingshemd. Ich finde, es ist so …«

»Blau?«

»Nein.«

»Zerknittert?«

»Nein. Obwohl ich zugebe, ich hätte es sorgfältiger zusammenlegen und packen können. Nein, das Wort, das ich gesucht habe, war ›männlich‹. Verzeihung, das hätte ich nicht sagen sollen. Sie wären ohnehin gleich darauf gekommen.«

»Ach ja? Ich dachte, ich wollte sagen: ›billig‹.«

»Ein Synonym für männlich. Während Ihr Kleid teuer aussieht.«

»Und das ist ein Synonym für …?«

»Genau.« Mannomann, er war jetzt richtig gut in Schwung. Die Lähmung von vorher war spurlos verschwunden. Wenn überhaupt, fühlte er sich jetzt richtig übermütig.

»Fünfzig Dollar, Secondhand-Laden«, sagte sie.

»Wirklich? Es sieht, ich weiß nicht, doppelt so teuer aus.« Ein Kellner kam vorbei. »Möchten Sie einen Bellini?«, fragte Jeff galant. Sie nahmen je einen und stellten ihre leeren Gläser auf das wartende Tablett. Nachdem diese Eröffnungszüge aus dem Weg waren, besprachen sie die Details der Biennale-Logistik, wo sie wohnten und für wie lange (sie musste am Sonntag wieder abreisen). Es gab Jeff die Möglichkeit, sie sich näher anzusehen, den Leberfleck oben auf ihrer Wange zu bemerken, ihre Ohrringe (klein, golden), ihre vollen Lippen. Frank und Lauras Freundin wandten sich ihnen wieder zu.

»Wir gehen rüber, um zu sehen, ob Bruce Nauman uns eine Audienz gewährt. Kommt ihr mit?« Frank hatte beide angesprochen. Unter normalen Umständen hätte Jeff sofort die Gelegenheit beim Schopf ergriffen, sich bei einem solchen künstlerischen Schwergewicht einzuschleimen, aber jetzt – auch wenn er sich beherrschte und nichts sagte – kreischte jedes Molekül seines Seins: *Wir bleiben hier, Frank, vielen Dank*.

»Wir bleiben hier«, sagte Laura.

»Wir treffen uns hier wieder«, sagte ihre Freundin.

»Wie hieß Ihre Freundin noch mal?«, fragte Jeff, während er zusah, wie sie Frank folgte.

»Yvonne.«

»Yvonne, genau. Natürlich.« Er war so erleichtert, diese Zeit allein mit Laura ergattert zu haben, dass er unsicher war, was er sagen sollte, begierig, das Gespräch wieder in Richtung ihres Kleides und seines Hemdes zu locken, Metonyme – wenn das das richtige Wort war – von Männlichkeit und Weiblichkeit. Stattdessen fragte er, ziemlich langweilig, nach ihrem Beruf.

»Ich arbeite in einer Galerie.« Der Impuls, den er zuvor gehabt hatte, nämlich nach L.A. zu ziehen, behauptete sich wieder. Was konnte man daraus für Rückschlüsse auf sein Leben ziehen, auf seine Situation, dass er derartig bereit war, alles im Handumdrehen aufzugeben? Wahrscheinlich, dass das »alles« tatsächlich »nichts« war.

»Und Sie? Was machen Sie?«

»Journalist. Freiberuflich. Wenn es ein fester Job wäre, würde ich ihn hinschmeißen und was anderes machen, aber freiberuflich arbeiten *ist* schon das andere, das man macht, nachdem man seinen festen Job hingeschmissen hat, also sind meine Optionen etwas beschränkt. Entweder das oder Pensionierung – wovon es sich manchmal ziemlich wenig unterscheidet.«

»Wissen Sie was: Ich *gebe* meinen Job auf. Allerdings weiß die Galerie noch nichts davon.«

»Und was passiert dann?«

»Ein bisschen herumreisen. Ich mache das, was junge Leute tun, wenn sie zwanzig sind. Nur dass ich es mehr als zehn Jahre zu spät mache.« Er hatte also recht gehabt, sie war einunddreißig oder vielleicht zweiunddreißig. Nichts entging ihm heute Abend. Er war seit Jahren nicht mehr so wach – so *un*vage gewesen. »Wohin wollen Sie?«

»Ach, wo jeder hinwill. Südostasien. Indien.«

Was war bloß los mit ihm? Minuten nachdem er erwogen hatte, nach L. A. zu ziehen, war er jetzt bereit, mit dem Rucksack durch Vietnam, Kambodscha und Thailand zu reisen. In Ermangelung irgendwelcher tieferen Ambitionen oder Ziele griff man nach jedem Strohhalm, der sich einem bot. Wenn sie gesagt hätte, sie überlege, nach Rumänien zu ziehen, hätte er sich auch dafür gemeldet. Selbst für den Mars.

»Waren Sie schon mal in Indien?«, fragte er.

»Ein Mal. In Goa und Kerala. Diesmal will ich nach Rajasthan und Varanasi, Benares.«

»Das ist dasselbe, oder?«

»Ganz genau.«

»Aus dem Sanskrit, stimmt's? *Nasi,* »Ort«. *Vara,* »viele«. Ort vieler Namen.«

Sie lachte. Sie hatte vollkommene Zähne, ziemlich groß: amerikanische Zähne. »Ich habe absolut keine Ahnung, ob das ungeheuer eindrucksvoll ist oder totaler *Ben* wie in »Schwach«, *Ares* wie in »Sinn« ist. Also ist es wahrscheinlich beides.«

Sie stießen ihre Gläser gegeneinander. Er beobachtete, wie ihre Lippen den Rand ihres Glases berührten, sah zu, wie sie trank. Es blieb keine rosa Schmierspur auf dem Glas zurück; sie trug keinen Lippenstift. Er nahm einen Schluck aus seinem Glas. Der Akt des Trinkens diente als Erinnerung an die Hitze, die es lindern sollte.

»Mein Gott«, sagte sie. »Ist das vielleicht heiß!« Sie presste sich das Glas an die Stirn. Er konnte ihre rasierte Achselhöhle sehen. Das Glas hinterließ ein paar Tropfen Feuchtigkeit auf ihrer Stirn.

»Morgen soll es noch heißer werden.« Er bezweckte nichts Besonderes mit dieser meteorologischen Bemerkung, doch schwang die vage Andeutung von weniger Kleidungsstücken, dem Ablegen von Kleidungsschichten und Schweiß darin mit. Unterwäsche, Nacktheit. Hitze. »Moment, das war jetzt nicht ganz richtig. Die Leute in meinem Hotel nennen es nicht Hitze. Sondern Itze. Und morgen wird es eißer.«

»Die Itze wird eißer?«

»Genau.«

»Wirklich? Es kommt mir vor, als könnte die ganze Stadt einfach über Nacht verdunsten.« So etwas schien durchaus möglich. Man konnte sich unschwer vorstellen, wie man aufwachte und feststellte, dass die ehemals wässrige Stadt auf ihren Stelzen in übelriechendem Moder steht, die Lagune sich in eine unermessliche leere Weite verwandelt hat, in eine feuchte braune Wüste, in der die letzten paar Fische flappend nach Luft schnappen. Positiv betrachtet wäre es eine Gelegenheit, die Kanäle mal gründlich zu reinigen und überfällige Reparaturen an den Fundamenten vorzunehmen. Eigentlich verwunderlich, dass noch niemand so etwas als Kunstprojekt in der Art einer Christo-Verhüllung vorgeschlagen hatte. Vorausgesetzt, es war befristet und umkehrbar, würde es sich bestimmt als Touristenattraktion entpuppen.

Laura sagte gerade: »Ist doch schön, zu schreiben …«

»Ach, Schreiben kann man das nicht nennen. Das ist bloß …« Er zuckte mit den Schultern, fragte sich, ob es, bei all den Wörtern, die die Sprache bot, eine Möglichkeit gab, den Satz zu beenden, ohne sich dessen zu bedienen, was ihm als Erstes einfiel. Aber die gab es nicht.

»Bullshit«, sagte er schließlich. In der langen Pause der Erwartung erfüllte das Wort die Doppelrolle einer Beschreibung seiner Arbeit und eines Ausdrucks der Resignation vor der Tatsache, dass er nicht in der Lage gewesen war, eine Alternative zu finden.

»Ah, Bullshit«, lachte sie. »Die Quintessenz der Engländer schlechthin.«

»Sie haben recht. Ihr habt Freiheit und das Streben nach Glück. Wir haben …. Bullshit.«

»Sie schreiben über die Biennale?«

»Ja. Und außerdem, kennen Sie diese Sängerin, Niki Morison?«

»Die Tochter von Steven Morison, dem Maler?«

»Und von Julia Berman, die gerade hier ist. Ich muss sie interviewen und sie dazu überreden, mir dieses Bild zu überlassen, das Morison von ihr gemacht hat. Eine Zeichnung. Der Redakteur der Zeitschrift, für die ich schreibe, ist von diesem Bild besessen, obwohl er es nie gesehen hat.«

»Was ist so Besonderes daran?«

»Keine Ahnung.« Jeff wusste nichts anderes zu sagen. Die Absurdität seiner Tätigkeit, der Sachen, die er schrieb, dehnte sich plötzlich aus und verdarb jedes Wort, das er jetzt noch hätte verwenden können. Wieder kam sie ihm zu Hilfe.

»Aber Sie schreiben hauptsächlich über Kunst?«

»Eigentlich nicht. Ich bin kein sehr visueller Typ.« Das war es – sein As im Ärmel. Er hatte sich diesen Spruch vor seiner Reise nach Venedig zurechtgelegt, es sollte sein großer Witz der Biennale werden, den er bei jeder Gelegenheit wiederholen wollte. Allerdings hatte er nicht damit gerechnet, dass er ihn beim ersten Mal unter solch idealen Umständen mit solch vernichtender Wirkung würde ausprobieren können.

»Ich auch nicht«, sagte sie. O nein. Sie sagte es in vollem Ernst, sie *meinte* es so, hatte nicht erkannt, dass er einen Witz machte. Sie war eine ernsthafte Kalifornierin. Seine Enttäuschung musste sichtbar gewesen sein – vielleicht hatte er die Worte sogar stumm vor sich hergesagt –, weil sie ihm gegen den Arm boxte.

»Nur ein Witz!«, sagte sie. Mist! Sie hatte ihn in Sachen Humor übertrumpft. Sie hatte ihm sein As abgeknöpft und es selbst auf den Tisch gehauen.

»Tut mir leid. Wie gesagt, ich bin gerade erst angekommen. Ich bin noch nicht richtig im Takt.«

»Okay. Rekapitulieren wir. Sie schreiben über Kunst?«

»Manchmal. Promis. Interviews. Porträts. Features. Der übliche –«

»Bullshit?«

»Haarscharf erkannt. Waren Sie mal in England?«

»London. Stratford. *The Tempest.* Oxford. Die Cotswolds. Portobello Road. Hoxton. Habe ich in anderthalb Tagen geschafft.«

»Da haben Sie wohl so ziemlich alles gesehen. Es ist ein kleines Land.«

»Aber schwierig, darum herumzukommen.«

»Noch schwieriger, darin herumzukommen. Vor allem sonntags. Sind Sie jemals den Wörtern ›Streckenarbeiten‹ und ›Schienenersatzdienst‹ begegnet?«

»Ich bin an einem Sonntag von Pisa nach Stansted geflogen. Man hatte uns gesagt, wir sollten den Stansted-Expresszug nehmen. Die haben uns schon während des Fluges Fahrkarten dafür verkauft – obwohl es in Wirklichkeit gar keinen Zug gab. Der Zug war ein Bus. Es hat ein Vermögen gekostet –«

»Und hat ewig gedauert. Willkommen in England.«

Besonders bedeutsam war das, was sie miteinander gesprochen hatten, nicht gewesen, doch diese wenigen Worte hatten hohe Erwartungen geweckt. Es war reiner Zufall, reines Glück, aber zwischen ihnen funkte es. Sie war schön, das konnte jeder sehen, doch vielleicht war er der Einzige hier, der diese Schönheit als eine *Kraft* hatte empfinden können. Er begehrte sie – nicht sexuell, noch nicht; das war zu spezifisch, hätte das Maß seines

Begehrens gemindert –, und er hätte es nicht getan, wäre das Gefühl nicht auf irgendeiner Ebene erwidert worden. Das wiederum war nicht etwa sein Verdienst gewesen. Es passierte einfach. Sie hätten sich überall begegnen können, überall in Venedig im Verlauf dieses Wochenendes oder überall auf der Welt in den nächsten Jahren, und das Ergebnis wäre dasselbe gewesen. Egal, was sie dann gesagt hätten, es hätte sich nichts verändert. Es wäre immer auf dasselbe hinausgelaufen.

Frank und Yvonne gesellten sich wieder zu ihnen, begleitet von einem Typ, der Louis Irgendwas hieß. Sie waren alle ganz aufgedreht, weil sie Bruce Nauman kennengelernt hatten, aber die Party neigte sich dem Ende zu. Es wurde diskutiert, was man als Nächstes machen solle. Alle hatten Lust, irgendwoanders hinzugehen. Alle außer Laura. Überrascht hörte Jeff sie sagen, sie sei müde und wolle zurück zu ihrem Hotel. Er fragte sich, ob dies ein strategischer Zug war, um die Gruppe loszuwerden und allein – mit ihm – zu ihrem Hotel zurückzugehen, doch offensichtlich hatte sie nichts dergleichen vor. Sie wollte einfach in ihr Hotel zurück. Während sie sich zum Aufbruch bereitmachten, gelang es ihm, ihr, von allen anderen ungehört, zu sagen: »Ich würde Sie sehr gern wiedersehen.«

»Ich Sie auch.«

»Soll ich Sie anrufen? In Ihrem Hotel?« Sie schüttelte den Kopf. Wegen der Pause in der Mitte seiner Frage war er sich nicht sicher, ob dieses Kopfschütteln bedeutete: *Nein, nicht im Hotel, rufen Sie mich auf dem Handy an,* oder: *Nein, rufen Sie mich im Hotel nicht an* (mit der möglichen unterschwelligen Aufforderung: *Kommen Sie mich stattdessen dort besuchen*) oder sogar – obwohl ihm dies sehr unwahrscheinlich vorkam –: *Setzen Sie sich auf gar keine Weise mit mir in Verbindung.*

»Sollen wir uns irgendwo treffen?«, fragte er. »Oder vielleicht könnte ich Sie im Hotel besuchen? Wo sind Sie denn abgestiegen?« Diese drei Fragen purzelten eine nach der anderen heraus, aber eigentlich waren sie alle dieselbe Frage. Er hoffte, nicht verzweifelt zu klingen, doch diese Möglichkeit stand nicht außer Frage, im Gegenteil, war wahrscheinlich implizit in der Frage enthalten.

»Nichts von alledem.«

»Wirklich?« Also hatte er es völlig missverstanden. Es hatte gar nicht zwischen ihnen gefunkt. Es war alles von ihm ausgegangen, in solcher Fülle, dass es von ihr abgeprallt war und ihm jetzt das Gesicht hinunterlief.

»Aber ich hoffe sehr, dass wir uns wiedersehen.«

»Okay, ich gebe es zu. Ich kapier's nicht.«

»Ich hoffe, wir sehen uns diese Woche wieder. In Venedig. Aber finden Sie nicht, dass es schön ist, ein Element des Zufalls in die Geschichte reinzubringen?«

»Das hängt davon ab, ob ich Ihnen wieder über den Weg laufe oder nicht.«

»Ich denke, das werden Sie. Es gibt eine Menge Partys hier.«

»So viele, dass wir vielleicht immer zu verschiedenen gehen. Zu welchen haben Sie denn vor zu gehen, nur so interessehalber gefragt?« Sie sagte nichts, aber so, wie sie ihn ansah, bedeutete es, dass Jeff wieder an der Reihe war zu reden. »Ich hoffe wirklich sehr, dass ich Sie wiedersehe.«

»Ich auch«, sagte sie. Unsicher, was er anderes tun sollte, stand er einfach nur da. »Sehen Sie«, fuhr sie fort, »wenn es keinen Zufall gibt, dann ist es nicht … Nun, sagen wir es so, wenn wir uns wieder begegnen, wird das schön wirken, sogar romantisch. Finden Sie nicht?«

»Ja. Aber wissen Sie, ich bin Engländer, also gehe ich mit einer anderen Geisteshaltung an die Sache heran. Ich gehe davon aus, dass wir uns verpassen werden – und ich werde den Rest meines Lebens damit verbringen, mich zu fragen, was passiert wäre, wenn es anders gekommen wäre.«

»Das ist sogar noch romantischer.«

»Aber deutlich weniger lustig. Und an einem bestimmten Punkt schlägt Romantik in Tragik um.«

»Wie gut ist Ihr Gedächtnis?«

»Nicht so toll, ehrlich gesagt. Wieso?«

»Weil ich vorhin tatsächlich erwähnt habe, wo ich wohne.«

»Tatsächlich?«

»Ja.«

»Habe ich ›Tragik‹ gesagt? Ich meinte ›Farce‹.« Er dachte krampfhaft nach. »Wissen Sie, ich kann mich absolut nicht dran erinnern.« Hatte sie es wirklich erwähnt? »Warum flüstern Sie es mir nicht jetzt im Vorbeigehen zu? Ich werde es mit ziemlicher Sicherheit wieder vergessen.«

»Wenn ich Ihnen sage, wo ich wohne, werden Sie die ganze Zeit dort herumlungern.«

»Nein, werde ich nicht.«

»Werden Sie. Ich komme aus der Rezeption, und da werden Sie sein: ›Was für ein Zufall, ich kam gerade hier vorbei …‹ Nur dass Sie die letzten zwei Stunden gerade vorbeikamen.«

»Glauben Sie wirklich, dass ich so interessiert bin?«

»Ich glaube wirklich, dass Sie so ein Mensch sind.«

»Sie haben recht. Genau so ein Mensch bin ich.«

»Hinterlistig?«

»Verzweifelt.« Das war eine ganz besonders clevere Bemerkung; mit diesem Geständnis sprach er sich von der Anschuldigung frei.

Sie beugte sich vor und küsste ihn auf den Mund. Er konnte sich nicht erinnern, wann das letzte Mal ein einfacher Kuss, in der Öffentlichkeit, voll bekleidet, derart von Verlangen getränkt gewesen war. Aber wessen Verlangen? Und wonach? Unmöglich zu sagen. Für einen Augenblick dachte er, dass sie es sich anders überlegen und ihn doch noch zu sich aufs Zimmer einladen könnte, doch der Zweck des Kusses war, zu bestätigen, dass sie ging.

»Und du willst mir wirklich nicht sagen, in welchem Hotel du wohnst?«

Sie zuckte mit den Schultern. Es blieb ihm nichts anderes übrig als zuzusehen, wie sie fortging. Dunkles Haar fiel auf ihre Schultern. Entblößte Arme. Ihr Rücken, ihr Hintern, ihre Beine, ihre Fußgelenke, ihre hübschen weißen Sandalen.

Das Vakuum, das von dem riesigen, uneingelösten Versprechen dieser Begegnung zurückblieb, verwandelte sich sofort in Panik. Er wiederholte im Geiste Teile ihrer Begegnung – einzelne Wörter, Momente, Blicke –, aber ihm fehlte die Konzentration, sie in irgendetwas anderes zu verwandeln als in eine Quelle der Qual. Ein einzelnes Wort begann wie ein Zapfenstreich in seinem Kopf zu hämmern: Scheiße, Scheiße, Scheiße. Aber – Scheiße noch mal! – es gab keinen Grund, so zu denken. Er war glücklich, er verspürte das belebende – also angsterzeugende – Gefühl, dass es Gelegenheiten wie diese waren, die das Leben lebenswert machten. Die unmittelbare Lösung war, zur Bar zu gehen und sich noch einen Bellini zu greifen. Einen der wenigen, die es noch gab, wie sich herausstellte. Ein paar Augenblicke servierten die Kellner keine mehr. Er sah David Glanding, ging zu ihm hinüber und legte ihm die Hand auf die Schulter. David und er kannten sich seit beinahe zwanzig Jahren. Im Prinzip machte ihn das zu einem von Jeffs ältesten Freunden. Und das war er auch, zumindest nach der Definition Cyril Connollys, der einmal gesagt hatte, alte Freunde seien von Feinden kaum zu unterscheiden. Dave gehörte zu einer anderen losen Gruppe von Leuten, die zu Haig's Bar gingen. Phil Spender, immer noch in seinem Markenzeichen, dem cremefarbenen Anzug, den er in Stansted getragen hatte, ging auch mit. Der Kaiser ebenfalls. Auch Melanie und ein paar andere Leute vom ICA. Für einen Moment standen sie unschlüssig herum, während jeder auf jeden wartete, dann verließen sie die Party gemeinsam, betrunken und beflügelt von der Aufregung der ersten Biennale-Nacht.

Wegen der Hitze und der Menschenmassen hatte sich bei Haig's Bar alles auf die Piazza ergossen, bis zum Gritti und dem Canal Grande in die eine Richtung, bis zur glänzenden weißen Fassade von Santa Maria del Giglio in die andere. Der Kaiser ging hinein und bestellte eine Runde Getränke, hauptsächlich Bier. Jeff war jetzt komplett von Leuten aus London umgeben, die er vor allem von Vernissagen und Buchpräsentationen kannte: Es war wie zu Hause, ohne dass man zu Hause war, Soho in einer Renaissance-Kulisse mit einer Hitzewelle obendrauf. Auch viele Frauen in schönen Kleidern, doch ohne diese eine Frau in ihrem gelben Kleid hatte die Nacht auf einmal nichts Verheißungsvolles mehr. Wie schnell die Welt auf einen Menschen, auf eine Frau zusammenschnurrte. Selbst der unverbesserlichste Schürzenjäger dürfte ab und an zeitweiligen Anwandlungen von Monogamie erlegen sein. Jeff war glücklich hier, er amüsierte sich, aber nun, da er Laura kennengelernt hatte, plagte ihn auch ein nagendes Gefühl von Mangel, musste er sich ständig dazu zwingen, sich wieder in die Gespräche einzuklinken, die überall um ihn herum sprudelten.

Jane Felling kam herüber und gesellte sich zu der Gruppe. Sie und Jeff hatten vor Jahren ein paar Mal miteinander geschlafen. Sie waren nie offiziell ein Paar gewesen, was bedeutete, dass sie sich auch nie getrennt hatten. Sie war mit ihrem neuen Freund hier, also musste Jeff seine übliche Neigung unterdrücken, etwas krude mit ihr zu flirten, wenn er betrunken war. Oder vielleicht auch nicht, weil sie jetzt anfing, mit ihm zu flirten.

»Du bist heute Abend mal wieder ein extrem gut aussehender Mann, Jeff«, sagte sie und küsste ihn auf den Mund.

»Du auch, Jane. Eine gut aussehende Frau, meine ich.«

»Deine Haare sehen irgendwie anders aus.«

»Ich werde ehrlich sein. Ich habe sie mir färben lassen.«

»Es steht dir, und es ist sehr subtil. Ich wusste, irgendwas war anders, aber ich hätte nicht sagen können, was.«

Es war erstaunlich, wie wenig manchmal der Umstand, dass man mit jemandem geschlafen hatte, an der Beziehung zu diesem Menschen veränderte. Oder zumindest war es erstaunlich, dass etwas, das normalerweise eine Beziehung definiert, manchmal so wenig ins Gewicht fällt, beinahe keine Spur hinterlässt, einfach zum normalen Drunter und Drüber des Großstadtlebens gehört. Auch Jane hatte begonnen, allerdings in offener Runde mit Phil und dem Kaiser, über die Umstände ihres ersten »Dates« mit Jeff zu reminiszieren.

»Wenn ihm mit dem Wort nicht zu viel Ehre angetan wird«, sagte sie und hakte sich bei ihm ein. »Wir waren im … Wohin sind wir eigentlich gegangen? Ich weiß es gar nicht mehr.«

»Ins French House.«

»Stimmt. Jedenfalls hatten wir dieses herrliche Abendessen. Jeff war charmant und witzig, und ich dachte, den würde ich nicht von der Bettkante stoßen. Und was sagt er, als die Rechnung kommt? Was hast du noch mal gesagt?«

»Kannst du das als Spesen absetzen?« Das sollte Jeff in einem schlechten Licht erscheinen lassen, aber tatsächlich war es eine der Gelegenheiten, auf die er voller Stolz zurückblickte.

»Klassischer Atman«, sagte der Kaiser und klopfte ihm anerkennend auf die Schulter.

»Und das Tolle war«, sagte Jeff, »erstens konnte sie es, und zweitens …«

»Hab ich's trotzdem mit ihm getrieben!« Sie stießen unter allgemeinem Lachen an. Ehrlich gesagt war es nicht das erste Mal, dass sie diese Anekdote gemeinsam zum Besten gaben. Nach einer gewissen Anzahl von Drinks wurde sie immer wohlwollend aufgenommen. Trotzdem war er froh, dass Laura nicht dabei war. Vielleicht wegen dieses ordinären Londoner Tonfalls.

»Nun, jetzt kann ich mich ja revanchieren«, sagte er. »Wer will noch was trinken? Auf *meine* Rechnung.« Dumme Frage. *Alle* wollten noch was trinken.

Während er an der Bar darauf wartete, bedient zu werden, fantasierte Jeff darüber, dass er, wäre er ein Künstler gewesen, nach dem Vorbild von Tracey Emins *Everyone she'd ever slept with* ein Modell im Maßstab eins zu eins von all dem Alkohol angefertigt hätte, den er jemals in sich hineingeschüttet hatte. Bier, Wein, Champagner, Cider, alles. Herrje, allein für das Bier bräuchte er eine Galerie von der Größe eines Flugzeughangars: die Gläser, die Dosen, die Flaschen. Es wäre ein Porträt nicht nur seines Lebens, sondern seiner Ära. Einige der Marken, mit denen er begonnen hatte, waren inzwischen verschwunden: Tartan, Double Diamond, Trophy, das seinen Namen zu Unrecht tragende Long Life. Und es wäre auch eine internationale Angelegenheit. Nicht nur die heimischen Biere, sondern auch die, die man kippte, wenn man im Ausland war – Peroni zum Beispiel, von dem er nun fünf Flaschen bei dem viel beschäftigten Barkeeper bestellte. Als er sie entgegennahm, waren sie eher kühl als richtig kalt. Jeff fragte, ob es noch kältere gäbe.

»Selbst die großartigen Kühlschränke von Venedig haben Mühe, mit der Hitze und der unersättlichen Nachfrage nach kalten Getränken fertig zu werden, die sie erzeugt«, erwiderte der Barman in epischem Englisch. Jeff ging mit den lauwarmen Getränken hinaus zu den wartenden, durstigen Londonern.

Janes neuer Freund, Mark, hatte sich zu ihnen gesellt. Einer der Leute, die um ein Bier gebeten hatten, war mittlerweile verschwunden, also gab er das übrig gebliebene Mark. Er war so ein Typ von nebenan, nicht besonders gut aussehend, nicht besonders irgendwas, aber sowie man ihn sah, mochte man ihn. Jeff nahm einen Schluck von seinem lauwarmen Bier. Als Mark von einer anderen Gruppe ins Gespräch gezogen wurde, sagte Jane: »Weißt du, was ich an ihm liebe?«

»Was?«

»Er ist so entspannt.«

»Ich weiß, was du meinst. Ich mag entspannte Menschen. Obwohl ich weiß, dass ich selber keiner bin. Vielleicht mag ich sie deswegen so sehr.«

»Es hat so was Männliches.«

»Ich habe genau dasselbe Wort vor gar nicht langer Zeit in einem anderen Zusammenhang gebraucht, aber ich weiß, was du meinst. Das Gegenstück dazu ist, dass es etwas so *Un*männliches an sich hat, wenn man angespannt ist.«

»Aber du bist wunderbar.« Sie küsste ihn auf die Wange.

»Danke, Jane, du auch.« Und das war's. Sie verließ ihn, um sich zu Mark zu gesellen, aber was war das für ein angenehmer kleiner Austausch gewesen! So angenehm, dass er beschloss, nach Hause zu gehen. Er hatte noch vier Tage vor sich. Es wäre klug, in dieser ersten Nacht in einem nicht völlig geräderten Zustand zum Hotel zurückzugehen. Außerdem hatte er am nächsten Tag viel zu tun, und es musste alles getan werden, während er zugleich nach Laura Ausschau hielt. Er verabschiedete sich von verschiedenen Leuten, winkte anderen zu und machte sich auf den Weg.

Innerhalb weniger Minuten hatte er sich verlaufen. Konfrontiert mit plötzlichen Sackgassen und brückenlosen Kanälen, begegnete er immer wieder anderen verirrten Seelen, die unter trüben Lampen mit zusammengekniffenen Augen auf ihre Stadtpläne schauten. An einer Stelle hing ein Schild, laut dem er, wenn er links ginge, zur Piazza San Marco käme, und wenn er rechts ginge … zur Piazza San Marco. Wir verlassen uns darauf, dass Schilder Entscheidungen für uns treffen – oder zumindest ermöglichen, dass wir Entscheidungen treffen. Dieses Schild führte sich selbst ad absurdum. Es hätte ebenso gut nicht da sein können. Wo es Klarheit bringen sollte, stiftete es nur Verwirrung. Oder nicht? Vielleicht verkündete es irgendeine größere Wahrheit über Venedig: Egal welchen Weg man wählte, man würde, selbst wenn man es zu vermeiden suchte, auf der Piazza San Marco landen. Was immer man tat, in welche Richtung man sich auch wandte, das Ergebnis wäre dasselbe.

In bestimmten Verfassungen – wenn man erschöpft war, verzweifelt ein Bett suchte, auf dem letzten Loch pfiff – konnte einen die unmögliche Geografie der Stadt an den Rand des Wahnsinns treiben, doch heute Nacht war es in Ordnung, es machte Spaß, gehörte einfach zu dem Venedig-Erlebnis, demselben Erlebnis, das alle hatten. Trotzdem war Jeff erleichtert, als das Hotel, ohne Vorwarnung und Kilometer von der Stelle entfernt, wo er es früher am Abend verlassen hatte, entgegenkommenderweise vor ihm auftauchte. Der Nachtportier schlief – immer schwer zu sagen, ob dieser Job besser für Leute geeignet war, die an Schlaflosigkeit litten, oder solche, die zu Narkolepsie neigten –, erlangte aber das Bewusstsein lange genug zurück, um Jeff seinen Schlüssel aushändigen zu können. Die Klimaanlage hatte sein

Zimmer auf Kühlschranktemperatur gebracht. Er schaltete sie aus, und die Stille verdichtete sich um mehrere Grade.

Er träumte, er schlafe, nicht in seinem Zimmer, sondern am Rand eines Kanals, eines breiten, schnellfließenden venezianischen Kanals. Die Stadt sah noch älter aus, als sie es tatsächlich war, verrottender, abfallübersäter. Er wachte davon auf, dass etwas an seinem Arm zog, an ihm zerrte. Dann wurde das Zerren schmerzhaft, scharf. Er öffnete die Augen und sah einen Hund mit uralten Augen, der an seinem Arm kaute. Er versuchte, ihn mit dem anderen Arm abzuwehren, doch es gab keinen anderen Arm, nur denjenigen, der zwischen den blutigen Zähnen des Hundes steckte. In dem Traum war er wach, aber er konnte nicht aus dem Traum aufwachen, in dem der Hund in seinen Arm biss und ihn abzutrennen drohte. Vielleicht tat er dem Hund auch Unrecht: Er war völlig durchnässt – hatte der Hund ihn aus dem Kanal gezogen, ihm das Leben gerettet? Unmöglich zu sagen. Er erwachte aus dem Traum, in Schweiß gebadet. Er war in seinem Zimmer, und da war kein Hund, nur die kanalfeuchten Laken.

Die Sonne brannte auf das Dach des Hotels nieder (das auch die Decke seines Zimmers war). Grelles Licht spähte durch die Fensterläden herein. Es fühlte sich wie Nachmittag an, aber ein Blick auf die Uhr sagte ihm, dass es erst Viertel vor acht war. Er hatte einen Kater, war noch ganz beduselt von dem Traum, weit davon entfernt, ausgeruht zu sein, und viel zu aufgeregt von all den Dingen, die der Tag für ihn bereithielt, als dass er jetzt noch einmal einschlafen könnte.

Er schaltete wieder die Klimaanlage ein und öffnete die Vorhänge und Fensterläden. Mit einem Schlag war das Zimmer mit ausreichend Sonnenlicht gefüllt, um eine Kleinstadt mit Strom zu versorgen. Während er einen gelben Strang aus Urin in die Toilettenschüssel lenkte, sah er sein neues, dunkelhaariges Ich flüchtig im Spiegel. Mannomann, mit seinen neuen Haaren sah er fünf Jahre jünger aus als vor einer Woche. Durch Kater und Schlafmangel fühlte er sich etwa fünf Jahre älter, alles in allem kam er also auf null raus. Er duschte, rasierte sich, putzte sich die Zähne, schlüpfte in Shorts und sein Lieblings-T-Shirt – unendlich verblichen, mit einem diskreten *Element*-Skateboard-Logo – und ging frühstücken.

Es war bereits wüstenartig heiß draußen, aber was spielte es für eine Rolle? Er war in Venedig, glücklich, am Leben zu sein, glücklich, Ausschau nach Laura zu halten, froh, in Venedig zu sein – das schon in Schwung war und zwar bestimmt schon seit Stunden. Obst und Gemüse wurden von Kuttern oder wie die hießen verkauft, ein paar Gondolieri stakten die Kanäle auf der Suche nach Kundschaft entlang. Menschen blickten aus Fenstern, riefen und winkten. Karren voller Güter wurden durch die schmalen Straßen geschoben. Man kam sich vor wie in *Die Truman Show*. Seit Hunderten von Jahren wachte Venedig jeden Tag auf und schlüpfte in diese Verkleidung, tat so, als wäre es ein wirklicher Ort, wo doch jeder wusste, dass es nur für Touristen existierte. Der Unterschied, die Eigenheit von Venedig war, dass die Gondolieri und Obstverkäufer und Bäcker auch alle Touristen waren, die sich auf einem unbefristeten Städtetrip befanden. Die Gondolieri erfreuten sich an den Obstverkäufern, die Obstverkäufer erfreuten sich an den Gondolieri und den Bäckern, und alle zusammen erfreuten sie sich an den wirklichen Bewohnern: den Horden von kameraschwenkenden Japanern, den Amerikanern auf Hochzeitsreise, den mit ihren Euros knausernden Rucksacktouristen und den verkaterten Biennale-Besuchern.

Von denen einer nun ziellos, doch mit großer Bestimmtheit

durch die Straßen ging, auf der Suche nach einem Café, in dem er genau das Frühstück bekommen konnte, das er wollte, und zu dem er jeden Tag zurückkehren konnte. Es musste dort frischen Orangensaft geben, guten Kaffee (wohl kein Problem in Italien) und einigermaßen vernünftige Croissants oder Cornetti (beinahe unmöglich), und er musste all das im Schatten sitzend konsumieren können, mit Blick auf irgendeine Piazza (aber keine der ganz großen, wo man, wenn man den Preis für den Kaffee erfuhr, ungläubig die Rechnung umklammerte und wie benommen immer dieselben zwei Worte murmelte – »*wie* viel?«). Ein solcher Ort war schnell gefunden, an einem winzigen Platz, mit Aussicht, am Ende einer langen, baumgeschmückten Straße, abseits vom Giudecca-Kanal. Der Kaffee war sensationell, und indem er den Honig, den er nicht ausstehen konnte, herauskratzte, gelang es ihm, aus dem Cornetto ein erträgliches Croissant zu machen. Irgendjemand hatte ein Exemplar von *La Repubblica* liegen lassen, das er überflog. Die wichtigste Meldung war verständlicherweise die Itze. *Che caldissimo!* Erst halb zehn, und es war schon so heiß wie am Mittag.

Es war ein Fehler gewesen, Kaffee *und* Orangensaft zu bestellen. Als er zum Hotel zurückging, um die Sachen zu holen, die er für den Tag brauchte, musste er die letzten hundert Meter traben und die Treppe hinaufsprinten, um ausgiebigen Gebrauch von seiner Toilette zu machen. So groß die Erleichterung auch war, es (gerade noch) geschafft zu haben, war sie doch kurzlebig. Noch während er auf der Toilette saß, klingelte das Telefon.

»Pronto.«

»Was soll dieser ›Pronto‹-Scheiß?«

»Oh, hallo, Max. Ich wollte einen auf Eingeborener machen.«

»Und ich versuch schon seit einer Ewigkeit, dich zu erreichen.«

»Ich war weg. Frühstücken. Wie spät ist es bei euch? Ich hatte nicht erwartet, dass du so früh ins Büro kommst.«

»Ich spreche vom Handy aus. Warum besorgst *du* dir denn kein Handy? Du bist der einzige Mensch auf der Welt, der noch kein Handy hat. Ausgerechnet du als Journalist.«

»Ich weiß nicht. Ich finde die Aussicht, eins auszusuchen, ziemlich belastend. Der Ausdruck ›persönlicher Telefontarif‹ macht mich nervös.«

»Ich sag dir mal, was mich nervös macht. Dieses Interview. Hast du schon mit ihr gesprochen?«

»Ich bin doch erst gestern Abend angekommen.«

»Du hast also noch nicht mit ihr gesprochen?«

»Ich habe eine Nachricht hinterlassen«, log Jeff.

»Und wie soll sie auf diese Nachricht reagieren, wenn du kein Telefon hast?«

»Ich habe ein Telefon. Wenn ich mich nicht völlig irre, benutze ich sogar gerade eins. Mal sehen, es hat ein Mundstück, in das man hineinspricht, und –«

»Sehr witzig.«

»Doch, doch. Ich höre sogar eine Stimme in meinem Ohr, die Stimme von jemandem in einem anderen Land, mit dem ich lieber nicht sprechen würde. Klarer Fall. Es ist eindeutig ein Telefon.«

»Wir müssen dieses Interview kriegen, kapiert?«

»Verstanden!«

»Und das Bild.«

»Bestätigt!«

»Du bist wirklich ein Arsch«, sagte Max und legte auf. Wie angenehm es doch war, mit jemandem zu tun zu haben, mit dem man seit beinahe fünfzehn Jahren ein Arbeitsverhältnis hatte. So eine Erleichterung, auf ablenkende Nettigkeiten und irrelevantes

Geplauder verzichten zu können. Als eine verspätete, doch symbolische Entgegnung spülte Jeff das Klo.

Es war zu früh, um in die Giardini zu gehen – aber der ideale Zeitpunkt, um zur Accademia zu laufen und sich Giorgiones *Gewitter* anzusehen, bevor die Massen kamen. Wie alles andere in Venedig wurde auch das Museum gerade restauriert, war aber geöffnet – und es gab keine Schlange. Ein Schild am Kartenschalter verkündete: ENTSCHULDIGUNG WIR HABEN KEIN KLIMAANLAGER. Auf einem weiteren, kleineren Schild stand irgendetwas auf Italienisch über Giorgiones *La Tempesta*. Bullshit … Es gab eine einfache Regel des Museumbesuchs: Wenn man in einer Stadt nur einen freien Tag zur Verfügung hatte, war das grundsätzlich der Tag, an dem das Museum geschlossen hatte. Und wenn es doch geöffnet hatte, dann war das eine Stück, das man unbedingt sehen wollte, irgendwo als Leihgabe unterwegs oder zur Restaurierung entfernt worden. Doch nein, auf dem Schild wurde lediglich darüber informiert, dass *La Tempesta* wegen Renovierung vorübergehend in Raum XIII verlegt worden sei. Jeff ging direkt dorthin.

Auch hier war niemand. Er hatte den Raum und das Gemälde ganz für sich allein.

Auf der einen Seite des Bildes stillt eine junge Mutter ein Kind, wobei sie aus dem Bild herausstarrt, dem Blick des Betrachters begegnend. Vermutlich hat sie gerade in dem Fluss gebadet, der sie von dem elegant gekleideten jungen Mann trennt, der, auf einen Stab gelehnt, etwas eingezwängt in der unteren linken Ecke steht und sie betrachtet. Er sieht sie an; sie sieht uns an, während wir beide ansehen. Was immer da auch gerade im Gange ist, wir sind daran beteiligt. Hinter ihnen, im Hintergrund – obwohl es eigentlich kein richtiger Hintergrund ist – überspannt eine Brücke den aquamarinblauen Fluss. Jenseits der

Brücke duckt sich eine Stadtlandschaft unter den aufgetürmten Wolken. Ein weißer Vogel, vielleicht ein Storch, hockt auf dem Dach eines der Gebäude. Der Himmel ist eine Tünche sich bauschenden, tintigen Blaus. Ein einziger weißer Blitzstrahl knistert durch das Gewitter.

»Das Stehenbleiben der Zeit bei Giorgione ist von einem teilweise idyllischen Charakter. Doch das Idyll ist mit Vorahnung geladen«, hatte McCarthy geschrieben. »Etwas Erschreckendes steht kurz bevor.« Das war, wie Atman jetzt sah, etwas irreführend. Nicht nur ließ sich nicht feststellen, was dieses »Etwas« war – geschweige denn, ob dieses Etwas »erschreckend« sein könnte –, es ließ sich auch nicht sagen, ob es in der Vergangenheit geschehen war oder ob es in der Zukunft geschehen würde oder überhaupt nicht. Es gab kein Davor und kein Danach, oder zumindest waren sie voneinander nicht zu unterscheiden, waren austauschbar. Doch abgesehen davon bestätigte das, was er hier jetzt sah, wie genau sie das Bild in Worte gefasst hatte. Es war, wie sie betont hatte, die Stille, die das Gefühl von Ruhelosigkeit erzeugte.

Das Museum hatte vielleicht »kein Klimaanlager«, aber verglichen mit der Hitze, die draußen auf der Lauer lag, war es dort kühl gewesen. Jeff kaufte an einem Kiosk eine Literflasche Wasser und bei der Vaporetto-Haltestelle von Accademia eine Dreitageskarte. Das Vaporetto, das ein paar Minuten später eintraf, war gerammelt voll – mit Künstlern. Der gut aussehende und wohlerzogene Wolfgang Tillmans unterhielt sich mit dem alten Hitzkopf Marc Quinn, dem schon wieder das Blut zu Kopf zu steigen drohte und dessen neuestes Werk – eine riesige Metallorchidee – zu sehen war, als das Boot an der Peggy-Guggenheim-Collection vorbeifuhr. Während Jeff sich zur Vorderseite des Bootes durchschlängelte, kam er an Richard Wentworth vorbei, der einen Panama-Hut und ein gestreiftes blaues Hemd trug. Er sah aus, als spielte er die Hauptrolle in der TV-Adaption eines Romans über einen Künstler, der zugleich zum Spionagering der Cambridge Five gehörte.

»Der Gedanke für diese Woche«, sagte er gerade, als Jeff sich vorbeidrückte. »Kunst*welt*, Musik*geschäft*. Was sagt uns das?«

Atman hatte keine Zeit, über den Unterschied nachzudenken: Vorn war ein Platz frei geworden, und er war finster entschlossen, ihn zu besetzen. Doch jemand anders war offenbar noch entschlossener, und Atman blieb nichts anderes übrig, als zu stehen; wenigstens regte sich hier vorn durch die Bewegung des Bootes eine ausgedörrte Brise. Als sie am Markusdom vorbeituckerten, fuhren mehrere Vaporetti aus der anderen Richtung an ihnen vorüber. Auf einem entdeckte er Laura, die in einem weißen Kleid an der Reling lehnte. Ja, sie war es ganz bestimmt. In der Hand hielt sie etwas, das, wie er vermutete, ein Regenschirm war, gelb, straff gerollt, wie ein Stock. Er konnte die Nummer des Vaporetto nicht erkennen, wusste nicht, wo sie hinfuhr, nur dass die Richtung der, in die er fuhr, entgegengesetzt war. Er sah auf seine Karte, versuchte schnell zu schätzen, wohin sie fahren könnte, aber es war zwecklos. Sie konnte überall hinwollen. Er starrte auf das Kielwasser, das sich in einem V hinter dem Vaporetto ausbreitete. Wie sollte er diese gescheiterte Sichtung einschätzen? Entweder als ein gutes Zeichen, weil der Schluss nahelag, dass es sich hier um ein wiederkehrendes Ereignis handeln könnte. Vielleicht war dies aber auch – wie bei diesen Gelegenheiten in London, wenn man spätabends von einer Party kommt, sogleich ein Taxi entdeckt, es aber einfach nicht schafft, die Aufmerksamkeit des Fahrers auf sich zu lenken, und dann stundenlang da festsitzt – seine einzige Chance gewesen. Eine Chance, die zugleich eine Nicht-Chance war.

Es heißt, nicht das, was in unserem Leben tatsächlich passiert, ist wichtig, sondern das, was *unserer Meinung nach* passiert ist. Doch diese Einschränkung geht natürlich nicht weit genug. Es ist gut möglich, dass das zentrale Ereignis unseres Lebens etwas sein konnte, das *nicht* passiert ist, oder etwas, das *unserer Meinung nach* nicht passiert ist. Sonst gäbe es keinen Bedarf an Prosa, es gäbe nur Memoiren und Schilderungen, Fallschilderungen. Was passiert ist – was wirklich passiert ist und was unserer Meinung nach passiert ist –, würde genügen.

Das Einzige, was von dem Kielwasser des anderen Bootes übrig blieb, war eine leichte Dünung, die unter dem Kielwasser seines eigenen Vaporettos vorbeiglitt. Es war wie eine doppelte Annullierung. Sie waren einfach aneinander vorbeigeglitten.

Jeff stieg in San Zaccaria aus, wo er seine Akkreditierung im Pressebüro der Biennale abholen musste. Man hatte ihm gesagt, er müsse mit langen Schlangen und einer mehrstündigen Wartezeit in der sengenden Sonne rechnen, aber vor ihm waren nur ein paar Leute. Einer von ihnen war Dan Fairbank, der sich gerade, seinen Presseausweis in der Hand, vom Schalter abwandte. Das verwunderte Jeff etwas; das Letzte, was er (zwei Wochen zuvor) von Dan gehört hatte, war, dass dieser jetzt Leiter einer Marketingabteilung war. Als Dan Jeff bemerkte, kam er schnell zu ihm herüber, um irgendwelchen öffentlichen Überraschungsbekundungen vorzubeugen, und erklärte, *sotto voce,* er habe irgendeine Anspruchsberechtigung für einen Presseausweis ersonnen, »um unmittelbaren Zugang zu Dingen zu erhalten, für die ich sonst vielleicht nicht die Geduld aufbringen würde«. Augenblicke später wurde Jeff an den Akkreditierungsschalter gerufen, und Dan machte einen unmittelbaren Abgang.

Die junge Frau, die Jeffs Antrag bearbeitete, lächelte ihn durch ihre rote möchtegern-hippe Brille an. Sie war mit Hingabe bei der Sache, eifrig bemüht, dafür zu sorgen, dass dieser wichtige Journalist alle denkbaren Informationen bekam, die er benötigte, während er einzig und allein daran interessiert war, das zu bekommen, was ihn so problemlos wie möglich in so viele Sachen wie möglich reinbrachte – beziehungsweise ihm unmittelbaren Zugang verschaffte. Die Biennale-Gesellschaft war völlig hierarchisch strukturiert. Ganz unten die Mitglieder der Öffentlichkeit, die im Moment zu gar nichts Zugang hatten und zumindest für die nächsten paar Tage durch ihre Abwesenheit auffallen würden. Ganz oben die Künstler und die Kuratoren der großen Institutionen und der berühmten kommerziellen Galerien, dann die Sammler, dann die Journalisten und Kritiker, dann ein Heer von Schmarotzern. Um Überschaubarkeit und Erhaltung dieses zugegebenermaßen flexiblen Kastensystems zu gewährleisten (ein Journalist wie Jeff war eigentlich bloß ein erfolgreicher Schmarotzer, ein Schmarotzer mit Akkreditierung, genau genommen waren sogar viele der Künstler nur Schmarotzer mit Pinseln oder Kameras, und die Kuratoren waren Schmarotzer, die über Macht verfügten), gab es die unterschiedlichsten Ausweise, von denen nur die der allerhöchsten Kategorie einem überall, jederzeit und zu allem Eintritt verschafften. Jenseits davon, auf dem Gipfel der Promirarchie, war die Super-VIP-Ebene, wo auch nur der Besitz eines wie auch immer gearteten Ausweises – außer dem, der einem durch persönlichen Reichtum oder Ruhm verliehen wurde (eine selbstverständliche Berechtigung, hinzugehen, wohin man wollte) –, an sich schon der Beweis war, dass man nicht dazugehörte.

Während Jeff sein Schmalspur-Ausweis ausgestellt wurde, kam ihm plötzlich eine geniale Idee.

»Vielleicht könnten Sie mir sagen«, fragte er, »ob meine Kollegin Laura Freeman schon ihre Akkreditierung abgeholt hat.«

Zwar war sie keine Journalistin, doch wie Dan hatte sie sich vielleicht als eine solche angemeldet, um die Vorteile eines Presseausweises zu nutzen. Und wenn sie sich tatsächlich angemeldet hatte, dann wäre es vielleicht möglich, ihr Hotel und vielleicht sogar ihre Handynummer in Erfahrung zu bringen. Während die Assistentin bereitwillig im Computer nach ihrem Namen suchte, stand Jeff unruhig wartend daneben; zu der Aufregung darüber, seinen Schatz von Erkenntnissen über Laura wesentlich zu vergrößern, kam noch die Erregung über seine eigene Gerissenheit, die privatdetektivische Heimlichkeit von alldem. Doch diese Belebung war von kurzer Dauer. Es hatte sich niemand mit dem Namen Laura Freeman eingetragen.

»Aha. Na, trotzdem vielen Dank«, sagte er. Die Assistentin war mehr als nur hilfreich gewesen. Sie hatte dieses zusätzliche bisschen Charme hinzugefügt, für das ein Mann in Atmans Alter auf einzigartige Weise empfänglich war: die Andeutung, dass sie dies nicht tat, weil es in ihrer Art lag oder Teil ihrer Tätigkeitsbeschreibung war, nicht einmal, weil sie ihm wohlgesinnt war, sondern weil sie ihn anziehend fand. Ob sie das tatsächlich tat, war ebenso irrelevant wie unwahrscheinlich. Entscheidend war, dass man es sich durch ihre Art – die ans Flirten grenzte, einfach weil sie so ungeheuer angenehm war – überhaupt vorstellen konnte. Wäre er gedanklich nicht so mit Laura beschäftigt gewesen, hätte er vielleicht versucht, diese Vorstellung vorsichtig auszutesten – wollen wir später vielleicht was trinken gehen? –; ein Test, der mit an Sicherheit grenzender Wahrscheinlichkeit negativ ausgefallen wäre. Aber so dankte er ihr für ihre Hilfe, wünschte ihr einen schönen Tag, und der ganze Austausch endete mit breitem Lächeln auf beiden Seiten. Es war wie eine andere Fassung der Szene in dem Zeitungsladen in London, leicht umgeschrieben und nach Venedig verlegt.

Mit seinem lebenswichtigen Presseausweis in der Hand trat Jeff hinaus in die science-fiction-hafte Hitze. Vielleicht war es dieser Presseausweis, der einen Schub von Professionalismus auslöste: Er ging sofort zu der nahe gelegenen *tabaccheria* und kaufte eine Telefonkarte, um Julia Berman wegen des Interviews anrufen zu können. Während er sich im Pressebüro befunden hatte, schien die Temperatur um weitere zehn Grad in die Höhe geschossen zu sein. Unter der Plexiglashaube des Münztelefons war es noch heißer. Das Telefon klingelte lange. Er wartete darauf, dass ein Mensch oder ein Gerät antwortete, legte dann auf und wählte wieder. Dasselbe. Er fühlte sich enorm erleichtert. Er war redlich bemüht gewesen, sich diese dringend benötigte Story zu sichern. Er hatte wieder und wieder angerufen – zwei Mal! –, und es hatte sich immer noch niemand gemeldet. Er hatte alles versucht, um sie aufzuspüren, ohne Erfolg, also hatte er jetzt die Freiheit, sich um die Dutzende anderer Dinge zu kümmern, die er zu erledigen hatte, von denen das Wichtigste war, zur Biennale zu gehen – und dabei ständig nach Laura Ausschau zu halten.

In der Nähe des belaubten Eingangs der Giardini verteilten Studenten und junge Künstler Flugblätter für eigene Ausstellungen, alternative Semi-Underground-Versionen der Biennale mit Musik und DJs. Bis Jeff endlich drinnen war, herrschte in den Giardini, weniger als eine Stunde nach der offiziellen Öffnung, bereits dichtes Gedränge.

Aus patriotischen Gründen machte er zuerst Station beim Britischen Pavillon, der Gilbert & George gewidmet war. In den 1980ern hatte der Kritiker Peter Fuller eine Schmähkampagne gegen Gilbert & George geführt, weil er in ihnen eine Bedrohung für alles sah, was ihm etwas bedeutete. Zum Zeitpunkt seines Todes durch einen Autounfall musste Fuller bereits erkannt haben, dass alles vergebens gewesen war, denn da waren Gilbert & George schon im Begriff gewesen, Paten für mehrere Generationen von *Young British Artists*-Abzockern zu werden – und jetzt hatte man sie geehrt, indem man ihnen den gesamten Britischen Pavillon zur Verfügung gestellt hatte. Überflüssig zu erwähnen, dass ihre Werke sterbensöde waren, derselbe alte knallbunte glasmalerische Unsinn, den sie schon seit Jahren fabrizierten, aber, so sah es Jeff (und das war die einzige Art, wie man es überhaupt sehen konnte), wen kümmerte es einen Dreck? Sie würden nie etwas Neues machen. Na und? Es hatte keinen Zweck, sich die Füße an diesem leutseligen Deppenduo kaputt zu treten.

Danach hätte er eigentlich systematisch zu Werke gehen müssen, sich die Pavillons der einzelnen Länder der Reihe nach vornehmen müssen, aber es hatten sich schon Schlangen von Kunsteinwanderern gebildet, die darauf warteten, in Kanada und Frankreich hineinzukommen – deren Pavillons sich neben dem von Großbritannien befanden –, also übersprang er sie und ging dazu über, völlig willkürlich hier und dort hineinzuschauen. Von G & G ging er zum norwegischen Pavillon, dessen Hauptattraktion eine Wand mit gelben und schwarzen Op-Art-Kreisen war. Nur waren es keine Kreise, sondern Zielscheiben, Dartscheiben, eine ganze Wand voll. In einiger Entfernung befanden sich große Pappkartons mit grünen und roten Wurfpfeilen, die man gegen die Wand werfen konnte, wodurch sich das gesamte Muster und die Farbverteilung änderte. Jeff hatte gerade den letzten einer Handvoll roter Wurfpfeile geworfen, als jemand seinen Namen rief und ihm einen Wurfpfeil ins Gesicht warf. Scheiße! Es war Ben Jennings – mit dem alten Trick, die Pfeilspitze abzuschrauben, sodass die Steuerfeder so harmlos wie angsteinflößend gegen Jeffs Gesicht torkelte.

»Wichser!«

»Großartig, nicht wahr?«, sagte Ben und setzte den Wurfpfeil wieder zusammen. »Jackson Pollock trifft auf Jocky Wilson.« Er trug ein hellblaues Hemd, das unter den Armen bereits marineblau vom Schweiß war. Vor Jahren war er in Soho eine Art Lokalgröße gewesen, ein geistreicher Kopf, ein Kenneth Tynan in spe. Heute, fünfzehn Jahre später, wurde er – selbst von einem kleinen Schmierfinken wie Jeff – als ein kleiner Schmierfink angesehen, der nie die Disziplin, die Hingabe oder die Begabung gehabt hatte, die Erwartungen, zu denen er Anlass gegeben hatte, auch einzulösen. Nicht dass ihn das zu stören schien. Ihm reichte es völlig, die verschiedenen Kunstmessen der Welt zu besuchen – die Art Basel in Miami, Basel selbst, die Armory in New York, Frieze in London, Berlin – und Berichte voller Klatsch und Tratsch herunterzuschreiben. Jeff redete sich gern ein, dass er ihn nicht mochte, doch wenn er mit ihm zusammen war, fand er ihn dann doch irgendwie sympathisch, nicht zuletzt weil er die Vermutung hatte, dass Ben hinter all dem Charme und der Jovialität vielleicht zutiefst unglücklich mit dem Schicksal war, mit dem er so glücklich zu sein schien. Trotzdem schaffte er es immer, sich gut zu amüsieren. Gestern Abend zum Beispiel hatte er »bis vier Uhr morgens abgetanzt.« Es war wirklich traurig, es war unglaublich unreif, aber sogar jetzt noch, mit fünfundvierzig plus, deprimierte es Jeff, wenn er hörte, dass jemand anderes länger gemacht hatte als er, sich mehr amüsiert hatte als er, sogar wenn er sich selbst bestens amüsiert hatte und aus freien Stücken beschlossen hatte, dass es Zeit war, schlafenzugehen. Es war weidlich bekannt, dass sich die Vorstellungen von dem, was man unter ›sich gut amüsieren‹ versteht, in dem Maße verändern, wie man älter wird. Am Schluss zieht man Kinder groß, kauft ein Gartenhaus oder spielt Golf. Doch Jeff war in seinen Vorlieben bemerkenswert beständig geblieben. Wie früher trank er gern, nahm gern Drogen, ging gern auf Partys und stellte gern Frauen nach, die heute – ein weiteres Zeichen von Beständigkeit – nach Möglichkeit nicht allzu viel älter waren als damals, als er damit begonnen hatte. In den letzten Jahren wurde etwas mehr Zeit völlig geschafft zu Hause vor dem Fernseher verbracht, aber das war nicht etwas, was er tun *wollte*, das war einfach Regenerationszeit. Mitunter langweilte ihn seine Vorstellung davon, was es hieß, sich gut zu amüsieren, zu Tode, aber es gab nichts, was sie auch nur annähernd hätte verdrängen oder ersetzen können. Und er war nie so weit gekommen, nicht einmal phasenweise, dass er eine Leidenschaft für seine Arbeit entwickelt hätte, allenfalls dahingehend, dass sie ihm immer leidenschaftlich zuwider gewesen war. Kein Wunder, dass er in Bezug auf Ben so zwiespältige Gefühle hegte: Ben war wie eine rotwangigere, korpulentere Version von Atman selbst. Es war durchaus möglich, sagte er sich, jemanden zu mögen, den man eigentlich gar nicht mochte, und umgekehrt.

»Ich dachte, ich hätte dich auf der Island-Party gestern Abend gesehen«, sagte Jeff. Sie nahmen sich beide noch mehr Darts und warfen sie, Seite an Seite, ziellos gegen die Wand unverfehlbarer Zielscheiben.

»Ich war bei einem Dinner für Ed Ruscha.«

»Das war gestern Abend? Ich dachte, das wäre erst morgen.«

»Morgen ist auch eins.«

»Also gibt es jeden Abend ein Dinner für Ed Ruscha?«

»Und – hundertachtzig! – wahrscheinlich jeden Morgen ein Frühstück.«

Sie warfen ihre letzten Pfeile. Ben sagte, er habe aus zuverlässiger Quelle gehört, dass später am Nachmittag, im Venezuela-Pavillon, in Schokolade getunkte Kakerlaken serviert werden würden. Damit gingen sie wieder ihrer Wege, Ben zum Schweizer Pavillon und Jeff zur Installation einer finnischen Künstlerin, deren Name – Maaria Wirkkala – ihm nichts sagte.

Ein schlichtes Holzboot schwamm in einem erstarrten Meer aus zerbrochenem, buntem Muranoglas – vermutlich Ausschuss von den Fabriken in der Nähe von Venedig. Das mattrot gestrichene Innere des Bootes füllte sich allmählich mit Wasser, das von der Decke tropfte. Hin und wieder – so selten, dass Jeff sich fragte, ob er es sich einbildete – schaukelte das Boot leicht. Er war völlig gebannt, froh, dass er es ganz am Anfang seiner Runde gesehen hatte, bevor er benebelt, übersättigt und abgestumpft war.

Australien und Deutschland waren gerammelt voll, und so war es eine Erleichterung, nach Uruguay zu kommen, wo es keine Schlangen gab, keine Menschenmassen – und keine Kunst. Man hatte ein paar Fetzen an Wäscheleinen gehängt, aber selbst gemessen an dem niedrigen Standard von einigen der anderen Pavillons war das hier ziemlich lächerlich. Es gab auch keine Giveaways. In vielen Pavillons wurden Gratis-Leinentaschen verteilt, einige davon recht elegant, alle sehr nützlich (um Gratis-Taschen von anderen Pavillons hineinzustopfen). Konnte man einen Presseausweis vorzeigen, bekam man bei einigen Pavillons noch einen aufwendigen Katalog, aber an alldem beteiligten sich die Uruguayer nicht.

In der komprimierten Geografie der Giardini grenzten die USA an Uruguay; dort waren Ed Ruschas lange horizontale Gemälde von Gebäuden zu sehen, einige in Farbe, einige in Schwarz-Weiß. In Ordnung, gut, abgehakt. Jeff schritt forsch von einem Pavillon zum anderen, benutzte seine kleine Digitalkamera als Gedächtnisstütze, die er – zusammen mit den Katalogen – konsultieren würde, wenn er seinen Artikel schrieb. Erstaunlich – da war all diese Kunst, und doch gab es sehr wenig zu sehen, oder zumindest sehr wenig, das sich zu sehen lohnte. Bei einigem war es um jeden Blick schade, den man darauf warf. Was gut war. Denn obwohl es nichts zu sehen gab, gab es doch viel abzuklappern, und Jeff musste überall zumindest mal kurz reinschauen. Ein Gutteil der Arbeiten hätte man insofern als Konzeptkunst bezeichnen können, als ihnen das Konzept eines betrachtenden Publikums zugrunde lag, das der Vorstellung der Künstler nach aus Wesen zu bestehen schien, die die Geisteshaltung von Grundschülern hatten. Was an sich noch nicht so schlimm war, nur dass das meiste so aussah, als wäre es von einem Grundschüler *gemacht* worden, wenn auch von einem Grundschüler mit dem Ehrgeiz eines siebzehnjährigen Russen, dessen verwitwete Mutter jeden Rubel gespart hatte, damit er eine Tennisakademie in Florida besuchen konnte. Die Arbeit mochte kindlich sein, doch der Hunger nach Erfolg, dessen Produkt und Symbol sie war, war ein Heißhunger. Unter anderen historischen Umständen hätte jede noch so geringe Anzahl dieser Künstler sich des Reichstags bemächtigen oder mit beispielloser Grausamkeit über Kambodscha regieren können.

Innerhalb kürzester Zeit verschwammen alle Pavillons ineinander: Es wurde unmöglich, sich mit ausreichender Überzeugung daran zu erinnern, welche Kunst sich in welchem Pavillon befand. Die großen, bunten, psychedelischen, drogigen Bilder befanden sich im Schweizer Pavillon. Die Video-Dusche, mit Monitoren befliest, sodass man auf drei Seiten von einem Sturzbach von Bildern umgeben war – Tennis, Porno, Nachrichten, Formel 1, Geparden, Fußball, noch mehr Porno, neueste Nachrichten, Wildlife-Porno, Wüsten, Buschfeuer, Boxen –, war russisch. Aber die rote Plastikburg – man trat ein und kam sich vor, als wäre man in einer roten Welt; zu welchem Land gehörte diese Welt? Natürlich nicht zum selben Land, das sich den völlig blauen Raum ausgedacht hatte. Nichts als Blau darin. Keine Ecken, keine Winkel, keine Schatten, nur blaues Nichts. Es war eine höchst abstrakte Umgebung, ein Raum aus Licht, obwohl es keine sichtbare Lichtquelle gab außer der Bläue, die überall war, überall um einen herum. Atman hatte diese Installation zu einem Zeitpunkt betreten, als sie völlig leer gewesen war. Das einzig Körperliche in dem Raum war er, doch das genügte – er genügte –, nicht um das Erlebnis zu *verderben*, aber zumindest, um es entscheidend einzuschränken. Die Tatsache, dass er hier war, mittendrin, bedeutete, dass es sich eben nicht um das nichtkörperliche Erlebnis handelte, das so greifbar nah zu sein schien. Er setzte sich auf den Boden, damit er sich des Körpers, den er mit sich herumschleppte, weniger bewusst wäre, näher dran wäre an der Selbstauflösung in Richtungslosigkeit, in quellenlose Bläue. Es war trotzdem ziemlich cool und ähnelte mehr als irgendetwas anderes, was er hier gesehen hatte, dem, was Menschen – oder jedenfalls Atman – von Kunst erwarteten, nämlich einem Raum, in dem man abheben, sich verlieren konnte: auf die Ebene des vollständigen Eintauchens erhobene Installationen. Die ideale Kunstinstallation wäre ein Nachtclub voller Menschen, mit dröhnender Musik, Lichtern, Nebelmaschine und vielleicht noch ein paar Drogen obendrauf. Man könnte sie *Nachtclub* nennen, und wenn man sie rund um die Uhr in Betrieb halten würde, wäre das der große Hit der Biennale.

Während Jeff sich von einem Pavillon zum nächsten vorarbeitete, lief er ständig Leuten über den Weg, die er kannte. Einige hatte er am Abend zuvor kennengelernt, einigen begegnete er hier zum ersten Mal, seit er in Venedig war. Die meisten hatten einen Kater. Als im Haig's nicht mehr ausgeschenkt wurde, waren einige Eingefleischte ins Bauer weitergezogen, das so überfüllt war, dass die Terrasse in den Canal Grande zu stürzen drohte. Jeder hatte seine eigenen Lieblingskunstwerke, seine Empfehlungen und seine Aversionen, und jeder hatte eine Sammlung von Gratis-Taschen. Niemand sonst hatte das regnerische finnische Boot auf seinem Meer aus zerbrochenem Glas gesehen. Es war, als hätte Jeff halluziniert. Je mehr Leuten er davon erzählte, desto mehr bedeutete ihm das Boot. Scott Thomson beharrte darauf, dass die Kunst hier Millionen von Meilen weit hinter der Kunst beim Burning Man zurückblieb. Es wurden Wasserflaschen und Fächer verteilt. Manche litten mehr unter der Hitze, manche weniger, aber alle waren sich einig, dass sie unglaublich war. Sie standen im warmen Schatten von Bäumen, wedelten sich Luft zu, tranken Wasser, umklammerten ihre Gratis-Taschen und -Kataloge, glichen ihre Pläne für den Abend ab, fühlten sich erleichtert und bestätigt, wenn es sich herausstellte, dass sie zu denselben Partys gingen. Sie verabschiedeten sich voneinander und begegneten sich eine halbe Stunde später wieder, unterwegs zum spanischen Pavillon, begeistert von Serbien, aufgehalten durch die in Flughafenmanier durchgeführten Sicherheitschecks für Israel. Jeff lief noch mehr Leuten, die er kannte, über den Weg und erkannte viele, die er nicht kannte – Nick Serota, der mit Sam Taylor-Wood plauderte, Peter Blake, der mit sich selbst redete (was nichts Ungewöhnliches war, die Hälfte der Leute dort klebte an ihren Handys), und eine Frau, die vielleicht, vielleicht auch nicht die Schauspielerin Natascha McElhone war – aber nie sah er die Person, die er am dringendsten sehen wollte, erhaschte nie auch nur einen einzigen Blick auf Laura.

An einem Münzfernsprecher versuchte er es wieder bei Julia. Diesmal meldete sich jemand.

»*Buongiorno*. Hallo. Spreche ich mit Julia Berman?«

»Am Apparat.«

»Ah, gut. Mein Name ist Jeffrey Atman. Von der Zeitschrift

Kulchur.« An dieser Stelle hätte sie idealerweise gesagt: »Ja, natürlich. Wie geht es Ihnen?« In Ermangelung dessen wäre ein irgendwie ermutigendes Geräusch – »mhm« – hilfreich gewesen. Aber es war nichts zu hören, nur ein leises Atemgeräusch, Atmen, das irritiert klang. »Tut mir leid, dass ich Sie so ohne Vorwarnung anrufe. Also, hoffentlich nicht ganz ohne Vorwarnung; ich glaube, mein Redakteur, Max Grayson, hat sich schon mit Ihnen in Verbindung gesetzt?« Mehr Atmen. »Wegen eines kurzen Interviews, das ich gern mit Ihnen machen würde über, na ja, über Ihr Leben und die Platte Ihrer Tochter? So was in der Art.«

»Wie war noch mal der Name?«

»Jeffrey Atman.«

»Und die Zeitschrift?«

Obwohl es ihm in den Fingern juckte, *Hustler* oder *Penthouse* zu sagen, erwiderte er höflich und präzise: »*Kulchur.* Mit einem ›k‹ und ›ch‹.«

»Ich glaube, ich erinnere mich dunkel an etwas.« Ihr Akzent war englisch, auf nachlässige Weise vornehm. Jeff wartete darauf, dass sie fortfuhr, aber offenbar war es wieder an ihm, zu sprechen.

»Also, äh, wenn es Ihnen nicht zu ungelegen kommt, könnten wir vielleicht das Interview irgendwann in den nächsten paar Tagen machen?«

»Wann möchten Sie es denn machen?«

»Wann immer und wo immer es Ihnen passt.« Das war riskant. Es gab eine Menge Zeiten, die ihm ganz und gar nicht passen würden, aber es gehörte zur Etikette des Interviewens, dass man den Interviewten die Entscheidung überließ. Dadurch kamen sie sich wichtiger vor, und wer sich wichtig vorkommt, ist hoffentlich auch umgänglicher – obwohl es in der Praxis meistens dazu führte, dass sie sich noch wichtiger vorkamen als vorher, was sich darin äußerte, dass sie extrem schwierig wurden.

»Wie lange würde es dauern?«

»Überhaupt nicht lange, wenn Sie wenig Zeit haben.« Er hatte dergleichen inzwischen lange genug gemacht, um zu wissen, dass es nicht nötig war, Stunden auf ein Interview zu verwenden. Man konnte es auf zwanzig Minuten kürzen und hatte immer noch genug Zitate, um einen halbwegs anständigen Text zusammenzuschustern – und halbwegs anständig war immer noch zweimal besser, als er zu sein brauchte. Jedenfalls hatte er in Venedig Besseres zu tun, als seine Zeit damit zu vergeuden, diesem alten Exstar (im Allgemeinen ein Euphemismus für »nie ein Star gewesen«) zuzuhören.

»Morgen geht es absolut nicht, also dann vielleicht heute. Bald. Um etwa vier Uhr?«

»Bestens«, sagte Jeff und meinte es auch.

»Könnten Sie hierherkommen?«

»Ja, selbstverständlich. Ähm, wo wohnen Sie?« Sie nannte ihm eine Adresse – die ihm natürlich gar nichts sagte – und beschrieb ihm, wie man dorthin kam.

Besser hätte sie ihm den Weg gar nicht beschreiben können. Nachdem er ein Vaporetto von den Giardini zum Campo d'Oro genommen hatte, stand Atman auf die Minute genau vor ihrem Gebäude. Er drückte auf eine Metallklingel, konnte aber nicht hören, ob sich diese Handlung irgendwo im Innern des Hauses als Klingeln manifestierte. Es war keine Bewegung zu hören, keine Schritte oder sich öffnende Türen. Er wartete, wollte es gerade noch einmal versuchen, als er hörte, wie ein Schloss geöffnet wurde. Die Tür ging auf. Es war so hell draußen, dass er Mühe hatte, die Gestalt auszumachen, die von der Dunkelheit im Innern eingehüllt war. Als seine Augen sich daran gewöhnt hatten, sah er lange schwarze Haare mit grauen Strähnen, ein dünnes Gesicht, dessen Altern sich nicht in weicher gewordenen Zügen manifestierte, sondern darin, dass sich die Haut noch straffer über den Schädel spannte. Sie streckte ihm ihre dünne Hand entgegen, bat ihn hinein in die Kühle. Hinter ihnen fiel die Tür geräuschvoll ins Schloss. Sie trug ein knielanges blaues Kleid. Er folgte ihr die dunkle Treppe hinauf – sie war barfuß – zu einer Wohnung im dritten Stock. Das Apartment war groß und luftig, einfach möbliert, aber er hatte keine Gelegenheit, sich umzusehen, weil sie ihn direkt auf eine Terrasse führte. Im Schatten eines großen Leinensonnenschirms standen ein kleiner weißgestrichener Metalltisch und zwei Stühle. Sie fragte ihn, was er trinken wolle. Einfach nur ein Mineralwasser, sagte er, und sie ging wieder nach drinnen. Man blickte von hier auf einen kleinen Kanal und einige andere Wohnungen, alle mit einer eigenen Terrasse ausgestattet.

Sie kam mit einer Flasche und ein paar Gläsern wieder, die mit Eiswürfeln gefüllt und von Zitronenscheiben gekrönt waren. Das Eis knackte und knisterte, als sie die Gläser füllte. Das Ganze war wie eine Reklame für das Wort »erfrischend«. Er nahm einen Schluck.

»Sehr erfrischend«, sagte er dümmlich und durchsuchte dann die Taschensammlung, die er in den Giardini angehäuft hatte, nach seinem Diktiergerät. »Waren Sie schon auf der Biennale?«

»Noch nicht«, sagte sie. »Morgen.« Er erzählte ihr von den Dingen, die er bisher gesehen hatte, den Dartscheiben, dem finnischen Boot, das sich auf seiner Reise über das Meer bunten Glases langsam mit Wasser füllte. Er fand das Diktiergerät.

»Hätten Sie etwas dagegen, wenn ich unser Gespräch aufzeichne?«

»Nein, gar nicht.« Er stellte das Gerät auf den Tisch zwischen ihnen und drückte auf *Aufnahme*.

»Es ist, äh, stimmaktiviert«, sagte er. »Cool, oder?« Es war eine weitere dumme Bemerkung, und er war zufrieden, dass er sie gemacht hatte. Vor Jahren hatte er seine Gesprächspartner damit zu beeindrucken versucht, wie scharfsinnig, kompetent, informiert und allgemein clever er war. Wie sich herausgestellt hatte, war dies ein Fehler. Interviews verliefen viel besser, wenn der Gesprächspartner dachte, dass man ein völliger Schwachkopf war. Sie gaben sich Blößen, wurden gesprächiger, versuchten sogar, die deutlichen Mängel des Interviewers zu kompensieren. Obwohl das in diesem Fall, so begann er zu vermuten, nicht so viel ausmachen würde. Sie war nicht unfreundlich, aber durch und durch geschäftsmäßig. Interviewte versuchten in der Regel, einen um den Finger zu wickeln. Sie gab sich keine Mühe. Aber sie goss ihm Wasser nach. Sie interessierte sich nicht für ihn – wer interviewt wird, interessiert sich nie für den Interviewer, sondern einzig und allein dafür, was man im Druck für eine Figur macht –, aber an sich selbst schien sie ebenso wenig Interesse zu haben.

»Reden wir zuerst vielleicht über Nikis neue Platte.« Er stellte fest, dass er sich beim Sprechen wand. »Wie finden Sie sie?«

»Sie gefällt mir«, sagte sie. Er wartete darauf, dass sie fortfuhr. Tat sie aber nicht.

»Könnten Sie das noch etwas ausführen?«

»Sie gefällt mir sehr. Es sind hübsche Melodien. Mir gefallen auch einige der Texte.«

»Irgendwelche besonders?«

»So auf die Schnelle fallen mir jetzt keine ein, aber ich finde, sie kann sich gut ausdrücken.«

»Was sagen Sie zu der Aufnahme? Soweit ich weiß, haben Sie zu einem der Stücke sogar Hintergrundgesang beigesteuert.«

»Das war süß von ihr, dass sie mich gefragt hat. Natürlich kann ich nicht für fünf Pfennig singen, aber das spielt keine Rolle, weil da so viel anderes im Gange ist, dass man mich eigentlich gar nicht hört.« *Nicht für fünf Pfennig.* Den Ausdruck hatte er seit Jahren nicht mehr gehört.

»Also, mir gefällt es«, sagte er, obwohl er sich noch nicht die Mühe gemacht hatte, sich die vermutlich schrottige CD anzuhören, die die PR-Abteilung ihm per Fahrradkurier mit einem Dringlichkeitsstatus rübergeschickt hatte, als ginge es um verzweifelt benötigtes Blut. »Ähm, hören Sie sich so etwas auch sonst an? Ich meine, was für Musik hören Sie denn gern?«

»Ich mag ältere Musik. Wahrscheinlich klinge ich jetzt furchtbar alt, aber ich mag Bob Dylan. Ich mag die Doors.«

»Haben Sie Dylan jemals kennengelernt?«

»Nein. Ich habe ihn irgendwann in den Siebzigern in Blackbushe gesehen.«

»Achtundsiebzig. Ich auch. Das war toll, nicht?« Da war er, der Durchbruch, der Moment, in dem sie entdeckten, dass sie etwas verband, auch wenn es das war, was alle zwischen zwanzig und siebzig verband: ein Interesse an Bob Dylan. Wenn Jeff es jetzt geschickt anstellte, könnte dieses Interview wirklich das werden, was Interviews stets zu sein vorgaben: eine nette Plauderei. »Ich war auch in Earl's Court dabei.«

»Das habe ich nicht geschafft.«

»Wen mögen Sie sonst noch?«, fragte er, der Versuchung widerstehend, ganz und gar dylanologisch zu werden.

»Tangerine Dream«, sagte sie. »Van der Graaf Generator.« Er war sich unsicher, ob sie sich einen Spaß machte.

»Haben Sie Van der Graaf jemals gesehen?«, fragte er ebenso unbewegt.

»Ich kannte Pete Hammill flüchtig.«

»*Wirklich?* Wie war er?«

»Er war nett. Ein netter, belesener, wohlerzogener englischer Junge.«

Jeff sagte: *»H to He, Who Am the Only One.«*

»Pawn Hearts«, konterte sie. Er dachte, sie würde gleich loslachen, aber sie verkniff es sich.

»Es gab noch ein Album, aber ich komm nicht drauf.«

»The Least We Can Do Is Wave to Each Other«, sagte sie.

»Natürlich.«

»Aerosol Grey Machine.«

»Mannomann«, sagte Jeff, »Sie kennen sich echt mit Van der Graaf aus.« Gespräche wie dieses hatte er schon etliche Male geführt – andere Bands, selbes Format –, aber immer nur mit Männern. Sich mit einer Frau so zu unterhalten, war anders, viel aufregender.

Als könnte sie seine Gedanken lesen, sagte sie: »Das ist ein ziemlich seltsames Interview. Ist *Kulchur* mit ›k‹ und ›ch‹ ein Magazin für Progressive Rock?«

»Leider nicht. Wäre aber toll«, sagte er und war sich plötzlich bewusst, dass er richtig Spaß hatte. Und das Interview würde gut werden. Oder wäre gut geworden, wenn sie nicht die Hand ausgestreckt und das Diktiergerät ausgeschaltet hätte.

»Rauchen Sie gern Gras, Jeff?«

»Klar.«

»Gut. Ehrlich gesagt, ich bin eine ziemliche Kiffbirne, aber ich wäre Ihnen dankbar, wenn Sie das nicht in Ihrem Beitrag erwähnen würden.«

»Selbstverständlich.«

Sie ging in die Wohnung und gab Jeff die Gelegenheit, dieses selbstbewusste »Klar« allmählich etwas zu bedauern. Damals im zwanzigsten Jahrhundert hatte er gern Gras geraucht, aber seitdem das neue Jahrtausend komplett von superstarkem Skunk beherrscht wurde, hatte er es so gut wie aufgegeben. Sich in den Achtzigern mit Sensei zu bekiffen, hatte Spaß gemacht, aber sich total mit Skunk wegzuballern – und bei Skunk ballerte man sich zwangsläufig total weg –, das war ein völlig anderes Erlebnis. Es war wie eine Direktleitung zum Grauen, zur schlimmsten Paranoia.

Sie kam mit einem Beutel Gras zurück. Jeff versuchte, nicht nervös zu wirken.

»Äh, eine Sache noch«, sagte er. »Ich rauche keinen Tabak.«

»Ich auch nicht. Das hier ist richtig gutes Gras aus Jamaika. Nicht dieses schreckliche Skunk.«

»Ah, ein Glück«, schrie er beinahe vor Erleichterung. »Das kann ich nämlich nicht ausstehen.« Toll war das hier in Venedig. Alles lief so gut.

»Es ist grässlich, nicht wahr? Weiß Gott, was es mit den Köpfen dieser Kids anstellt, die es ständig rauchen.«

»Ganz recht«, sagte er, zum zweiten Mal in ebenso vielen Tagen.

Sie drehte einen kleinen, dünnen Joint, nahm einen Zug und reichte ihn Jeff. Er tat dasselbe und gab ihn zurück. Er wurde angenehm bekifft. Sie waren beide zusammen angenehm bekifft. Das Licht war heller, schärfer. Der Kanal warf Schattenmuster auf die gelbe Mauer gegenüber. Eigentlich war er sogar sehr bekifft, aber auf angenehme Weise. So war das früher immer gewesen.

»Also, jetzt mal zu Hawkwind«, sagte er.

»Abgemacht, ja? Kein Wort übers Kiffen in Ihrem Artikel. Keine kleinen Andeutungen oder Winke.«

»Versprochen.« Ihm brannte die Kehle. Er nahm einen großen Schluck Wasser, durch dessen Spritzigkeit das Brennen für einen

Augenblick noch schlimmer wurde. »Verlassen wir also, wenn auch widerwillig, den Prog-Rock der Siebziger, und kommen wir zu Steve Morison. Vielleicht könnten Sie mir ein wenig über ihn erzählen.«

»Charmanter Mann. Ziemlich guter Künstler. Riesen-Arschloch.« Das ist bombig, dachte Jeff und war sich gleich darauf unsicher, ob er das Interview oder das Gras meinte. »Aber wie ich wohl nicht anmerken muss, sollten Sie auch das bitte nicht zitieren.«

»Oh, alles klar. Meinen Sie die gesamte Antwort oder nur den letzten Teil?«

»Nein, nur die ersten beiden Teile.« Sie lachten beide. Jetzt wurde es richtig *lustig*.

»Wie beurteilen Sie seine Sachen heute? Damals in den Sechzigern wurde er so sehr bewundert. Mich würde Ihre Meinung dazu interessieren, inwieweit sein Werk auch heute noch von Bedeutung ist.«

»Ich finde, die Qualität seiner Arbeiten war sehr schwankend. Seine besten Sachen können sich mit einigen von Hodgkin messen.« Jeff betrachtete sie genau, in der Hoffnung, durch ihre Sonnenbrillengläser hindurch ihre Augen sehen zu können, um festzustellen, wie diese Bemerkung gemeint war. Hodgkin war in den letzten Jahren zu einer totalen Witzfigur geworden. Jeff wartete darauf, dass sie sich noch weiter über Hodgkin ausließ, doch sie kehrte zu Morison zurück. »Und die früheren, figurativen Sachen sind auch gut. Es gelang ihm immer hervorragend, die Art und Weise einzufangen, wie jemand steht, welches Verhältnis zur Umgebung er dabei offenbart. Und wenn es keine Umgebung *gab*, dann einfach das Verhältnis, in dem er zu sich selbst steht. Das hat dann so eine Art psychologische Dichte ergeben, die sich sehr schwer beschreiben ließ, die aber eindeutig da war. Jeder konnte sie sehen oder spüren, obwohl es nichts – absolut gar nichts – Verborgenes in der Szenerie gab. Die Bilder waren so objektiv wie Fotografien.«

»Ja«, sagte Jeff. Obwohl er die Analyse sehr beeindruckend fand, hatte er Mühe, sich daran zu erinnern, wie sie begonnen hatte. Aber dafür gab es ja die schöne Einrichtung der Interviewaufzeichnung. Sie war wie ein externes Gedächtnis. Nur dass er, wie ihm jetzt klar wurde, vergessen hatte, das Diktiergerät wieder einzuschalten.

»Scheiße!« Er beugte sich vor und drückte auf *Aufnahme.*

»Sie erwarten doch wohl nicht, dass ich das alles noch mal wiederhole, oder?«

»Nein, nein.«

Ein Motorboot fuhr vorbei, der Kanal klatschte und schäumte in seinem Kielwasser, wodurch die Schattenwirbel an der Mauer wieder in Bewegung gerieten.

»War es …? Ich meine, Niki allein zu erziehen. Sie haben teilweise in Frankreich und teilweise in London gelebt. Wie war das?«

»In Ordnung. Wir hatten ein wunderbares Apartment in Paris. Eine ordentliche Wohnung in London. Wir hatten keine Geldsorgen. Niki war ein pflegeleichtes Kind.«

»Und Sie? Was haben Sie getan? Außer sie großzuziehen, meine ich.«

»Ich hatte keinen Antrieb, irgendwas zu tun. Ich schrieb ein paar Artikel. Ich hatte vage Ideen für ein Buch, aber es kam nie dazu.«

»Es gab Gerüchte über einen Memoirenband.«

»Ach, ja, ich habe ein paar kleine Sachen geschrieben, aber irgendwie fehlte mir die Hingabe, und es gab auch nichts, dem ich auf den Grund hätte gehen wollen. Also gab es auch nichts, was mich bei der Stange hielt, und nichts, was mich antrieb. Ich hatte zwar ein paar berühmte Freunde, aber ich fühlte mich ihnen gegenüber zu loyal, um irgendetwas Interessantes über sie zu sagen. Oder ich mochte sie zu gern dafür. Wissen Sie, solche Bücher funktionieren immer am besten, wenn irgendein Vertrauensbruch im Spiel ist. Ich hatte kein Interesse, irgendjemanden zu hintergehen oder mit irgendjemandem abzurechnen. Und das Schreiben an sich hat mich nicht genug interessiert. Also habe ich mich einfach treiben lassen. Sagen Sie, langweilen Sie sich manchmal?«

»Ich? Ja, ständig.«

»Das muss von Vorteil sein. Ich bin einfach nicht zur Langeweile fähig. Noch nie gewesen. Ich bin wie einer von diesen Leuten, die man in Indien oder Afrika sieht, wie sie am Straßenrand sitzen und ins Leere starren. Ich kann den ganzen lieben langen Tag nichts tun und bin völlig glücklich dabei. Und ich habe nie irgendeinen Ehrgeiz gehabt. Nicht einmal in seiner primitivsten, negativen Form, die darin besteht, andere Menschen um ihren Erfolg zu beneiden. Ich glaube, deswegen hatte ich auch so viele Freunde. Ich habe mich aufrichtig für sie gefreut, dass sie Erfolg hatten, im Gegensatz zu all denen, die sich selber ständig daran gemessen haben, wie erfolgreich die anderen waren. Verzeihung, rede ich zu viel?«

»Nein, überhaupt nicht. Im Gegenteil, das ist toll.« Jeff warf einen Blick auf das Diktiergerät, um sich zu vergewissern, dass es aufnahm, um sich zu vergewissern, dass er es beim Anschalten nicht aus Versehen ausgeschaltet hatte. Solche Dinge, so erinnerte er sich, passierten leicht, wenn man bekifft war.

»Was vermutlich alles insbesondere auch auf Niki zutrifft?« Scharf wie ein Rasiermesser! Wie Paxman!

»Ja. Es war klar, dass sie irgendetwas tun würde. Wenn es

nicht Musik gewesen wäre, wäre es Kunst oder Schreiben gewesen. Irgend so was. Sie war gerade unzufrieden genug. Im Gegensatz zu mir. Ich habe mich immer sehr wohl in meiner Haut gefühlt.«

Das stimmte. Sie saß einfach entspannt da, und erzählte von sich, aber nicht auf egozentrische Weise, lieferte Informationen über diese Person, die zufällig sie selbst war. Es leuchtete sofort ein, dass sie so viele Freunde hatte. Sie war sehr umgänglich. In ihrer Gegenwart fühlte man sich entspannt – ein Gedanke, bei dem Jeff sofort angespannt wurde, in Sorge, wie er das Thema des Bildes anschneiden sollte, das Max haben wollte und das in gewisser Weise wichtiger war als alles andere, was sich bis dahin abgespielt hatte. Der Schatten von Julias Gebäude erstreckte sich über die gegenüberliegende Mauer wie eine Wasserstandsmarke, und während er langsam nach oben wanderte, hatte man den Eindruck, das Haus gegenüber würde wie ein Schiff beladen, wodurch es etwas tiefer im Wasser versank. Er stellte das Diktiergerät aus.

»Toll. Vielen Dank. Das ist bestens.«

»Das war ja recht schmerzlos.«

»Schön. Dann wäre da nur noch eins, und ich nehme an, Max Grayson, mein Redakteur bei *Kulchur*, wird auch das erwähnt haben: die Zeichnung, die Steven von Ihnen gemacht hat. Die von *Kulchur* hoffen, Sie würden sich vielleicht damit einverstanden erklären, dass sie zusammen mit dem Artikel abgedruckt wird.«

»Sie wollen das Bild mitnehmen?«

»Nicht unbedingt. Je nachdem, was Ihnen lieber ist. Wenn Sie es vorziehen, könnte man einen Kurier vorbeischicken, oder es könnte gescannt und auf elektronischem Weg verschickt werden. Aber, na ja, es wäre toll, wenn ich es zumindest einmal sehen könnte.«

»Und dürfte ich vielleicht fragen, was für mich dabei rausspringt?«

»Natürlich. Man hat mich sogar ausdrücklich gebeten oder vielmehr autorisiert, ein Honorar mit Ihnen zu vereinbaren.«

»Und?«

»Eintausend Pfund?«

»Wissen Sie, jetzt haben wir so eine Situation, in der ich schwierig werden könnte.«

»Das wäre auf jeden Fall Ihr gutes Recht.«

»Was, wenn ich einfach mehr Geld verlangen würde? Geld, das ich übrigens gar nicht besonders dringend haben will, aber, na ja, so macht man das doch, oder?«

»Absolut, ja. Wie wär's mit fünfzehnhundert? Ehrlich gesagt, das ist das Limit. Das Höchstgebot, wie man so sagt.«

»Ich gehe mal das Bild holen.«

Sie ging wieder hinein. Er stand auf und machte ein paar Schritte. Er war immer noch sehr bekifft, und es war unglaublich heiß. Die Kombination veranlasste ihn, sich wieder unter dem diffusen Glühen des Sonnenschirms niederzulassen.

Julia kam mit einer Mappe zurück, die sie aufband, worauf ein gelbliches, dickes Blatt Papier zum Vorschein kam. Sie drehte die Mappe um, öffnete sie wieder, und da war die Zeichnung. Die Frau war nackt, die Beine gespreizt. Zwischen ihren Beinen war ein Gekritzel von verschwommenen Linien. Sie hatte wunderschöne Brüste – und es war eindeutig sie. Ihr Gesicht hatte dieselben markanten Wangenknochen, denselben merkwürdig leeren Ausdruck. Sogar ihre Haare waren in etwa dieselben. Man konnte sich unschwer vorstellen, dass er, wenn sie sich jetzt auszöge, ungefähr denselben Körper sähe wie auf dem Bild.

»Alle Achtung«, sagte er. Er betrachtete das Gesicht auf der Zeichnung, war aber nicht in der Lage, das Gesicht der Person zu betrachten, die sie ihm überreicht hatte. Da war die erstaunliche Tatsache, dass die Zeichnung sie nackt abbildete, aber das Bild hatte auch eine beunruhigende psychologische Eigenschaft – die Eigenschaft, über die sie sich vorher geäußert hatte. Sie ließ sich von diesem Mann, ihrem Geliebten, betrachten und zeichnen. Ihre nackte Geliebte betrachten: Das haben Männer immer schon gewollt. Wenn der Mann ein Künstler war – oder nur ein Teenager mit einem Camcorder –, dann zeigte das, was er malte oder filmte, nicht einfach das, was er sah, sondern die unveränderliche Kraft dieses Verlangens, dieses Hungers zu sehen … Doch ihre Miene verriet absolute Gleichgültigkeit. Wenn in seinem Blick irgendwelche Liebe gelegen hatte, wurde sie nicht erwidert. Stattdessen war da nur Leere. Guck nur, so viel du willst, besagte ihr Ausdruck. Du kannst alles sehen und wirst doch nichts sehen außer dem, was ich mit jeder anderen Frau auf der Welt gemeinsam habe. Man brauchte sich das Bild nur ein paar Augenblicke lang anzusehen, um zu wissen, dass die Beziehung nicht von Dauer sein würde. Und vermutlich wusste Morison das auch, entweder schon während er sie zeichnete oder spätestens nachdem er die Zeichnung vollendet hatte. Vielleicht spielte das keine Rolle, für keinen von beiden. Vielleicht war der Augenblick, der auf diesem Blatt Papier erhalten und aufgezeichnet war, genug. Aber wenn das stimmte, warum strahlte die Zeichnung dann eine solche Einsamkeit aus: nicht ihre – sie war ruhig und völlig still –, sondern die desjenigen, der sie betrachtete, des Künstlers selbst?

»In allen Bildern Giorgiones wird eine hypnotische Beziehung zwischen dem Subjekt und dem Betrachter etabliert. Diese erwächst teilweise aus der bewegungslosen, erstarrten Szenerie und teilweise aus dem unbeweglichen Blick in den Augen des porträtierten Subjekts … Die Stille erzeugt Unruhe.«

»Das ist …« Er räusperte sich. »Das ist ein bemerkenswertes Bild.«

»Ja.« Er gab es ihr zurück. Sie steckte es behutsam zurück in die Mappe, die sie sorgfältig zusammenband. »Also werden Sie wohl verstehen, dass ich es Ihrer Zeitschrift – oder welcher Zeitschrift auch immer – nicht überlassen möchte, weder für tausend noch für fünfzehnhundert Pfund noch … für egal wie viel.«

»Das ist absolut einzusehen«, sagte Jeff. »Es ist ein sehr intimes Bild.«

Sie sah ihn an. »Sie sind kein besonders hingebungsvoller Journalist«, sagte sie. »Aber ein verständnisvoller. Das muss ein Nachteil sein in Ihrem Metier.«

Er zuckte mit den Schultern.

»Wird Ihr Redakteur ebenso verständnisvoll sein?«

»Ich glaube nicht, dass man dafür gefeuert werden kann. Vor allem, weil ich nur freiberuflich arbeite und daher, genau genommen, keine Stelle habe, von der ich gefeuert werden kann.«

»Das klingt beruhigend«, sagte sie lachend.

Das Treffen war beendet. Sie gingen die kühle Treppe hinab. Sie öffnete ihm die Tür. Jeff dankte ihr und wollte ihr schon die Hand schütteln, als sie sich vorbeugte und ihn auf die Wange küsste. Es hatte nichts Sexuelles an sich, aber es war auch nicht der übliche kontinentale Luftkuss, der so konventionalisiert war wie ein Handschütteln. Es hatte etwas Intimes, das nicht erklärbar war, weder dadurch, dass sie zusammen gekifft hatten, noch durch das Interview, noch durch das Bild, das er gerade gesehen hatte. Er verabschiedete sich, trat hinaus in die sengende Hitze und hörte die Tür kreischend hinter sich ins Schloss fallen.

Er ging zurück zur Vaporetto-Haltestelle bei Campo d'Oro und dachte, zum zehnten Mal an diesem Tag, dass es noch heißer – eißer – war als vorher. Das Vaporetto kam schnell und war ungewöhnlich leer. Aus seinem Drei-Tage-Ausweis holte er zumindest ordentlich was raus. Er ging an Bord, fand einen Platz im hinteren Teil und fischte in seiner Taschensammlung nach dem Diktiergerät; er wollte sich die Aufnahme noch einmal anhören, um die Tonqualität zu prüfen. Statt des Diktiergeräts zog er seine Digitalkamera heraus. Scheiße! Er hatte vergessen, ein Foto von ihr zu machen. Es war ihm nicht gelungen, die Zeichnung mitzunehmen, und er hatte vergessen, ein Foto von ihr zu machen. Von den drei Sachen, die er hatte erledigen sollen, hatte er eine vergessen und eine nicht geschafft. Und die eine Sache, die er nicht vergessen hatte – das Interview –, hatte er selbst sabotiert, indem er vergaß, das verdammte Diktiergerät für den besten Teil davon wieder anzustellen. Er warf noch einen Blick in seine Taschen: Wenigstens *hatte* er das Diktiergerät noch. Er war panisch, drauf und dran, bei der nächsten Haltestelle auszusteigen, wieder zurückzugehen, noch einmal zu klingeln und sie zu fragen, ob sie etwas dagegen hätte, ob es zu viele Umstände mache, ob er … Wie bei der E-Mail, die er einen Tag vor seiner Reise nach Venedig nicht abgeschickt hatte – »Ich kann diese Scheiße einfach nicht mehr machen« –, wusste er, noch während er mit dem Gedanken spielte, es zu tun, dass er das Boot nicht verlassen würde, nicht zurückgehen würde, dass er mit leeren Händen nach London zurückkehren würde und man ihm bei *Kulchur* sagen würde, man wolle nicht mehr, dass er diese Scheiße mache, weil einfach kein Verlass darauf sei – er konnte schon richtig hören, wie Max laut wurde –, *dass er die simpelsten Sachen erledigte, um die man ihn bat – was heißt hier bat, mit denen man ihn beauftragte, für die man ihn* bezahlte, *Scheiße noch mal!* Er wusste auch, dass ihm, sobald man ihm sagte, man wolle nicht mehr, dass er diese Scheiße mache, klar werden würde, wie verzweifelt er diese Scheiße weitermachen wollte, die er nicht mehr machen wollte. Er wünschte, er wäre nicht bekifft, wünschte, er könnte klar denken. Das war auch noch so eine Sache beim Kiffen, an die er sich jetzt wieder erinnerte, einer der Gründe, warum er allmählich damit aufgehört hatte: Wenn man bekifft war, kam immer ein Zeitpunkt, wo man sich wünschte, nicht bekifft zu sein, zu dem es wichtig war, nicht bekifft zu sein, klar denken zu können. Venedig glitt vorbei, glitzernd, grünlich-golden, wässrig. Viele der prachtvollen Palazzi waren mit großen Bannern geschmückt, auf denen für Kunst-Events und -Ausstellungen im Rahmen der Biennale geworben wurde. Das Vaporetto hatte sich, wie er mit einem Blick um sich herum feststellte, einigermaßen gefüllt, seitdem er eingestiegen war, war jetzt sogar sehr voll. Nun ja, was konnte er jetzt noch wegen des nicht gemachten Fotos unternehmen? Nichts. Das Beste war, nicht daran zu denken, sich keine Sorgen zu machen.

Eine Menge Leute stiegen an der Galleria d'Accademia aus, aber noch mehr drängten hinein. Das Boot legte ab und fuhr unter der Brücke hindurch. Als es auf der anderen Seite wieder hervorkam, sah er plötzlich Laura, die sich auf dem flachen Bogen der Brücke ans Geländer lehnte. Vögel schwirrten unter der Brücke hindurch und darüber hinweg. Laura trug ein weißes Kleid, schützte sich mit einem Sonnenschirm vor der Sonne – ah, das war es also, ein Sonnenschirm und kein Regenschirm, natürlich war es kein Regenschirm. Hätte sie auf den Kanal hinuntergeblickt – oder selbst den Kanal entlang –, hätte sie ihn sicherlich bemerkt. Aber sie sah – und lächelte – den Mann an, mit dem sie sich unterhielt, ein Typ in Jeffs Alter oder etwas jünger. An der Art, wie sie ihm gegenüberstand, an der Haltung, die er ihr gegenüber einnahm – eine Hand auf dem Brückengeländer –, konnte er selbst mit diesem flüchtigen Blick ablesen, dass sie sich nicht auf einem Spaziergang durch die Stadt befanden. Nein, sie waren sich gerade über den Weg gelaufen. All das ging Jeff in weniger als einer Sekunde durch den Kopf. Er hätte ihren Namen rufen können. Während er immer noch überlegte, ob er es tun sollte oder nicht, wurde es – nach und nach und plötzlich – zu spät dafür. Zu spät! Die Möglichkeit, ihren Namen zu rufen, war keine mehr, war stattdessen zu einer Quelle des Bedauerns geworden.

Bei Santa Maria della Salute stieg er aus, kehrte ins Hotel zurück und fuhr mit dem Aufzug hinauf vor sein Zimmer. Er verbrachte fünf Minuten unter einer beinahe kalten Dusche und legte sich in einem flauschigen, ausgesprochen stehlbaren Bademantel aufs Bett. Erleichtert, nur noch leichte Spuren seiner Bekifftheit zu verspüren, blätterte er in einem der vom Hotel bereitgestellten Venedig-Bücher: eine Luxusausgabe von Turners Bildern der Stadt. Sie waren voller Licht, das sich in sich selbst auflöste, Wasser und Licht, die ineinander zerrannen, Farbe, die zu Licht wurde, Sonnenlicht, das über dem Wasser in Flammen unterging. Manche Farben waren so verdünnt, dass sie nur noch Tönungen von Fast-Farbe waren. Zwar war die Stadt sofort wiedererkennbar, doch stand die Vorstellung, dass Venedig substanzlos sei, eine schimmernde Lösung von Licht und Wasser, die alles in Luft verwandelt, im Gegensatz zu dem, wie Jeff die Stadt erlebte. Was ihm an Venedig auffiel, war gerade, wie *substanziell* es war. Und nicht nur der Ort, auch die Menschen. Dies war keine Stadt, in der im Laufe der Zeit Generationen geboren worden waren, gelebt hatten und gestorben waren. Nein, das Figurenarsenal war dasselbe, das es immer gewesen war, eine konstante und unveränderliche Bevölkerung, die einfach der Epoche, die sie gerade durchlebte, entsprechend die Kleidung wechselte. Jeder Einzelne von ihnen blieb bis zum Ende der Zeit in einem bestimmten Beruf und Alter gefangen. Der Alte, der nebenan den Lebensmittelladen betrieb – Jeff hatte dort Wasser gekauft, Flaschen, die dreimal so groß waren wie die in der Minibar und halb so viel kosteten –, war derselbe Alte, der schon seit Tausenden von Jahren den Lebensmittelladen betrieb. Das Zimmermädchen war schon immer ein Zimmermädchen gewesen. Sie waren einfach da. Und das traf offenbar auch auf die Stadt zu, die sie bewohnten. Kein Ort auf der Welt war so sehr *da* wie Venedig, und so war es seit Anbeginn der Zeit gewesen, lange vor seiner vermeintlichen Entstehung. Vielleicht war die verlorene Stadt Atlantis gar nicht unter den Wellen versunken, sondern stattdessen über ihnen wieder aufgetaucht, wobei sie sich in Venedig verwandelt hatte. Zugegeben, da war das Wasser, das war flüssig und aquatisch, klar, bewirkte Lösung und Auflösung, doch der Haupteffekt des Wassers war, dass die Gebäude im Vergleich dazu äußerst konkret und greifbar wurden. Nicht nur sah Venedig so aus, als wäre es schon immer da gewesen, es vermittelte auch den Eindruck, dass es – ungeachtet all der Geschichten darüber, dass die Stadt jährlich um soundso viele Zentimeter in der Lagune versinke – immer da sein würde, dass es der einzige Ort sein könnte, der noch stand, wenn durch einen globalen Atomkrieg der Rest der Welt zu einer lodernden Schmelze aus brutzelndem Wasser und verbrannter Luft geturnert wurde.

* * *

Es war ein ungewöhnlicher Abend in dem Sinn, dass es kein Dinner für Ed Ruscha gab. Und es gab deswegen kein Dinner für Ed Ruscha, weil es eine *Party* für Ed Ruscha gab. Das wurde Jeff erst klar – dass die Party in der Peggy Guggenheim Collection zu

Ehren von Ed Ruscha gegeben wurde –, als er auf dem Weg dorthin einen Blick auf die dicke, geprägte Einladungskarte warf. Am Zielort angekommen, sah er, dass sich sicherlich an die tausend Leute im Garten drängten und Hunderte mehr – die berühmten Nichteingeladenen – versuchten, hineinzukommen. Es war, als wäre die Regierung von Venedig gestürzt worden und die letzten Hubschrauber wären im Begriff, vom Guggenheim aus zu starten, bevor die siegreichen Armeen von Florenz oder Rom die Stadt besetzten. Mit der Einladung in der Hand wurde er von den überhöflichen Security-Leuten durch die Tore geführt. Drinnen kippten alle Bellinis, wie üblich. Die Kellner hatten ihre liebe Mühe, mit der unstillbaren Nachfrage fertig zu werden. Man konnte sich kaum bewegen, und um die Getränketische herum herrschte das reinste Chaos. Jeff hatte irgendwie die fixe Idee entwickelt, dass es Risotto geben würde. Er nahm an, dass ihn die Einladung auf diese Idee gebracht hatte, aber es stand nichts darüber drin, und im Moment fehlte von Risotto jede Spur. Angesichts der Zahl der Gäste wäre die Herstellung von Risotto ein absurd ehrgeiziges und arbeitsintensives Unternehmen gewesen, doch wie es schien, war Jeff nicht der Einzige, der Risotto erwartete. Tatsächlich war das Risotto und sein potenzielles Nichterscheinen *das* Gesprächsthema im Garten. Die Gäste verließen sich darauf, mit Risotto eine Grundlage schaffen zu können. Ein Mangel an Risotto würde sich ernsthaft auf ihre Fähigkeit auswirken, Bellinis zu kippen. Vom Balkon der Galerie aus bat ein bärtiger amerikanischer Botschafter oder Kulturattaché um Ruhe oder versuchte zumindest, alle dazu zu bringen, für ein paar Minunten ein klein wenig leiser zu sein, damit er eine Rede halten konnte. Als das Stimmengewirr sich beruhigte, begrüßte der bärtige Würdenträger Ed Ruscha, lobte ihn in den Himmel, erklärte, was es für eine Ehre sei, ihn hierzuhaben, und was für ein bedeutender Künstler er sei. Am Schluss bat er alle, das Glas auf Ed Ruscha zu erheben, was zwar recht und billig, aber ziemlich überflüssig war, weil die Leute ihre Gläser, wenn sie sich nicht gerade von dem umlagerten Barpersonal nachschenken ließen, sowieso unaufhörlich erhoben. Und dann öffneten sich die Türen zur Galerie. Da war es! Jetzt wurde eindeutig das Risotto serviert. Es gab einen erstaunlichen Ansturm, als sich der Gedanke, dass Risotto bevorstand, der Menschen bemächtigte. Jeff war perfekt platziert. Er flitzte die Stufen hinauf und landete auf der Galerie, wo er sich nicht Bottichen cremigen Risottos gegenübersah, sondern Kunst, Gemälden und Skulpturen aus der glorreichen Blütezeit der Moderne – Duchamp, Max Ernst, Picasso, Brancusi –, als man sich noch nicht hatte vorstellen können, dass einmal eine Zeit kommen würde, da den Menschen nichts wichtiger wäre als kostenloses Risotto, um all die kostenlosen Bellinis aufzusaugen, die sie im Garten gekippt hatten. Wie eine Flut erklomm die Menschenmenge immer neue Ebenen in dem Gebäude. Plötzlich war Jeff draußen auf der Terrasse, vor sich die Rückseite von Marino Marinis Statue von einem Typen, der auf einem Pferd – oder jedenfalls irgendeinem Tier – saß, aus dessen bronzenem Hintern eine Art Kackwurstschwanz herausragte. Der Reiter hatte seine Arme waagerecht ausgestreckt, gekreuzigt von der Luft oder vielleicht dem überwältigenden Blick über den Canal Grande. Als Jeff sich daran vorbeizwängte, sah er, dass, während sein Reittier diesen steifen kleinen Schwanz auf der Rückseite hatte, dem Reiter vorn ein steifer kleiner Schwanz abstand. Er hatte keine Gelegenheit, über die Bedeutung dieser Details nachzusinnen. Die Suche nach Risotto war von einer solchen Intensität, dass sich innerhalb von Minuten auf der Terrasse nichts mehr bewegte. Auch hier draußen wurden Drinks serviert und ebenso irgendwelche scheußlichen Gebäckstücke, vertrocknete alte Dinger, wie Samosas, aber nicht so würzig. Jeff bahnte sich seinen Weg zum Getränketisch, wo er Ben entdeckte.

»Schon das Risotto entdeckt?«, fragte er.

»Ach, weißt du, ich glaube, es gibt gar kein Risotto«, sagte Ben. Er wirkte richtig niedergeschlagen. Jeff konnte ihn verstehen. Er war selbst ziemlich entsetzt, obwohl er die Vorsichtsmaßnahme getroffen hatte, vorher unterwegs ein paar Stücke Pizza zu essen.

»Da locken sie einen mit dem Versprechen von Risotto hierher«, sagte er, »und dann gibt's kein Scheißrisotto.«

»Es ist noch nicht mal so, dass es eine begrenzte Menge gibt, nach dem Motto ›Wer zuerst kommt, mahlt zuerst‹.«

»Es gibt absolut gar keins.«

»Alles, was es gibt, sind ein paar elende Bellinis.«

»Ziemlich viele Bellinis, muss man fairerweise sagen. Du hast sogar zwei in deinen Händen.«

»Die gehen runter wie nichts, stimmt's?«

»Sie gleiten nur so hinab«, sagte Jeff und leerte seinen. Da sie direkt gegen den Getränketisch gedrückt waren, griff er sich gleich noch mal zwei.

Mit einem Glas in jeder Hand arbeiteten Ben und Jeff sich zum Rand der Terrasse vor und ließen den imposanten Blick über den Canal Grande auf sich wirken. Die Sonne ging gerade turnerhaft unter, war im Begriff, hinter den Gebäuden auf der anderen Seite des Kanals zu verschwinden. Die Kondensstreifen von Flugzeugen liefen dort auch zusammen. Fast genau ihnen gegenüber lag das Gritti Palace. Dort zu sein, wirkte etwas langweilig, verglichen damit, hier zu sein. Von den Vaporetti blickten Menschen zu ihnen herauf, wünschten sich, entweder hier oben zu sein und sich Bellinis in den Hals zu schütten, ohne dafür zu bezahlen, oder auf der Terrasse des Gritti zu sitzen, wo sie sich für jedes Glas dumm und dämlich zahlten.

»Das Schöne an so einem Bellini ist ja«, sagte Jeff zu Ben, »dass es tatsächlich ein äußerst erfrischender Drink ist.«

»Unter diesen Umständen kann man sich keinen besseren Drink wünschen.« Es war der Kaiser, der dies sagte, also waren sie jetzt zu dritt, mit sechs Drinks. Das Problem war nur, dass sie so gut runtergingen, dass es in null Komma nichts notwendig sein würde, sich wieder zum Getränketisch durchzukämpfen, um Nachschub zu holen.

»Bloß schade, dass sie nicht in größeren Gläsern serviert werden«, sagte Ben.

»Stimmt«, sagte Jeff. »Es ist so knausrig, sie in diesen kleinen Popeldingern anzubieten.« Er hatte es scherzhaft gemeint, oder zumindest hatte er so angesetzt, doch kaum war die Bemerkung ausgesprochen, wurde ihr Wahrheitsgehalt so eklatant deutlich, dass er sich wirklich zu ärgern begann. Vor allem weil die blöden kleinen Gläser schon wieder leer waren. Er harnischte sich schon, um sich zum Getränketisch durchzuschlagen, als in einem dieser magischen venezianischen Momente ein Kellner mit einem Bellini-Krug erschien. Die drei hielten ihm ihre sechs Gläser hin und sahen gierig zu, wie er sie füllte.

»Hat der Buddha nicht gesagt, man muss alles nehmen, was einem in die Bettelschale gelegt wird?«, sagte Ben.

»Weise Worte!« Gerührt vom glücklichen Zufall des Augenblicks, stießen sie ihre Bettelschalen klirrend gegeneinander und schlürften ihre Drinks – schlürften im Sinne von kippten. Mochte ein Bellini, wie Jeff behauptete, auch ein erfrischender Drink sein, so war die Hitze doch derart drückend, dass man sie sich unmöglich vom Leibe halten konnte. Eine Art Manie lag in der Luft. Atman schloss die Augen und gab sich dem ihn umgebenden Lärm hin, dem Stimmengetöse, dem Tumult von Gespräch und Gelächter, Bemerkungen und Fragen in unterschiedlichen

Sprachen, dem Knallen von Prosecco-Flaschen und Klirren von Gläsern, dem Gewitzel und Gelächter, mit dem alles besprenkelt war. Es war eine repräsentative Stichprobe davon, wie es sich anhörte, wenn Menschen sich gut amüsierten. Man hätte es aufnehmen und es in irgendeine abgelegene Ecke des Sonnensystems schießen können, um klanglich zu illustrieren, wie sich gesellschaftliches Leben auf der Erde – oder zumindest hochkarätiges Gratissaufen – anhörte. Jeff öffnete die Augen, und da war er, starrte hinaus über den Canal Grande. Als würde man aufwachen und sich in einem schöneren Traum wiederfinden als in allen, die man im Schlaf gehabt hatte. Was für eine Stadt, was für eine unglaublich sensationelle Stadt! Jemand tippte ihm auf die Schulter. Er drehte sich um.

Es war sie. Laura. Dieselbe Person. Aber anders gekleidet. Natürlich war sie anders gekleidet. Es gab so viel zu sehen. Ihr Haar, ihr Gesicht, ihr Kleid und, an ihr Kleid geheftet, der kleine gelbe Button – mit einer so kleinen Beschriftung, dass man es nicht lesen konnte. Die überwältigende Freude des Augenblicks verlieh ihm plötzlich Sicherheit, gab ihm die Freiheit zu sagen:

»Du hast mich gefunden! Siehst du. Hab ich doch gesagt.«

»Solltest du nicht eigentlich mich suchen?«

»Irgendwann war mir klar, dass das nur geht, wenn ich mich von *dir* finden lasse, wenn ich aufhöre zu suchen. Aber in gewisser Weise hab ich nie aufgehört zu suchen. Sogar gerade eben hab ich nach dir Ausschau gehalten – nur die Richtung stimmte nicht.«

Jetzt war der richtige Moment, sich hinabzubeugen und sie zu küssen. Auf den Mund. Er war überhaupt nicht nervös.

»Ich bin froh, dass ich dich gefunden habe«, sagte er.

»Ich auch.« Aus dieser Nähe konnte er die Worte auf ihrem Schild lesen: MEIN SAFEWORD IST »AUTSCH«.

»Hast du dich gut amüsiert?«

»Ja. Und du?«

»Ich muss sagen, bis jetzt hat alles perfekt geklappt.«

»Bist du zu den Giardini gegangen?«

»Ja. Aber wann warst *du* da? Das ist die Frage.«

»Ich war wohl gegen halb zwei dort.«

»Und auf der Brücke an der Accademia, etwa um sechs?«

»Ja, ich glaube, um die Zeit müsste ich dort gewesen sein. Wieso bist du nicht raufgekommen?«

»Du hast dich mit jemandem unterhalten. Und so schnell kam ich nicht von dem Vaporetto runter. Und außerdem, weißt du noch, dass ich dieses Interview mit Julia Berman machen wollte? Am Schluss haben wir zusammen gekifft, es war also alles ein bisschen seltsam. Ich war ein wenig von der Rolle.«

»Du warst bekifft?«

»Mit dem Ergebnis, dass ich vergessen habe, die Zeichnung mitzunehmen. Ach, das ist eine lange Geschichte. Habe ich dir gestern von dem Bild erzählt?«

»Du hast es erwähnt. Aber das Interview war wichtiger, oder?«

»Ich weiß nicht. Vielleicht. Ich habe die Zeichnung gesehen, die Morison von ihr gemacht hat, aber sie wollte sie mir nicht überlassen.«

»Wie sah sie denn aus?«

Hatte er das Gespräch unbewusst in diese Richtung gelenkt, um sagen zu können, auf der Zeichung sei eine nackte Frau mit gespreizten Beinen zu sehen? Oder war überhaupt nichts *Un*bewusstes daran?

»Sie war darauf. Nackt, liegend, Morison beim Zeichnen ansehend.«

Sie hob die Augenbrauen. »Und?«

»Es schien einfach nicht richtig, es mitzunehmen.«

»War es ein gutes Bild?«

»Ja, ich glaube schon. Es hatte etwas Intensives. Doch, es war ziemlich stark.«

»Jetzt wirst du doch wohl nicht etwa irgend so was Langweiliges sagen von wegen ›der männliche Blick‹, oder?«

»Eigentlich wollte ich das«, sagte er und sah sie an. »Hast du das nur gesagt, damit ich dich ansehe?« Etwas anderes wollte er auch gar nicht in diesem Augenblick, einem Augenblick, der, wäre es nach ihm gegangen, ewig hätte dauern können. Sie in diesem rot-goldenen Kleid anzusehen. Sie anzusehen und darüber zu fantasieren, was sie wohl für Unterwäsche trug, wie sie wohl nackt aussah … Er schaltete zur Gegenwart zurück und sagte: »Aber erzähl du mal. Was hast du danach getan? Nachdem du auf der Accademia-Brücke warst?«

»Das ist ja mehr ein Verhör als eine Unterhaltung.«

»Irgendwie schon. Eine ähnliche Dringlichkeit in dem Wunsch nach Antworten. Es gibt so vieles, was ich wissen will. Zum Beispiel, was du nach der Accademia gemacht hast.«

»Ich habe mir eine Brille gekauft. Ich brauchte eine Sonnenbrille.«

Sie kramte in ihrer Tasche – einer Tasche von Freitag, größtenteils rot.

»Tolle Tasche«, sagte er.

»Finde ich auch. Weißt du, was mir daran am besten gefällt?«

»Mal sehen.« Er betrachtete die Tasche, während sie darin herumkramte, spähte sogar etwas hinein. »Die Tatsache, dass sie einen Reißverschluss hat«, sagte er. »Ohne den Reißverschluss wäre ihre Schönheit durch ihren Mangel an Zweckmäßigkeit geschmälert.«

»Sehr gut.«

»Dachtest du, ich würde einfach ›rot‹ oder so was sagen?«

»Aber nein. Ich hatte keinen Zweifel daran, dass du ›Reißverschluss‹ sagen würdest. Deswegen habe ich dich gefragt. Damit du dich scharfsinnig fühlen kannst. Die andere tolle Eigenschaft dieser Tasche ist, dass sie ein zweites Fach hat.« Sie zeigte es ihm. »Mit einem weiteren Reißverschluss.«

»Welten innerhalb von Welten. Reduziert auch das Herumkramen.«

»Reduziert es«, sagte sie, in ihrer Tasche kramend, »aber kann es nie ganz eliminieren.« Mit diesen Worten zog sie ihre neue Sonnenbrille hervor und setzte sie auf. Es war eine dieser Riesenbrillen, mit denen jede Frau wie Kate Moss oder eine Spielerfrau aussah. Kein Zweifel: Es war eine große Ära für Damen-Sonnenbrillen. Er konnte ihre Augen durch die Gläser sehen, konnte sein Spiegelbild in ihnen sehen und hinter ihm die Gebäude von Venedig.

»Probier mal.«

Er nahm sie ihr ab, blickte hindurch. Der Himmel glühte in dem schwindenden Licht, so wie wenn die Sonne direkt auf eine Wolkenbank scheint und sie in ein glühendes Schwarzbild verwandelt. Es war, als würde ein Gewitter heraufziehen – ein Gewitter aus grün-goldenem Licht.

»Fantastisch«, sagte er und gab sie ihr zurück. »Apropos fantastisch, was ist das denn für ein Kleid? Das von gestern Abend war schon toll. Aber dieses hier – das ist das schönste Kleid der Welt. Das könntest du zu den Oscars tragen.«

»Zu kurz. Aber danke.«

»Wo hast du das her?«

»Ah, das Verhör wird fortgesetzt. In Vientiane.«

»Ich bin ganz ehrlich, ich weiß nicht, in welchem Land das ist.«

»Laos.« Sie betonte es so, dass es sich auf »Hau« reimte.

»Weißt du, was mir daran am besten gefällt?«

»Was denn?«

»Die Ärmel.«

»Es hat doch gar keine.«

»Bingo!« Sie stießen ihren Gläser aneinander.

»Was ist mit dem Artikel, den du gerade schreibst?«, fragte sie. »Ist dir schon was eingefallen?«

»Es ist unmöglich, etwas über Venedig zu sagen, das nicht schon gesagt wurde«, sagte er sehr scharfsinnig.

»Einschließlich dieser Feststellung«, sagte sie noch scharfsinniger. Dieser Satz ließ ihn erstaunt verstummen. Ihr nächster machte ihn völlig baff. »Und«, sagte sie, »hast du was von dem Risotto abbekommen?«

»Nein! Kein einziges Körnchen.«

»Du machst Witze!«

»Nein, *du* machst Witze. Es gibt gar keins.«

»Stimmt, jetzt nicht mehr. Aber ich hab mich damit vollgeschlagen.«

»Wo wurde es denn ausgegeben? Das darf doch nicht wahr sein! Ich finde dich, und mir wird klar, dass ich das Risotto verloren habe. Die Bestätigung, dass es tatsächlich existiert hat, ist zugleich die Bestätigung, dass ich es verpasst habe.«

»Es tut mir leid, die Überbringerin schlechter Nachrichten zu sein.«

»Wie war es?«

»Sehr lecker. Mit Erbsen. Erbsenrisotto.«

»Scheiße! Von dem Zeug kann ich nicht genug kriegen! Ich nehme an, es ist nichts mehr übrig?«

»Sie haben alles weggeräumt, kurz bevor ich hier rauskam.« Er war sprachlos. »Ich bedaure deinen Verlust«, sagte sie.

»Und ich freue mich über meinen Fund«, sagte er.

Es war etwas so eindeutig Aufrichtiges an dieser Bemerkung, dass die Unterhaltung ins Stocken geriet, bis Laura sagte: »Und, wie war Julia Berman? War sie die Erfüllung der Männerfantasie von der älteren Frau?«

»Sie war eigentlich ganz nett, aber ehrlich gesagt bin ich inzwischen so alt, dass selbst die älteren Frauen in meinen Fantasien jünger sind als ich.«

»Sehr gut. Übrigens, wo wir gerade bei dem Thema sind, wie alt bist *du* eigentlich? Ungefähr.«

»Ähm, vierzig. So in der Art.«

Sie hielt ihre Finger hoch und zählte an ihnen ab. Sah erschrocken aus, sah ihn an. Zählte verzweifelt nach, sah ihn entsetzt an.

»Nein, nein. Das kann nicht sein.«

»Sehr witzig.«

»Du siehst gut aus. So in der Art. Für dein Alter.«

»Ich muss dir etwas beichten.«

»Was?«

Er beugte sich vor und flüsterte: »Vor zwei Tagen habe ich mir zum allerersten Mal …« Er hielt inne. »… die Haare färben lassen.«

Sie musste vor Lachen einen Schluck Bellini in ihr Glas zurückspucken.

»Ich hatte so was schon vermutet«, sagte sie.

»Tatsächlich?«

»Nein, ich mache nur Spaß. Es sieht toll aus. Als wäre es nicht gefärbt. Und du hast dich also während der Arbeit zugekifft.«

»Ich weiß. Tut mir leid. Ich habe das Gefühl, die ganze Welt enttäuscht zu haben. Einschließlich mich selbst. Und was ist mit dir?«

»Meinst du, ob du mich enttäuscht hast, oder ob ich das Gefühl habe, dass ich mich selbst enttäuscht habe?«

»Ich meine, kiffst du gern? Kalifornien muss dem Dope-Rauchen sehr zuträglich sein.«

»Kalifornien ist so ziemlich allem zuträglich, was man tun kann.«

Und dasselbe galt in diesem Moment auch für Venedig. Immer mehr Schnellboote und tief im Wasser liegende Taxis legten jetzt an, auf der anderen Seite des Kanals am Gritti und hier am Guggenheim, aber sie nahmen nun mehr Leute von hier mit, als sie absetzten. Die Party hatte ihren Höhepunkt überschritten. Es gab eine Menge zu trinken und noch eine Menge Trinkende. Unter normalen Umständen hätte die Party noch stundenlang in vollem Schwung weitergehen können, aber dies war die Biennale, es gab jede Menge Partys, zu denen man gehen konnte, und sowie eine Party etwas nachzulassen begann, verpuffte sie schnell. Wenn sich vorher jedes Gespräch stillschweigend darum gedreht hatte, wie toll es war, hier zu sein, dann drehte sich jetzt jedes Gespräch stillschweigend darum, wo man als Nächstes hingehen solle. Es gab eine allgemeine Bewegung in Richtung Ausgang. Sie schlossen sich einer Gruppe an, die zu der Party eines russischen Sammlers im Palazzo Soundso gehen wollte. Jeff war nicht eingeladen, aber Laura hatte eine Einladung für zwei. Irgendwie war dies das Schicksal seines Lebens: ein »Plus eins« zu sein. Wahrscheinlich war es den Versuch wert, seinen Namen per einseitiger Rechtserklärung in »Plus eins« ändern zu lassen.

Sie verließen das Guggenheim und bummelten durch die Gassen und Gässchen von Venedig. Ein paar Mitglieder ihrer Gruppe gingen beinahe umgehend verloren. Als sie an der Accademia-Haltestelle vorbeigingen, legte ein Vaporetto an, also kletterten sie an Bord, nur um an der nächsten Haltestelle, San Toma, wieder auszusteigen. Jeff war es egal, wo sie hingingen. Sie kamen zu dem Palazzo, wo die Party stattfand, und wurden alle acht ohne weitere Probleme eingelassen. Es war im Wesentlichen die gleiche Party wie die, von der sie gerade kamen. Gleiche Szene, anderes Setting: ein heißer Hof, eine Menge trinkende Leute.

Nur dass die Getränke skandalöserweise nicht kostenlos waren. Unglaublich, aber wahr! Es wurde tatsächlich erwartet, dass man für sie *bezahlte*! Jeff war schon bei der improvisierten Bar, als er diesen empörenden Bruch der Party-Etikette entdeckte. Begierig, einen guten Eindruck zu machen, wollte er gerade eine Flasche Prosecco kaufen, als die Aufmerksamkeit des Barkeepers von einem Gast abgelenkt wurde, der behauptete, zu wenig Wechselgeld bekommen zu haben. In diesem Augenblick der Ablenkung griff ein nackter Arm an Jeff vorbei, klaute eine Flasche aus dem Eiseimer und verschwand sofort wieder. Er blickte sich um und sah Lauras diskret sich zurückziehenden Rücken. Sie hatte einen Arm über den Kopf erhoben und bedeutete ihm mit einem Finger, ihr zu folgen.

Als Jeff endlich ein paar saubere Gläser gefunden hatte, stand die Flasche schon offen da, leichten Nebel verströmend, bereit ausgeschenkt zu werden.

»Du bist mir vielleicht eine«, sagte Jeff.

»Sie ist furchtbar, nicht?«, sagte ein Mann, dem er noch nicht vorgestellt worden war. »Irgendwann bringt sie sich noch mal richtig in Schwierigkeiten. In der Zwischenzeit – auf Laura!«

Jeff schloss sich dem Toast an, insgeheim besorgt, sie könne *ihn* in Schwierigkeiten bringen, ihm so mühelos das Herz herausreißen, wie sie den Prosecco geklaut hatte. Die gut gekühlte heiße Ware, deren Inhalt mit vielen Gästen geteilt wurde, hielt nur ein paar Minuten lang. Als jemand losging, um Nachschub zu kaufen, wandte sich Laura Jeff zu und sagte: »Findest du nicht, dass es Zeit ist?«

»Doch, doch. Unbedingt. Aber, ähm, wozu?«

»Dass wir ein Gespräch über Kunst führen.«

»Welche Kunst?«

»Sehr witzig. Was hast du schon gesehen?«

Jeff erzählte ihr von dem finnischen Boot in dem zertrümmerten Glas (das war ihr entgangen), den lustigen Dartscheiben, dem blauen Raum, der Video-Dusche …

»Und insgesamt?«

»Insgesamt lief ich herum und sagte mir: ›Das ist alles von einer völlig erstaunlichen Banalität.‹« Das hatte er überhaupt nicht gedacht, aber er dachte es jetzt, während er es sagte.

»Aber das stimmt gar nicht, oder? Weil die Banalität uns gar nicht mehr erstaunt. Wir erwarten sie geradezu. Sie ist richtiggehend beruhigend, ein Qualitätssiegel. In gewisser Weise haben wir in sie investiert. Es ist, als würden wir einen konzeptuellen Durchbruch erleben. Es ist wirklich aufregend. Alle fragen sich, wie lange das noch so weitergehen kann, wann die Blase platzen wird. Tatsächlich *ist* die Blase schon geplatzt, aber sie dehnt sich trotzdem noch weiter aus. Es ist wie die Entdeckung eines neuen Naturgesetzes.«

»Ziemlich ungewöhnlich, jemanden, der für eine Galerie arbeitet, so reden zu hören.«

»Ich weiß. Deswegen steige ich ja auch aus. Ich werde stattdessen Hedgefonds-Managerin. In Varanasi.«

»Ich wäre auch gern Hedgefonds-Manager. Oder wenigstens wüsste ich gerne, was Hedgefonds-Manager so machen.«

»Sie sammeln Kunst.«

»Hast du eine Sammlung?«

»Ein paar kleine Sachen. Geschenke von Künstlern, an deren Ausstellungen ich mitgearbeitet habe. Und du?«

»Eigentlich nicht. Jedenfalls keine Kunst. Ich liebe es so sehr,

Dinge zu besitzen, dass ich mich dagegen wehre, etwas anderes als Bücher zu sammeln. Bücher und Dylan-Raubpressungen.«

»Und was ist mit mir?«

»Wie meinst du das? Fragst du mich, ob du Dylan-Raubpressungen sammelst?«

»Nein.« Sie hob ihr Glas an die Lippen und nahm einen Schluck. »Ich meine, würdest du mich gern besitzen?«

»Ich habe meine Zwanziger in den achtziger Jahren verbracht. Den Zeiten des feministischen Terrors. Wenn das eine Frau im Jahr 1984 zu mir gesagt hätte, wäre das ungefähr das Verführerischste gewesen, was man sich vorstellen kann. Aber höchstwahrscheinlich hätte es sich um eine ideologische Falle gehandelt.«

»Ich bin eine Falle. Eine Honigfalle.«

»Tatsächlich? In so einer wollte ich schon immer mal gefangen werden. Damals in den Achtzigern gab es so was nicht. Oder es gab vielleicht die Fallen, aber keinen Honig. Es waren eher Maggi-Fallen.«

Beendet wurde dieses angenehm zweideutige Gespräch durch die Ankunft von mehr Prosecco, mehr Leuten und einer anderen, hitzigeren Diskussion, in der es um Turner und Venedig ging. Da er kurz zuvor ein Buch über genau dieses Thema durchgeblättert hatte, meinte Jeff, etwas beitragen zu können, aber er kam einfach nicht zu Wort.

Dave Glanding sagte: »Turner kam nach Venedig –«

Maria Fielding sagte: »Die Letzte der Kämpfenden Temerairen oder wie das heißt …«

Der Abend hatte einen Punkt erreicht, an dem es völlig egal war, was man sagte. Es brauchte keinen Sinn zu ergeben, und man brauchte den anderen nicht ausreden zu lassen, aber desgleichen brauchte niemand auf das zu hören, was man selber sagte, oder einen ausreden zu lassen.

»Constable –«, sagte eine Frau, die Jeff nicht erkannte, aber weiter kam sie nicht, bevor der Kaiser einwarf: »Es gibt nur einen Künstler auf der Biennale, der mir etwas bedeutet.«

Ungewöhnlicherweise entstand eine Pause, während alle auf die Auflösung warteten.

»Bellini!«, sagte er und hob das Glas in Anerkennung des begeisterten Applauses, mit dem diese Bemerkung bestätigt wurde. Jeder stimmte auf irgendeiner Ebene zu und manche auf allen Ebenen. Dies war offensichtlich eine Feuer-frei-Zone, in der eine absolut sinnvolle Unterhaltung in eine andere Unterhaltung übergehen konnte, die sich in absolut sinnvoller Weise aus der vorherigen ergab, obwohl zwischen beiden nicht der geringste Zusammenhang bestand und die vorherige sowieso absolut unsinnig gewesen war. Jeff hatte keine Chance, sich zu beteiligen, war aber beruhigt nach allem, was er gehört hatte – beruhigt, dass eine Menge Leute viel betrunkener waren als er. Im Vergleich war er nüchtern wie ein leicht angeheiterter Stock.

Die Unterhaltung schwappte zu einem anderen unerwarteten Thema: wo als Nächstes hingehen? Es wurde beschlossen, zu einer anderen Party zu gehen, ganz in der Nähe, im Palazzo Zenobio. Laura und Jeff schlossen sich der restlichen Gruppe an, aber der Zenobio war so überfüllt, dass erst dann jemand hineingelassen wurde, wenn jemand von drinnen wegging: Das Nullsummenspiel von *einer rein, einer raus*. Es folgte ein weiteres Intermezzo lustzehrenden Herumstehens. Der Kaiser und ein paar andere sagten, sie würden für heute Schluss machen – Schluss machen in dem Sinne, dass sie zu Haig's Bar gingen. Gleich auf der anderen Seite des Kanals befand sich eine Bar namens Manchester Pavilion; Laura, Jeff und die anderen gingen stattdessen dorthin.

In der Bar waren viele Gäste, die nichts mit der Biennale zu tun hatten – Rucksackreisende, die zufällig in Venedig waren, die auf keinen Partys gewesen waren, denen die ganze Aufregung über Einladungen ebenso fremd war wie ein Hexenschuss –, aber da waren auch viele aus der Kunstszene. Einige dieser Kunstszeneleute waren mit Kunstszeneleuten in Jeffs und Lauras kleiner Gruppe befreundet, die sich, inzwischen zahlenmäßig etwas geschrumpft, mit dieser neuen Gruppe vereinigte und bald wieder zu alter Stärke zurückfand. Das passte Jeff bestens: Je mehr Leute da waren, desto leichter war es, mit Laura allein zu sein.

Sie nahmen ihr Bier und setzten sich draußen auf die warmen Stufen der buckligen Brücke, die sich über den schlafenden Kanal spannte. Nach all dem Gequatsche der letzten Stunden kam es Jeff vor, als wäre es das erste Getränk an diesem Abend, das er richtig *trinken*, richtig bewusst in kleinen Schlucken genießen konnte. Alles davor war nur Brennstoff gewesen, der auf den Scheiterhaufen der Unterhaltung geschüttet wurde.

Sie saßen schweigend da. Er bemerkte wieder die Dinge, die er schon den ganzen Abend lang bemerkt hatte. Sie trug rosa Sandalen ohne Absätze. Unter einem Knöchel war eine Stelle geröteter Haut, wundgescheuert von einer anderen Sandale. Ihre bloßen Beine waren gebräunt.

»Wie oft warst du schon in Venedig?«, fragte Laura.

»Zwei Mal. Vor vier Jahren zur Biennale und einmal davor, vor Ewigkeiten, mit einundzwanzig. Ich war unterwegs, um mich auf Korfu mit einem Freund zu treffen. Ich habe vor dem Bahnhof geschlafen. Was nicht schlimm war, nur dass die Bullen einen wirklich früh aufweckten, also bin ich den Tag lang erschöpft herumgetrottet und hab mir ab und zu ein Stück Pizza gekauft, um mich auf den Beinen zu halten. Ich wollte eigentlich nur nach Korfu, aber ich bin mit einem InterRail-Ticket gefahren – kennst du die Dinger? –, weil es billiger war. Am zweiten Abend bin ich dann, anstatt vor dem Bahnhof zu schlafen, mit dem Zug nach Florenz gefahren und habe die ganze Fahrt über geschlafen, und dann habe ich gleich wieder den nächsten Zug zurück genommen und noch ein bisschen geschlafen. Ich war immer noch erschöpft, aber in den kurzen Momenten, in denen ich die Augen offen halten konnte, habe ich ein bisschen was von der Stadt gesehen.«

»Warum hast du dir kein Zimmer genommen?«

»Die waren so teuer. Ich war allein. Es kam mir wie ein schrecklicher Luxus vor.«

»Wie geizig!«

»Ich weiß. Aber ich habe meine Lektion gelernt. Rate mal, wo ich diesmal abgestiegen bin?«

»Wo denn?«

»In einem *Hotel*.«

Sie saß auf einer etwas höheren Stufe, die Füße dezent geschlossen, aber als sie lachte, sah er ein Stückchen weißen Slip, was ihm Herzklopfen bescherte. Die Geschichte des Sex ist die Geschichte flüchtiger Blicke: zuerst Knöchel, dann Dekolleté, dann Knie. In jüngerer Zeit Tätowierungen, Nabelringe, Zungenpiercings, Unterwäsche. Lauras Unterwäsche ... Wann immer sie die Stellung etwas veränderte, hoffe er, einen weiteren Blick unter ihr Kleid erhaschen zu können.

»Versuchst du etwa, mir unters Kleid zu gucken?«, fragte sie.

»Nein! Jetzt gerade nicht. Jetzt gebe ich mir gerade große Mühe, dir in die Augen zu gucken. Aber vor ein paar Augenblicken habe ich es versucht, ja.«

»Wie alt bist du noch mal?«

»Anfang bis Mitte Vierzig, so in der Art. Aber manche Dinge sind zeitlos. Du bist vierzehn, und du willst Frauen unters Kleid gucken. Du bist vierzig, und du willst Frauen unters Kleid gucken. Du bist siebzig und stehst mit einem Bein im Grab, aber du hoffst, noch während sich dein Blick gen Himmel richtet, dass du noch eine letzte Chance bekommst, einer Frau unter den Rock zu gucken. Die Säume sind mal höher und mal tiefer, aber sonst ändert sich eigentlich nichts.«

Jeff hatte das Gefühl, eine feierliche Rede gehalten, ein Glaubensbekenntnis abgelegt zu haben. Vielleicht hatte er das auch. Sie saßen wieder schweigend da. Dann sagte Laura: »Sollen wir bald gehen?«

»Von mir aus können wir jetzt gehen.«

»Na, dann komm.«

Sie standen auf, ließen ihre Flaschen auf den Stufen zurück und gingen los. Er legte seinen Arm um ihre Schulter. Ihr Arm umfasste seine Hüfte. Sie gingen durch die katzenleeren Gässchen und Gassen, an Kanälen entlang, über wartende Piazzas.

»Was meinst du, wie sind die Aussichten, dein Hotel zu finden?«

»Ich bin mir nicht sicher. Aber der Anreiz, es zu tun, ist erheblich.« Sie sahen oft auf dem Stadtplan nach, der inzwischen vom achtlosen Falten zerrissen war. Sie fragten einen geduldigen Mann, der seinen Hund ausführte, nach dem Weg.

»Sempre dritto!«, erwiderte er unbeirrt. »Geradeaus!«

Nach hundert Metern war es nicht mehr möglich, geradeaus weiterzugehen. Sie mussten abbiegen, und sie mussten falsch abgebogen sein. Weitere Fehler wurden begangen. Sackgassen tauchten ohne Vorwarnung vor ihnen auf. Brücken, die als Abkürzungen dienen sollten, blieben verborgen, aber nach zwanzig Minuten, in denen sie im Zickzack gingen und Teile ihres Wegs zurückverfolgten, erreichten sie schließlich das Hotel. Der Nachtportier händigte Jeff den Schlüssel aus. Augenbrauen wurden nicht hochgezogen.

Das Zimmer war kühl, als sie es betraten. Laura ging direkt ins Badezimmer. Die weiße Tür schloss sich hinter ihr. Jeff hörte fließendes Wasser, das Geräusch der Toilettenspülung. Er zog seine Birkenstocks aus, betrachtete die geschlossene weiße Tür, sah, wie sie wieder aufging.

»Kann ich die hier benutzen?« Sie hielt die kleine Zahnbürste hoch, die vom Hotel bereitgestellt wurde.

»Natürlich.« Die Tür ging wieder zu, und er starrte wieder darauf. Als sie aufging und Laura herauskam, ging er hinein und putzte sich die Zähne mit seiner eigenen Zahnbürste. Er kam heraus. Sie lag nicht im Bett und saß auch nicht darauf. Sie lehnte am Tisch, blätterte im Buch mit Turners Bildern vom wasserfarbenen Venedig. Sie schloss das Buch, legte es auf den Tisch. Er steuerte auf sie zu, und sie küssten sich. Es war wie ein Kuss aus alter Zeit, als Menschen nicht darauf hoffen durften, so etwas vor ihrer Hochzeitsnacht zu erleben. Alles, was danach kommen sollte, war bereits in diesen ersten Augenblicken ihres Kusses enthalten. Er berührte ihr Gesicht, ihre Haare fielen ihm über die Hände, übers Gesicht. Während sie sich küssten, streifte er ihr Kleid über ihre Schenkel. Ihre Hände fuhren unter sein Hemd, legten sich auf seinen Rücken. Sie beugte sich vor, damit er ihr das Kleid über die Hüfte schieben konnte, und lehnte sich wieder zurück gegen den Tisch. Als er hinabblickte, sah er nun deutlich die weiße Unterwäsche, die er vorher kurz erspäht hatte. Ihre Beine, die Innenseiten ihrer Schenkel fühlten sich samtweich an, während seine Hände an ihnen emporglitten. Er berührte den Baumwollstoff zwischen ihren Beinen, drückte ihn gegen ihren Körper. Sie hatte sein Hemd aufgeknöpft. Als sie mit den Fingern leicht über seine Rippen fuhr, lief es ihm heiß und kalt den Rücken hinunter. Er griff nach dem Reißverschluss ihres Kleids und öffnete ihn, schob ihr das Kleid von den Schultern. Dann löste er ihren BH und beugte sich hinunter, um ihre Brüste zu küssen. Eine ihrer Brustwarzen war von einem silbernen Ring durchbohrt. Der Anblick ließ sein Blut brodeln. Er legte die Hände auf ihre Brustwarzen, die sofort hart wurden, spielte sanft mit dem Ring. Er neigte den Kopf und nahm ihre Brustwarze in den Mund, der silberne Ring klirrte laut gegen seine Zähne. Sie küssten sich wieder. Er zog ihren Slip zur Seite und ließ seine Finger in sie hineingleiten. Er trat zurück, kniete sich vor ihr hin und küsste ihren Bauch. Sie stützte sich mit den Händen auf dem Tisch ab. Er wanderte leckend ihren Bauch hinunter, immer tiefer, um ihr Geschlecht zu sehen und zu riechen. Sie griff hinunter, um den zur Seite gezogenen Slip am Zurückrutschen zu hindern. Er rührte sich nicht, atmete nur tief durch die Nase ein und durch den offenen Mund wieder aus. Nur sein Atem berührte sie. Keiner von beiden bewegte sich. Dann legte er den Kopf in den Nacken, und sie drückte sich vom Tischrand ab, bis sie zunächst beinahe und dann tatsächlich seine Zunge berührte. Sie küsste sein Gesicht mit ihrer Möse, schob sie über seinen Mund, bewegte sich im selben Rhythmus wie er. Er bewegte seinen Daumen in ihr, ließ ihn heraus- und wieder hineingleiten, dann die übrigen Finger. Sie presste sich stärker gegen sein Gesicht, griff dann hinter sich und zog sich das Kleid über den Kopf, warf es aufs Bett. Er erhob sich, und sie küssten sich wieder, beide mit ihrem Geruch auf dem Gesicht. Sie war nackt bis auf ihren weißen Slip. Sie öffnete langsam den Reißverschluss seiner Hose, griff in seine Unterhose. Sie schoben sich in Richtung Bett. Er streifte Hose und Unterhose ab, und sie beugte sich hinab, um ihren Slip auszuziehen. Dabei sah er, knapp unter ihrem Hüftknochen, eine kleine Tätowierung, die er auf den ersten Blick für einen Hai hielt. Aber natürlich war es ein Delphin, der bläulich aus einer gezackten Brandung hervorsprang.

Sie saßen jetzt beide nackt auf dem Bett. Ihr Schamhaar war dicht, sehr dunkel, weich, zu einem schmalen Streifen getrimmt. Sie küsste seinen Bauch, und er leckte ihren, bis sein Gesicht zwischen ihren Beinen war und ihr Mund sich um sein Glied schloss. Er schob den linken Arm zwischen ihre Beine, drückte sie auseinander und begrub sein Gesicht in ihr. Zum ersten Mal sah er ihr Arschloch. Sie nahm ihn noch tiefer in den Mund, der so nass war wie ihre Möse in seinem Gesicht. So verharrten sie, bewegten sich nur leicht im Rhythmus, bis sie kam, in seinem Gesicht kam, während sein Samen in ihren Mund spülte.

Sie entwirrten ihre Arme und Beine, etwas verlegen darüber, so vermutete er, dass sie mit dem Gesicht im Geschlecht des anderen gelandet waren. Intimität ist nicht konstant oder gleichförmig; sie hat ihre ganz eigenen Verzögerungen und Verschiebungen. Er war sich auch ein klein wenig unsicher bezüglich der Etikette dessen, was gerade passiert war. Hätten sie vögeln sollen? Laura gingen offenbar die gleichen Gedanken durch den Kopf.

»Und, wirst du mich jetzt vögeln?«

»Vielleicht nicht jetzt *sofort*«, sagte er. Sie lächelte, und dann küssten sie sich.

»Dein Gesicht riecht nach meiner Muschi.«

»Dein Gesicht riecht nach meinem Saft.«

»Hätte das nicht heißen müssen: ›Dein Gesicht riecht nach meinem Saft, *du Schlampe*‹?«

»Stimmt. Aber bei mir läuft gerade dieses postkoitale Zärtlichkeitsprogramm.«

»Bei mir auch. Ich fand es wunderschön, wie du mich geleckt hast.«

»Ich fand es wunderschön, wie du mich gelutscht hast. Und ich finde das hier schön«, sagte er und berührte ihren Brustwarzenring. Natürlich meinte er das auch so, aber was er eigentlich meinte, war, dass es gerade so vieles gab, was man schön finden konnte.

Sie lagen nebeneinander, tranken abwechselnd umständlich aus einer der großen Wasserflaschen Wasser, die er gekauft hatte. Jeff sagte: »Es ist wirklich erstaunlich, findest du nicht? Du triffst eine Frau und sprichst mit ihr, und dann lässt sie dich diese *Sachen* mit ihr machen, für die du dich im Grunde seit dem dreizehnten Lebensjahr brennend interessierst. Und dann *lässt* sie dich nicht nur diese Sachen machen. Sie *will* sogar, dass du diese Sachen machst. Und sie will auch Sachen mit *dir* machen. Es ist einfach großartig.«

»Warum erzählst du mir das? Ausgerechnet mir?«

»Ich musste es einfach mit *irgendwem* teilen. Und außer dir ist hier niemand.«

Sie reichte Jeff das Wasser und rollte sich auf den Bauch. Er sah wieder das Delphin-Tattoo, das er zuvor kurz erspäht hatte. Er folgte mit der Hand den Kerben ihrer Wirbelsäule die ganze Länge ihres gebräunten Rückens entlang.

»Wann hast du dir den Hai stechen lassen?«

»Das ist ein Delphin, du Idiot!«

»Ich hab doch gesagt, dass ich kein besonders visueller Typ bin.«

»Vor fünf Jahren. In San Francisco. Magst du Delphine?«

»In gewisser Weise beneide ich sie.« Er stellte das Wasser auf den Nachttisch, berührte den Delphin und streichelte ihre Beine und ihren Hintern. Schob seine Finger zwischen ihre Beine. Er war wieder erregt.

»Unterhalten wir uns noch weiter?«

»Möglicherweise.«

»Gut, worüber unterhalten wir uns denn jetzt?«

»Wir unterhalten uns darüber, wie wunderschön es sich anfühlt, meine Finger in deiner Möse zu haben.«

»Ja, es fühlt sich wunderschön an«, sagte sie. »Ja, so.« Ihre Beine öffneten sich weiter. Er konnte sehen, was seine Hand tat.

»So?«

»Hmm. Hast du Kondome?«

»Ja.« Sie drehte sich auf den Rücken. Sie küssten sich.

* * *

Am Morgen frühstückten sie – Orangensaft (toll), Kaffee (perfekt), Cornetti (leidlich) – im selben Café, in dem er am Tag zuvor gewesen war. Sie saßen auf glänzenden silbernen Stühlen im Schatten, trugen Sonnenbrillen, sahen die baumgeschmückte Straße entlang bis zum Giudecca-Kanal. Das war es: Glückseligkeit. Dieselbe Glückseligkeit, die viele Male zuvor und nicht bloß in Venedig erlebt worden war: von Menschen in anderen Städten, an anderen Morgen ganz wie diesem. Ihre langen, sonnengebräunten Beine zu betrachten und ihre Glätte auf seinen Händen, seinen Lippen zu spüren, war eins. Jeff fragte: »Was würdest du frühstücken, wenn du zu Hause wärst?«

»Ein Full English Breakfast. Eier. Speck. Bohnen. Black Pudding.«

»Weißt du überhaupt, was das ist?«

»Ist das nicht Scheiße in Schafsblut gebraten oder so?«

»Andersrum.«

»Ehrlich gesagt würde ich Orangensaft, Kaffee und Croissants nehmen.«

»Das kriegt man alles in L. A.? Muss ja eine tolle Stadt sein.«

»Der O-Saft wäre koffeinfrei.«

Jeff blätterte derweil in der Zeitung, die bestätigte, was sie –

was alle – vermutet hatten: Heute würde es noch heißer als gestern werden.

Er blickte auf und sagte: »Hier ist ein Artikel, in dem steht, dass Männer biologisch programmiert seien, beim Frühstück Zeitung zu lesen. Was meinst du? Ist da was Wahres dran?«

Laura tunkte gerade das letzte Stück ihres Cornetto in ihren Kaffee und streifte sich mit der anderen Hand die Haare hinters Ohr. Er legte die Zeitung zusammen – eine männliche, frühstückige Geste. Sie sagte: »Du bist gut drauf.«

»Rat mal, warum.«

»Weil du nicht vor dem Bahnhof übernachtest?«

Immer wieder landeten kleine Vögel auf ihrem Tisch und pickten nach den Krumen. Laura scheuchte sie weg. Sie waren lästig und möglicherweise ein Gesundheitsrisiko. Laura kramte in ihrer Tasche, derselben Tasche, in der sie am Abend zuvor gekramt hatte, bevor sie miteinander geschlafen hatten. Schließlich holte sie einen vielfach geänderten Ausdruck ihres Zeitplans hervor.

»Was haben wir heute?«

»Freitag.«

»Mist.«

»Was ist?«

»Ich bin mit meinem Chef zum Mittagessen verabredet. Was bedeutet, dass ich jetzt lieber gehen sollte. Ich muss noch zum Hotel und und was anderes anziehen.«

»Was anderes anziehen? Ein noch tolleres Kleid?«

»Vermutlich nicht. Aber auf diesem sind leider Spermaflecken.«

»Tut mir leid. Wie unhöflich von mir.«

»Ich vergebe dir. Außerdem brauche ich frische Unterwäsche. Guck mal.« Sie senkte den Kopf, sah nach unten und öffnete leicht die Beine. Unter ihrem Kleid war sie nackt. »Aber ist das nicht fürchterlich? Für einen kulturell bewussten Menschen wie mich hat Sharon Stone diese Geste irgendwie ruiniert.«

»Ich habe es trotzdem genossen«, sagte er. »Aber was für einen Unterschied zehn Stunden doch ausmachen. Gestern Abend hast du mir noch vorgeworfen, ich würde dir unters Kleid gucken, und jetzt bittest du mich schon darum.«

»Es ist ein Privileg, kein Recht.«

»Gestern Abend hast du gesagt, ich würde dich besitzen.«

»Ich sagte: ›*Würdest* du mich gern besitzen?‹«

»Die verdammte Honigfalle«, sagte Jeff, der während ihrer Unterhaltung Honig aus seinem Cornetto gelöffelt hatte. Er hielt den Löffel hoch.

»Was machst du damit?«

»Auch auf die Gefahr hin, vulgär zu wirken, sollte ich ihn wohl ablecken. Aber ich mag keinen Honig. Deswegen habe ich ihn rausgekratzt.« Er legte den honigverklebten Löffel auf den Teller.

»Was ist denn mit dir?«, sagte Laura. »Was hast du heute vor?«

»Ich brauch mich nicht umzuziehen. Ich bin zufrieden mit dem, was ich anhabe, vielen Dank.« Ein weiterer Moment der Verlegenheit, der Prüderie: Als sie sich im Hotel anzogen, hatte er sich, trotz der Hitze, für eine lange Hose statt für Shorts entschieden. »Ich muss nur zum Arsenale. Können wir uns später dort treffen?«

»Ich weiß nicht genau, wann ich dort sein kann. Vielleicht um zwei? Wenn ich es bis dahin nicht schaffe, rufe ich dich an.«

»Ich hab kein Telefon.«

»Du hast kein Telefon?«

»Nein, aber ich könnte dich anrufen.«

»Ich hab auch keins.«

»Okay, das ist wirklich ein Zufall.«

»Braucht man in deinem Job kein Telefon?«

»Wahrscheinlich schon. Braucht man in deinem Job nicht auch eins?«

»Unbedingt.«

»Wir müssen die letzten beiden Menschen auf der Welt sein, die kein Handy haben. Ausgestoßene.«

»Ist aber kein Problem. Wenn ich nicht spätestens um zwei am Ticketschalter im Arsenale bin, kannst du davon ausgehen, dass ich nicht komme. In dem Fall treffen wir uns bei der Accademia, auf der Brücke. Um vier.«

»Bestens. Sollen wir noch einen Kaffee bestellen?«

Sie bestellten noch zwei Cappuccinos, noch zwei Säfte, noch zwei Cornetti. Zusätzlich zu den Vögeln summte eine Wespe um den Tisch herum, wie eine Biene angezogen von dem Honig. Fiona Banner, die Künstlerin, ging forsch vorbei. Mit ihren pechschwarzen Haaren und der Brille mit dem großen Gestell sah sie aus wie verkleidet – als sie selbst. Jeff winkte, aber sie sah ihn nicht.

Er hätte ohne Weiteres hier sitzen bleiben können, für den Rest des Tages, für den Rest seines Lebens. Laura sagte, sie müsse los. Er bezahlte die Rechnung, und sie küssten sich zum Abschied.

»Ich bin müde«, sagte sie.

»Ich auch.«

»Ich wünschte, wir könnten ein Nickerchen machen.«

»Also, ich hätte Zeit.« Sie hatte die Arme um seinen Hals gelegt.

»Wir sehen uns später. Arsenale um zwei –«

»Oder Accademia um vier.«

Er blickte ihr nach, ihr Haar schattendunkel in der Sonne, die Füße in leichter Bewegung.

Erleichtert, das nachfrühstückliche Gehetze des vorangegangenen Morgens nicht wiederholen zu müssen, beschloss Jeff, zu Fuß zum Arsenale zu gehen, über den Campo Santo Stefano und die Piazza San Marco. Seinen Gang als federnd zu beschreiben, wäre eine starke Untertreibung. Er stolzierte durch Venedig, als gehörte es ihm, als wäre es ausschließlich für ihn geschaffen. Das Leben! So voller Unbequemlichkeiten, Verdruss, Langeweile und Ärger und doch zugleich so ganz und gar fantastisch. Was für ein absolut sensationell großartiger Planet, auf dem er sich befand! Eine fettschwabbelnde Frau in einem weißen T-Shirt sah ihn unsicher an. Wahrscheinlich hatte er es wieder getan – seine Gedanken stumm mit den Lippen geformt. Aber wen kümmerte das, wenn es solche Gedanken waren, Gedanken, die auf ihre bescheidene Art tatsächlich dazu beitrugen, die Welt zu dem hervorragenden, glücklichen Ort zu machen, der sie war?

Es dauerte eine Weile, bis er zur Piazza San Marco kam, so wunderschön auf Fotos oder im Morgengrauen, so taubenverstopft, wenn der Tag erst angebrochen war. In der südwestlichen Ecke war besonders viel los. Vor allem um *Jeff* herum. Er wurde von der Seite angerempelt, von links. Ein junger Typ – gut aussehend, keine zwanzig, möglicherweise Osteuropäer – sagte etwas zu ihm; sein Italienisch war von einem so schweren Akzent gefärbt, dass Jeff ihn nicht verstehen konnte. Er trug eine Sonnenbrille. Wieder stieß er mit Jeff zusammen, sprach immer noch weiter. Aber was sagte er? Es ergab keinen Sinn. Vielleicht war es nicht einmal Italienisch. Jeff spürte, wie etwas gegen seine rechte Hüfte stieß, während der Typ zu seiner Linken immer noch in dieser verwirrenden Sprache redete, die vielleicht, vielleicht auch nicht Italienisch war. Was …? Scheiße, er wurde beklaut. Das war hier los. Er schrie *»Ladro!«* und schob sich durch die Menge, verschaffte sich etwas Platz. Alle Blicke richteten sich erst auf ihn, dann auf den Typen, der ihn angesprochen hatte, und dann auf dessen Komplizen. Beide machten, dass sie wegkamen. Jeff kontrollierte seine Taschen. Geld, Vaporetto-Pass, Presseausweis … Alles war dort, wo es sein sollte. Die zwei Möchtegerndiebe befanden sich noch in Sichtweite; sie waren sich der anklagenden Blicke der Menge bewusst. Jeff frohlockte plötzlich. Sie hatten versucht, ihn zu berauben, und hatten versagt. Er fühlte sich unbesiegbar und rief den beiden Albanern – oder Serben, oder was sie waren – auf Englisch hinterher: »Und ihr nennt euch Taschendiebe? Ihr könntet nicht mal eurer Mutter die Pisse aus der Möse stehlen.« Sowie die Worte seinen Mund verlassen hatten, fühlte er sich plötzlich nicht mehr so unbesiegbar, hatte Angst, dies könnte eine so schwere Beleidigung sein, dass sie auf der Stelle gerächt werden müsste, dass es ihre Ehre verlangte, zurückzukommen und denjenigen, der sie geäußert hatte, niederzustechen. Zum Glück beherrschten sie die englische Sprache wohl nicht gut genug, um das Gesagte zu verstehen. Ganz anders der ältere Italiener neben Jeff, offensichtlich ein Connaisseur von Schmähungen, der ihm auf die Schulter klopfte und sagte: *»Bravissimo! Bravissimo!«* Verwirrt und eingeschüchtert – ihre Angst, gelyncht zu werden, war wahrscheinlich größer als Jeffs, erstochen zu werden – schlichen die beiden Missetäter davon; sie wirkten harmlos, arm, ausländisch und hoffnungslos in der Minderheit. In der Nähe verkauften ein paar groß gewachsene Afrikaner gefälschte Prada-Handtaschen. Ihr langgliedriges, unbeteiligtes Gebaren ließ keine Schlüsse darüber zu, wo ihre Loyalitäten lagen. Fühlten sie sich ihren armen slawischen Brüdern verbunden, gegen die sich der Zorn der Menge so leicht hätte entladen können? Oder freuten sie sich über die Gelegenheit, ihre eigene relative Gesetzestreue, wie passiv auch immer, bekräftigen zu können, demonstrieren zu können, dass sie, mochte es streng genommen vielleicht auch nicht legal sein, diese Lederwaren zu verhökern, die niemand haben wollte, im Grunde doch unbescholtene Handelsleute waren, die sich auf dem richtigen Weg in eine Zukunft befanden, in der sie unter Umständen ein ehrliches Gewerbe im Einzelhandel würden betreiben können?

Jeff trat auf die Riva degli Schiavoni – die Strandpromenade, wie er sie für sich gern nannte. Sie war immer noch voll mit Touristen und den Ständen, die sie versorgten, doch nach etwa hundert Metern wurde es angenehm ruhig. Die Sicht auf das Meer oder den Kanal – er war nicht ganz sicher, wo genau sich das eine in das andere verwandelte – wurde von riesigen Yachten verstellt: die *Ecstasea*, die *Neptun*, die *Meeresbrise* – ein Name, der jeden daran erinnerte, dass es keine gab, dass die brütende Stadt in windloser Hitze dahindümpelte.

Neben den nationalen Pavillons in den Giardini war das Arsenale die andere Schlüsselkomponente der Biennale: eine Werkauswahl von Künstlern aus der ganzen Welt, ausgesucht oder in Auftrag gegeben vom Leiter der Biennale und (angeblich) durch irgendein Thema verbunden. Die Tatsache, dass dieses Thema in dem offensichtlich willkürlichen Aufgebot an ausgestellten Kunstwerken unmöglich zu erkennen war, schmälerte das Erlebnis – oder zumindest Jeffs Erlebnis – nicht. Es gab jede Menge zu sehen: Gemälde, Installationen, Fotos, Videostreams, Skulpturen (oder etwas in der Art), hin und wieder sogar, wie anrührend, eine Zeichnung. Er sauste durch all das hindurch und nahm alles auf, auch wenn er größtenteils eigentlich gar nichts aufnahm. Er hatte sich fünf Minuten lang eine Videoschleife von einem Jungen angesehen, der in den ausgebombten Ruinen einer Stadt – Belgrad, wie sich herausstellte – Ballhochhalten spielte, ehe er merkte, dass es gar kein Fußball war, womit der Junge da dribbelte, sondern ein menschlicher Schädel.

Ein paar Minuten später sah er aus dem Augenwinkel ein paar Farbfotografien von sonnengebräuntem nacktem Fleisch. Porno! Das war das Tolle an der Kunstwelt heutzutage – man war nie allzu weit entfernt von »Ab 18«, von sexuell freizügigem XXX-Hardcore-Material. Allerdings stellten sich die Fotos bei näherem Hinsehen als das Gegenteil von Porno heraus. Dies waren Farbfotos einer gebärenden Frau. Überall Blut, die Nabelschnur, die wie Gedärm aussah, und schließlich das verschmierte, zerknitterte kleine Alien-Baby. Bah! Das Zeug gehörte verboten! Es war zutiefst anstößig. Es konnte einem bis an sein Lebensende den Sex vermiesen. Und nicht nur den Sex. Es konnte einem bis an sein Lebensende das Leben vermiesen.

Überflüssig zu erwähnen, dass diese Bilder – wie alle anderen Fotos im Angebot – Abmessungen hatten wie *Das Floß der Medusa*. Was machte es aus, wenn es bloß Schnappschüsse von jemandem waren, der sich in einem Ledersessel in einer Züricher Wohnung einen runterholt? Was machte es aus, wenn es nur ein halb aufgegessenes, abgepacktes Ei-und-Kresse-Sandwich war, das jemand auf der Bank eines Bushäuschens in Stockholm liegen gelassen hat? Was machte es aus, wenn es ein Porträt der säuerlich dreinblickenden Großmutter des Künstlers war, die ihren Einkaufswagen durch einen schlecht sortierten Supermarkt in Barnsley schiebt? Man brauchte sie nur ausreichend zu vergrößern, und sie sahen aus wie … Na ja, sie sahen ehrlich gesagt scheiße aus, aber sie sahen eben auch wie Kunst aus.

Wie bei den Giardini gab es einen ständigen Fluss von Leuten, die man begrüßen und mit denen man sich austauschen konnte: darüber, was sie diesen Morgen gesehen hatten, darüber, was sie letzten Abend unternommen hatten. Jeff war niemand, der über seine Bettgeschichten redete, doch jetzt hätte er nichts lieber getan, als mit seinen Abenteuern der letzten Nacht zu prahlen, anzugeben, es von den Dächern der Stadt zu schreien, doch irgendwie gelang es ihm, sich zu beherrschen. Alle, denen er begegnete, hatten einen noch größeren Kater als am Tag zuvor, und einige waren zusätzlich zu den kostenlosen Taschen und Katalogen auch an kostenlose T-Shirts gekommen. Die Zielstrebigsten hingen sogar schon an den kostenlosen Flaschen Asahi, die bereits aus strategisch platzierten, mit Eis vollgestopften Eimern ausgeteilt wurden.

Scott Thomson, der sich auf Kissen und orange-roten Teppichen unter einem flammenden Neon-Dschungel ausgestreckt hatte, winkte ihn zu sich herüber. Da alle anderen Besucher entweder respektvoll um die Installation herum- oder zügig durch sie hindurchgingen, erwartete Jeff, dass das Sicherheitspersonal eingreifen und Scott hinauswerfen würde, doch der rief: »Komm schon, Alter, es ist erlaubt.«

Jeff ging hinüber und setzte sich zu ihm auf einen Haufen bequemer Kissen, starrte hinauf in diesen verrückten Wirrwarr von Neon-Allerlei und illuminierten Chilis und Plastikbananen und weiß Gott was noch alles. »Das ist schon besser, was? Das ist ein *bisschen* wie beim Burning Man«, sagte Scott.

»So was gibt's da ?«

»Massenhaft. Nur noch abgefahrener. Und dazu würde es wahrscheinlich noch irgendeine Performance geben. Oder zumindest einen Haufen Leute, die miteinander rummachen oder Cocktails servieren.«

»Von wem ist das hier?«

»Jason Rhoades. Und diese ganzen Leuchtschilder –«

»Ja, was bedeuten die eigentlich? Sind das mexikanische Biersorten oder so was?«

»Nein, Mann. Das sind Synonyme für Muschi.«

Jeff sah wieder hin, versuchte die roten, blauen und lila Buchstaben voneinander zu trennen und zu entziffern: Haus Unter Dem Hügel, Die Tortilla, Hombre (wie bitte?), Runzelfunzel, Bank, Vögelchen, Entzündete Axtwunde (Gott, welches kranke Hirn hatte sich das denn ausgedacht?), Leckerchen, Rosaroter Panther … Es waren sicher noch hundert weitere, aber die Botschaft war klar.

»Und wie heißt das Werk?« Scott zuckte mit den Schultern, reichte ihm den Ausstellungsführer und zeigte auf den Titel: *Tijuanatanjierchandelier.*

»Schöner Zungenbrecher.«

»Siehst du, schon hast du dein eigenes Synonym beigesteuert.«

Zufälligerweise hab ich gerade gestern Abend … Jeff sprach die Worte nicht aus, aber seine Miene musste irgendeine Botschaft fröhlichen Wohlbefindens ausgestrahlt haben.

Scott sagte: »Kennst du den Ausdruck ›Grinsen wie ein Honigkuchenpferd‹?«

»Ja?«

»Das ist genau das, was du jetzt machst. So glücklich hast du seit Jahren nicht mehr ausgesehen.«

»Das kommt daher, dass ich seit Jahren nicht mehr so glücklich war«, sagte Jeff und mochte Scott so gern wie seit Jahren nicht mehr. Er hätte das Gespräch gern fortgesetzt, aber es war beinahe an der Zeit, nachzusehen, ob die Quelle seines Glücks zum ersten ihrer potenziellen Rendezvous erschienen war. Er erhob sich zum Gehen und lächelte Scott zum Abschied zu. Nun, da das Eis gebrochen war, saßen und plauderten eine ganze Menge Leute inmitten der Installation.

Jeff wartete bis zehn nach zwei am Ticketschalter auf Laura, in der Hoffnung, sie könnten sich gemeinsam in der Neonhöhle von *Tijuanatanjierchandelier* entspannen. Dann wartete er weitere zehn Minuten. Jetzt würde sie nicht mehr kommen. Er wollte sich schon wieder ins Arsenale stürzen, als er ein Stück weiter einen Pulk Afrikaner in der grellen Hitze ihre Billigtaschen verkaufen sah. Selbst hier waren sie zugange und verhökerten ihre Waren! Sie waren wirklich ununterdrückbar – und optimistisch. Wie standen die Chancen, Taschen zu *verkaufen*, wenn sie überall verschenkt wurden? Doch Leute kauften sie oder zeigten zumindest Interesse, ließen sich auf Verhandlungen über Preis, Qualität und möglichen Mengenrabatt ein. Und eine erstaunliche Anzahl von Leuten filmte oder machte Fotos von diesen glücklichen Afrikanern und ihren angehenden Kunden. Endlich fiel bei ihm der Groschen. Die Afrikaner waren ein Kunstwerk, eine lebendige Installation, sie simulierten die Außenwelt, wie ihre Taschen die Originale von Prada und Louis Vuitton simulierten, wodurch Fragen über Authentizität, Wert, Kommerzialisierung, Ausbeutung und wahrscheinlich noch verschiedene andere, weniger naheliegende Dinge aufgeworfen wurden. Pornografie, die sich als Geburt entpuppte; ein Fußball, der sich als Schädel entpuppte; Kommerz, der sich als Kunst entpuppte: Heutzutage war nichts mehr, was es zu sein schien. Und obwohl Jeff gewiss den Anschein erweckte, gänzlich in die konzeptuellen Implikationen der Afrikaner und ihrer Taschen vertieft zu sein, war auch dies eine Form der Täuschung und Verschleierung, mit der er – vor sich selbst ebenso sehr wie vor jedem, der ihn beobachten mochte – die Tatsache vertuschte, dass er eine Möglichkeit ersann, etwas länger auf Laura zu warten. Doch schließlich musste er akzeptieren, dass sie nicht kommen würde, und mit einem letzten Blick über die Schulter ging er wieder nach drinnen.

Bald entdeckte er etwas, das ihm beim ersten Mal entgangen war: Fotografien von berühmten Akademikern und Intellektuellen, die Vorlesungen hielten, Seminare leiteten und insgesamt den Anschein erweckten, als wäre die Welt des Geistes, wenn schon nicht glamourös, so doch auf jeden Fall lukrativ. Da war Linda Nochlin, die in einem Kolloquium in Paris über »Ruhm und Elend der Pornografie« sinnierte. Da war Eric Hobsbawm, der erklärte, Geschichte bedeute, nie sagen zu müssen, es tue einem leid. Und da war Edward Said – so gut aussehend, manschettengeknöpft und fesch, dass man meinen konnte, Richard Gere hätte schon den Vertrag für das Biopic unterschrieben –, der eine Gruppe bewundernder Studenten durch die Minenfelder von Orientalistik, Spätstil und der Frage geleitete, warum die Osloer Verträge für den Arsch waren.

Unter normalen Umständen hätte er nicht die Geduld gehabt, sich ganze Videos anzusehen, doch übernächtigt wie er heute war, gefiel es ihm, sich in verdunkelten Räumen hinzufläzen und sie ihren Lauf nehmen zu lassen, obwohl viele von ihnen natürlich gar keinen Lauf hatten, den sie hätten nehmen können. In einem war die Silhouette einer Frau zu sehen, von hinten und schräg oben gefilmt, die sich vor einem Fluss abzeichnete. Sie war reglos, doch ihr Mantel und ihr Haar bewegten sich im Wind. Vor ihr bewegte sich Wasser verschwommen und grau langsam von links nach rechts, füllte den gesamten Bildschirm. Hin und wieder trieb Müll vorbei: Flaschen, Astbüschel, Plastiktüten. Einmal schwamm ein großer Klumpen vorbei. Es war unmöglich zu sagen, was es war, aber es sah wie irgendein Tier aus, ein Hund oder vielleicht eine Katze. Der Fluss floss weiter, dunstig, müllübersät, endlos. Vogelschatten schossen über das Wasser. Atman sah lange zu, auch dann noch, als die Schleife von Neuem begann, den Fluss dorthin zurückbrachte, wo er begonnen hatte.

Ein anderes Video zeigte einen Boxer mit rasiertem Schädel;

er schattenboxte, duckte sich, tänzelte, führte Schläge gegen eine Frau, die absolut still stand. Er traf sie nie ganz, doch seine Fäuste kamen bis auf wenige Millimeter an ihr ausdrucksloses Gesicht heran. Sie blinzelte nie, doch wie bei der Waschfrau bewegten sich ein paar Strähnen ihrer Haare im Luftzug seiner Schläge. Einmal, als er sie nur um Haaresbreite verpasste, blähten sich ihre Nasenlöcher etwas. Er hüpfte, schlängelte sich hin und her, gab keinen Moment lang seine Deckung auf, tastete mit Jabs, schnaubte auf diese ganz bestimmte Boxerart durch die Nase, suchte nach Blößen und entfesselte dann eine brutale Kombination, einen Hagel von Linken und Rechten, Uppercuts und Haken, schnellen Schlägen gegen Körper, Gesicht, Kopf. Und die ganze Zeit über stand sie völlig ungerührt da, unversehrt und schön.

Vom Vaporetto aus sah er Laura auf halber Länge der Accademia-Brücke stehen. Sie unterhielt sich mit einem Mann, den er nicht erkannte. Als er das Boot verlassen hatte, war der Typ, mit dem sie geredet hatte, nirgends zu sehen. Er ging zu ihr hinauf und stellte sich genau dorthin, wo ihr Gefährte gerade eben noch gestanden hatte. Sie trug ein weißes Kleid. Sie hob ihren Sonnenschirm um ein paar Zentimeter, gab mehr von ihrem Gesicht der Sonne preis. Sie hatte sich das Haar hochgesteckt, wodurch ihr Hals länger wirkte, ihre Wangenknochen markanter. Ihre Augen leuchteten in der Sonne auf.

»Komm in meinen Schatten«, sagte sie. Er rückte näher, und sie senkte den Sonnenschirm wieder, sodass ihre Gesichter im Schatten waren. Er küsste sie auf den Mund. Sie duftete und schmeckte ein bisschen nach Kirschen.

»Es ist schön hier drin«, sagte er. Er kam sich wie in einer Kapsel vor, etwas abgeschieden von der Welt um sie herum.

»Ja. Die Itze ist eißer denn je. Aber es ist ein winziges bisschen kühler hier drunter.«

Aus ihrer Freitag-Tasche zog sie eine Plastiktüte mit Kirschen. »Nimm dir eine.« Sie hielt ihm eine Kirsche am Stängel vor den Mund. Er umschloss sie mit seinen Lippen, wie Tess in dem Polanski-Film. Sie zog den Stängel ab. Dann nahm sie sich selbst eine, sodass sie, während sie beide kauten, mit zwei Stängeln in der Hand dastand. Seine Hand lag auf ihrer Hüfte, in der Nähe ihrer Tätowierung. Unter dem Stoff ihres Kleides spürte er die leichte Erhebung ihrer Unterwäsche. Sie drehte ihn zum Kanal. Zusammen blickten sie hinaus auf die Terrasse des Guggenheim, auf die namenlosen Palazzi, die untätigen Gondeln, die Anlegepfähle, die wie diese alten Barbiersäulen aussahen. Er sagte: »Warst du noch im Arsenale?«

»Mein Lunch-Termin wurde auf zwei verschoben, deswegen bin ich nach dem Umziehen direkt hingegangen. Ich war sicher, ich würde dich dort sehen. Um halb zwei musste ich dann gehen.«

Sie verglichen, was sie alles gesehen hatten. Sie mussten sich mehrmals knapp verpasst haben: Sie hatte zehn Minuten im vaginalen Leuchten von *Tijuanatanjierchandelier* verbracht, hatte das Video mit dem Schattenboxer und das mit dem Fluss gesehen … Jammerschade, aber es spielte keine Rolle mehr, weil sie jetzt hier waren.

»Und jetzt?«, sagte Laura. »Hast du noch irgendwas zu erledigen?«

»Überhaupt nichts.«

»Sollen wir dann ein bisschen herumschlendern?« Ohne auf eine Antwort zu warten, ging sie los. Er schloss sich ihr an.

Sie gingen über den Campo Santo Stefano und in ein dichteres Gewirr von Einkaufsstraßen, wo es zu voll war, um Hand in

Hand zu gehen. Sie kamen an einem sehr kleinen Spezialgeschäft für Handschuhe vorbei, die in der Auslage präsentiert wurden, als würden sie darum flehen, gekauft zu werden. Sie überquerten eine Brücke über einen kleinen Kanal, in dem sich die Gondeln stauten. In einer thronte ein einzelner Passagier auf seinem Sitz wie Dschingis Khan, der gerade zu der späten Einsicht gelangt, dass ein mit Eroberungen verbrachtes Leben sinnlos ist. Die Mienen der Passagiere in den anderen Booten spiegelten alle in etwa dasselbe Gefühl wider, das widerstrebende Eingeständnis, dass sie, indem sie sich auf eine Gondelfahrt eingelassen hatten, gründlich übers Ohr gehauen worden waren.

Sie kamen zu einem Geschäft, in dem Gläser, Vasen und Lampen verkauft wurden, alle mit Punkten, Wirbeln und leuchtenden Farbstreifen verziert: ganz bestimmt die schönsten Gläser der Welt und wahrscheinlich auch die teuersten. Ein kleines Glas – wie jene, in denen man einen sehr kleinen Orangensaft serviert bekäme – kostete achtzig Euro. Nach dem ersten Moment ungläubigen Schreckens wurde die Vorstellung, dass ein Glas achtzig Euro kosten konnte, beinahe sofort assimiliert. Dostojewski mochte an diese Gläser, an diese Preise gedacht haben, als er den Menschen als ein Wesen definierte, das sich an Dinge gewöhnt.

»Das kommt mir viel vor für ein Glas«, sagte Jeff, »aber bestimmt gibt es diese Woche viele Leute in Venedig, die sich so was leisten können.«

»Es geht nicht darum, dass man sie sich leisten kann«, sagte Laura. »Es geht darum, dass man in der Lage ist, sich keine Sorgen zu machen, dass sie kaputtgehen können. Außerdem, was heißt das eigentlich, sich etwas leisten können? Damit veräußerlicht und misst man doch nur, wie sehr man etwas begehrt.«

Sie standen vor diesen unwichtigen, sehr begehrenswerten Gläsern.

»Weißt du was«, sagte sie. »Ich kaufe dir eins.«

»Nein!«

»Doch. Und nicht nur das. Du kaufst mir auch eins.«

»Wirklich? Autsch!«

»Ja. Aber nur unter der Bedingung, dass es uns völlig egal ist, ob sie kaputtgehen. Natürlich werden wir sie für den Flug in Papier einwickeln, und wir werden sie nicht als Zahnputzgläser benutzen, aber wir werden sie gebrauchen, wann immer uns danach ist. Und weißt du, wie wir uns dabei fühlen werden?«

»Ich bin versucht zu sagen: ›arm‹, aber ich glaube, die richtige Antwort ist reich. In erster Linie bin ich einfach nur erleichtert, dass du nicht vorhast, sie zu klauen.«

Sie führte ihn in den Laden. Es war ein wunderbarer Laden, aber allein dort drinnen zu sein, bewirkte, dass er sich tolpatschig und viel zu forsch vorkam. Eine achtlose Bewegung konnte ihn teuer zu stehen kommen. Aus Furcht, schon ein zu durchdringendes Betrachten der Gläser könnte Sprünge verursachen, versuchte Jeff sie ganz sanft anzusehen.

Die Gläser waren alle verschieden, aber sie waren so gleichförmig schön, dass die Entscheidung, welche sie kaufen sollten, letztendlich ziemlich willkürlich ausfiel. Er wählte eines für Laura aus, das ein rot-weißes Wirbelmuster hatte, als wäre eine Kugel Vanilleeis mit Himbeersirup im Glas gefangen. Sie wählte für ihn ein blassblaues mit winzigen orangen Noppen. Sie bezahlten. Die Verkäuferin wickelte ihre Gläser in rosa Seidenpapier ein, wobei sie so behutsam mit ihnen umging, als wären sie gerade frisch dem Grabmal von Tutanchamun entnommen worden und könnten bei der kleinsten Berührung mit der rauen Luft des Diesseits zersplittern.

Draußen bemerkte Jeff, dass gleich nebenan ein Prada-Laden war. Einen Moment lang machte er sich Sorgen, es könnte ein

Präzedenzfall geschaffen worden sein, nachdem sie für einander unglaublich teure Gläser gekauft hatten, würde der Einsatz jetzt noch weiter erhöht werden, indem sie noch teurere Klamotten kauften.

»So«, sagte Laura, »dann wollen wir mal unsere neuen Gläser benutzen.« »Wo denn?«, wollte Jeff sofort losquietschen, doch er zwang sich stattdessen, »Alles klar« zu sagen und ein weiteres Mal neben ihr in den Schritt zu fallen.

»Dürfen wir sie in die Spülmaschine tun?«, fragte er unterwegs.

»Natürlich. Sie kriegen keine Sonderprivilegien. Es sind bloß Gläser, keine Schreine, die man anbeten muss.«

»Es gibt da wohl noch ein anderes Problem«, sagte er. »Werden jetzt alle anderen Gläser diesen gegenüber minderwertig erscheinen? Wird einem das Trinken aus einer normalen Champagnerflöte so vorkommen, als würde man aus einem, was weiß ich, Marmeladenglas oder so trinken?«

»Wenn jeder so denken würde«, sagte sie, »hätten wir uns nie weit genug entwickelt, um aus Marmeladengläsern zu trinken.«

Sie gingen weiter, durch einen Teil der Stadt, der ihm wieder mehr Zuversicht gab, in dem die Läden normale Dinge zu normalen Preisen verkauften.

Laura sagte: »Weißt du, wo wir sind?«

»Nicht genau.«

»Weißt du, wo wir hingehen?«

»Nein. Aber es würde mich schon interessieren, es herauszufinden.«

Das war dann fünf Minuten später der Fall. Am Ende einer Gasse befand sich ein kleines Hotel mit einem großen Namen, das Excelsior. Laura ließ sich ihren Schlüssel von der Rezeptionistin geben, die sie mit einem breiten Lächeln begrüßte und keinerlei Interesse an ihrem neuen Freund zeigte. In dem winzigen Aufzug – der selbst für zwei schon zu eng war – deutete Laura auf ein Schild, das in einer Plastikhülle steckte und sorgfältig unter den Wartungsschein geklebt war, und sagte: »Sieh dir mal dieses Stück Konzeptkunst an.«

»BITTE SEIEN SIE SO FREUNDLICH UND ZERKRATZEN SIE NICHT DIE PLASTIKHÜLLE. WIR MÖCHTEN SO UMWELTFREUNDLICH WIE MÖGLICH SEIN, ABER WENN SIE DIE HÜLLE ZERKRATZEN, MÜSSEN WIR SIE ERSETZEN.«

»Du hast recht«, sagte Jeff. »Es sollte im Arsenale hängen.«

Ihr Zimmer war klein, von einem weißen Doppelbett beherrscht, das man weder umgehen noch übersehen konnte. Sie wusch die neuen Gläser aus, zerknüllte das rosa Seidenpapier und warf es in den Papierkorb.

»Was hättest du gern als Einweihungsdrink? Es gibt das übliche Minibar-Zeugs, und dazu habe ich etwas Granatapfelsaft und Sprudel gekauft, wegen der Hitze.«

»Das wäre toll.« Am Nachmittag von der Verpflichtung zum Alkoholkonsum befreit zu sein, war eine Erleichterung.

»Wenn wir diese Gläser jetzt kaputtmachen, können wir einfach denken: ›Wow, das war ein teurer Granatapfelsaft.‹ So ist der Druck weg. Cincin.«

Sie stießen vorsichtig an, küssten sich. Granatapfelsaft und Sprudel zischten begeistert, offensichtlich hocherfreut, sich in solch luxuriösen Behältern zu befinden.

»Du schmeckst nach Granatapfel.«

»Du auch.« Sie biss ihm auf die Unterlippe. Ihr Mund öffnete sich. Sie küssten sich wieder. Noch nie hatte er jemanden so gern geküsst. Dann – es ließ sich unmöglich sagen, wer damit angefangen hatte – drehten sie sich so, dass er ihre Schenkel küssen konnte und sie seinen Bauch. Er hob seine Hüfte an, damit sie seine Hose hinunterziehen konnte. Sie zog ihm den Schwanz aus der Unterhose, begann ihn der Länge nach zu lecken. Er zog ihren Slip – wieder weiß – hinunter und streifte ihn ab. Er war sich nicht ganz sicher, was er mit ihrem Kleid tun sollte, das um ihren Bauch herum zusammengeschoben war. Sie setzte sich auf und zog es aus. Ihr Geruch – und sein Begehren nach ihr – war stärker als am Abend zuvor. Er sog diesen Duft ein und drückte sein Gesicht zwischen ihre Beine. Sie schob sich auf ihn. Tropfen fielen aus ihr heraus, in seinen Mund. Sie setzte sich zurück, zwirbelte seine Brustwarzen, rieb sich an seinem Gesicht. Sein Gesicht glänzte von ihrem Geruch. Er griff hoch, sodass er sanft an ihrem Brustwarzenring ziehen konnte. Sie löste sich von ihm, legte sich aufs Bett zurück, die Beine erhoben.

»Fick mich jetzt«, sagte sie. Er griff nach seiner Hosentasche, nach den Kondomen. »Du brauchst kein Kondom zu benutzen, ich habe ein Pessar. Ich hatte es gestern nicht dabei.« Er legte sich auf sie. Sein Schwanz glitt in ihre Möse, ihre Zunge in seinen Mund.

Er begann, sich in ihr zu bewegen. Es war mit nichts zu vergleichen, was er je erlebt hatte. Sie hatte sich ihm auf einer unkörperlichen Ebene geöffnet, die die Intensität erhöhte, mit der sie die gemeinsame Bewegung ihrer Körper erlebten. Er war sich bewusst, in ihr zu sein, aber es war wie eine *außerkörperliche* Erfahrung. Das Wort, das sich ihm aufdrängte, als sie sich später in den Armen lagen, war in einer Weise unbenutzbar, wie es »Möse«, »Schwanz« oder »ficken« einst gewesen waren: Vereinigung. Sie leckte sich die Finger, feuchtete sie mit dem Speichel aus ihrem und seinem Mund an, drückte ihren Rücken durch, schob ihm ihre Hüfte entgegen.

»Ich komme«, sagte sie. Ihr feuchter Finger schob sich in ihn, und einen Augenblick später kam auch er , kam mit ihr, in ihr.

Sie lagen still da.

»Also«, sagte er, »das war höchst angenehm.«

»Ja, oder?«, murmelte sie. Als sein Schwanz aus ihr herausglitt, drehten sie sich auf die Seite, in den Armen des anderen. Er spürte, wie er dem Schlaf entgegenglitt.

Nur zehn Minuten später erwachte er; sein Arm lag taub unter ihrem Hals. Sie wachte auch gerade wieder auf. Als er sich von ihr löste, kehrte das Gefühl kribbelnd in seinen Arm zurück.

»Du bist der magerste Mensch, mit dem ich jemals im Bett war«, sagte sie. »Es ist, als würde man mit einem Bügelbrett schlafen.«

»Es gibt bestimmt irgendeine Kultur auf der Welt, möglicherweise eine ehemalige Sowjetrepublik, ein sehr armes Land, in dem ein Mangel an Verbrauchsgütern herrscht, wo dies das größte Kompliment ist, das eine Frau einem Mann machen kann. Wo es auch sein mag, ich werde dieses Land finden; idealerweise wird es dort die Möglichkeit geben, mich permanent niederzulassen.«

»Das ist meine *Heimat*«, sagte sie. Sie küssten sich. Er blieb auf dem Bett liegen, während sie aufstand, um sich zu duschen. Er sah ihr nach, wie sie ins Badezimmer ging: schmale Hüften, dünner, langer Rücken. Er hörte die Toilettenspülung und das Geräusch der Dusche. Sie kam wieder aus dem Bad, ein weißes Handtuch um sich geschlungen, und er nahm ihren Platz in der dampfigen Dusche ein. Als er herauskam, hatte sie dasselbe weiße Kleid angezogen, das sie am Nachmittag getragen hatte. Er half ihr mit dem Reißverschluss und dem Häkchen oben.

Sie verließen das Hotel und gingen zu einer beinahe leeren Trattoria, die in ein paar Stunden überfüllt und hektisch sein würde. Sie wollten beide keinen Wein, nur Sprudel. Jeff bestellte Risotto, Laura ein Kalbsschnitzel.

»Eine merkwürdige und potenziell kontroverse Wahl«, sagte er,

»obwohl ich verstehe, dass du kein Risotto mehr sehen kannst, nachdem du dich gestern Abend im Guggenheim so damit vollgestopft hast.«

»Ehrlich gesagt«, sagte Laura, »muss ich dir wegen gestern Abend etwas beichten.«

Sein Magen machte einen Sprung. »Was denn?«

»Ich habe gelogen. Es gab gar kein Risotto.«

»Nein!«

»Ich habe dich und deinen Freund darüber reden gehört.«

»Du bist ja wirklich blitzgescheit!«

»Komisch, niemand sagt das mehr: ›Blitzgescheit‹. Wir sollten eine Kampagne starten, um es wieder zu etablieren.«

»Du hast recht. Eine blitzgescheite Idee.«

»Bl-Itze-gescheit.«

Während Jeff sich über sein Erbsen- und Pilzrisotto hermachte – das nach Lauras Geständnis noch befriedigender war –, erzählte sie ihm von einer Ausstellung, die sie eines Tages zu kuratieren hoffte. Nachdem sie die Blicke betroffener Enttäuschung auf den Gesichtern so vieler Galeriebesucher gesehen hatte, habe sie nun vor, den Stier bei den Hörnern zu packen und eine Ausstellung mit dem Titel »Ist Das *Alles*?« zu organisieren, mit Arbeiten einiger der konsequent enttäuschendsten Künstlern unserer Zeit. Schon bald flogen Titel für eine Reihe verwandter Ausstellungen zwischen ihnen hin und her.

»Ferner Liefen.«

»Qualité Négligeable.«

»So Gut Wie Nichts.«

»Magere Ausbeute.«

»Und als Höhepunkt ein Symposium mit Kuratoren und Kritikern«, sagte Laura. »Irgendwas in der Richtung von ›Mal Sehen, Wie Ihr Euch Da Rausredet‹.«

Es machte Spaß, so zu reden, doch Jeff hatte das ungute Gefühl, dass sie sich aus dem herausredeten, worüber er am liebsten reden wollte: wie sie den Rest ihres Lebens miteinander verbringen wollten. Sie bestellten noch eine Flasche Mineralwasser. Er sah ihr dabei zu, wie sie ein Erdbeer-Gelato zum Nachtisch aß. Sie bestellten beide einen Espresso.

Nach dem Abendessen – und wie herrlich es war, früh zu essen, wie Rentner – gingen sie Hand in Hand durch den heißen venezianischen Abend. Er hatte irgendwo gelesen – es war wieder eines dieser Dinge, über die beinahe jeder Schriftsteller, der hier zu Gast war, geschrieben hatte –, dass Venedig eine narzisstische Stadt sei, die sich ständig im Spiegel betrachtete. Was er überall gespiegelt sah, das war sein – ihr gemeinsames – Wohlbefinden. Die Stadt strahlte vor gespiegelter Glückseligkeit. Sie waren beide zur Australien-Party auf der Giudecca eingeladen worden. Sie machten kurz an Jeffs Hotel halt, damit er sich umziehen konnte, und gingen dann zum Vaporetto bei Zattare. Die Dämmerung brach herein. In der Kirche hinter ihnen begannen die Glocken zu läuten, überschlugen sich, wurden zu einer Sturmflut von Klängen. Die weite Wasserfläche, die sie von der Giudecca trennte, glühte dunkel von dem überschüssigen Licht, das sie während des Tages aufgenommen hatte. Dann trübte sie sich, wurde dunkel, so dunkel wie der Himmel – erst marineblau und dann atlantikschwarz. Das Vaporetto tuckerte in Sicht, die ersten Sterne erschienen.

Sie stiegen bei Palanca aus und gingen ein paar hundert Meter in Richtung Westen. Die Party war bereits gerammelt voll. Oder zumindest war die Terrasse gerammelt voll. Wie schon in den vorangegangenen zwei Nächten hatte die Hitze alle nach draußen getrieben. Alle paar Sekunden hörte man das Ploppen einer neuen Flasche Prosecco. Bellinis wurden in riesigen Mengen vorbereitet. Es war mit anderen Worten genau wie auf jeder anderen Biennale-Party, nur dass Jeff zu dieser mit Laura erschienen war, der Frau, die er auf der ersten Party am ersten Abend kennengelernt und mit der er nach der Party am zweiten Abend geschlafen hatte. Er nahm zwei Drinks von einem Tablett und gab einen davon Laura, die sofort von einer Freundin begrüßt wurde. Dann wurde Jeff begrüßt, nicht von einer Freundin, sondern von Graham Hart, Kunstkritiker des *Observer*. Entweder war der bereits seit geraumer Zeit hier, oder er hatte nicht erst bis zum Abend gewartet, um sich am Bellini-Trog volllaufen zu lassen. Nicht nur, dass er kaum zu verstehen war, es war auch schwer zu sagen, wo ein Wort aufhörte und das nächste begann. Seinem Mund entsprang eine wogende Flut von etwas, bei dem es sich zweifellos um Sprache handelte, das aber nicht in der Lage war, Sinn zu vermitteln. Und das war nicht das Einzige, was seinem Mund entsprang. Er spuckte leicht beim Sprechen, und ein Spucketropfen landete auf Jeffs Unterlippe. Er konnte ihn dort spüren, aber aus Wohlerzogenheit unterließ er es, ihn wegzuwischen. Hätte er es getan, wäre das ein Eingeständnis dessen gewesen, was sie beide lieber ignorierten: dass Graham auf ihn gespuckt hatte. Graham schwitzte übermäßig, mehr als all die anderen Gäste, die auch übermäßig schwitzten. Er wischte sich die Stirn mit einem altmodischen Taschentuch ab.

Allmählich hörte sich Jeff ein bisschen in das ein, was Graham ihm erzählte. Es ging um die unglaublichen Mengen, die er im Verlauf des Tages getrunken hatte, doch dadurch, dass Jeff ihn jetzt verstehen konnte, war ihm nur noch klarer, dass er nicht die geringste Lust hatte, ihm zuzuhören. Zum Glück war Graham so hinüber, dass es ihm nichts ausmachte – wahrscheinlich bemerkte er es nicht einmal –, als Jeff sich unauffällig verdrückte.

Es gab noch einen anderen Grund dafür, dass er so dringend weg wollte. Er machte sich nämlich Sorgen, dass Graham ein prophetischer Spiegel sein könnte. War *er* etwa so, wenn er betrunken war? War Graham eine Vorahnung dessen, was er nach ein paar Stunden und einem Dutzend Bellinis sein würde? Wie muss die Welt dem Ex-Trinker erscheinen, dem Abstinenzler, dem permanent nüchternen, genesenden Alkoholiker, der ringsum von Suffköpfen und Betrunkenen umgeben ist? Die Aussicht darauf war grauenhaft genug, um Jeff zurück zur Bar zu treiben. Unterwegs stieß er mit der ungestümen Monika Weber zusammen, die eine Kultursendung im deutschen Fernsehen moderierte. Sie fragte, ob er am nächsten Tag zu der von Jean-Paul kuratierten Ausstellung gehen würde. Jeff hatte diese Ausstellung völlig vergessen, sagte aber ja, er würde hingehen.

»Ich gehe nur aus einem Grund«, sagte sie. »Ich will nur hin, um ihm zu sagen, wie sehr ich ihn hasse.« Es war ein vorzüglicher Plan, einer, dem sich Jeff sofort anschloss. Liebend gern würde er Jean-Paul sagen, wie sehr er ihn hasste, obwohl er ihn eigentlich gar nicht hasste, sich kaum erinnern konnte, wer er war. Er bekam keine Gelegenheit mehr, die Sachlage aufzuklären. Nachdem sie beide andere Leute entdeckt hatten, die sie kannten, gingen Monika und er wieder ihrer Wege. Auf manche Weise war die Biennale wie eine auf vier Tage verdichtete Version von Anthony Powells zwölfbändiger Romanreihe *A Dance To the Music of Time*: Es tauchten immer wieder dieselben Leute auf, erwartet oder unerwartet, und meistens waren sie etwas angeschlagener als beim letzten Mal.

Jeff schnappte sich einen Drink von der Bar und trat sogleich wieder, schubsend und geschubst, den Rückzug an. Die Lage auf der Terrasse hatte sich von voll zu sehr voll entwickelt, es war aussichtslos, sich zu bewegen, und nur unter großen Schwierigkeiten möglich, seinen Bellini zu trinken, ohne ihn seinem Nachbarn überzukippen. Und draußen vor dem Gebäude, wo immer mehr Menschen Einlass verlangten, war es beinahe so voll wie drinnen. Jeff beglückwünschte sich gerade dazu, dass er zu denen gehörte, die drin waren, statt zu denen, die hereinzukommen versuchten, als jemand ihm auf die Schulter tippte: Laura, die gar nicht angeschlagen aussah.

»Rat mal, was mir gerade jemand gegeben hat«, sagte sie.

»Einen Bellini?«

Sie schüttelte den Kopf und flüsterte ihm ins Ohr.

»Ein Gramm Kokain.«

»Nein!«

»Doch.«

»Wie kam das?«

»Ich bin einem Bekannten über den Weg gelaufen. Er hatte meinen Geburtstag vergessen und wollte es wiedergutmachen.«

»Netter Bekannter.«

»Sollen wir was nehmen?«

»Unbedingt.«

»Na, dann komm.«

Sie schoben sich durch die Menge zu den Toiletten. Erstaunlicherweise war da keine Schlange und niemand, der sie sah, als sie hineinschlüpften. Er schloss die Tür ab und rollte einen Zehn-Euro-Schein, während Laura zwei säuberliche Lines mit einer Visa-Karte geradestrich. Sie schnupfte eine davon, und er folgte schnell ihrem Beispiel.

»Sehr angenehm«, sagte er, den Schein wegsteckend. »Danke.«

»Eigentlich muss ich mal pinkeln.«

Unsicher, ob sie ihn damit zum Gehen aufforderte oder nur eine Ankündigung machte, sagte Jeff: »Lass mich zusehen.«

Sie schob sich das Kleid hoch und zog den Slip bis zu den

Knien herunter. Unbekümmert über seine Gegenwart, fing sie sofort an zu pinkeln. Jeff hielt seine Hand zwischen ihre Beine, spürte, wie ihre Pisse heiß über seine Hand rann. Er war kurz davor, sie zu bitten, ihm später, wenn sie wieder im Hotel waren, aufs Gesicht zu pissen, aber trotz seines Kokainrauschs machte er sich Sorgen, dass dies außerhalb des Bereichs ihrer sexuellen Fantasien liegen könnte – wenn er darüber nachdachte, war er sich nicht einmal sicher, ob es im Bereich seiner eigenen lag. Er hielt seine Hand unter den Wasserhahn. Sie verließen die Toilette zusammen, schniefend, glühend, unbemerkt.

Er war vorher schon in guter Stimmung gewesen, doch jetzt, da der chemische Koksgeschmack seine Kehle hinuntertröpfelte, war er in *richtig* guter Stimmung. Bedauerlicherweise ereignete sich dieser Schwung guter Stimmung im gleichen Moment, als er Charles Hass erblickte, der den Arm in einer Schlinge trug. Jeff wollte ihn mit Laura bekannt machen, doch sie unterhielt sich bereits lebhaft mit Yvonne, der Freundin, mit der sie am Abend ihres Kennenlernens zusammen gewesen war. Also hing Jeff an ihm fest.

»Und, Charles«, sagte er, »was tut sich so bei dir? Die Kurzfassung.« Leider hatte sich so viel bei ihm getan, dass es mit Kürze ganz und gar nicht kompatibel war. Seine Armverletzung war die letzte Episode einer Pechsträhne, die bis zum letzten Mal, als sie sich gesehen hatten – was, ein Jahr war das schon wieder her? –, zurückreichte. Zuerst hatte seine Frau ihn verlassen. Sechs Monate später war seine Mutter gestorben, und dann, keinen Monat nachdem er sie begraben hatte, war er beim Fahrradfahren von einem Taxi gerammt worden, war gestürzt und hatte sich den Arm gebrochen. Daher die Schlinge. Wie wurde man mit einer solch unglücklichen Folge von Ereignissen fertig? Vermutlich, indem man einfach im alten Trott weitermachte. Es kostete tatsächlich weniger Mühe, einfach weiterzutrotten, einen Fuß vor den anderen zu setzen, als stehen zu bleiben und sich hinzulegen. Man machte weiter. Der Pflüger trottet müd der Hütte zu, selbst nach einem bizarren Unfall, selbst nachdem der Pflug seinen Arm überfahren und ihn am Ellbogen abgetrennt hat. Man hebt ihn mit dem unversehrten Arm auf und geht so schnell man kann nach Hause, ohne sich von all den Schmerzen, Unannehmlichkeiten und zermürbenden Physiotherapiestunden abschrecken zu lassen, die einen erwarten, falls – und besonders gut stehen die Chancen nicht – man das Glück hat, dass einem der Arm wieder angenäht werden kann. Man trottet weiter. Was kann man auch sonst tun? Die einzige Alternative ist, nicht weiterzutrotten. Aber man kann ebenso gut weitertrotten wie sich hinsetzen und nicht weitertrotten. Als Charles Jeff mehr über diese schreckliche Pechsträhne erzählte, fühlte sich dieser wie gelähmt und zunehmend bekümmert, besorgt, dass etwas in der Art auch ihm passieren könnte, dass es schon im Fahrwasser der unglaublichen Glückssträhne, in welcher er sich gerade befand, auf ihn zueilte. Er war sich einer Welle von Selbstmitleid bewusst, die auf ihn zuschwappte, kurz davor, über seinem Kopf zusammenzubrechen.

»Mir wird doch niemals etwas Schlimmes zustoßen, oder, Charles?«, sagte er.

»Nein. Bestimmt nicht.«

»Bist du sicher?«

»Na ja, man kann natürlich niemals –«

»Versprich es mir. Versprich mir, dass mir nie etwas Schlimmes zustoßen wird. Ich brauche die Bestätigung.«

»Ich verspreche es.«

»Sag es so, als würdest du es wirklich glauben«, sagte er. »Schwöre es beim Grab deiner Mutter.«

Charles sah ihn unfreundlich an. Jeff wusste, dass er zu weit gegangen war, aber der einzige Weg, aus dieser Situation herauszukommen, war, noch weiter zu gehen. Er packte Charles' gesunden Arm. Er flehte ihn an, sah ihm in die Augen. Inzwischen hatte die Angst, dass etwas Schlimmes passieren könnte, Jeff so stark gepackt, wie er Charles' Arm gepackt hatte, so stark, als hätte er sich selbst gepackt. Er wusste nicht mehr, ob er noch scherzte. Alles begann als Scherz – oder jedenfalls manche Dinge –, aber nicht alles endete als einer. Manche Dinge begannen als Scherze, aber endeten überhaupt nicht komisch. Wenn er nicht vorsichtig war, konnte ihm hier etwas schrecklich Unkomisches passieren. Charles konnte ihm ins Gesicht schlagen, zumal er nicht länger seinen gesunden Arm festhielt. Stattdessen versuchte er, sich selbst wieder in den Griff zu kriegen, aber es nützte nichts: Der Gedanke, dass Charles ihm ins Gesicht schlagen könnte, hatte sich in ein allgemeines Gefühl von Bedrohung verwandelt, eine Vorahnung, dass ihn irgendwann in den kommenden Tagen jemand schlagen würde für etwas, das er getan oder nicht getan hatte, für etwas, das er hätte tun sollen oder zu tun unterlassen hatte.

»Die Sache ist die«, sagte er. »Ich verfüge nicht über die Mittel, damit umzugehen, wenn mir etwas Schlimmes passiert. Ich habe mich ja auch so schon kaum im Griff.«

»Wechseln wir das Thema«, sagte Charles.

»Tolle Idee«, sagte Jeff. Ein Kellner kam mit einem Tablett vorbei, auf dem ein einziges volles Glas Champagner stand. Jeff schnappte es sich – mit seinem Arm in der Binde hatte Charles, selbst wenn er es darauf abgesehen hätte, nicht die geringste Chance gehabt – und nahm einen Riesenschluck.

»Und, wie geht's dir so?«, sagte Jeff, der plötzlich wieder in guter Stimmung war, und zwar so sehr, dass er laut über diesen kleinen Scherz lachte. »Siehst du, ich habe von deinem Beispiel gelernt. Noch vor wenigen Augenblicken war ich ernsthaft deprimiert, aber ich hatte die Zähigkeit, bei der Stange zu bleiben, einfach durchzuhalten. Und ich bin froh, dass ich es getan habe. Ich habe es geschafft, und ich amüsiere mich wieder bestens hier auf dieser Party, halte ein kleines Schwätzchen mit einem Freund, dessen Glas, wie ich feststelle, erschreckend leer ist.« Jeff stieß trotzdem sein volles dagegen. Was für eine Achterbahnfahrt das Leben doch war. Er fühlte sich wirklich wieder toll. Anders als Charles, der eindeutig geknickt aussah.

»Na komm«, sagte Jeff. »Ich weiß, dass ich vor ein paar Minuten ein bisschen depri war, aber ich fühle mich wieder gut, ehrlich. Und ich weiß, dass ich dieses Glas Champagner eigentlich dir hätte überlassen müssen, aber, na ja, es war Fifty-fifty, und in dem Moment hatte ich das Gefühl, dass es niemanden in dieser ganzen Stadt gibt, der es so dringend braucht wie ich.«

Charles wandte sich ab. Totalausfall in Sachen Humor, konstatierte Jeff. Nicht weiter von Bedeutung, denn da war Valerie Sacks, die in ernsthaft guter Laune irgendetwas über den Mann neben ihr – Pavel Soundso – lallte. Sie schüttelten einander die Hände, aber Jeff bekam den Rest seines Namens nicht mit.

»Er ist Pole«, sagte sie. »Ein Graf. Blaues Blut.«

»Unter uns«, murmelte Graham Hart – wo war der denn plötzlich hergekommen? »Sind Polen nicht grundsätzlich blau?« Graf Pavel Wasauchimmer schien diese Beleidigung nicht verstanden zu haben, doch Jeff war ziemlich begierig, diese kleine Gruppe zu verlassen. Vor allem, da er Laura kommen sah. Mein Gott, sie war strahlend schön, high vom Koks, und fünfzehn Minuten zuvor hatte er seine Hand zwischen ihren Beinen gehabt, während sie pinkelte. Und jetzt würde sie kommen und ihren Arm um seine Hüfte legen. Das Leben war zu gut, um wahr zu sein! Sein ganzes Leben wurde durch diese letzten paar Tage in Venedig gerechtfertigt. Er hatte in seinem Leben keinen einzigen Fehler gemacht, weil alles, die Fehler eingeschlossen, dazu geführt hatte, dass er jetzt hier war. So war das mit dem Leben. Man konnte sich die guten Stücke nicht herauspicken. Man musste Ja zum ganzen Paket sagen, zu allen Höhen und Tiefen, aber wenn die Höhen – und die Highs – so wie jetzt waren, dann nahm man die Tiefen gern in Kauf, weil sie im Vergleich dazu bedeutungslos waren, so irrelevant, dass er sich nicht einmal an sie erinnern konnte.

Während Jeff damit beschäftigt gewesen war, Charles gegenüber gefühllos zu sein, hatte Laura sich zu einer Party auf einer Yacht einladen lassen. Eine Yacht, die in der Nähe, nur ein paar hundert Meter weiter an der Giudecca lag. Eine ganze Gruppe wollte später dorthin gehen. Gastgeber war James Hofmann, ein Deutscher, und seine Partys waren angeblich stets hervorragend. Nach dem Ausmaß und Lärm dieser Party war die Vorstellung, zu einer kleineren Party zu gehen, *zu einer Party auf einer Yacht,* ungeheuer anziehend. Vor allem weil sich im Verlauf der folgenden halben Stunde die Anzeichen mehrten, dass es allmählich nichts mehr zu saufen gab. Jeff wollte eigentlich gar nichts mehr trinken, doch das Wissen darum, dass die Getränke knapp wurden, hatte die Wirkung, dass die Party jeglichen Schwung verlor. Sie begann sich auszudünnen, und als deutlich wurde, dass sie sich ausdünnte, dünnte sie sich noch schneller aus. Es war Zeit zu gehen.

In typisch venezianischer Manier war die Yacht viel weiter weg, als sie eigentlich sein sollte. Sie liefen so weit – bis hinter die Vaporetto-Haltestelle Zitelle –, dass sie schon dachten, sie hätten sie irgendwie verpasst, doch da war sie endlich, in der Nähe des Cipriani angedockt.

Sie sprangen die Gangway hoch, wurden von einem Crew-Mitglied in einer weißen Matrosenuniform begrüßt.

»Bitte um Erlaubnis, an Bord kommen zu dürfen, Sir!«, sagte Laura und salutierte sicherheitshalber auch noch. Sie hatte ihr Entree perfekt angepasst: Die Party war nicht nur *auf* einem Schiff, sie hatte auch ein nautisches Motto. An Bord kommende Gäste wurden gebeten, die Schuhe auszuziehen, doch zur Entschädigung wurden weiße Offiziersmützen verteilt.

»Steht dir«, sagte Jeff zu Laura.

»Dir auch, Käpt'n«, sagte sie. Der Gastgeber, Herr Hofmann, nahm Haltung an und hieß sie an Bord willkommen. Mit seinem Bart und dem deutschen Akzent wirkte er wie ein U-Boot-Kapitän. Man konnte sich mühelos vorstellen, wie er, die Augen ans Periskop gedrückt, Torpedos in den Handelskonvoi abfeuerte und es mit dem Aufsammeln von Überlebenden nicht so genau nahm. Nicht dass dieses Schiff irgendetwas Enges oder Öliges an sich gehabt hätte. Es war genau das, was man von einem Schiff erwartete: Roman Abramowitsch in Billigversion, aber immer noch vortrefflich teuer. Man konnte sich vorstellen – etwas an diesem Schiff veranlasste Jeff, in Filmszenarien zu denken –, dass man zusammen mit einem Haufen Gangstas und Bitches in Bikinis irgendwo draußen in der Karibik oder im Mittelmeer war und erst Roederer Cristal serviert bekam und dann, nach einem Lunch, bei dem frisch gefangene Exemplare irgendeiner bedrohten Fischart aufgetischt wurden, unbegrenzte Mengen erstklassigen Kokains. Aber viel schöner war es so wie heute Abend, da alle an Bord zur internationalen Kunstszene gehörten, Intellektuelle, Künstler, Connaisseure und Menschen, die die guten Dinge im Leben zu schätzen wussten – was im Wesentlichen bedeutete, dass alle darauf aus waren, Champagner zu trinken und Koks zu ziehen. Es war eine Erleichterung, dass einem der lästige Fischgang erspart blieb, und auch, dass nur wenige Meter sie vom Festland trennten, sodass sie sich jederzeit schnell absetzen konnten. James war ein recht charmanter Mann, beschränkte sich sein Gesprächsbeitrag doch mehr oder weniger darauf, Laura und Jeff zu sagen, was für ein Vergnügen es sei, sie an Bord zu haben. Er konnte jedoch nicht lange mit ihnen sprechen: Es gab andere Gäste, die er an Bord begrüßen musste, andere Leute, die ihm die Ehre bereiteten, zu seiner kleinen Party zu kommen.

Ein sonnengebräunter Kellner in einer tuntig wirkenden weißen Marineuniform bot Jeff und Laura Champagner an. Sie gingen mit ihren Gläsern unter Deck – falls man das so sagte – und in die Lounge. Selbst in diesem relativ geräumigen Schiff musste Jeff den Kopf einziehen, wenn er durch die Türen ging. Ein paar Leute tanzten zu Downtempo-Musik.

Ein angenehmer Nebeneffekt beim Drogenkonsum ist, dass man, wenn man welche genommen hat, wie durch Zauber Zugang zur Drogen*szene* bekommt. Man macht sich auf die Suche nach Zauberpilzen, verbringt eine Stunde vornübergebeugt auf einer Wiese, isst die paar, die man schließlich findet, und plötzlich sind sie überall zu sehen, betteln förmlich darum, gepflückt zu werden. Hier war es genauso. Immer noch gut drauf von der Line, die sie auf der vorherigen Party gezogen hatten, plauderten Jeff und Laura wieder mit ihrem Gastgeber in der Lounge, als der sie leise fragte, ob sie Lust hätten, mit ihm im Schlafzimmer »ein wenig Kokain« zu nehmen. Drinnen waren bereits vier oder fünf Leute, die, ihre Marinemützen auf dem Kopf, ausgestreckt auf dem weißen Bett lagen oder in Sesseln fläzten, tranken und sich unterhielten. James führte sie hinein und schloss dann die Tür vorsichtig hinter sich. Am Fuß des Bettes war ein Spiegel mit einer kleinen Menge Pulver, das er in drei Lines aufteilte, von denen zwei für Laura und Jeff mehr als genug waren. Höflicherweise überließen sie die größte James, doch dies war offensichtlich ungenügend für einen Mann von seinem beträchtlichen Appetit. Er ergänzte sie schnell mit einer dickeren, längeren. Sowie er diese geschnieft hatte, sagte James wieder, was für ein großes Vergnügen es sei, sie an Bord zu haben, aber wenn sie ihn entschuldigen würden, er habe jetzt doch das Gefühl, sich um seine anderen Gäste kümmern zu müssen. Damit erhob er sich und verließ den Raum, wobei er die Tür wieder vorsichtig hinter sich zuzog. Wow, dachte Jeff, das hier ist nicht nur die Drogenszene, dies ist die *Yacht*szene. Ich gehöre zur Drogen-Yacht-Szene! Und was war es für eine tolle Szene. Sie war so toll, dass er unschlüssig war, ob er hier im Schlafzimmer bleiben, in der Lounge tanzen oder oben auf Deck sein wollte, um die Hitze der maritimen Nacht zu genießen. Laura war entschlusskräftiger. Sie berührte seine Hand und schlug vor, wieder hinauf zur Party zu gehen. Sie lächelten den anderen Leuten im Schlafzimmer zum Abschied zu, traten hinaus und zogen die Tür hinter sich zu, wie James es getan hatte.

Sie gingen hinauf an Deck. San Marco glitzerte über das dunkle Wasser herüber. Das Schiff schwankte nur leicht. James kam lächelnd auf sie zu, einen Arm um die Schulter eines Mannes, der ein weißes Cowboyhemd mit schwarzen Borten und dunkle Jeans trug – ein Outfit, das in diesem nautischen Zusammenhang gänzlich deplatziert wirkte. James musste bis oben hin voll sein mit Kokain, doch wenn es eine Wirkung auf ihn hatte, dann allenfalls die, dass er sich noch förmlicher und korrekter gab.

»Erlauben Sie mir, Ihnen Mr. Troy Montana vorzustellen?« Jeff erwartete beinahe, dass James bei dieser Ankündigung die Hacken zusammenschlagen würde. (Vermutlich hinderte ihn allein die Tatsache, dass er Deckschuhe trug.) Nicht dass er irgendwas Angespanntes an sich gehabt hätte. Im Gegenteil, er wirkte vollständig entspannt. Es war nur, dass sich seine Entspannung in einer Höflichkeit äußerte, wie man sie heutzutage nur noch selten sah, vor allem unter Leuten, die auf Koks waren. War dies der höchste Gipfel europäischer Kultiviertheit? Vielleicht war er auch einfach – und möglicherweise lief das auf dasselbe hinaus – einer von diesen Leuten (Jeff war hin und wieder schon mal so jemandem begegnet), die Kokain nahmen, um sich zu *entspannen*. Mr. Montana, dessen Outfit wenn schon nicht zu seiner Umgebung, dann immerhin zu seinem Namen passte, umklammerte eine Flasche Champagner. Er füllte Jeffs Glas auf, das sich mit unerklärlicher Schnelligkeit geleert hatte. Die Gelegenheit für eine verspätete Witzelei entdeckend, sagte Jeff: »Und, haben Sie James erst kürzlich kennengelernt, oder sind Sie einer seiner troysten Freunde?«

Sowie er das gesagt hatte, machte Jeff sich Sorgen, dass es eher unhöflich als witzig geklungen haben könnte. Schwer zu sagen. Alles wurde ein bisschen unscharf an den Rändern. Er musste dafür sorgen, dass es nicht auch in der Mitte unscharf wurde. Troy lachte nicht, aber er nahm auch keinen Anstoß. Vielleicht hatte er es nicht einmal gehört. Seinem wiederholten Schniefen nach zu urteilen, hatte er offenbar bereits James' Gastfreundschaft genossen und war nicht in der Stimmung, zuzuhören. Er war Kurator. Am kommenden Wochenende ging es für ihn zur Documenta und am Wochenende darauf zur Art Basel – oder andersherum. Von Jeffs Warte aus – auf einer Yacht in Venedig – waren das fantastische Aussichten: noch zwei weitere Wochenenden genau wie das, in dem er sich gerade mittendrin befand? Ja, bitte. Er musste Troy nochmals nach dem Namen seiner Galerie fragen, aber sobald er ihn erfahren hatte, hatte er ihn auch schon wieder vergessen. Jeff drohte alles zu vergessen, sobald es gesagt worden war, selbst wenn er derjenige war, der es gesagt hatte.

Nicht dass es eine Rolle spielte. Troy schlug vor, unter Deck zu gehen und zu sehen, was dort so los war.

Die Musik, die aus der Tonanlage kam, war härter, funkier als vorher. Laura sagte, sie brauche ein Glas Wasser. Als sie zur Kombüse gingen, winkte James sie wieder ins Schlafzimmer hinein. Es war dieselbe Szene wie zuvor, nur mit schummrigerem Licht. Als James anfing, noch mehr Lines zu hacken, schlug Laura vor, etwas von ihrem eigenen Vorrat zu nehmen, doch er winkte ab.

»Nein«, sagte er, sowie er eine Line gezogen hatte. »Ich bestehe darauf. Bitte.« James war wirklich ein Aushängeschild für die zivilisierenden Wirkungen von Kokain. Laura nahm noch eine Nase, und Jeff folgte ihr, angetrieben von einem Hunger, der bereits gründlich gestillt worden war. James stellte ihnen einige der übrigen Leute im Raum vor, einschließlich eines Paars in einem Sessel, das sich bis zu dem Moment leidenschaftlich geküsst hatte. Die Störung schien ihnen nichts auszumachen. Jeff machte eine grüßende Geste in ihre Richtung und schüttelte ein paar anderen Leuten in der unmittelbaren Umgebung die Hand. Unbewusst äffte er James' Stil extremer Förmlichkeit nach. Es erleichterte tatsächlich das Gespräch, sodass er sich ganz darauf konzentrieren konnte, wie *unglaublich high* er war. Nur dass er, sowie er das tat, den starken Drang verspürte, jedem zu erzählen, wie *unglaublich high er war*, und wie Diego Maradona in seinem neapolitanischen Pomp herumzutanzen. Sein Herz schlug wild, seine Beine fühlten sich zittrig an, doch in James' Gegenwart verspürte er einen Zwang, sich zu benehmen, als hätte er gerade eine kostenlose Healing-Sitzung in einem exklusiven Spa an der amerikanischen Pazifikküste absolviert. Durch die Tür hindurch war die Musik als ein tiefes, aber nicht störendes Wummern zu hören. Überall war Gelächter zu hören, Unterhaltungen in verschiedenen Sprachen. Er machte für Laura Platz auf dem Bett.

Ihre Mütze hatte sich nach hinten geschoben. Das Paar, das sich vorher geküsst hatte, küsste sich wieder. Es wurde an die Tür geklopft, und eine junge Frau ungewisser Nationalität kam herein und rollte sich neben James zusammen. Die Stimmung hing auf halbem Weg zwischen entspannter Pyjama-Party mit einem Haufen fremder Leute auf Ecstasy in einem ungewöhnlich gut gepolsterten Chill-Out-Raum und der freimütigen Körperlichkeit einer sich anbahnenden potenziellen Sexparty. So oder so war Jeff zu aufgedreht, um herauszufinden, was als Nächstes passieren könnte. Er und Laura gingen wieder nach draußen, wo ein halbes Dutzend Leute tanzten, einschließlich Cowboy Troy. Die Musik war lauter als zuvor. Lauras Augen glänzten. Ihre bloßen Füße bewegten sich leicht über den bunten orientalischen Teppich, der die Tanzfläche markierte. Immer mehr Leute schlossen sich an, und bald war eine nette kleine Tanzparty im Gange.

Das Tanzen befreite Jeff aus dem Zustand serieller Ablenkung, in den er leicht verfiel, wenn er auf Koks war, doch nach einem weiteren Glas Champagner und mehreren Gesprächen (von denen er sich an kein einziges Wort erinnern konnte) war er schließlich wieder an Deck, wo es von trinkenden und redenden Leuten wimmelte. Er lehnte sich an die Reling und blickte zurück auf den lichtumrandeten Horizont, als würde er die Wache auf der Brücke eines Zerstörers übernehmen. Eine Frau in einem grünen Glitzerkleid stand neben ihm. Sie lächelten einander an, redeten aber nicht. Das schwarze Wasser war mit Licht und reflektierenden Sternen besprenkelt. Ein Motorboot raste vorbei. Die Yacht hob sich in seinem Fahrwasser und schaukelte sanft. Die Nacht barst vor Hitze. Anders als Gras war Kokain nicht im mindesten dazu geeignet, die Poesie des Augenblicks zu erhöhen. Trotzdem, dachte er wieder und wieder, wenn *das* nicht meine

Vorstellung von ›sich bestens amüsieren‹ ist, dann weiß ich auch nicht mehr. Ich amüsiere mich unglaublich. Ich amüsiere mich wie nie zuvor im Leben! Die letzten sechs Stunden oder so waren wie eine konzentrierte Version von allem gewesen, was er sich jemals im Leben erhofft hatte. Was konnte man sich noch wünschen? Das Leben zeichnete sich dadurch aus, dass man einfach nicht wusste, was sich ergeben würde, was einem über den Weg laufen würde. Ach herrje, jetzt war er bei der Tom-Hanks-Lebensphilosophie angekommen, halb *Forrest Gump*, halb *Cast Away*. Koks war aufregend, aber an tiefschürfenden Gedanken bot es einem nicht viel, dachte er. Mit Tom Hanks verhielt es sich so, dass es in allen seinen Filmen, vielleicht nicht in allen, aber in den wesentlichen, um Heimkehr ging. *Der Soldat James Ryan*, *Cast Away* und – derjenige, der das Thema auf die Ebene universeller Wahrheit erhob – *Apollo 13*. Und das war das Manko, denn in den besten Momenten des Lebens ging es darum, nie heimkehren zu wollen, selbst wenn das hieß, dass man in die Weite des Weltraums davontrudelte. Apropos, vielleicht war es Zeit zu gehen, sich auf den Weg zum Hotel zu machen. Aber er wollte noch nicht gehen. Er amüsierte sich immer noch bestens, amüsierte sich immer noch wie nie zuvor in seinem Leben, oder zumindest dachte er das. Vielleicht wollte er doch gehen. Vielleicht war er, obwohl er sich immer noch bestens amüsierte oder zumindest dachte, dass er sich amüsierte, bereit, sich auf andere Weise bestens zu amüsieren. Zwar fühlte er sich immer noch high, aber er war sich bewusst, dass er sich nicht mehr so high fühlte wie kurz zuvor, als er sich viel zu high gefühlt hatte, ein Gefühl, das er jetzt ein bisschen vermisste. Er erkannte diese posteuphorischen Symptome des Kokains, die jeden Impuls sofort in sein Gegenteil verkehrten. Eigentlich musste man zusehen, dass man überhaupt keine Gedanken hatte, dass man nicht in diese aufgedrehte Träumerei verfiel, bei der man sich wie ein Hund fühlte, der an seinem eigenen Schwanz kaut. Wie schafften es Leute, kokainsüchtig zu werden? Er war sich nicht sicher, ob er es überhaupt *mochte* – obwohl etwas nicht zu mögen nicht unbedingt bedeuten musste, dass man nicht mehr davon haben wollte. Er ließ sich diesen Satz wieder durch den Kopf gehen, versuchte, das Verhältnis der Nichten zueinander zu klären. Er hielt sein Glas Champagner hoch und blickte durch es hindurch auf San Marco, das grünlich vor sich hinsprudelte wie eine Unterwasserstadt. Er nahm einen großen Schluck und drehte sich um. Er lehnte sich an die Reling, schob seine Mütze in den Nacken wie ein ausgespülter Säufer in einer Erzählung von Hemingway. Er sah, dass James wieder aufgetaucht war und sich gutgelaunt unter seine Gäste mischte. Ebenso Laura, die sich mit einem Typen unterhielt, der eine blasse Leinenjacke trug und ungefähr in Jeffs Alter war. Sie entdeckte ihn und kam herüber.

»Ich will dir was über Leinen erzählen«, sagte sie. »Ab einem gewissen Alter sieht ein Mann darin zehn Jahre jünger aus. Und bis zu diesem gewissen Alter sieht er zehn Jahre älter aus.« Es war eine hervorragende Bemerkung, doch Jeff hatte etwas Mühe mit den Komplexitäten der dabei verwendeten Mathematik. Er machte eine mentale Inventur seines Kleiderschranks und stellte erleichtert fest, dass er, soweit er sich erinnern konnte, kein einziges Kleidungsstück aus Leinen besaß. Diese Inventur mochte länger gedauert haben, als er sich bewusst gewesen war. Laura sagte: »Ich frage mich, ob wir nicht allmählich gehen sollten.«

»Wie spät ist es? Oh, du hast auch keine Uhr.«

»Es ist drei«, sagte sie. »Ich habe gerade jemanden gefragt.«

»Drei! Wie konnte es so spät werden? Gehen wir.«

»Willst du?«

»Ich weiß nicht. Du?«

»Ich möchte bleiben *und* gehen.«

Sie beschlossen zu gehen, obwohl sie nicht wussten, ob sie es wollten. Sie machten James ausfindig, der ihnen dankte, dass sie zu seiner kleinen Cocktail-Party gekommen waren. Laura gab ihre Mütze zurück, doch James sagte, sie könnten sie beide als Souvenirs behalten. Also gingen sie die Gangway hinunter und liefen den Kai entlang wie zwei Matrosenkumpel auf Landurlaub, auf der Suche nach Randale, Nutten und Tätowierungen.

Jeff hatte den Arm um Lauras Schulter gelegt. Der Mond war nirgends zu sehen. Vielleicht war es die falsche Zeit des Monats. Durch seine Abwesenheit wurde sich Jeff jetzt seines Nicht-Erscheinens früher am Tag bewusst, bei der Biennale.

»Weißt du, was im Arsenale heute gefehlt hat?«, sagte er.

»Was?«

»Fotos vom Mond, vom Weltraum. Das liebe ich mehr als alles andere. Bilder aus dem NASA-Archiv. Das Apollo-Programm. Außenbordeinsätze. Weltraumspaziergänge. Die Mondfähre. Erdaufgang. Das Blau der Erde vor dem unendlichen Schwarz des Weltraums.«

Da war was dran, selbst wenn es sich, was Gesprächsthemen betraf, als Vakuum erwies.

Sie hatten sich überhaupt keine Gedanken darüber gemacht, wie sie wieder heimkommen würden, zurück aufs Festland – falls man das so sagte. Bei der Zitelle-Haltestelle studierten sie den Fahrplan und knobelten nach einiger konzentrierter Rechnerei aus, dass sie zwanzig Minuten auf das nächste Vaporetto würden warten müssen. Das hieß, sie konnten, da Zufußgehen so schön war, weiter zum Redentore, der nächsten Haltestelle, laufen. Sie gingen weiter, die Arme umeinandergelegt, ab und zu mit den Hüften aneinanderstoßend. Das dunkle Wasser schwappte gegen den Kai. Ein Satellit flog über ihnen vorbei, silbrig und schnell.

Als sie Redentore erreichten, warteten dort schon etliche Leute, und wenige Minuten später kam das Vaporetto.

Sie saßen draußen, vorn im Vaporetto. Eine weitere klare, ruhige Nacht. Die Lagune war flach, still, dunkel. Als das Boot wieder an Fahrt gewann, blies ihnen die Luft heiß ins Gesicht. Es war wie in einem Freiluft-Raumschiff, das durch ein Meer von Sternen stürmte, die taumelnd in seinem Fahrwasser zurückblieben.

Am nächsten Morgen gingen sie wieder zu dem Café, in dem sie tags zuvor gefrühstückt hatten, in dem Jeff an seinem ersten Morgen in der Stadt gefrühstückt hatte.

»Ich kann nichts dafür«, sagte er, als sie sich näherten. »Ich bin darauf programmiert, immer zu demselben Platz zurückzukommen. Idealerweise sogar zum selben Tisch. Der, wie ich jetzt sehe, frei ist!«

Sie setzten sich. Die Sonne gleißte auf den silbrigen Stühlen und dem Besteck. Jeff hatte sich zehn Minuten lang im Badezimmer die Nase durchgespült, ausgeschachtet und geputzt, um sie wieder in Gang zu bringen. Und er hatte Kopfschmerzen. Wenn er nicht so glücklich gewesen wäre, wäre er jetzt in einer gereizten Stimmung gewesen, verursacht durch Übermüdung und seinen Kombikater. (Dem Schlaf nach dem Koksen – sofern man das Glück hatte, einzuschlafen – fehlte jeglicher Erholungswert, als würde das Gehirn weiter vor sich hin mahlen, während es theoretisch schlief.) Laura wirkte fit, nicht einmal besonders müde – oder zumindest merkte man es ihr nicht an. In einer schönen, ehefraulichen Geste reichte sie ihm eine Zeitung, aber die Buchstaben waren zu schwarz, und das Papier war zu weiß.

»Also, was ist mit Käpt'n James?«, fragte er. »Etwa sechs Monate von der Entziehungskur entfernt?«

»Kann sein«, sagte Laura. »Was bedeutet, dass dies die besten sechs Monate sind, um ihn zu kennen.« Sie bestellten noch mehr Wasser, mehr Kaffee, weitere Gläser Orangensaft. Am besten war, dass Laura etwas Aspirin aus ihrer treuen Tasche hervorzauberte.

Nach dem Frühstück liefen sie an der Accademia vorbei zu Lauras Hotel, damit sie sich umziehen konnte. Er ging ins Bad und legte sich dann aufs Bett, sah ihr beim Ausziehen und dann beim Anziehen zu, fühlte sich allmählich besser. Sie hatte ein marineblaues Kleid angezogen, eines mit Nackenband, das ihren langen Rücken beinahe nackt ließ.

»Bist du bereit?«

»Das ist zwar ein bisschen stark ausgedrückt, aber auf irgendeiner Ebene lautet die Antwort wohl Ja.« Er stieg vom Bett, schlüpfte in seine Sandalen und folgte ihr zur Tür hinaus.

Es gab eine Menge über die Stadt verteilte Biennale-Kunst, die sie sich beide noch nicht angesehen hatten. Glücklicherweise lag das Kunstwerk, das sie am allerdringendsten sehen wollten, James Turrells *Red Shift*, auch am nächsten, unweit des Hotels Rialto. Es war Teil einer größeren Ausstellung, aber sie schenkten sich die anderen Sachen und stellten sich in die Schlange für den verdunkelten Raum.

Zuerst sah es nur wie ein mit roter Farbe gemaltes Viereck aus, leuchtend vor einem matten Hintergrund. Als sie sich dann hinsetzten und es betrachteten, veränderte es sich – aber so unmerklich, dass sich unmöglich feststellen ließ, wie und wann es sich verändert hatte. Das Rot wurde ein etwas anderes Rot, etwas dunkler oder heller oder irgendetwas anderes. Die Form blieb die gleiche, doch während sich die Farbe veränderte, wurden auch die Ränder des Rahmens weniger scharf. Die sich verändernde Röte pulsierte. Die Oberfläche des Bildes war absolut flach und unendlich tief. Sie saßen schweigend da. Die Zeit schmolz dahin, nur insoweit wahrgenommen, wie sich das Licht und die Farbe veränderten, zu violett, zu einem tieferen Violett, einem Violett, das beinahe blau war und dann blau *war* … Sie waren vielleicht drei Meter von dem Licht entfernt, aber es gab keine Entfernung. Die Farbe und das Licht berührten sie. Der Zyklus begann von Neuem. Sie standen auf und griffen in die flache Oberfläche des Rots, aber da war nichts. Es war unmöglich, die Rückseite oder die Seite der Lichtquelle zu spüren. Ihre Hände streckten sich aus, schwebten im wechselnden Rot, das nicht mehr ganz rot war. Es war eine Täuschung, aber nur weil es eine Täuschung war, bedeutete das nicht, dass es weniger real war als irgendetwas anderes, als Dinge, die keine Täuschung waren. Als sie wieder hinaustraten, waren sie zunächst völlig desorientiert. Das rote Lichtviereck pulsierte noch in Atmans Kopf, als sie ein Vaporetto bei Rialto bestiegen. Die Tatsache, dass sie nicht wussten, wo es hinfuhr, machte das Vaporetto von einem Bus zu einem Kreuzfahrtschiff. Keiner von beiden erwähnte den Turrell.

Zum ersten Mal seit Jeff in Venedig war, gab es eine Fahrkartenkontrolle. Im Besitz von ordentlich abgestempelten Drei-Tages-Ausweisen zu sein, erschien auf einmal als eine bedeutsame Leistung, etwas, worauf man stolz sein konnte.

»Wir können den ganzen Tag auf einem Vaporetto verbringen, wenn wir wollen«, sagte Jeff selbstgefällig.

»Ja«, sagte Laura. »Aber wenn wir das täten, wären wir irgendwann (a) zu Tode gelangweilt und (b) völlig seekrank.«

Sie tuckerten unter der Accademia-Brücke hindurch, vorbei am Gritti, der Guggenheim Collection und dem Markusdom. Schließlich ließen sie die Giardini hinter sich und kamen hinaus in die Lagune, die ebenso gut das richtige Meer hätte sein können. Himmel und Meer öffneten sich. Möwen kreisten über ihren Köpfen. Dem Schiff gelang es gerade so, dem ihm folgenden Fahrwasser voraus zu sein. Eine Welle – vom Fahrwasser eines anderen Schiffes, das in die entgegengesetzte Richtung fuhr – schaffte es, ein paar Spritzer an Bord zu schleudern. Es gab verschiedene Bojen oder Marker, die die Fahrrinnen anzeigten. Jemand hatte eine von ihnen als Tauchplattform benutzt: Man konnte seine Füße sehen, während er im Wasser tauchte. Bei einer anderen Markierung reckte sich eine hellrote Hand aus dem Meer: Kunstwerke natürlich, lebensgroße Skulpturen.

Ab und zu konsultierte Laura eine Karte. Schließlich sagte sie, sie sollten bei der nächsten Haltestelle aussteigen.

»Was ist hier?«

»San Michele«, sagte sie. »Ein Friedhof.« Er konnte ihn jetzt sehen, wie Böcklins *Insel der Toten*, doch symmetrisch und ordentlich und überhaupt nicht unheildräuend.

Nachdem sie so viel Zeit auf dem Schiff verbracht hatten, schwankte das Land wie das Meer. Laura spannte ihren zitronengelben Sonnenschirm auf. Die Sonne war so grell, dass er wie illuminiert glühte. Sicherlich wünschten sich alle Frauen, einen Sonnenschirm zu haben, und alle Männer, mit der Frau zusammen zu sein, die einen hatte. Sie gingen durch das Tor und betraten die gekrümmten Mauern der Insel. Dahinter lag das Friedhofsgelände. Laura sagte: »Djagilew ist hier begraben. Und Strawinski.«

Doch das erste Schild, das sie sahen, verwies auf Ezra Pound. Innerhalb des weißen Pfeils, der den Weg zu seinem Grab anzeigte, hatte jemand mit schwarzem Filzstift »J Brodsky« geschrieben. Genau genommen war es Graffiti, aber es war auch von einem starken Gemeinschaftssinn getragen. Offiziell wurde man zu Pound geführt, aber jemand hatte es auf sich genommen, den Kanon mit einer kleinen Guerilla-Aktion zu aktualisieren.

Pound führte jetzt unausweichlich zu Brodsky. Jeff hatte Brodsky nie gelesen, aber er wusste, dass er eine große Nummer war, dass es immer mehr Menschen gab, für die er – Brodsky – eine größere Attraktion war als Pound. Sie kamen zu einem anderen Schild, das Pounds Grab markierte. Ein weiteres Mal hatte dieselbe Person mit Filzstift »J Brodsky« auf den Pfeil geschrieben.

Es war dann aber Pounds Grab, das sie zuerst sahen, ein platter Grabstein, der seinen Namen in römischen Buchstaben trug: EZRA POVND. Nicht wenige Blumen. Es tat immer gut, das Grab einer Berühmtheit zu sehen, selbst wenn es jemand war, für den man sich nicht sonderlich interessierte – wobei man sich nur schwer vorstellen konnte, dass heutzutage, abgesehen von ein paar Akademikern, noch irgendjemand über Pound in Erregung geraten könnte. Oder vielleicht lag er da auch völlig falsch, vielleicht gab es ja noch Kids, die sich in ihren Zimmern an der Verheißung der Moderne berauschten, fest entschlossen, all das wieder aufzubauen – was immer »all das« war.

Brodsky war in der Nähe, nur einen Steinwurf entfernt: ein Grabstein mit seinem Namen auf Russisch und Englisch sowie seinen Jahreszahlen: 1940–1996. Als chaotisch konnte man es zwar nicht gerade bezeichnen, aber der Anblick erinnerte einen schon ein bisschen an Jim Morrison und Père Lachaise. Es lagen ein paar Teelichte herum, leer bis auf eine Schmierspur von Kerzenwachs, und ein paar Postkarten mit Mitteilungen. Laura hob eine davon auf. Ein Bild vom Canal Grande, doch die Schrift auf der Rückseite war schon zu sehr vom Regen verwischt und von der Sonne gebleicht, um sie noch lesen zu können. Ein gelbes Post-it war von den Elementen beinahe vollständig leergefegt worden. Es ließ sich nicht mehr feststellen, in welcher Sprache die Überbleibsel der Worte verfasst waren, geschweige denn, was ihr Inhalt gewesen war. Beim Grabstein selbst stand eine kleine blaue Plastikschale, halbvoll mit Kulis und Stiften. Die meisten der Stifte waren schlammverkrustet; bestenfalls einer oder zwei mochten noch zu gebrauchen gewesen sein – nicht um ein Gedicht zu schreiben, aber um eine Telefonnummer zu notieren, reichte es wohl noch.

Laura kramte in ihrer Tasche und erweiterte den Haufen um einen glänzenden neuen Kuli. Jetzt konnte jemand etwas Längeres schreiben. Sie tat sogar ein paar Seiten ihres Notizbuches dazu. Die Zukunft war eine leere Seite, bereit für jeden, der wegen Brodsky kam und was dazu sagen wollte.

»In Indien kommen immer all diese Kinder auf einen zugerannt«, sagte Laura. »Und sie sagen immer nur: ›Schreibstift‹? Und das ist auch so ungefähr das einzige englische Wort, das sie kennen. Sie sagen es einfach als Frage: ›Schreibstift?‹. Das ist so süß. Wenn man einen Kuli zum Verschenken hat, ist es wunderbar. Wenn nicht, dann fühlt man sich gleich wie der größte Geizhals.«

Sie gingen weiter. Es war heiß unter dem Sonnenschirm, aber immer noch kühler, als nicht darunter zu sein. Djagilew und Strawinski lagen nebeneinander. An Djagilews Grabmal war eine ähnliche Praxis der künstlergerechten Hommage im Gange. Am Grab des Dichters hatte man Stifte niedergelegt, hier hatten Leute Ballettschuhe niedergelegt. Es waren insgesamt drei, die von drei verschiedenen Paaren stammten, zwei linke und ein rechter. Auch viele Mitteilungen. Strawinskis Grabmal war kahl. Niemand hatte eine Geige oder ein Klavier oder sonst irgendwas hinterlassen.

Sie warteten am Kai auf das Vaporetto. Als es kam, drängten sie sich zum hinteren Teil des Bootes, sahen zu, wie hinter ihnen die Insel der Toten davonglitt. Nach ein paar Minuten war nichts mehr zu sehen als ein Streifen Land, umgeben von Meer und ausgedörrtem Himmel.

Sie stiegen an der Giudecca aus, gerade noch rechtzeitig zum Mittagessen, wenige Minuten bevor die Küchen in den Restaurants schlossen. Ein Kellner führte sie zu einem Tisch direkt am Wasser, der von einem Sonnenschirm geschützt wurde: der perfekte Rahmen für ein Essen von ganz erstaunlicher Mittelmäßigkeit. Die Insalata bestand aus ein paar Salatblättern, die reif für den Kompost waren, blassen Tomatenhälften und geraspelten Karotten. Die Penne mit Tomatensoße waren von der Art, wie man sie selbst in zehn Minuten zusammenschustern konnte, kaum besser als das Dosenfutter, das Jeff als Kind immer gekriegt hatte. Ein simpleres Mahl war kaum denkbar.

Ein Kutter, der Zementmischer und einen großen Kran geladen hatte, fuhr vorbei. Ihm folgte, während sie die Rechnung bezahlten, eine Fähre von der Größe einer kürzlich aufgepeppelten sozialen Wohnsiedlung, groß genug, um den Blick auf das Festland-Venedig vollständig zu versperren. Ein Hochseeschiff, das in keinem Verhältnis zu seiner Umgebung stand. Größer hätte es einfach nicht sein können. Es hatte Autos, Busse und Lastwagen an Bord. Menschen auch – eine ganze schwimmende Stadt. Die Buchstaben auf der Seite – MINOAN LINES – waren groß genug, um sie vom Weltraum aus erkennen zu können.

Die Wellen, die von der Durchfahrt dieser Monsterfähre erzeugt wurden, schlugen gegen die Kaimauer, während Jeff und Laura Hand in Hand an den Männern vorbeigingen, die in der Nähe angelten. Nichts an ihrer Haltung deutete darauf hin, dass sie auch nur die geringste Hoffnung hatten, etwas zu fangen. Auf eine vage orientalische Art fragte sich Jeff, ob man nur dann ein richtiger Angler wurde, wenn das Fangen an sich jede Relevanz verlor. Oder war das der Augenblick, in dem man als Karpfen reinkarniert wurde oder, wenn man Glück hatte, als Delphin – idealerweise der auf Lauras Arsch? Das Wasser war reinstes Glänzen, während sie daran entlanggingen. Wer auch immer gesagt hat, dass nicht alles, was glänzt, Gold sei, hatte recht, denn das Wasser glänzte derart golden im Sonnenlicht, dass man hätte denken können, es tue nichts anderes als glänzen – aber das stimmte natürlich nicht: Es schaukelte und schwappte, Bewegungen, die das Glänzen erzeugten. Während sie auf ein Vaporetto warteten, das zum Festland fuhr, fiel Jeff ein, dass er seine Kamera dabeihatte.

»Kann ich ein Foto von dir machen?«, fragte er.

»Sicher.«

»Ich hatte vergessen, dass ich sie dabeihabe. Ich hätte eins von dir an Brodskys Grab machen müssen.«

Laura stand am Rand des Wassers, ohne Sonnenschirm.

»Mach mal was, ich weiß nicht, irgendeine Geste oder so.«

»Wie wär's mit dieser?«

»Einfach dastehen kann man nicht als Geste bezeichnen.« Oder vielleicht doch.

»So?« Sie bewegte keinen Muskel.

»Perfekt.« Er drückte auf den Knopf, machte das Bild. Da stand sie, in ihrem blauen Kleid, neben dem blauen Wasser. Er hielt die Kamera so, dass sie ihr digitales Abbild sehen konnte. Sie warf einen flüchtigen, interesselosen Blick darauf.

»Du lässt dich nicht gern fotografieren?«

»Ich hatte mal einen Freund, der mich ständig gefilmt und fotografiert hat«, sagte sie. »Das war so was von langweilig.«

Bei der Erwähnung dieses Freundes verspürte Jeff einen Stich von Eifersucht. Trotzdem hätte er gern einen Blick auf die Bilder geworfen, die dieser Fotografenfreund gemacht hatte. Als er einen Mann mit einem teuer aussehenden Fotoapparat um den Hals vorbeikommen sah – das Objektiv war groß, und auf dem breiten gelben Gurt stand in deutlichen Buchstaben das Wort CANON –, fragte Jeff ihn, ob er mit Jeffs eigenem, bescheidenerem Apparat ein Foto von Laura und ihm machen könne. Sie nahmen ihre Sonnenbrillen ab und standen lächelnd da, die Arme umeinandergelegt, während der Fotograf die Aufnahme mit größerer Sorgfalt als nötig komponierte. Vögel jagten vorbei. Die Blende surrte. Jeff dankte dem Fotografen und nahm seine Kamera zurück. Es war ein ganz normales Foto, ein Schnappschuss von einem Paar in Venedig, lächelnd, Sonnenbrillen in der Hand, im Hintergrund Wasser und Himmel: immerhin ein Beweis, dass sie so aussahen und hier zusammen gewesen waren.

Als sie wieder auf dem Festland waren, schlug Laura vor, auf einen Drink ins Gritti zu gehen. Auf dem Weg dorthin wurde Jeff etwas bewusst, das ihm vorher entgangen war: die Allgegenwärtigkeit von Vivaldi. Aus einer Kirche erklangen die *Vier Jahreszeiten*. Ein Straßenmusiker spielte die *Vier Jahreszeiten*. Es war unmöglich, mehr als ein paar Hundert Meter zu gehen, ohne eine der *Vier Jahreszeiten* zu hören.

»*Kam* Vivaldi aus Venedig oder so?«, fragte er.

»Wenn nicht, dann machen sie das auf jeden Fall mehr als wett.«

»Da kriegt man einen richtigen Hass auf Vivaldi, nicht?«

»Da kriegt man einen richtigen Hass auf Venedig.«

Im Gritti war gerade ein Tisch frei geworden; sie nahmen ihren Platz auf der Terrasse ein. Die Aussicht war großartig, vor allem der Blick auf die verschiedenen Boote, die vorbeikamen, vollgepackt mit Menschen, die die wenigen Privilegierten fotografierten – Männer, die auf Zigarren herumkauten, Frauen in

Prada, die einen auf jung machten –, die das große Glück hatten, auf der Terrasse des Gritti zu sitzen und an ihrem Getränk zu schlürfen. Es gab auch ein paar jüngere, weniger wohlhabend aussehende Leute, die gekommen waren, um einen einzigen sündhaft teuren Drink zu nehmen und so viele Nüsse zu futtern, wie sie konnten. Jeff überlegte sich, ob er einen Campari Soda trinken sollte, und entschied sich dann, wie üblich, für ein Bier. Zu den Getränken wurden kleine Teller mit großen grünen Oliven, Haselnüssen, ein paar käsigen Dingsdas und drei exotischen Canapés serviert: Sashimi mit Blaubeeren, Tomate mit Mozzarella (nicht ganz so exotisch) und Gurke mit Kaviar, alles auf kleinen Scheiben von katholischem Brot. Alle paar Minuten legte ein Taxi an der Mole an, und Leute betraten herrschaftlich die Terrasse, bevor sie drinnen verschwanden. Dies war die Kultiviertheit der Erprobten, alte *scuola*. Unter solchen Umständen zerfiel jede Unterhaltung in eine Sequenz von Murmeln und Zustimmung. Genauso wie man die Stimme heben musste, um sich über laute Musik hinweg verständlich zu machen, so musste man sich hier auf die Ebene des jazzigen Jazz hinabsenken, der sehr leise auf dem »Soundsystem« des Hotels gespielt wurde, so schwach vernehmbar wie ein Insekt, das einem am Ohr summt. Trotzdem, es war angenehm, hier zu sein, hinüberzuschauen auf die Terrasse des Guggenheim, wo sie zwei Abende zuvor Bellinis gekippt und zur Terrasse des Gritti hinübergeschaut hatten. Nach den ständigen Partys fühlte es sich ganz neuartig an, in einer Bar zu sitzen, in der man für Getränke bezahlen musste – vor allem, wenn man sie auf eine Spesenrechnung setzen konnte.

»Guck jetzt nicht hin«, sagte Laura und hielt inne, um die dramatische Wirkung zu erhöhen. »Aber Jay Jopling und Damien Hirst sind gerade angekommen.« Jeff wartete ein paar Anstandssekunden, bevor er sich umdrehte, um zu beobachten, wie dieses allmächtige Paar auf die Terrasse trat und dann hineinging. Ein Mann, der den Kanal in einem *sandolo* entlanggerudert kam, machte eine weniger herrschaftliche Figur. Er ruderte im Stehen. Jeff wusste, dass es ein *sandolo* war, weil Jan Morris in ihrem Buch eine nützliche Liste der verschiedenen Schiffs- und Bootstypen mitgeliefert hatte, die die Gewässer von Venedig befuhren. Laura meinte, so etwas würde man eher auf dem Ganges erwarten – ein Eindruck, der durch den geschorenen Kopf des Ruderers, seine sonnengebräunte Haut und seine lockere, rundum weiße Kleidung noch erhöht wurde. Er kam langsam, aber beständig voran, unbekümmert von den größeren Booten, die in beide Richtungen an ihm vorbeiflitzten; doch das Fehlen eines Sitzes wirkte wie ein absurder Konstruktionsfehler. Es war schwer zu erkennen, wie die Ausstattung mit einer Sitzgelegenheit irgendwas anderes hätte tun können, als sein Schicksal zu verbessern.

In der Hoffnung, noch einen Blick auf Hirst und Jopling (die nirgends zu sehen waren) zu erhaschen, bezahlten sie und machten sich auf den Weg zu Jeffs Hotel. Unterwegs kauften sie ein paar Bananen, von denen sie anschließend je zwei auf einer niedrigen Mauer an einem unbekannten Kanal verspeisten. Trotz der unglaublichen Hitze waren die Bananen innen kühl.

»Du siehst aus wie ein Affe«, sagte Laura, die ihn beim Essen beobachtete.

* * *

Wieder im Hotel, putzte Laura sich die Zähne mit der Wegwerfzahnbürste, die sie vorher schon benutzt hatte, in der ersten Nacht, die sie miteinander verbracht hatten. Jeff legte sich aufs Bett. Das rote Nachrichtenlämpchen auf dem Telefon blinkte.

»Weißt du was«, sagte Laura, als sie aus dem Bad kam, »wir haben immer noch das Koks, das Martin mir gegeben hat. Sollen wir was nehmen?«

»Klar, warum nicht?«

Sie kramte wieder in ihrer Freitag-Tasche und hackte dann auf der hellen Kommode zwei Lines zurecht. Jeff sah ihr Gesicht im Spiegel über der Kommode und, ungespiegelt, ihren Hinterkopf, ihr Haar, ihren Rücken, ihren Hintern, ihre Beine. Sie machte Platz und bedeutete ihm, dass er sich bedienen solle. Er zog eine der dünnen Lines, setzte sich wieder aufs Bett und sah zu, wie sie sich vorbeugte, so weit, dass sich der Stoff ihres Kleids fest um ihren Hintern spannte.

»Gibt's irgendwas zu sehen?«, sagte sie und richtete sich wieder auf.

»Ja. In einem Wort, dich. In zwei ...« Er zögerte.

»Ja?«

»Deinen Arsch.«

Sie beugte sich vor und zog ihre Line. Er schaute auf und begegnete ihrem Blick im Spiegel. Die Kombination von Koks und Unterhaltung bescherte ihm heftiges Herzklopfen. Ein Lichtspektrum wackelte im geschliffenen Rand des Spiegels.

»Und was hast du dir so dabei gedacht?«, fragte sie. Es war der Spiegel, der es ihm ermöglichte, dieses Gespräch zu führen. Es waren nicht sie, die da redeten, es waren diese beiden Spiegelbilder, die ihr Eigenleben hatten.

»Ich habe mir gedacht, ich würde jetzt gern zu dir gehen und meine Hände auf beide Seiten deines Kleids legen, auf den Saum.« Er stand auf, ging zu ihr, legte seine Hände auf beide Seiten ihres Kleids. Er drückte seinen Schwanz gegen sie. Sie gab sanften Gegendruck. »Und dann würde ich langsam dein Kleid hochziehen. Ganz langsam.« Zentimeter für Zentimeter wurde ein wenig mehr von ihrer sonnengebräunten Haut enthüllt. »Bis ich den ersten Zipfel deiner Unterwäsche sehen könnte.« Als ihr Kleid über ihre Hüfte hinaufglitt, kam die blaue Baumwolle ihres Slips zum Vorschein. Sie verharrten in der Stellung, stumm, unbewegt. Er blickte einmal hoch und sah, wie sie seine Augen ansah, die sich sofort wieder auf das kleine dunkelblaue Dreieck richteten, das zwischen ihren Pobacken verschwand. Er beugte sich etwas hinab, um die Rückseite eines ihrer Beine streicheln zu können.

»Dann«, sagte er, wobei er die Innenseiten ihrer Schenkel streichelte, erst mit der einen, dann mit der anderen Hand, »dann würde ich zwischen deinen Beinen niederknien, sodass mein Gesicht auf gleicher Höhe mit deinem Hintern ist.« Er kniete nieder, sein Gesicht Zentimeter von ihr entfernt. Er griff hoch und fühlte ihren Slip, nass. Er hakte seinen Finger ein und zog den Slip zur Seite. Sie lehnte sich weiter nach vorne. Er zog ihre Pobacken mit beiden Händen sachte auseinander. Beim Anblick ihres Arschlochs – sauber, beinahe haarlos – wurde sein Schwanz noch härter. Er leckte ein wenig daran, zog dann ihre Pobacken auseinander und schob seine Zunge hinein, spürte, wie es puckerte. Sie presste sich an ihn. Er hielt ihre Hüfte, schob sein Gesicht in sie hinein, schob seine Zunge in sie hinein. Ihr Arschloch schmeckte nach nichts. Sie griff nach unten und berührte ihre Muschi. Er machte den Reißverschluss seiner Hose auf, hörte sie sagen: »Fick mich.«

Sie stieg aus ihrem Kleid. Sein Schwanz glitt in sie hinein. Als sie sich weiter vorbeugte, konnte er nicht mehr die Reflexion ihres Gesichts sehen, nur ihr fließendes Haar, ihren langen Rücken. Sie spreizte die Beine weiter, fuhr sich wieder mit der Hand dazwischen. Er rieb mit einem Finger um ihr feuchtes Arschloch herum. Sie presste sich heftiger gegen ihn. Er schob langsam seinen Finger in sie hinein, ihr Arschloch pulsierte heftig, als sie kam, als er kam.

Sie blieben eine Weile still stehen. Er öffnete die Augen. Ihr Gesicht schwamm im Spiegel wieder in Sicht und sagte: »Komm, legen wir uns hin.«

Sie fielen auf das Bett, beruhigt vom Sex, aufgekratzt vom Koks. Es war schwierig zu wissen, was sie jetzt machen sollten. Unter normalen Umständen hätten sie vielleicht gedöst, aber davon konnte jetzt keine Rede sein, also lagen sie einfach da. Dann stand Laura auf und sagte, sie würde ein Bad nehmen, was eine tolle Idee zu sein schien. Während es einlief, öffnete sie die Minibar.

»Hier ist eine kleine Flasche Weißwein drin«, sagte sie. »Sollen wir welchen trinken?« Das schien auch eine tolle Idee zu sein. Sie öffnete die Flasche und goss zwei Gläser ein. Sie war noch nackt. Seine Augen folgten ihr.

»Schade, dass wir nicht unsere besonderen Gläser haben«, sagte er, aber sie stießen mit denen an, die sie hatten.

»Ich weiß. Es ist, wie aus einem Marmeladenglas zu trinken«, sagte Laura, während sie in Richtung Bad ging.

Jeff erhob sich vom Bett, von dem plötzlichen Drang erfasst, an seinem Artikel über die Biennale zu schreiben. Dieser Impuls verflüchtigte sich allerdings, sowie er sich an den Tisch setzte und seinen Laptop öffnete. Sein Kopf schwirrte vor Erregung, doch sein Gehirn war völlig leer, unberührt von den Gedanken, die durch es hindurchrasten, außer einem: Lauras Arsch. Was war das nur mit den Arschlöchern von Frauen? Wo kam er her, dieser unwiderstehliche Wunsch, Finger, Schwanz oder Zunge in sie hineinzustecken? Scheiße war eklig, widerliches Zeug, aber Frauenarschlöcher … Vielleicht sollte er eine Fünfhundert-Wörter-Kolumne darüber schreiben, über die Tatsache, dass der Mann von heute nur eine Sache in seinem Leben lieber tut, als Muschis zu lecken, nämlich Ärsche zu lecken. Er kam sich wie ein römischer Kaiser im Zeitalter des Roomservice vor. Er wollte sich à la Tarzan auf die Brust schlagen, doch in Anbetracht der Umstände blieb ihm nichts anderes übrig, als den Fernseher einzuschalten. Dies war die einzigartige Freiheit, der ultimative Luxus des Hotelzimmers: nicht die Gelegenheiten zu nachmittäglichem Sex, Koksziehen und Arschlecken, sondern die Freiheit, zu jeder beliebigen Tageszeit die Glotze einschalten zu können, sich alles (im Grunde nichts) ohne Scham oder Schuld ansehen zu können. Wenn er mehr Zeit in Hotelzimmern verbrächte, würde er nie wieder ein Buch lesen. Wenn die ganze Welt in Hotels leben würde, würde niemand mehr etwas Anspruchsvolleres lesen als die Speisekarte des Roomservice. Er zappte, bis er zu einer Zusammenstellung von Filmen über Sportunfälle kam: Skifahrer, die Hänge herunterpurzelten, Matadore, die von Stieren herumgeschleudert wurden, Motorradfahrer, die sich überschlagend durch die Luft flogen. Nicht dass Menschen dabei *verletzt* wurden, machte es so faszinierend. Nein, der Teil mit dem Verletztwerden war natürlich schrecklich, aber das Zwischenspiel in der Luft, bevor sie landeten und es hässlich wurde, das hatte etwas Idyllisches. Wenn die Erde nicht so hart gewesen wäre oder die Schwerkraft eine weniger potente Kraft, hätte es sicher Spaß gemacht, als Folge eines Fehlers auf der Piste oder Rennbahn zehn Meter in die Luft geschleudert zu werden … Nicht einmal die Glotze, auf die man üblicherweise zurückgriff, wenn man sich nicht konzentrieren konnte, vermochte seine Aufmerksamkeit zu fesseln. Er stand auf, starrte hinaus auf die versengten Dächer, die unsichtbare Schwere des Himmels. Laura rief vom Badezimmer aus, wie spät es sei, wann sie losgehen müssten. Scheiße, es war schon sechs. Sie müssten in einer halben Stunde gehen, rief er zurück. Heute war es bis jetzt so gewesen, als wären sie im Urlaub hier in Venedig, oder sogar auf Hochzeitsreise. Sie hatten Sehenswürdigkeiten besichtigt, waren niemandem begegnet, den sie kannten. Jetzt mussten sie plötzlich wieder in den Biennale-Modus umschalten. Es gab Partys, zu denen man gehen musste, Bekannte, mit denen man sich treffen musste, Bellinis, die getrunken werden mussten – und ärgerlicherweise klingelte jetzt auch noch das Telefon.

»Max, ich grüße dich!«

»Woher hast du denn gewusst, dass ich es bin? Hast du eine Nummernerkennung auf deinem Zimmertelefon? Ist das der Grund, warum ich dich den ganzen Tag nicht an den Hörer gekriegt habe?«

»Nein, ich war unterwegs. Ich hatte nur *gehofft*, dass du es wärst, und wie ein Traum, der sich erfüllt …«

»Okay, um gleich zur Sache zu kommen –«

»Sagte ich ›Traum‹? Ich meinte natürlich ›Albtraum‹.«

»Sehr witzig. Und, was hat sich getan?«

»Es hat eigentlich alles sehr gut geklappt«, sagte Jeff grinsend. »Und das Interview lief auch gut.« Das Grinsen verwandelte sich sofort in Stirnrunzeln, während er zu überlegen versuchte, wie er am besten auf die unvermeidliche nächste Frage antworten solle, die nach dem Bild, das er nicht bekommen hatte, und dem Foto, das er nicht gemacht hatte.

»Und …«

»Ja, alles bestens«, sagte er. »Aber hör mal, ich muss jetzt los. Ich bin mit ihr verabredet, um das Foto zu machen. Ich ruf dich morgen an, okay?«

Max musste es auch eilig gehabt haben. Jeff konnte das Gespräch beenden, ohne die Dinge weiter erläutern – im Sinne von absichtlich vernebeln – zu müssen. Laura kam aus dem Badezimmer, nackt, ein Handtuch als Turban um ihr Haar gewickelt. Es war ein sehr häuslicher Augenblick, als wären sie verheiratet.

Das mochte der Grund gewesen sein, warum er, als sie zur Party liefen (Jeff wusste nicht, wo sie hingingen, er folgte Laura wie ein Hündchen) eigentlich keine besondere Lust hatte. Als sie dort eintrafen, sich angestellt hatten und hereingelassen worden waren, hatte sich das insoweit geändert, als dass er nicht die geringste Lust hatte. Er wollte mit ihr über ihre gemeinsame Zukunft sprechen, darüber, wann und wo sie sich wieder treffen könnten, doch das wäre eine Ablenkung von der vollkommenen Gegenwart gewesen, die sie noch umgab. Aber nicht mehr lange. Ihnen lief die Zeit davon, und im Hinterkopf war er sich der Probleme bewusst, die ihn erwarteten, wenn seine Zeit hier tatsächlich vorbei sein würde, wenn er wieder in London war, ohne Bild, ohne Foto und ohne dass er der Kunst, über die er hatte schreiben sollen, genügend Aufmerksamkeit geschenkt hatte. Nicht, dass das seine Hauptsorge war. Weit davon entfernt. Was ihn betraf, so ging es bei der Biennale sowieso immer viel mehr um die Partys als um die Kunst. Nur dass er heute Abend, statt zu einer Party zu gehen, viel lieber etwas anderes getan hätte, nämlich gemeinsam nach Hause zu gehen (d.h. zurück zum Hotel) und mit Laura auf dem Bett zu liegen, während sie sich die Möse mit seinem Gesicht abwischte. So wünschenswert dies auch gewesen sein mochte, so war es doch, zumindest vorläufig, unmöglich. Der ganze Sinn dieser Reise nach Venedig war es doch, auszugehen, zu Partys wie dieser zu gehen, wo man, wenn alles wie geschmiert lief, am Schluss vielleicht jemanden abschleppen konnte … Seine Gedanken drehten sich sinnlos um sich selbst, wie sie es manchmal taten, wenn man sehr müde war. Wenn alles so perfekt war, viel perfekter, als er es sich jemals hätte erträumen können, warum machte er sich dann solche Sorgen? Weil sich die

Restmenge einer von Kokain befeuerten Erregung, die ein tiefer liegendes Substrat von Müdigkeit überlagerte, in eine Allzweckangst verwandelte. Es war, als würden die grauen Wurzeln seiner Haare bereits wieder nachwachsen. Die Reaktion darauf konnte natürlich nur sein, dass er mehr Bellinis trank, um sich zu beruhigen, und mehr Koks zog, um sich wachzukriegen.

Und es funktionierte auch irgendwie. Laura und er zogen auf der Toilette jeder eine Line und kamen zusammen schniefend und glühend heraus. Angst verwandelte sich umgehend in Erregung, wenn auch Erregung mit einem angstvollen Rand. Aus der Anlage dröhnte Tanzmusik.

»Das hört sich bekannt an«, sagte er. »Kennst du das?«

»Das ist Nigel Kennedys Interpretation der *Vier Jahreszeiten* im Paul-Oakenfold-Remix«, sagte Laura. Er wusste nicht, ob sie einen Witz machte, aber es klang absolut plausibel.

Monika kam herüber und sagte, sie habe Jean-Paul doch nicht gesagt, wie sehr sie ihn hasse, weil sie erkannt habe, dass sie ihn eigentlich doch ganz nett finde. Jeff erwiderte, das zeuge von Willensschwäche, und wenn er ihn sähe, würde er ihm auf jeden Fall sagen, dass er ihn hasse, egal was er persönlich von ihm hielt. Er stellte Monika Laura vor, die ihn wiederum jemandem vorstellte, dessen Namen er nicht mitbekam, weil im selben Moment Phil Spender auf ihn zukam. Er entschuldigte sich bei Phil, dass er es nicht zu seiner Party geschafft habe, der Party, zu der er so dringend hatte gehen wollen und die er, so erinnerte er sich jetzt, bis vor zwei Sekunden völlig vergessen hatte. Ebenso den geheimen Kraftwerk-Gig. Phil seinerseits erkundigte sich nach Jeffs Haaren. Habe er sie färben lassen? Jeff gab es zu.

»Willkommen im Club«, sagte Phil. Ha! Also machten sie es alle! Sie vollführten einen halbironischen Brustschubser, darauf achtend, nichts auf Phils immer noch makellosen cremefarbenen

Anzug zu verschütten – eigentlich erstaunlich, dass er sich so gut gehalten hatte. Zu Phils Linken entdeckte er Jane. Und unweit davon Jessica und den Kaiser. Er kannte jede Menge Leute hier und erkannte noch jede Menge mehr, möglicherweise von den Partys der vorangegangenen Nächte, möglicherweise nur von dieser einen. Die Leute dazugerechnet, die er kannte, aber nicht erkannte … Alle waren hier, einschließlich derer, die er erst jetzt kennenlernte, auf die er einquatschte und die auf ihn einquatschten, Dinge sagten, die sie ein paar Minuten zuvor schon gesagt hatten, genauso wie Jeff sich an eine immer enger werdende Schleife unaufhörlicher Wiederholung gefesselt fühlte. Wer immer sie auch alle waren, heute Abend war der letzte Abend, an dem sie hier waren, zusammen in Venedig Bellinis soffen, auch wenn einige von ihnen schon am Nachmittag abgereist waren. Die Biennale – oder zumindest dieser Teil von ihr, die *Vernissage* – ging unglaublich schnell vorbei. Wenn man sich mittendrin befand, geschah alles so unablässig, dass es schien, als ginge es ewig so weiter. Man lechzte nach einem freien Abend, einem Abend zu Hause. Aber das konnte man sich nicht leisten, weil es zwar sehr lange dauerte, aber gleichzeitig auch unglaublich kurz dauerte, vorbei war, bevor es richtig begonnen hatte. Kaum hatte es angefangen, war es auch schon wieder vorbei, Momente, nachdem es angefangen hatte. Da kreisten sie wieder, seine Gedanken. Das war ihm in letzter Zeit aufgefallen, wenn er übermäßig trank oder Drogen nahm. Es war, als würde er sich mit einer UV-Lampe ins Gehirn strahlen, die durchgebrannte Verdrahtung beleuchten. Im Verlauf der Jahre waren große Bereiche kognitiver Verarbeitung ruiniert worden, verwüstet worden. Unter normalen Bedingungen blieb das ganze Ausmaß des Schadens verborgen, aber man musste nur ein klein wenig saufen, und schon wurde die innere Unterhöhlung enthüllt. In ein paar Jahren wäre sein Gehirn wie eine beschädigte Koralle, wie eine Gehirnkoralle eigentlich, gehirngeschädigte Koralle, leblos, farblos, tot. Haare konnte man reparieren, färben, aber das Gehirn … Das allermindeste war, dass er bald Ergänzungsmittel würde nehmen müssen: Gedächtnisstimulanzien, Serotonin-Verstärker, Neuron-Steroide. Vorläufig streckte er einem herannahenden Kellner sein Glas entgegen, seine Bettelschale. Dieser Akt machte es ihm möglich, seine Gehirnprobleme in einem neuen, optimistischeren, weniger besorgniserweckenden Licht zu betrachten. Als er jung war, hatte er sich etwas darauf eingebildet, *clever* zu sein. Wenn er die Straße entlangging, ohne an irgendetwas Bestimmtes zu denken, einfach nur die Straße entlangging, so wie jeder andere Depp auch, hatte er das deutliche Gefühl, dass er ungeheuer *clever* war. Aber er hatte nie etwas mit dieser Cleverness angestellt, außer blöde Artikel zu schreiben und gelegentlich ein paar clevere Bemerkungen zu machen, von denen die meisten nicht einmal wirklich clever waren. Er *fühlte* sich einfach clever, und es war ein gutes Gefühl, sich clever zu fühlen. Jetzt fühlte er, mit der gleichen Überzeugung (und erheblich mehr Beweisen), dass seine dummen Jahre anbrachen. Die dummen Jahre ergänzten die vagen Jahre. Sie überlagerten sich. Die vagen Jahre und die dummen Jahre waren dieselben Jahre, und sie hatten schon begonnen. Na schön, her damit. Wenn man jedermanns Namen vergaß, war das – wie diese Reklame in den Zeitungen einem immer ins Gedächtnis rief – peinlich, aber abgesehen davon war dumm sein in Ordnung, wie eine Vorahnung der Erleuchtung.

In seiner Tasche hatte er seine kleine Digitalkamera. Er holte sie heraus, mit der Absicht, etwas aufzunehmen, was zwangsläufig auf eines jener sinnlosen, universell enttäuschenden Fotos von rotäugigem Partytreiben hinauslaufen würde. Als er die Kamera einschaltete, befand sie sich noch im Wiedergabe-Modus. Auf dem Display war nicht seine Umgebung zu sehen, sondern das Bild von ihm und Laura auf der Giudecca, das früher an diesem Tag gemacht worden war. Er drückte auf den optischen Zoom, eliminierte sich aus dem Bild, fokussierte auf ihr Gesicht und dann nur auf ihre Augen, so lange, bis es gar keine Augen mehr waren, sondern nur eine explodierende Galaxie von Pixeln.

Lauras Flug ging um zwei Uhr nachmittags. Jetzt war es elf Uhr morgens. Er lag mit schmerzendem Kopf auf ihrem Bett, hielt ein Taschentuch an sein blutendes Nasenloch und sah ihr beim Packen zu. Das weiße Kleid, das rot-goldene, das sie in Laos gekauft hatte (ein Land, das er nie besucht hatte, aber das er jetzt richtig aussprechen konnte), das marineblaue Kleid – alles lag ordentlich in ihrem Koffer zusammengefaltet. Es war wie die schreckliche Umkehrung eines Striptease, aber es war auch schlimmer als das, als sähe er ihr dabei zu, wie sie die Sachen zurechtlegte, die sie ins Nachleben mitnehmen würde – ins Leben nach Venedig, ins Leben nach ihm –, und ihn tot zurückließ. Wäre er es gewesen, hätte er versucht, den Rückflug umzubuchen, und wenn das nicht gegangen wäre, hätte er ihn einfach sausen lassen, hätte ein anderes Ticket für ein späteres Datum gekauft. Aber sie ging, war beinahe mit dem Packen fertig.

Sie hatten E-Mail-Adressen und Telefonnummern ausgetauscht, aber kein Treffen vereinbart. Traditionellerweise liefen solche Dinge ja so ab, dass die Männer kamen und gingen und die Frauen weinend zurückließen, aber jetzt war er derjenige, der zurückgelassen wurde, und wenn er nicht aufpasste, konnte es gut sein, dass ihm die Tränen kamen. Bei der Vorstellung, dass er weinen könnte, kam ihm ein anderer, verwandter Gedanke in den Sinn, der Gedanke an sein gefärbtes Haar, von dem es schwärzlich seine Stirn hinuntertropft, seine Wangen hinunterrinnt wie die Wimperntusche einer Frau. Gestern Nachmittag hatte er sich wie ein römischer Kaiser gefühlt, zu allem fähig. Jetzt, mit blutender Nase, sein Mund eine säuerliche Wüste, der Kopf ausgedörrt und geröstet, war ihm nach Schluchzen und Heulen zumute. Als er siebzehn war, hatte er *Die Geliebte des französischen Leutnants* gelesen, und was ihn besonders beeindruckt hatte, war, wie John Fowles den Unterschied zwischen der viktorianischen Auffassung – *Ich kann dies nicht für immer haben, daher bin ich unglücklich* – und der modernen, existenziellen Sichtweise – *Ich habe dies für diesen Moment, deswegen bin ich glücklich* – deutlich machte. Es war ihm seither immer in Erinnerung geblieben, aber jetzt schien es absurd, so zu tun, als würde bei ihm existenzielle Zufriedenheit herrschen. Im Jahr 2003, mit Mitte vierzig, hatte er mit seinem inneren Viktorianer Verbindung aufgenommen. In Venedig entdeckte er jetzt, dass er der letzte Viktorianer war.

Er hörte, wie Laura ihre Tasche schloss, das gleiche Geräusch – nur gröber, lauter – wie bei ihrem Kleid, wenn es von ihm, für ihn geöffnet wurde. Es war Glück, reines Glück gewesen, wie es zwischen ihnen sexuell gefunkt hatte – doch sowie sich Glück auf diese Weise zeigte, verwandelte es sich in etwas anderes, in etwas, von dem man nicht glauben konnte, dass es nur Glück war.

»Ein Geschenk für dich«, sagte sie und gab ihm den Umschlag mit dem Kokain. »Es ist noch was übrig.« Das brauchte er jetzt so dringend wie ein Loch im Kopf, das er überhaupt nicht brauchte, weil er das Gefühl hatte, bereits eines zu haben. Sein Kopf fühlte sich sogar ausschließlich nach Loch an, aber wenigstens hatte seine Nase aufgehört, Blut zu verlieren. Er warf das Knäuel Papiertaschentücher in den Mülleimer.

»Und vergiss dein Glas nicht«, sagte Laura. Da war es, stand auf der Kommode, teuer und zerbrechlich, und sah genau nach dem blau-orangen Schrein aus, der es ihrer Meinung nach nicht war. Er stand auf, wickelte es in ein Zeitungsblatt und steckte es in eine Plastiktüte.

Laura ging zu ihm und küsste ihn auf den Mund. Sie hatten die Arme umeinandergelegt. Ihr Haar roch ein wenig nach Stadt. Sie erwähnte die Zukunft nicht, sagte nichts darüber, wann sie sich wiedersehen könnten, und er auch nicht. Er tat es deswegen nicht, weil sie es nicht getan hatte. Verkniff sie es sich, weil er nichts gesagt hatte? Ganz sicher war er sich nicht, aber er spürte, ob mit Recht oder nicht, dass er ihrer Vorgabe folgte. Eine seltsame, moderne Form der Intimität – überhaupt nicht viktorianisch –, die es leichter machte, jemandes Arschloch zu lecken, als denjenigen zu fragen, wann man sich wiedersehen könnte. *When Will I See You Again?* Der bescheuerte Popsong von dieser einen bescheuerten Gruppe begann ihm im Kopf zu kreisen, in seinem leeren, mit Gedanken vollgepackten, leeren Kopf.

»Also, wie ich schon gesagt habe«, sagte er. »Das war höchst angenehm.«

»Nicht wahr?«

»Ich persönlich fand es so angenehm, dass ich liebend gern alles noch mal machen würde.« Da, er hatte es gesagt oder sagte es auf gewisse Weise.

»Ich auch.«

»Hast du irgendeine Vorstellung, wann das sein könnte?«

»Nein. Aber ich hoffe, bald.«

»Weißt du, diesmal können wir es nicht einfach dem Zufall überlassen, können nicht einfach hoffen, dass wir uns wieder mal über den Weg laufen.«

»Ich weiß.«

»In einer kleinen Stadt wie Venedig hat es funktioniert, aber im globalen Maßstab, na ja, haben wir wohl schlechte Karten.«

»Du hast recht.«

Er drückte sie fest an sich, spürte seinen Schwanz hart werden, selbst jetzt, als alles so kurz davor war, nur noch eine Erinnerung zu werden. Oder das Gegenteil einer Erinnerung: ein Sehnen nach etwas, das bald unmöglich weit weg wäre.

»Ich könnte nach L.A. kommen«, sagte er. »Oder ich könnte dich irgendwo treffen, wenn du unterwegs auf Reisen bist, egal wo.«

»Das wäre schön.«

»Also mailen wir.«

»Natürlich.«

Sie hatten sich im Arm gehalten, während sie miteinander redeten. Jetzt war es Zeit, einander loszulassen, Zeit für ihn, ihren Trolley und sein Glas zu nehmen, ihr Zimmer zu verlassen und sich in den Aufzug zu zwängen und das sinnlose Schild zu betrachten, auf dem darum gebeten wurde, die Plastikhülle nicht zu zerkratzen.

Laura bezahlte ihre Rechnung und checkte aus. Sie musste zum Busbahnhof, aber sie verabschiedeten sich hier, in dem kleinen Hof vor ihrem Hotel, dem so stattlich benannten Excelsior. Sie küssten sich wieder. Er atmete den sanften Duft ihrer Haare ein, der ihm noch neu war, neu und schon vertraut. Sie rollte mit ihrem Koffer in Richtung Busbahnhof los, und er ging in die andere Richtung.

Wohin? Es spielte keine Rolle. Er war jetzt allein in Venedig, wanderte durch die drückende Hitze. Sie war fort, und er war von Plus eins auf Minus eins zurückgefallen. Es gab nichts weiter zu tun als zu schlendern, also schlenderte er durch die volle, leere Stadt. Es war, wie wenn man im Meer schwamm und von einem Flecken warmen Wassers zu einem Streifen eiskalten Wassers wechselte. In einem Moment war er noch in einer geschäftigen, dicht besiedelten Gegend und im nächsten wieder in völlig stillen Straßen, verlassen bis auf das Sonnenlicht. Jetzt wäre es eine Erleichterung gewesen, den serbischen Taschendieben zu begegnen, mit ihnen zu kämpfen und seine Leiche von ihnen in einen Kanal werfen zu lassen. Aber er sah weder sie noch, glücklicherweise, irgendjemand anderen, den er kannte.

Er war seit dem Aufwachen müde gewesen, genauso wie nach der am Bahnhof verbrachten Nacht, als er vor vielen Jahren zum ersten Mal hier gewesen war. Nachdem er eine Stunde lang umhergeschlendert war, hatte ihn eine Müdigkeit ergriffen, wie man ihr nur in Träumen begegnete, jenen Träumen, in denen man geht und geht und keinen Schritt vorankommt. Er war in der Todeszone des Tourismus, wo Schlendern sich in Schleppen verwandelt, wo jeder Schritt die Mühe von zehn erfordert. Die Luft füllte sich mit angenehmem Glockengeläut. Als er sich der Quelle näherte – einer Kirche, die er noch nie gesehen hatte –, wurde daraus eine Lawine von goldenem Lärm, die sich über ihn ergoss, in seinen ausgetrockneten Kopf purzelte.

Er setzte seinen Weg durch Straßen fort, die zunehmend vertrauter wurden … Und zwar weil er, so erkannte er plötzlich, in der Nähe des Palazzo Zenobio war und der Bar, die sich Manchester Pavilion nannte! Was für ein Glücksfall! Jetzt wusste er, was er tun konnte: Er konnte ein Bier trinken. Es war, als befände er sich in einem Werbespot für Exportbier oder einem venezianischen Remake von *Eiskalt in Alexandrien*. Bier! Er ging über die Ponte del Soccorso, die bucklige Brücke, wo sie sich hingesetzt hatten, nachdem die Party im Zenobio zu überfüllt gewesen war, um reinzukommen, lief über genau dieselben Stufen.

»Versuchst du etwa, mir unters Kleid zu gucken?«

Die Bar war geöffnet, aber völlig menschenleer. Selbst wenn man die Tatsache berücksichtigte, dass es Sonntagnachmittag war, war sie erstaunlich leer. Personal stapelte Stühle auf Tische. Sie sah wie ein Ort aus, der geplündert worden war.

»Was ist passiert?«, fragte Jeff.

»Wir haben nichts mehr.«

»Nichts mehr wovon?«

»Getränke.«

»Sie meinen, es gibt nichts mehr zu trinken?«

»Sì, nichts.«

»Nichts?«

»Niente. Alle weg. Bier, Wein, Whisky. Finito.« Er wirkte erschöpft, stolz, erstaunt und etwas empört über das, was sich ereignet hatte. Offensichtlich hatte er dergleichen nie erlebt. Oder es auch nur erwartet. Wenn eine englische Fußballmannschaft in Venedig gespielt hätte, dann wäre er vernünftigerweise davon ausgegangen, dass es eine enorme Nachfrage nach Alkohol gäbe, aber er hatte den unstillbaren Durst der internationalen Kunstszene ernsthaft unterschätzt. Natürlich war Jeff enttäuscht, doch in gewisser Hinsicht war es auch wieder eine Situation, die sich auskosten ließ. Er hatte von solchen Dingen gehört, aber dies war das erste Mal, dass er eine Bar sah, die leer getrunken worden war, wobei er sogar – Ehre, wem Ehre gebührt – eine winzige Rolle gespielt hatte. Es hatte eindeutig keinen Sinn zu bleiben. Jeder, der hierhergekommen war, hatte denselben Schluss gezogen. Wie ausgedörrte Heuschrecken hatten sie diese Bar heimgesucht, sie leer getrunken, sie bis auf den letzten Tropfen Alkohol ausgequetscht und waren dann weitergezogen. Viele waren bereits weitergezogen, nicht nur zu anderen Bars, sondern in andere Städte, andere Länder. Dem Namen nach war es immer noch eine Bar, aber es war jetzt ein Ort, dem seine Bedeutung abhandengekommen war. Die Atmosphäre war trostlos, das Ganze die architektonische Entsprechung eines fürchterlichen Katers. Es war, als wäre eine Gräueltat begangen worden, etwas Beschämendes, an das sich niemand erinnern wollte, das jedoch die Wände, die Böden und alle Apparaturen durchdrang. Es schien durchaus im Bereich des Möglichen zu liegen, dass jetzt ein Fluch auf diesem Ort lastete, dass er nie wieder die schwindelnden Höhen der letzten paar Tage erleben würde, als der Alkohol strömte und strömte und dann versiegte, eine Leere hinterlassend, die nie gefüllt werden konnte, einen Nachgeschmack von Vergeudung und Sinnlosigkeit. Er dankte dem Barkeeper und ging weiter, erschöpfter denn je.

Er kaufte eine Flasche Ferrarelle in einem Krämerladen und ging weiter, auf der Suche nach einem Ort, wo er sich hinsetzen konnte. Es gab viele Orte, wo man sich hätte hinsetzen können, aber er ging immer weiter, bis er sich völlig erschöpft an einem alten Kanal niederließ, der nicht einmal besonders idyllisch war. Ein Tennisball schaukelte auf dem Wasser. Er holte sein teures, schönes Glas hervor und füllte es mit Sprudel, den er gierig hinunterstürzte. Das tat er so oft, bis sowohl Flasche als auch Glas leer waren. Dann saß er einfach da, mit gekreuzten Beinen, wie ein zum Bettler verkommener Yachtbesitzer, der alles verloren hat bis auf diese auserlesene blau-orange Erinnerung an sein früheres Luxusleben. Schön und gut, zu meinen, wie er es am Tag zuvor oder zwei Tage zuvor oder wann auch immer – er hatte das Gefühl, schon seit einer Ewigkeit in Venedig zu sein – getan hatte, dass diese wunderbaren, einmaligen Augenblicke für alle anderen Augenblicke entschädigten. Das ließ sich leicht meinen, wenn man mittendrin war in jenen Augenblicken, wenn es nahezu unmöglich war, sich an die anderen Augenblicke zu erinnern, an Augenblicke wie diesen, in dem er – schon jetzt! So rasch! – Mühe hatte, sich an jene großen, alles entschädigenden Augenblicke zu erinnern.

Eine Taube lief blöd glotzend vorüber. Er sah zu, wie sie sich pickend und zuckend übers Pflaster bewegte. Sie sah unglaublich dumm aus, als wäre sie kaum fähig, ihre artspezifische Aufgabe, eine Taube zu sein, zu erfüllen. Allein schon eine Taube zu sein, erschöpfte alles, dessen sie fähig war. Sie konnte nicht einmal fliegen, sie hüpfte nur. In dieser Hinsicht war sie nicht einmal ein Vogel, bloß eine Taube, ein Nicht-Vogel.

Ein Boot fuhr vorbei; es war mit kaputten Stühlen und Baumstämmen beladen. Wasser schwappte die Stufen empor. Eine italienische Familie kam auf ihn zu, Mutter, Vater und ein dunkelhaariges fünf- oder sechsjähriges Mädchen, das auf etwas entlanghüpfte, das wie ein Hüpfball in der Form eines Kängurus aussah. Sie saß auf seinem Hinterteil und klammerte sich an seine Vorderpfoten. Offensichtlich begeisterte dieses ungewöhnliche Fortbewegungsmittel die Eltern ebenso sehr wie das Kind, das darauf ritt. Händchenhaltend und lachend grüßten sie Atman warm, glücklich, dass ein Fremder den Anblick ihrer Tochter, die auf einem Känguru-Hüpfball dahinhüpfte, genießen, ihre Freude mit ihnen teilen konnte. Atman grinste zurück. Es war absolut bezaubernd. Es gab sogar einen Beutel, aus dem ein kleines Baby-Känguru herauslugte. Wenn es möglich gewesen wäre, wäre er sofort in diesen Beutel hineingeklettert und wäre mit ihnen zusammen weitergehüpft.

Nachdem die Familie und ihr Känguru aus seinem Blickfeld verschwunden waren, wusste er nicht, was er tun sollte, also nahm er sein Glas und setzte sich wieder in Bewegung. Während er den Campo Santa Margherita überquerte, ignorierte er bewusst die lästigen Straßenkünstler, die dort silbern angemalt einen auf lebendige Statue machten.

Schließlich kam er zu einer kleinen Piazza – eigentlich nicht einmal eine richtige Piazza –, die zwischen drei dicht nebeneinander stehenden Kirchen eingeklemmt lag. Zwei waren leuchtend weiß, und eine von diesen war die Scuola Grande di San Rocco. Da er sich so erschöpft und verbraucht fühlte, war die Aussicht, nur fünf Euro zu bezahlen, um aus der Hitze heraus- und in das kühle Dunkle einer Kirche hineinzukommen – noch dazu mit einer riesigen Portion Tintoretto –, ein willkommener Ersatz für einen Drink im Manchester Pavilion.

Aus dem grellen Sonnenlicht kommend, hatte er beim Betreten des Innenraums das Gefühl, ihm würde schwarz vor Augen. Er machte eine schnelle Bestandsaufnahme des Erdgeschosses und schlurfte dann die Stufen hinauf. Pech, dass das Konzept Kirche grundsätzlich mit einem nicht unbeträchtlichen Schuss Vertikalität einherzugehen schien, dass das Konzept des Bungalows im Kirchenbau nie so recht Fuß gefasst hatte. Er schlurfte weiter, erklomm eine Treppe zum Chiaroscuro-Himmel. Es spielte sich alles hier oben ab. Es gab eine Menge aufzunehmen. Viel zu viel. Mauern, Decken: Jeder Zentimeter war vollgestopft mit Propheten, Engeln und brutal aussehenden Heiligen. Wo man hinsah, lösten sich Gestalten aus der muskelbepackten Dunkelheit. Alles löste sich aus der Dunkelheit. Wow, Tintoretto hatte sich hier wirklich ausgetobt. Jeffs Kenntnis der Quellen war ein bisschen dünn. Außer der Tatsache, dass dies biblische Szenen waren, tappte er völlig im Dunkeln. Soweit er es erkennen konnte, hatte Tintoretto die spannendsten Teile beider Testamente in einem Gebäude gebündelt. Aber irgendwie war die Bibel ja auch ein leicht zu komprimierendes Buch. Im Prinzip wurden immer irgendwelche Dinge geschleudert – aus dem Licht und in die Finsternis – oder stiegen auf – aus der Finsternis und ins Licht, von dem es nicht sonderlich viel gab. Bärtige Propheten, wallende Stoffe und wogende Wolken – da oben ging ordentlich die Post ab. Doch vom Gesichtspunkt der Vermarktung her schien es der grundfalsche Ansatz zu sein, um die Botschaft an den Mann zu bringen: die Vorstellung, dass man uns das Paradies mit Einschüchterung schmackhaft machen könnte.

Atman bekam Nackenschmerzen vom ständigen Zur-Decke-Blicken. Dann sah er ein paar Leute mit kleinen holzgerahmten Spiegeln herumlaufen, die etwa so groß waren wie tragbare Fernseher. Er nahm sich einen von dem Stapel auf der anderen Seite der Halle, die in gewisser Weise die andere Seite der Welt war. Als Erstes sah er jetzt sein eigenes Gesicht, das sich aus dem biblischen Wirbel im Hintergrund herauslöste. Der Spiegel war wie ein quadratischer Heiligenschein. Kubistisch. Der Heiligenschein, der Spiegel, die Decke – der Hintergrund –, alles zeichnete sich dunkel ab. Alles loderte vor Licht, aber nur weil an einem so dunklen Ort jedes bisschen Licht, wie spärlich es auch sein mochte, irgendwie heilig war. Was das Wetter betraf, so schien eine vernichtende Flutkatastrophe oder ein sintflutartiges Unwetter durchaus im Bereich des Möglichen. Er blickte sich um. Bis auf ein paar stille Japaner war er jetzt der einzige Mensch hier. Er sank auf einen Stuhl nieder, stellte sein Glas ab und kippte den Rest aus Lauras Umschlag auf den Spiegel. Mit der Broschüre, in der erklärt wurde, wie Tintoretto all diese umwerfenden Malereien angefertigt hatte, schob er das Koks zu einer ungefähren Linie zusammen. Umgeben von der gespiegelten Dunkelheit, wirkte das Pulver weißer denn je. Er sah sich noch einmal schnell um, beugte den Kopf zum Spiegel hinunter und zog. Seine Nase, die noch teilweise mit getrocknetem Blut verstopft war, gab einen Laut wie ein grunzendes Schwein von sich. Ha! Er sah, wie sich seine Pupillen – bereits groß von der Dunkelheit – noch mehr weiteten. Jetzt wurde die Kunst der Vergangenheit erst richtig lebendig. Jetzt dräute und wirbelte alles wirklich. Es war, als würde man vom Grund eines Brunnens hinaufstarren.

Da war nichts außer Dunkel und Licht, und alles taumelte. Wirbelte, dräute und taumelte. Alles dräute und alles wirbelte, und das Wirbeln und Dräuen waren ein und dasselbe. Und bei den Malereien, das sah er jetzt, ging es ganz ausdrücklich – im Sinne von allegorisch – darum, high zu werden. Gäste beim Pessach sahen aus, als drängten sie sich um einen Tisch und wollten von dem, was im Angebot war, mehr futtern, als ihnen zustand. Die illuminierten Heiligenscheine um die Köpfe der Heiligen waren wie Comic-Symbole, die angaben, dass alle diese heiligen Männer dabei waren, sich vollzudröhnen.

Mit erneuerter Energie ging Atman in den benachbarten Raum, in dem eine gesamte Wand der Kreuzigung gewidmet war. Ein ziemliches Epos. Immer noch taumelte alles, aber jetzt dräute und taumelte es nicht nur, es konvergierte auch. Was vorher zu dräuen schien, sah man jetzt konvergieren, und es konvergierte alles an diesem Punkt. Dies war der Punkt, um den sich hier alles drehte. Trotzdem ein bisschen verwirrend. Ah, doch jetzt begriff er: Was er für einen unglaublich langen Speer gehalten hatte, den ein Typ auf einen Arm des Kreuzes richtete, war eigentlich ein Seil – genau genommen eines von zweien –, mit dem das Kreuz, an das einer der Diebe genagelt war, aufgerichtet wurde. Das Wetter, das in den anderen Gemälden schon reichlich unruhig gewesen war, war auf diesem katastrophal schlecht. Giorgiones Gewitter war nur ein Schauer im Wasserglas, verglichen mit dem, was hier passierte. Es fiel kein Regen, doch alles war durchnässt. Licht war mit Dunkelheit durchtränkt.

Er hielt immer noch den Spiegel. Er betrachtete sein eigenes Gesicht – alt, erregt, zerknittert. Er setzte sich wieder auf einen der Stühle und starrte auf diese riesige Portion Kunst. Es war wirklich ein verrücktes Gemälde, großartig, wenn man unter großartiger Malerei ein Maximum an Action und ein Maximum an Atmosphäre in Maximalmaßstab verstand, was ihm in diesem Moment als eine ziemlich gute Definition von maximaler Größe erschien. Dies war hohe Konzeptkunst, und es bestand kein Zweifel daran, wer der Star der Show war, der Mittelpunkt aller Aufmerksamkeit. Jeder in dem Bild, auf das er blickte, blickte auf den gekreuzigten Christus, selbst die beiden Diebe, die neben ihm gekreuzigt wurden, selbst Leute wie der Typ auf dem Pferd, der etwas anderes ansah. Atman hatte keine Ahnung, wie lange er da saß, dieses Bild anstarrte, ohne auch nur einen Gedanken darüber zu fassen, und versuchte, eine Erleuchtung zu erzwingen, die nie kam, sich nie ereignete, er sah es nur, betrachtete es nur. Vielleicht war *das* auch die Erleuchtung, dass er sich dem auslieferte, was er sah.

Dann, wie das so ist, hatte er genug vom Sehen und stand auf.

Wieder nach draußen zu treten, war nicht nur ein Schock, es war wie eine Auferstehung. Immer noch helles Tageslicht. Die Welt hatte nicht geendet, der Himmel hatte noch dasselbe Tiefblau. Die Itze war eißer denn je. Wie schnell sich diese kleinen Scherze einnisteten – und wie rasch sie traurig wurden, wie traurig sie rasch wurden. Er begann weiterzulaufen, vorbei an einer Frau in Schwarz, die in Bettelhaltung kniete. Er ließ ein paar Euro in die gedrungene Pringles-Röhre fallen, die sie als Bettelschale verwendete. Als er zu einem halbwegs anständigen Kanal kam, setzte er sich an den Rand und weinte nicht. Nichts bewegte sich. Gelecktes Öl hatte ein paar Regenbogenschlieren im Wasser zurückgelassen. Die Luft war drückend, er war schweißgebadet. Er zog sein feuchtes Hemd aus und saß mit bloßem Oberkörper da, mager, die Hosenbeine über die Knie hochgekrempelt. Nun war er versucht, sich bis auf die Unterwäsche auszuziehen und geradewegs in den Kanal zu gehen, als wäre der ein lang gestrecktes Paddelbecken mit stehendem Wasser.

Eine Möwe schoss knapp über einem vorbeifahrenden Wassertaxi dahin, eine tote Taube im Schnabel: ein unheilvolles und nicht besonders hygienisches Omen. Vielleicht war es die Taube, die er vorher gesehen hatte. Er lehnte sich in eine unbequeme Haltung zurück und blickte hoch in den Himmel aus Nichts. Dort oben flog ein Flugzeug vorbei und zog einen feinen Kondensstreifen hinter sich her. Langsam dehnte er sich aus und wurde zu einer Linie weißen Pulvers auf dem leeren Blau.

ZWEITER TEIL

Tod in Varanasi

»Dies ist nicht der Fluss,
es ist eine Erklärung des Flusses,
die den Fluss ersetzte.«

Dean Young

»Und zu denken,
dass, während ich mit zweifelhaften Bildern spiele,
die Stadt, die ich besinge, fortbesteht
an einem vorbestimmten Platz der Welt,
mit ihrer genauen Topografie,
bevölkert wie ein Traum.«

Jorge Luis Borges, *Benares*

Das Einzigartige am Schicksal ist, dass es manchmal um Haaresbreite nicht stattfindet und dass es, selbst wenn es stattfindet, selten danach aussieht.

Es ist nur ein Telefon, das um drei Uhr nachmittags routinemäßig klingelt (nicht etwa auf beunruhigende Weise mitten in der Nacht), und derjenige am anderen Ende der Leitung erzählt dir auch nicht, dass dein Bluttest einen positiven Befund ergeben hat oder dass die halbbekleidete Leiche deiner Freundin im Ganges treibend aufgefunden wurde. Das würde dir gut in den Kram passen, das würde dem ziellosen Treiben von Ereignissen erzählerische Kontinuität und Triebkraft verleihen – wenn auch keine besonders neuartige. Doch nein, es ist nur eine Redakteurin vom *Telegraph*, die dich bittet, kurzfristig nach Indien zu jetten, um einen Reiseartikel über Varanasi zu schreiben.

»Könnte ganz nett werden«, sagte sie. »Business-Class-Flug nach Delhi. Kaum Wartezeit für den Anschlussflug nach Varanasi. Fünf Nächte im Taj Ganges. Würde ich selber übernehmen, wenn ich hier wegkönnte.« Die Reise war für einen ihrer regelmäßigen Mitarbeiter arrangiert worden, der krank geworden war. (»Man hätte doch eigentlich erwarten können, dass er damit wartet, bis er dort ankommt, wie jeder normale Mensch«, sagte sie.) Deswegen rufe sie jetzt so in letzter Minute an. Und sie brauche nur zwölfhundert Wörter. Und da ich in der kommenden Woche sowieso nichts weiter in London zu erledigen hatte, sagte ich, ja, einverstanden, ich würde fliegen.

Zwei Tage später, am Vorabend meines Abflugs, lief ich bei einer Vernissage für Fiona Rae in der Timothy Taylor Gallery

Anand Sethi über den Weg. Ich kannte ihn flüchtig aus meiner Studentenzeit, die eine Ewigkeit zurücklag. Jetzt war er Banker (und somit auch Kunstsammler). Er war in Bombay aufgewachsen und mehrmals in Varanasi gewesen, hatte sogar vor, im Frühling wieder zurückzugehen.

»Wo wirst du wohnen?«, wollte er wissen.

»Im Taj«, verkündete ich stolz, wohl wissend, dass die Taj-Kette eine der luxuriösesten in Indien war. Oder auch nicht. Anand schüttelte den Kopf. Das Taj lag am Stadtrand, also würde ich jeden Tag zu den Ghats fahren müssen. Und der Verkehr in Varanasi sei grauenhaft. Das einzige Hotel, das in Frage komme, sei das Ganges View. Es war, sagte er, eines der großartigsten Hotels der Welt. Ich prägte mir den Namen ein, wenngleich es jetzt auch zu spät war, um das Hotel umzubuchen. Ich verspürte den Drang, auf irgendeine Weise Kontra zu geben, auch mit irgendwas zu prahlen. Bevor ich die Gelegenheit bekam zu erwähnen, dass ich Business Class fliegen würde, erzählte Anand mir, er habe ein paar von Raes Bildern gekauft, eines davon so groß wie eine Garagentür.

Anand lag ziemlich daneben, was den Verkehr in Varanasi betrifft. Von »grauenhaft« kann keine Rede sein. Er ist jenseits jeglicher Vorstellung von grauenhaft. Er ist jenseits jeglicher Vorstellung von Verkehr.

Die Fahrt vom Flughafen zum Hotel war in Ordnung. Sie war angsteinflößend, chaotisch, gefährlich, aber sie hatte noch eine gewisse Ähnlichkeit mit Fahrten, die ich zuvor an anderen Orten erlebt hatte. Das Taj lag in einem grünen tropischen Park, komplett mit Federball- und Tennisplätzen. Ansonsten fiel mir weiter nichts Besonderes auf. Ich checkte einfach ein, duschte und zog mich um. Ich hatte Jetlag, war bis obenhin voll erschöpfter Energie, hungrig, begierig darauf, die Stadt zu sehen. Im indisch gestylten Restaurant des Hotels aß ich Dal und Reis – ich kann monatelang von Dal und Reis leben, habe das in London tatsächlich schon des Öfteren getan – und traf mich anschließend mit Jamal, meinem Führer, der mich auf der Fahrt in die Stadt begleiten sollte. Der Wagen war einer dieser robusten weißen Ambassadors, die in jedem Artikel oder Buch über Indien für ihre Robustheit, Weißheit und Zuverlässigkeit gepriesen werden. Während der ersten paar Minuten nach dem Verlassen des Hotels schien alles normal – viel Gedränge und Lärm –, ja geradezu erwartbar. Doch plötzlich begann alles ineinanderzufließen, sich zusammenzuziehen und – das war das Interessante daran – zu beschleunigen. Die Straßen schrumpften; die Zahl der Fahrzeuge erhöhte sich. Durch die Scheibe sah ich etwas, das mir wie ein um einen Baum herumgebautes Haus erschien. Aus den Fenstern ragten Äste heraus. In dem Baugutachten, das ich vor dem Kauf meiner Londoner Wohnung angefordert hatte, wurde ich gewarnt, dass auf dem Bürgersteig in zwanzig Metern Entfernung ein Baum wachse und dass seine Wurzeln Absenkung verursachen oder das Fundament schwächen könnten. Und hier war ein Haus, dessen gesamtes Wohnzimmer wahrscheinlich vom Stamm eines großen alten Baumes eingenommen wurde, wie etwas, das Frank Lloyd Wright entworfen haben könnte, etwas, in dem es bei einem Wolkenbruch leckte und in der Regenzeit pitschnass war. Unterdessen weihte mich Jamal in die vor Ort herrschenden Fahrgepflogenheiten ein.

»Sie brauchen drei Dinge, wenn Sie in Benares fahren«, sagte er. »Gute Hupe, gute Bremse und gute Portion Glück.« Er sagte es spontan, in einem beiläufigen Ton, an dem er ganz offensichtlich im Verlauf all der hundert Male, die er mit einem Neuankömmling unterwegs gewesen war, gefeilt hatte.

»Ein Sicherheitsgurt wäre auch ganz nützlich«, sagte ich. Es war das Letzte, was ich für die nächste Zeit sagte, weil sich der Fahrer, Sanjay, so wurde mir jetzt klar, gerade erst im Bummeltempo aufgewärmt hatte, sich gerüstet hatte für das, was uns bevorstand. Die gewaltigen Verkehrsmoloche Asiens sind mir nicht fremd. Ich bin ein Veteran der Dauerstaus von Manila, des Dschihads von Java, des Blechwahnsinns von Saigon, aber dies hier war etwas anderes. Autos, Rikschas, Tuk-Tuks, Fahrräder, Karren, Rikschas, Motorräder, Lastwagen, Menschen, Ziegen, Kühe, Büffel und Busse waren alle zusammengepfercht. Die schiere Menge des Verkehrs war der einzige Schutz, das Einzige, was einen Ansturm verhinderte. Einmal kamen wir zu einem Kreisverkehr und fuhren im Uhrzeigersinn herum; andere fuhren gegen den Uhrzeigersinn. Wäre es möglich gewesen, hätten beide Gruppen weder das eine noch das andere getan, sondern wären einfach darüber hinweggebraust. Das Getöse der Hupen war derart, dass es zugleich völlig überflüssig und absolut unverzichtbar war, die Hupe zu betätigen. Die Straßen waren schmal, voller Schlaglöcher, Gräben und Risse. Es gab keinen Bürgersteig, kein Vorfahrtsrecht – Vorfahrts*un*recht – und natürlich keine Möglichkeit, anzuhalten. Der Strom war so dicht, dass wir selten weiter als ein paar Zentimeter von dem entfernt waren, was vor uns, neben uns oder hinter uns war. Aber wir hielten nie an. Kein einziges Mal. Wir schoben, drängelten und stießen uns voran. Wenn er die geringste Chance bekam – ein Meter! –, ergriff Sanjay sie. Was in London ein Beinahe-Zusammenstoß gewesen wäre, war hier die Gelegenheit, die Rücksichtnahme eines anderen Verkehrsteilnehmers zu würdigen. Natürlich gab es solche Gelegenheiten nicht, und die Vorstellung von Rücksichtnahme ergab keinen Sinn, aus dem einfachen Grund, dass nichts irgendeinen Sinn ergab außer der unablässigen Notwendigkeit, in Bewegung zu bleiben. Vom Flughafen bis zum Hotel hatte Sanjay die Hupe übermäßig eingesetzt. Jetzt, wo wir in der eigentlichen Stadt waren, drückte er ohne Pause darauf, statt sie wiederholt zu gebrauchen. Jeder tat das. Und im Gegensatz zu allem anderen ergab das tatsächlich Sinn. Warum die Hand erst von der Hupe nehmen, wenn man sie den Bruchteil einer Sekunde später wieder darauflegen musste?

Als wir uns tiefer in die Stadt hineingruben, nahm die Reise wieder einen anderen Charakter an, glich jetzt eher einer Prozession – vor allem als wir schließlich den Abschnitt erreicht hatten, der quer durch einen Markt und weiter in Richtung Fluss führte. Anfangs herrschte auf und neben der Straße derselbe hektische Betrieb, doch schon bald wurde der Straßenverkehr von dem, was sich zu beiden Seiten abspielte, in den Schatten gestellt, von der ohrenbetäubenden Fieberhaftigkeit, mit der Waren ge- und verkauft, auf- und abgeladen wurden. Dieser bestimmte Teil der Reise – der fahrende Teil – war im Begriff, zu einem Ende zu kommen. Alles häufte sich übereinander. Alles uferte aus. Alles war bunt und schrill, und so musste alles bunter und schriller als alles andere sein. Also brüllte alles. Es gab so viel Gebrüll, alles brüllte so schrill, so bunt, dass man unmöglich feststellen konnte, woraus dieses Alles eigentlich bestand, was es beinhaltete. Es war einfach nur ein einziges, allumfassendes, buntes, schrilles Brüllen.

Irgendwann wurde selbst Sanjay der Druck von Menschen, Tieren und Autos zu viel. Unser robuster Ambassador hätte ewig weitermachen können, das stand außer Zweifel. Er brauchte nichts weiter als die Straße, doch ihm war die Straße ausgegangen. Selbst der Straße war die Straße ausgegangen. Es war kein Weiterkommen. Als ich die Tür aufmachte und mich hinausschob, nahm der Lärm erheblich zu. Eigentlich hatte Jamal mich begleiten sollen, aber ich versicherte ihm, ich käme bestens allein zurecht, er könne hier auf mich warten. Damit begab ich mich in das Gewimmel von Menschen, die zum Fluss hinunterströmten.

Nach der Klaustrophobie der Straßen war mein erster Blick auf den mächtigen Ganges und den Himmel, der sich über das gegenüberliegende Ufer wölbte, ein Blick in eine andere, geräumigere Welt. Bettler säumten die Stufen hinunter zum Dasaswamedh Ghat; sie wedelten mit silbernen Schalen, die leer waren bis auf ein paar Körner Reis und die eine oder andere Münze. Sie waren vom Glück begünstigt. Einige hatten keine Schalen. Sie waren auch vom Glück begünstigt. Einige hatten keine Hände.

Jenseits des Gedränges schien man über einen schmalen Ozean hinweg auf einen leeren, ausgedörrten Kontinent zu blicken. Es war, wie im ersten Seebad der Welt einzutreffen. Dieses Seebad war ganz offensichtlich dringend renovierungsbedürftig, doch seine Popularität war ungebrochen. Mit Varanasi mochte viel geschehen sein, aber es war nie zu Ruinen verfallen – und würde es auch nie. Selbst wenn jedes seiner Gebäude eingestürzt wäre, wäre es keine Ruinenstadt gewesen. Der Himmel war urlaubsblau. Banner flatterten in der Brise. Alles war voller unbegriffener Bedeutung, so viel erkannte ich. Die Farben hier ließen einen Regenbogen blass wirken. Ein Tempel ragte dauerlutscherrosa himmelwärts, wie eine Rakete, deren um Jahrhunderte verschobener Start von den im warmen Schatten ihrer Pilzsonnenschirme lagernden Brahmanen immer noch für möglich, ja für unmittelbar bevorstehend gehalten wurde. Gaben sie gerade Weisheiten an ihre Jünger weiter, oder plauderten sie nur mit Kollegen – Indien war im Begriff, in einem Testspiel gegen Südafrika zu verlieren – über Cricket? Erleuchtet oder total daneben? Beides? Selbst die unechten heiligen Männer – und ich war von Jamal gewarnt worden, dass viele von ihnen ganz und gar unecht waren – waren echt. Und alle waren so freundlich. Ich war erst seit einer Minute hier, und schon wollte mir jemand die Hand schütteln. Als wäre ich ein Prominenter oder ein Royal auf Besuch. Allerdings wollte er mir gar nicht die Hand schütteln, sondern mir nur die Massage vorführen, die er anbot. Er knetete meine Hand und wollte sie gar nicht mehr loslassen. Währenddessen schob mir eine Frau ihre Silberschale unter die Nase, damit ich an den paar Reiskörnern darin schnüffeln konnte. Ein Junge bestand darauf, dass ich eine Bootsfahrt machte. Ein anderer beharrte, ich solle stattdessen sein Boot nehmen. Ich war der Größte in der Umgebung, wie ein Sendemast überragte ich alle um mich herum und verkündete die Tatsache, dass ich gerade in Varanasi angekommen war, neu in Indien war, keine Ahnung hatte, wie ich mit all dem fertig werden sollte. Ich war leichte Beute: jemand, dem man eine Bootsfahrt andrehen konnte, der reif für eine Massage war. Schließlich bekam ich meine Hand zurück und ging weiter, versuchte so zu tun, als wäre ich schon seit Wochen hier, als wären mir Leprakranke nichts Neues, als wäre ich in keinerlei Eile, mir die Leichenverbrennungen am Manikarnika Ghat anzusehen.

Denn dorthin eilte ich, um mir anzusehen, wie Leichen verbrannt wurden. (Wenn man irgendwo gerade erst angekommen ist, ist es keine schlechte Idee, einfach das zu tun, was alle tun.) Ich konnte die Feuer brennen sehen. Aus dieser Entfernung waren es einfach Lagerfeuer, die wirkten wie eine Party, die zwar noch im Gange ist, aber ihren Höhepunkt bereits überschritten hat. Ich schrieb in mein Notizbuch: *Später Nachmittag. Am Fluss Flammen im Sonnenlicht. Träger Rauch. Menschen treiben durch den Rauch, bewegen sich im Sonnenlicht. Hinter all dem die Türme der Tempel, einer von ihnen gefährlich geneigt.*

Bei Manikarnika ging es wirklich extrem arbeitsintensiv zu,

wie auf einem dieser Salgado-Fotos von Tagelöhnern, die auf einem Berghang schuften – in diesem Fall ein Bergabhang, der so gründlich bearbeitet worden war, dass es keinen Berg mehr gab. Mächtige Holzstapel, höher als Häuser, wurden ständig ergänzt und wieder abgetragen, indem Scheite herausgenommen und gewogen wurden, um die nie endende Nachfrage nach Brennstoff zu befriedigen. Kutter trafen ein, randvoll mit mächtigen Holzstämmen, so groß, dass bei jedem Gang nur einer oder zwei getragen werden konnten, wie steife, schwere Tiere über die Schultern der Männer geworfen, die sie das Ufer hinaufschleppten. Das Holz wurde gestapelt, zerhackt, gewogen und wieder zum Wasser hinuntergebracht, wo es wahrscheinlich nochmals gewogen wurde. Für jede Kremierung war eine Riesenmenge an Holz erforderlich. Rauch befleckte den Himmel, schwärzte die Tempel und Gebäude, die sich um die Feuer drängten. Kühe kauerten auf matschigen Ringelblumen, durchstöberten die Asche am dunklen Rand des Flusses. Das Wasser war rußig und dunkel, verbrannt. Auch einige Hunde waren hier. Es brannten gerade etwa ein halbes Dutzend Feuer, betreut von Arbeitern. Andere Leute standen plaudernd herum, während die Männer Holz hin und her schleppten und die Feuer mit Ästen schürten. Es war, als würde man den Anbruch der industriellen Revolution miterleben, wie er sich ereignet haben könnte, nur ohne Industrie und stattdessen mit einem riesigen Überschuss an Arbeitskräften, alle im Dienst des Todes tätig.

Abgesehen davon, dass – wie ich von Jamal erfuhr – Fotografieren untersagt war, war ich mir unsicher, welche allgemeinen Verhaltensregeln hier galten, wie weit man sich beispielsweise den Feuern nähern durfte. Zu meiner Linken stand ein großes, rauchverschmiertes Haus, von dessen Balkon aus mehrere Touristen das Schauspiel beobachteten. Kaum hatte ich einen kurzen

Blick hinaufgeworfen, bot schon ein Junge in einem abgerissenen T-Shirt mit *Planet Hollywood*-Aufdruck an, mir den Weg zu zeigen, und führte mich hin. Sowie man sich in Indien auch nur im Entferntesten anmerken lässt, dass man ein Interesse daran hat, etwas zu tun, zu sehen oder zu kaufen, wird schon jemand die Zeichen gedeutet und darauf reagiert haben, wird versuchen, diesen Wunsch – denn Interesse ist ein Wunsch, ein Bedürfnis und stellt als solches eine Forderung dar – zu seinem oder ihrem finanziellen Vorteil in die Wirklichkeit umzusetzen. Doch das wurde mir erst später klar. Jetzt folgte ich ihm, als er »Komm« sagte.

»Keine Fotos. Keine Kameras.«

»Ich keine Kamera«, sagte ich, womit ich ihm zu verstehen gab, dass ich kein Neuankömmling, kein Tourist oder Japaner war. Doch ich folgte den ausgelatschten Schlappen des Jungen eine dunkle Treppe hinauf zu einem leeren Zimmer mit Balkon, wo ich die anderen Touristen entdeckt hatte, die jetzt nirgends zu sehen waren.

»Aussicht«, sagte der Junge, als gäbe er einen Befehl, so wie er mich zuvor mit »Komm« angewiesen hatte, mitzukommen. Wieder gehorchte ich. Ich hatte einen guten Blick auf die Feuer, den Fluss dahinter, aber Leichen konnte ich keine sehen, nur Haufen von Holzscheiten, Flammen und die wogende Menge – einschließlich der Touristen, die ich einige Minuten zuvor hier oben gesehen hatte. Ich sah mich um, ob jetzt sonst noch jemand hier oben war. Nur der Junge in seinem blauen *Planet Hollywood*-T-Shirt, der jetzt zu mir auf den Balkon kam und rechts von mir auf den Verbrennungsplatz hinunterschaute. Und ein paar seiner Freunde, die zu meiner Linken erschienen. Sie sahen älter und härter aus als er. Dies sei ein Hospiz, erklärte einer von ihnen. Ein Ort, wo Leute zum Sterben hingingen. Ich nickte und lächelte und sah wieder zum Fluss, und er sagte noch einmal dasselbe.

»Gut zu wissen, aber im Moment bin ich ganz zufrieden damit, am Leben zu sein«, sagte ich. »Danke.« Es war der erste Scherz, den ich seit meiner Ankunft in Indien gemacht hatte. Der Kommentar über den Sicherheitsgurt war kein Scherz gewesen und das hier eigentlich auch nicht, aber es war zur Abwechslung mal etwas anderes als immer nur »Hallo« und »Nein, danke« zu sagen. Der Junge, der mit mir redete, war ein Teenager, sah aber älter aus; mit einem seiner Augen stimmte irgendetwas nicht. Als würde er schielen, aber nicht auf die übliche Art.

»Das ist Hospiz«, sagte er wieder. »Leute kommen zum Sterben her. Leute pflegen Leute, die hier zum Sterben herkommen.« Ich nickte, schlug einen anderen Weg ein.

»Das ist gut«, sagte ich.

»Machen Spende«, klärte mich sein Freund auf. Für ein Hospiz war die Atmosphäre erstaunlich bedrohlich. Ich gab ihm einen Zehn-Rupien-Schein und wandte mich wieder zum Fluss um. Eine Leiche, in ein rotes Tuch gewickelt, wurde von Trauernden unter einem ständigen Singsang zum Ufer hinuntergetragen. Sie tauchten den Leichnam in den Fluss und … Aber es nützte nichts, der Typ mit dem schielenden Auge – beide Augen schielten, das war es, also neutralisierten sie sich gegenseitig irgendwie – zupfte an meinem Ärmel. Jetzt hatte er auf einmal ein altes Weib neben sich, und auch sie musste eine Spende bekommen, weil sie eine Krankenschwester war, die die kranken Menschen pflegte, die zum Sterben hierhergekommen waren. Ich griff in die Hosentasche und zog einen Schein heraus. Einhundert Rupien – nach hiesigen Verhältnissen ein Vermögen. Ich übergab ihn und wandte mich zum Gehen. Fünf Rupien wären in Ordnung gewesen, doch die hundert machten mich zur Zielscheibe.

Die beiden älteren Jungs und der Junge mit dem *Planet Hollywood*-T-Shirt zupften wieder an meinem Ärmel. Da war noch eine weitere sogenannte Krankenschwester – und sie wollte auch hundert Rupien haben. In Indien kann die Inflation im Handumdrehen zuschlagen; plötzlich waren hundert Rupien der übliche Tarif. Aber wofür? Dass man lebend hier rauskam?

»Für Krankenschwester«, sagte der andere ältere Junge, der, mit dessen Augen alles in Ordnung war.

»Wenn die Krankenschwester ist, dann bin ich Florence Nightingale«, sagte ich mit einem breiten Lächeln. Ich war an diesem schmuddeligen Ort auf eine reichhaltige Humorader gestoßen, aber dies war offenkundig nicht die Gelegenheit, sie noch weiter auszubeuten. Ich steuerte auf den Ausgang zu, unsicher, was geschehen würde. Nichts geschah. Sie unternahmen einen symbolischen Versuch, mir den Weg zu versperren, versuchten aber nicht direkt, mich am Fortgehen zu hindern.

In dem düsteren Innenraum hatte sich alles recht bedrohlich angefühlt, aber sowie ich draußen war, im schräg einfallenden Sonnenlicht, ließ sich schwer sagen, was sich da genau abgespielt hatte. Waren die Jungs bedrohlich gewesen? Waren die alten Frauen wirklich Krankenschwestern? Selbst wenn nicht, sahen sie aus, als hätten sie eine gebrauchen können.

Am Fluss war eine Art Aussichtsplattform, von der aus Touristen – einschließlich jener, die ich vorher gesehen hatte – die Verbrennungen beobachteten. Ich ging hin und stellte mich dazu, fühlte mich wieder sicher. Alles lief sowohl äußerst ritualisiert und als auch vollständig improvisiert ab. Ein dünner Mann mit geschorenem Kopf, nur mit einem weißen Lendenschurz bekleidet, führte eine Gruppe um einen noch nicht entzündeten Scheiterhaufen herum und sprenkelte Öl über den verhüllten Leichnam. Ich nahm an, dass es Trauernde waren, aber sie hatten nichts Trauerndes an sich. Ein paar Minuten später wurde das Holz angezündet. Der Mann mit dem geschorenen Schädel und seine Freunde standen herum und sahen plaudernd und scherzend zu. Man konnte Hindus wirklich nicht vorwerfen, sie seien Miesmacher. Die einzigen Leute mit Grabesmienen waren wir, die Touristen. Aus einem zusammenfallenden Scheiterhaufen ragte ein Paar verkohlter Füße heraus. Einer der *doms* warf noch mehr Scheite auf den Körper dieses Exmenschen und schob die Füße in die Flammen zurück. Ich war mir immer noch unsicher, wie nahe man den Scheiterhaufen kommen durfte, aber eigentlich scherte es niemanden einen Dreck. Eine Japanerin kam fast so nah heran wie die Trauernden, als wäre sie eine Witwe, die sich in einer loyalen Zurschaustellung von Trauer zu ihrem toten Ehemann gesellen könnte, indem sie sich auf das Feuer warf. Ihr Interesse war natürlich ganz anderer Art. Sie wollte nur etwas sehen, so wie wir auch, nur frecher. Oberhalb ihrer Schulter sah ich kurz einen Kopf, von dem Fett in die Flammen tropfte. Der Schädel wurde allmählich deutlich. Es gab mehr Singsang. Ein weiterer Leichnam wurde zum Fluss heruntergetragen. Kühe kauten auf den verwelkten Blumenresten. Die Asche von früheren Bestattungen wurde durchgeharkt und in Richtung Fluss geschaufelt. Der Leichnam, der gleich verbrannt werden würde, der, der gerade heruntergebracht worden war, wurde in den Fluss getaucht: eine verspätete Taufe – oder Feuertaufe.

Die Sonne war weg. Das Licht auch beinahe. Die Feuer brannten jetzt heller. Dunkelheit senkte sich herab. Der Fluss wurde schwarz. Kerzenflammen trieben flussabwärts, eine Flotte gelber Sterne.

Ich hielt an meiner Strategie fest, das zu tun, was alle anderen auch taten, verließ Manikarnika und schloss mich den Bootsladungen von Touristen an, die zur täglichen Zeremonie am Dasaswamedh Ghat gebracht wurden. Wieder gesellten sich Kinder zu uns; sie verkauften die kleinen geflochtenen Kerzen-Boote, die so hübsch aussahen, wenn sie vorbeitrieben. Sie verkauften und sagten alle dasselbe:

»Fünf Rupien. Vater, Mutter, Schwester, Bruder. Gutes Karma.«

Ich kaufte ein paar, zündete sie an und sah zu, wie sie schwankend davonschwammen. Sie waren schön, und es war anfangs auch schön, zusammen mit all den Menschen im verblassenden Licht auf dem Wasser zu sein und darauf zu warten, dass es losging. Doch kaum hatte die Zeremonie begonnen, entpuppte sie sich als Enttäuschung. Man musste kein besonders kritischer Tourist sein, um zu erkennen, dass dies ein verbrauchtes Schauspiel war, für Touristen zusammengetrommelt, ein *Son et Lumière* mit Hunderten von Mitwirkenden. Die Bedeutung, die die Zeremonie hätte haben sollen, war weggesickert, möglicherweise schon vor langer Zeit, vielleicht auch erst gestern oder gerade jetzt, direkt vor unseren Augen. Das Ereignis war restlos ausgeblutet, doch jeden Abend musste es von Neuem bluten, wodurch es umso abgestandener und blutleerer wurde. Als versuchte man, in einer Vorstellung der *Mausefalle* eine Spur der verwüsteten Großartigkeit von *Macbeth* zu entdecken. Die Luft schwirrte vor Insekten, dicht angefüllt mit übersteuertem Singsang, den Klängen von Muschelhörnern und dem Gebimmel von Glocken. Ich verließ die Vorführung, bevor sie überhaupt richtig in Gang gekommen war.

Am nächsten Tag war ich vor Tagesanbruch wieder am Fluss, gerade als der Himmel grau wurde. Es war viel kälter, als ich erwartet hatte. Eiskalt. Aber nicht kalt genug, um die Hundertschaften abzuschrecken, die gekommen waren, um im Ganges ein Bad zu nehmen. Genau zum richtigen Zeitpunkt kochte die rote Sonne durch den Flussnebel hoch. Die Welt, die über Nacht verschwunden war, erstand aufs Neue. Das andere Ufer blieb undeutlich, ein substanzloses Grau: formlos, eigenschaftslos.

Ich befand mich zusammen mit anderen Touristen, die im Taj wohnten, auf einem Boot, das den Fluss entlangtrieb, während Menschen badeten, Gebete sprachen und Opfergaben darbrachten. Ich sage »entlangtrieb«, aber eigentlich fuhren wir stromaufwärts, von einem Bootsmann gerudert, der sich schwer ins Zeug legen musste, um uns voranzubringen. Die Anstrengung hielt ihn warm. Er hatte seinen Pullover ausgezogen und trug ein kurzärmeliges rotes Hemd. Wir anderen waren alle in Anoraks oder in Decken gehüllt. In unsere Decken gewickelt gafften wir, während dünne, zitternde, beinahe nackte Inder – ein paar waren auch ziemlich dick –, Männer und Frauen, jung und alt, in dem eiskalten Fluss badeten. Wir nahmen an, dass er eiskalt war, weil er aus dem Himalaya kam, obwohl keiner von uns eine Hand hineinsteckte, um es herauszufinden. Das Einzige, was wir auf unseren Händen haben wollten, war das antibakterielle Handwaschmittel, das wir alle mitführten. Wir waren zu viert aus dem Taj gekommen – die abenteuerlicheren unter den Gästen, weil wir ohne Führer zu den Ghats heruntergegangen waren. Wir hatten nur unsere warmen Sachen, Kameras und einen wartenden Fahrer dabei. Jean und Paul waren ein kanadisches Paar in den Fünfzigern, offenherzig wie eine weite Schneelandschaft. Mary war Holländerin, Ende dreißig, ganz nett, aber sie strahlte eine Einsamkeit aus, die dazu verurteilt war, sich grenzenlos zu verstärken und auszudehnen. Der Ausdruck »Sie ist nicht mein Typ« war in ihrem Fall gewissermaßen universell anwendbar: Sie war niemandes Typ. Sie hatte gehört, im Ganges würden Delphine leben und man könne sie manchmal sehen.

»Das finde ich schwer zu glauben«, sagte ich. Es klang ziemlich negativ, aber es war nicht negativ gemeint, und damit war sowieso noch nicht das letzte Wort zu dem Thema gesprochen, weil Jean dasselbe von jemandem gehört hatte, der die Delphine tatsächlich gesehen hatte.

Es hatte etwas Altertümliches, wie sich im waagerechten Morgenlicht die Mauern der Paläste am Flussufer undeutlich abzeichneten und die Fensterscheiben aufflammten. Die Tatsache, dass das Licht waagerecht ist, bedeutet nicht, dass die Gebäude altertümlich sind. Das Licht ist waagerecht, aber die Gebäude sind nicht altertümlich. Das Licht ist altertümlich, aber die Gebäude nicht. Es gibt keines, das aus einer Zeit vor dem achtzehnten Jahrhundert stammt. Die Geschichte von Varanasi ist die Geschichte, wie es dem Erdboden gleichgemacht und wieder aufgebaut wird, dem Erdboden gleichgemacht und wieder aufgebaut. Kaum ist es wieder aufgebaut, sieht es so aus, als würde es auf dem letzten Loch pfeifen. Jedes Atom in der Luft ist vollgesogen mit Geschichte, die nicht einmal Geschichte ist, sondern Mythos, sodass ein Tempel, der heute gebaut wird, morgen so aussieht, als wäre er schon seit Anbeginn der Zeit da. *Jeder Morgen ist der Anbeginn der Zeit,* schrieb ich in mein Notizbuch. *Jeder Tag ist die Ganzheit der Zeit.*

Bei den meisten Ghats waren die Namen in verblichenen, bunten Buchstaben auf die Mauern gemalt: Chousatti Ghat. Ranamahal Ghat. Munshi Ghat – wo gerade irgendein Film oder Pop-Video gedreht wurde. Die Helligkeit der Sonne war nicht hell genug. Es wurden zusätzliche Lampen herbeigeschafft, damit die Szene weiß erstrahlte. Kshameshwar Ghat, vor dem ein blassgelber Tempel ungefilmt herumstand, sah im Vergleich dazu trübe aus. Ein ebenfalls gelbes Schild bei Chauki Ghat verkündete: »Ganga ist die Lebenslinie der indischen Kultur«. Der Tempel bei Kedar Ghat war mit senkrechten rosafarbenen und weißen Streifen angemalt. Die Stufen, die zum Fluss hinunterführten, waren waagerechte Streifen von Rosa und Weiß. Gewissermaßen Op Art. Der Sims des Tempeldachs war voller wie Spielzeuge angemalter Götter, die sich um die besten Plätze drängten und auf uns herunterblickten, während wir bewundernd zu ihnen hinaufstarrten. *Dhobis,* Wäscher, standen bis zu den Oberschenkeln im Fluss, klatschten Laken und Kleider gegen die Felsen, prügelten sie in einen Zustand gehorsamer Sauberkeit. Zehn Meter stromaufwärts befand sich Harishchandra Ghat, der andere Verbrennungsplatz. Er machte längst nicht so viel her wie der bei Manikarnika. Kaum Menschen. Ein paar Hunde, die in der Asche herumstocherten. Es brannte nur ein Feuer – Harishchandras Erkennungsmerkmal war ein quadratischer gelb-schwarz gestreifter Bau. Er sah eher wie ein gedrungener Rettungsturm aus, war aber, wie alles andere, ein Schrein oder ein Tempel oder beides.

»Ich muss sagen«, sagte Paul, »ich hätte es genau andersrum gemacht. Hätte den Verbrennungsort stromabwärts vom Waschsalon platziert.«

»Ich auch«, sagte ich und lachte. Aber ich erinnerte mich auch an den Philosophen, der die rhetorische Frage gestellt hat: »Woher ist die Logik entstanden?« Aus der Unlogik natürlich. In diesem Sinn befand sich die Unlogik stromaufwärts von der Logik. Wir bewegten uns stromaufwärts.

Ein anderes Boot kam längsseits unseres Bootes. Der Mann verkaufte diese kleinen Kerzenteller, die ich am Abend zuvor den Strom hatte hinabtreiben sehen.

»Gutes Karma«, versicherte er uns, aber niemand in unserem Boot wollte Karma, weder gutes noch schlechtes. Ein Mann ungewissen Alters stand bis zu den Schultern im Fluss und betete, ohne dass ihn die Kälte zu stören schien. Neben ihm war ein weißhaariger Mann damit beschäftigt, sich gründlich zu waschen, wobei er eine Plastiktüte als Waschlappen verwendete. Wir ruderten an dem behördlichen Gewässerschutzboot vorbei. Nicht länger Teil der Lösung, rostete es jetzt vor sich hin, in den Fluss hinein, was es zu einem Teil des Problems machte. Dahinter, auf den Stufen von Jain Ghat, stand ein verlassener senfbrauner Tempel; dahinter ein blassblauer Bau, der wie die Außenfront eines städtischen Lidos aussah.

Die anderen Mitglieder unserer Expedition wollten das Boot zurück zu Dasaswamedh Ghat nehmen. Ich stieg in Assi aus, dem letzten der Ghats an der sich krümmenden Flussfront der Stadt. Die meisten anderen Ghats bestanden aus Betonstufen, aber Assi war bloß eine kahle, schlammige Böschung, die zum Fluss abfiel. Ein Mann, der mich diesen Hang hinaufgehen sah, kam herübergeeilt, um zu fragen, ob ich ein Boot wolle.

»Ich bin gerade aus einem Boot ausgestiegen«, sagte ich. Noch während ich das sagte, erkannte ich die Bedeutungslosigkeit meiner Antwort. Wichtig war einzig und allein, dass ich mich in dem Moment, in dem die Frage gestellt wurde, nicht auf einem Boot befand. Ich war daher verfügbar, ein potenzieller Bootabnehmer. Es war keine Berechnung darüber angestellt worden, wie groß die Wahrscheinlichkeit sein könnte, dass das Angebot eines Bootes angenommen wurde. Entscheidend war, das Angebot zu machen, bevor es ein anderer tat. Was die Klangkulisse anging, wetteiferte das Gebimmel von Tempelglocken mit indischer Popmusik, die mit einer derartigen Lautstärke plärrte, als werde die Anlage gerade einem Dauerbelastungstest unterzogen.

Die Sonne schien jetzt warm. Eine Ziege zockelte vorbei, weiß bis auf die Füße und Beine, sodass sie aussah, als würde sie elegante schwarze Socken tragen. Neben einer kurzen Reihe von Läden stand ein Gästehaus, vor dem Bettlerfamilien saßen, noch frierend von der Nacht. Die Luft roch nach Holzrauch.

Es war erst elf, aber weil ich seit Tagesanbruch auf den Beinen war, war ich reif für ein Mittagessen. In einem Lokal mit schimmeligen roten Stühlen auf einer Terrasse, die den Fluss überblickte, bestellte ich eine Portion Dal mit Reis. Das gegenüberliegende Ufer war nicht mehr ganz so ätherisch, wie es mir vorher erschienen war. Inzwischen waren ein paar weitere Gäste eingetroffen, einer von ihnen saß am Nachbartisch. Er war Anfang dreißig, die Haare militärisch kurz geschnitten. Seine Arme waren braun gebrannt und muskelbepackt. Er trug ein marineblaues T-Shirt des Radiosenders WKCR, verblichene Jeans und eine Pilotensonnenbrille. Auf seinem rechten Wangenknochen war unter der Sonnenbrille eine U-förmige Narbe zu sehen. All das gepaart mit seinem strahlenden Lächeln verlieh ihm das Aussehen eines Schauspielers in der Rolle von jemandem, der begonnen hat, verdeckt für die CIA zu arbeiten. Wir sagten Hallo, fragten einander die üblichen Sachen: wo wir herkamen, wo in Indien wir sonst schon gewesen waren. Nachdem man mir meine Portion Dal mit Reis gebracht hatte, bestellte er dasselbe. Ich wusch mir die Hände sorgfältig mit meinem antibakteriellen Handwasch-Gel, sagte, ich sei sonst noch nirgendwo gewesen, sei direkt aus London nach Varanasi gekommen.

»Direkt ins kalte Wasser gesprungen, was?« Ein Amerikaner wäre wohl in der Lage gewesen, seinen Akzent einzuordnen, aber für mich klang er einfach amerikanisch. Er kam ursprünglich aus einer Kleinstadt in Illinois, lebte jetzt aber in Oakland. Er war zur Madras Music Season in Chennai gewesen, wo täglich siebzig Konzerte mit südindischer klassischer Musik stattfanden. Es sei erstaunlich, sagte er. Nach zwei Wochen habe er das Gefühl gehabt, er wolle für den Rest seines Lebens keinen einzigen Ton Musik mehr hören. Ich fragte ihn, welche Musiker er gehört hatte. Er nannte ziemlich viele Namen, die ich noch nie gehört hatte, und einen oder zwei, die ich kannte. Ich hatte mir eine ganze Menge Musiker angehört, die von indischer Musik beeinflusst waren, aber für mich war »indisch« ein unscharf definierter Bestandteil der weiteren, häufig verspotteten Klassifizierung »Weltmusik«. Anerkennung heischend ging ich die paar Namen durch, die ich kannte: Shankar, Talvin Singh, Trilok Gurtu … Ich sagte, ich hätte 1990 Nusrat Fateh Ali Khan im Hakney Empire spielen hören. Ich erwähnte Ry Cooder und die Platte, die er mit einem indischen Typ gemacht hatte, an dessen Namen ich mich nicht erinnern konnte.

»V. M. Bhatt«, sagte er hilfsbereit, ohne angeben zu wollen. »Und ich bin übrigens Darrell.« Nachdem wir uns die Hände gereicht hatten, brachte ein Kellner Darrells Mittagessen, und dann saßen wir beide da und löffelten unseren Dal in geselligem Schweigen. Ich mochte ihn. Er strahlte eine gewisse Beständigkeit aus.

Als ich fertig gegessen hatte, zog Darrell eine dicke Geschichte Indiens aus seiner Tasche und fragte, ob ich sie gelesen hätte. Ich überflog die zerfledderten Seiten, während er weiteraß.

»Nein, habe ich nicht«, sagte ich. »Wie ist es?«

»Ich finde es etwas mühsam. Das Einzige, was mich bei der Stange hält, ist der Ausdruck ›indo-gangetische Ebene‹. Ich liebe diesen Ausdruck einfach.«

»Ich auch«, sagte ich. »Er ist einfach … Es ist einer der ganz großen Ortsnamen.«

»Da kriegt man richtig Lust, hinzufahren, oder? Zur indogangetischen Ebene.«

»Vielleicht befinden wir uns auch jetzt gerade auf ihr.«

»Du meinst, wir führen ein Gespräch über die indo-gangetische Ebene auf der indo-gangetischen Ebene? Das ist cool.«

»Die Sache ist nur, ich weiß nicht genau, wo sie ist. Sie ist so groß, dass sich schwer sagen lässt, wo sie endet.«

»Oder anfängt.«

»Sie ist überall.«

»Sie ist nirgends.«

»Sie ist …«

»… die indo-gangetische Ebene.«

In diesem Moment wusste ich, wir würden Freunde werden.

Nach dem Mittagessen gingen wir zu einem Buchladen, in dem neben Büchern auch viele klassische Musik-CDs – Sitar, Sarangi und Vokalmusik – verkauft wurden. Darrell blätterte in einem Exemplar von Allen Ginsbergs *Indischem Tagebuch*. Es waren mehrere Seiten mit Fotos darin, auf einem ist der bärtige, bebrillte Dichter zusammen mit einem geschmeidigen Affen auf einem schimmeligen Balkon in Varanasi zu sehen; er schüttelt ihm die Hand, ohne irgendwelche Anzeichen von Speziesismus zu zeigen (ich meine Ginsberg; der Affe nähert sich dem Menschen mit offenkundiger Vorsicht).

»Magst du Ginsberg?«, fragte Darrell.

»Ehrlich gesagt habe ich ihn immer für einen ziemlichen Idioten gehalten.« Wie ein weiser Affe hätte ich vielleicht lieber meine Meinung für mich behalten sollen, doch Darrell kaufte das Buch trotzdem.

Neben der Buchhandlung war ein Reisebüro, wo Darrell sich Bahnkarten besorgen musste. Er hatte vor, ein paar Wochen lang herumzureisen und danach länger in Varanasi zu bleiben, im Ganges View.

»Das hat mir ein Freund aus London auch empfohlen«, sagte ich.

»Es ist super«, sagte er. »Und gleich hier um die Ecke.«

Wir verabschiedeten uns vor der Buchhandlung. In Anbetracht der Tatsache, wie wenig Zeit wir in der Gesellschaft des anderen verbracht hatten, überraschte mich meine Enttäuschung darüber, dass er wegging. Ich sagte, ich würde mich freuen, ihn vor seiner Abreise noch einmal zu treffen.

»Lässt sich kaum vermeiden«, sagte er. »Es ist eine kleine Stadt. Jedenfalls der touristische Teil. Das Ganges View ist nur ein paar Häuser weiter. Schau's dir doch mal an.«

Wir verabschiedeten uns noch einmal, und ich stieg die Stufen zum Ganges View hinauf. Nach allem, was Anand mir erzählt hatte, erwartete ich den umgebauten Palast eines Maharadschas oder eine Boutique-Version des Taj Mahal, aber es sah recht bescheiden aus. Der Mann an der Rezeption war von solch einer freundlichen Zurückhaltung, dass er offenbar zögerte zu sprechen, als sei das Aussprechen von Worten ein Ausdruck gewalttätiger Absicht – wahrscheinlicher war allerdings, dass er keine rote Explosion von *paan* riskieren wollte, das er gerade kaute. Er sah auf einem Bogen Papier nach, der die Größe einer Tischplatte hatte und aus dem mit Sicherheit niemand anderes als er schlau wurde. So eingehend, wie er den Plan prüfte, war ich mir gar nicht so sicher, ob selbst er daraus schlau wurde. Der Bogen war durchaus sinnvoll angeordnet, oben die Zimmernummern und am Rand die Tage, doch innerhalb dieses einfachen Rasters war alles ausradiert oder durchgestrichen und überschrieben worden. Es gab zwei Arten, ihn beim Betrachten des Plans zu betrachten: Man konnte ihn als einen Wahrsager betrachten, der versucht, die Zukunft aus den zufälligen Mustern von Teeblättern in einer Tasse zu lesen, oder als einen Archäologen, der mit einer Art Palimpsest konfrontiert ist, das es erlaubt, die Geheimnisse einer erloschenen Zivilisation zu entschlüsseln.

»Wir haben Zimmer ab Dienstag«, sagte er.

»Dienstag«, wiederholte ich. Mir war vorübergehend mein Zeitgefühl abhandengekommen, und ich musste fragen, welcher Tag heute war.

»Ist Samstag heute.«

Richtig. Heute war Samstag, und Dienstag war der Tag, an dem ich nach Delhi zurückfliegen sollte und von dort nach London. Ich bat, das Zimmer sehen zu dürfen. Er sagte, obwohl ein Zimmer frei sein würde, wisse er noch nicht, welches. Dann bedeutete er mir mit einer Geste, ich solle hineingehen und mich umsehen. Im ersten Stock gab es eine große, warme, von Topfpflanzen gesäumte Terrasse mit Blick auf den Fluss. Das gegenüberliegende Ufer war inzwischen konturierter, hatte eine gewisse Gestalt angenommen. Ein Paar mittleren Alters aß gerade zu Mittag. Gleich nebenan waren die braunen Stupas zweier Tempel zu sehen. Zwei Papageien, grün wie Limetten, hockten auf einem Telefondraht. Alles war Teil eines Paars, aber das war in Ordnung so.

Ich warf einen Blick in ein Zimmer, ging wieder die Treppe hinunter und sagte, ich würde es nehmen. Das war nicht ganz wahr. Ich hatte vor, wie geplant nach London zurückzufliegen, aber mein Ticket war variabel, und es war immer ein gutes Gefühl, sich ein paar Optionen offenzuhalten.

Er trug meinen Namen – wenn ich das System richtig verstanden hatte – in die Reihe für Zimmer 9 ein, obwohl das nicht bedeutete, dass ich garantiert Zimmer 9 bekäme. Ich sagte, ich würde ihn am Dienstag sehen, und er nickte auf indische Art, indem er den Kopf schüttelte.

Ich ging entlang der Ghats zurück, die ich vorher per Boot passiert hatte. Es war, als würde ich die Strandpromenade in Hove entlangspazieren, nur dass es hier mehr zu sehen gab. Ein

Hund kaute an etwas, das wie ein Stück Holz aussah, aber tatsächlich der Kopf eines anderen Hundes oder vielleicht eines Fuchses war. Die *dhobis* waren fertig mit dem Verprügeln ihrer Wäsche. Bei verschiedenen Ghats lagen trocknende Saris wie leuchtende Teppiche auf den Stufen. Ob sie jetzt sauberer waren als vorher, ließ sich schwer feststellen; da sie feucht waren, klebte der Staub an ihnen. Ich wurde ständig gefragt, ob ich ein Boot wolle, und ich lehnte ständig ab. Der Mann, den ich vom Boot aus gesehen hatte, stand immer noch betend im Ganges, tief in Trance. Er hätte schon seit Wochen, seit Jahren dort stehen können.

Ich versuchte – teilweise für mich selber, teilweise als Recherche für den Artikel, den ich schreiben sollte –, eine grobe Vorstellung von der Reihenfolge der Ghats zu bekommen, wie jedes einzelne aussah, was bei welchem vor sich ging. Mahanirvani war leicht: Es ragte mit einem großen Betonfeld in den Fluss hinein und war der Ort, wo die Büffel umherstreiften. Eigentlich lungerten sie mehr, als dass sie streiften, und ein Junge, dessen Aufgabe dies zu sein schien, versetzte ihnen hin und wieder einen Hieb mit einem Stock. Da es sich um Wasserbüffel handelte, war die Nähe zum Fluss ein großes Plus für sie. Sie gingen abwechselnd hinein, knieten im Wasser oder legten sich hin. Es waren auch ein paar Kühe darunter. Wahrscheinlich wussten sie nicht einmal, dass es so etwas wie Gras gab. Was sie betraf, so war dies die Prärie, nur eine, die sie nicht fressen konnten. Es war aber keine Prärie, es war ein Cricket-Feld, und ein dünner Junge war inmitten des Viehs an der Spielfeldbegrenzung postiert, um zu verhindern, dass der Ball in den Ganges flog. Der Ball war ein schlammbrauner, durchnässter Tennisball, und der Junge, der warf, sah aus, als würde er es ernst meinen, doch der Junge, der schlug, meinte es noch ernster, und sie mussten ziemlich lange warten, bis der Junge, der verhindern sollte, dass das passierte, den Ball aus dem Fluss gefischt hatte. Die ganze Szene war eine eindringliche Veranschaulichung des Niedergangs von Cricket in England.

Einige der Gebäude gingen nach vorn raus, genossen eine schöne Aussicht. Das bei Dandi Ghat hatte dem Fluss den Rücken zugekehrt, wie die Außenseite eines Fußballstadions, in dem die vor Kurzem abgestiegene Heimmannschaft in Orange und Hellblau spielte. Der Palast hinter Karnataka Ghat strahlte die tragische Grandezza einer stillgelegten Bingo-Halle aus. Die Stimmung von schweren Zeiten – von Massenunterhaltung und verblichener Glorie –, die auf diesem Abschnitt der Ghats vorherrschte, erstreckte sich bis Harishchandra, dem Verbrennungsplatz mit dem gelb-schwarzen Rettungsturm. Ein paar Feuer schwelten noch, und der goldene Abfall von Leichentüchern und Ringelblumen am Wasserrand schien schon seit Ewigkeiten dort zu liegen. Das Wasser wirkte verlassen, leblos.

Ich ging am Kedar Ghat vorbei, dem Tempel mit den rosaweißen Streifen. Wie sich herausstellte, waren die weißen Streifen eigentlich blassblau. Während meines gesamten Spaziergangs war mir ein Boot nach dem andern angeboten worden.

Ein Stück vor mir war irgendetwas los. Irgendein Tumult, eine Menschenmenge: die Filmdreharbeiten, die ich vom Boot aus gesehen hatte. Große Schirme und Lampen wurden herangeschleppt und aufgestellt. Die Kamera war auf einem Schienenwagen montiert. Bei all dem Trubel ließ sich schwer feststellen, wer Teil der Produktion war, wer die Statisten waren und wer nur zusah. Vor einem kleinen orangen Schrein saß ein heiliger Mann, allem Anschein nach völlig unberührt von der Betriebsamkeit der Filmarbeiten. Er hatte graue Haare und einen Bart, der aussah, als wäre er aus dem Fell eines langhaarigen Tieres gemacht, das mythischen Ursprungs, kurz vor dem Aussterben und gänzlich inkontinent war. Ein Dutzend Zuhörer saßen im Schneidersitz auf einer blauen Plane. Ihr Lehrer hatte ein vermutlich heiliges Buch von der Größe eines umfangreichen, wenn auch etwas veralteten, Straßenatlanten vor sich. Wenn ich »etwas veraltet« sage, dann meine ich aus einer Zeit, bevor es Autos gab, als es noch keine Straßen gab – oder Atlanten. Der Regisseur rief seiner Crew, seinen Schauspielern, den Statisten Anweisungen zu. Weitere Schirme und Lampen wurden aufgebaut. Einer der Schauspieler spielte einen heiligen Mann. Er war eine gesünder aussehende, teurer gekleidete Version des bärtigen heiligen Mannes, der ein paar Schritte entfernt saß. Haare und Bart waren offenkundig unecht, sie sahen zwar wie menschliches Haar aus, aber nicht wie das Haar ihres Trägers. Affen mit roten Hinterteilen wuselten kreischend über das Gebäude hinter dem Schrein, kletterten hinab auf sein oranges Dach. Einer von ihnen schwang sich herab und versuchte, dem Guru den heiligen Straßenatlas wegzuschnappen. Der Affe war schnell, aber nicht stark genug. Das Buch fiel ihm aus der Pfote, und der Guru fuhr mit seinem Unterricht fort. Unterdessen nahm er aus einer Plastiktüte etwas heraus, das wie ein altes, längliches Stück Exkrement aussah, aber in Wahrheit eine sehr überreife Banane war, die er in die Richtung des Affen warf. Der Affe packte sie und flitzte zurück auf das Dach des Schreins. Der Regisseur rief »Action«, während der Affe direkt über dem Kopf des Gurus seine Banane schälte und verspeiste. In der Filmszene, die gerade gedreht wurde, musste einer der Schauspieler ruhig dastehen, während hinter ihm eine junge Frau in einem grünen Sari schüchtern vorbeischlich. Der Schauspieler, der den heiligen Mann spielte, hatte nichts mit der Szene zu tun, er stand nur herum. Der Regisseur sagte »Cut«. Seiner Banane überdrüssig, hangelte sich der Affe herab und – er war einfach nicht zufriedenzustellen – schnappte sich eine der Ringelblumengirlanden hinter dem Kopf des Gurus. Allmählich hatte es den Anschein, als wären sie eine Doppelnummer, als würde hier statt einer Unterweisung in der Kunst des Straßenkartenlesens irgendein Lehrstück in Sachen Evolution aufgeführt. Wir begannen als Diebe, die sich aus Bäumen herabschwangen und alles stahlen, was sie in die Pfoten kriegen konnten – Bücher, Bananen, Ringelblumen. Dann, mit der Zeit, lernten wir, im Schneidersitz zu sitzen, zu sprechen und zuzuhören, und der Drang zu mausen und zu klauen nahm allmählich ab. Im größeren Zusammenhang der Dinge war der Umstand, dass einige von uns dann auch noch Filme machten oder Gedichte mit dem Titel »Howl« schrieben, irrelevant. Der Affe hockte auf dem orangen Schrein, den Kopf auf die Seite gelegt, als könnte ihm gleich dämmern, dass er unrecht getan hatte. Er sah aus, als würde er lauschen, aber ebenso gut hätte er sich lustig machen oder überlegen können, wie er an seine nächste Banane kommen sollte. Der Regisseur rief wieder »Action«, und dieselbe Szene wurde noch einmal gedreht. Das Mädchen in dem grünen Sari schlich vorbei. Der männliche Hauptdarsteller blickte mit einem total beknackten Gesichtsausdruck in die Kamera. Der Affe wandte sich gelangweilt ab und sprang im Zickzack die Mauern des Gebäudes hinauf, während der heilige Mann fortfuhr, seine Unterweisungen zu murmeln.

Ich nahm eine Auto-Rikscha zurück zum Hotel. Wir waren kaum ein paar Hundert Meter gefahren, als der Fahrer anhielt, um einen lila Haufen winziger Auberginen von einem Freund entgegenzunehmen. Sofort knallte etwas von hinten in uns hinein. Ich dachte mir nichts weiter dabei, nahm an, es handle sich um einen Zusammenstoß – ein Auto oder ein anderes Tuk-Tuk, das in uns hineingefahren war –, aber tatsächlich war es ein Polizist, ein Verkehrspolizist, der die Rückseite unseres Tuk-Tuks mit seinem Schlagstock bearbeitete: Varanasis derbe Umsetzung eines Halteverbots. Wir knatterten wieder los. Es war ein anderes Erlebnis, als abgeschirmt in einem Auto zu sitzen. In einem Ambassador fühlte man sich wie in der gepanzerten Unbehaglichkeit eines Humvee. Das hier war ein ganz anderes Spiel. Eher eine Art Videospiel. Ich war zu groß, das war klar. Nachdem ich mich auf meinem Platz zusammengefaltet hatte, konnte ich fast nichts mehr sehen, wenn es nicht einen Meter oder ein paar Zentimeter davon entfernt war, uns zu zertrümmern. Zusätzlich zu allem anderen – den anderen Verkehrsteilnehmern, dem Gegenverkehr, dem Lärm, den Abgasen, dem Krach – war die Fahrt auch ein Hindernisrennen. Wir krachten ständig über irgendeine Bremsschwelle oder in einen Graben. Es hätte der Aufhängung den letzten Rest gegeben, aber da das schon längst geschehen war, spielte es keine Rolle mehr. Nichts spielte eine Rolle, also fuhren wir rücksichtslos über alles drüber. Über alles außer einem Kanalschacht, der völlig unbedeckt war. Wir konnten gerade noch rechtzeitig ausscheren, obwohl die Gefahr deutlich angezeigt wurde – durch einen halben Backstein, der Zentimeter vor dem Rand des Lochs aufgestellt war. Autos, Busse und Tuk-Tuks kamen herangeschleudert und kreischten vorbei. Unternehmerische Ideen waren eigentlich nie meine Sache gewesen, aber jetzt kam mir der Gedanke, dass es hier Möglichkeiten für eine simulierte Version dieses Erlebnisses gab, ein Computerspiel, das *Varanasi Death Trip* heißen könnte oder einfach – in einer Hommage an Scorsese und De Niro – *Tuk-Tuk Driver*. Das Ziel wäre, vom Taj Ganges zum Manikarnika zu fahren, ohne zerquetscht zu werden, ein Körperteil zu verlieren oder sich die Nerven zerfetzen zu lassen.

In der schließlich erreichten Sicherheit des Taj aß ich zu Abend und trank dann ein Bier an der Bar: ein leicht ölig schmeckendes Kingfisher aus einer klaren Flasche. Es waren nur eine Handvoll Leute dort, niemand saß an der Bar, niemand, mit dem man reden konnte. Vielleicht hatte man im Hotel ja den einsamen Trinker im Sinn gehabt, als man eine Auswahl von Büchern über Varanasi zur Verfügung gestellt hatte. Eines hieß *End Time City*, ein Buch mit Fotos von Michael Ackerman. Es war etwas gewöhnungsbedürftig: Die Gebäude erkannte ich wieder, aber die Fotos waren schwarz-weiß, und das Auffallendste an dem Ort, in dem ich den ganzen Tag lang herumgelaufen war, war seine Farbe. Es war die wohl farbigste Stadt der Welt. Nahm man die Farbe weg, schuf man einen Ort, der gewissermaßen gar kein Ort war, sondern eine betäubte Reaktion darauf. Die Fotos waren wie Bilder, die im Kopf des Fotografen entstanden, während er hier war oder während er sich später daran erinnerte oder während er schlief und schweißgebadet davon träumte. Da waren Affen mit traurigem und nachdenklichem Blick, sich bewusst, selbst wenn sie es noch nicht wussten, dass, wenn andere Dinge starben, sie auch sterben würden. Und tatsächlich war da ein paar Seiten weiter einer von ihnen, tot, mit Münzen bestreut, wie ein geliebter Hund. Menschen hockten lesend hinter den Stäben eines Käfigs oder Tempels. Normales Leben in einem Ort, wo die Vorstellung von Normalität so exotisch war wie ein Affe, der einem auf der Schulter einschläft. Straßen als Lücken zwischen Gebäuden, wo man gehen oder Müll hinschmeißen oder leben konnte oder auch nicht. Ein Gesicht, das im Feuer verdunstete. Geschorene Schädel, ein vager Schatten von Tier. Dinge, die nicht mehr lebten, Geier, so groß wie Truthähne. Lappen, die einmal Kleider gewesen sein mussten. Stoff, mit dem Göttlichen bedruckt, befleckt. Die Bilder waren Flecken. Zeit war ein Fleck. Ich nahm einen Schluck Bier. Diese Bilder existierten nicht nur, um wie Fotos betrachtet zu werden. Sie drängten sich einem auf, sprangen einen an, taumelten auf einen zu. Manche waren wie Tageslicht, nachdem man aus einer dunklen Gasse hinaustritt, andere waren so undurchdringlich wie eine Gasse, die man nach stundenlangen Besichtigungstouren in der grellen Sonne betritt; die besten waren beides. Nachdem man sie für eine Weile betrachtet hatte, versickerten die Farben der eigentlichen Stadt – das Rosa, Orange und Karminrot, das Blau des Himmels –, gerieten in Vergessenheit, reduzierten sich auf das leere Leuchten einer Glühbirne, das weiße Glimmen von Baumwolle, den Schimmer der Sonne auf Wasser oder das Funkeln eines Auges und auf die Schwärze von allem anderen, die Nacht, die nie fortging, die lauerte, wartete.

Am nächsten Tag ging ich durch diese Gassen, wieder in Farbe. Ich hatte meine praktische kleine Digitalkamera dabei, aber dann machte ich doch keine Fotos, obwohl alles danach schrie, fotografiert zu werden. Viele der Gassen waren gerade so breit, dass zwei Personen nebeneinander gehen konnten, doch Fahrräder, Motorräder und Kühe schafften es auch, sich vorbeizuquetschen. Das war etwas, das ich allmählich an Indien begriff: Es gab immer Platz. Selbst wenn es keinen Platz gab, gab es Platz. Das ungefähre Gegenteil traf auch zu: Egal wie schmal die Gasse war, in der man sich befand, es gab immer eine schmalere Gasse, die zu einer noch schmaleren Gasse führte. Und wenn das nicht mehr zutraf, dann war da eine Sackgasse oder eine Gasse, die zurück zu einer Straße führte, die im Vergleich dazu die Ausmaße einer Hauptverkehrsader zu haben schien. Man konnte sich nur schwer vorstellen, dass dieses Gewebe von Straßen und Gassen jemals kartografiert worden war. Das war nicht notwendig. Jeder wusste, wo er hinging und wie man dort hinkam. Die meisten Leute waren schon da. Frauen in roten und gelben Saris flackerten vorbei wie mit Lasten beladene Flammen. Geschäfte, Stände und schlafende Menschen waren in jeden Spalt und Schatten geklemmt. Jeder war damit beschäftigt, seiner Aufgabe nachzugehen, selbst wenn diese Aufgabe nur darin bestand zu sitzen. Zu sitzen oder Staub zu wischen – letztlich eine Frage der Zeit. Menschen, die aussahen, als würden sie faulenzen, untätig dasitzen, traten blitzartig in Aktion, sowie sich die kleinste Möglichkeit abzeichnete, etwas zu verkaufen. Das galt sogar, wenn sie schliefen, wobei sie ihre Arme als taube Kissen gebrauchten. Wenn man Teppiche zu verkaufen hatte, dann war es sinnvoll, auf einem Stapel davon zu sitzen. Der Handel spielte sich größtenteils innerhalb der Gemeinschaft der Standbesitzer ab. Sie kauften ständig Sachen voneinander: Essen, Tee, Süßigkeiten. Niemand hatte jemals Wechselgeld. Wenn also ein Tourist ein Souvenir oder ein lustiges Spielzeug für seine Kinder daheim in Washington oder London kaufen wollte, dann wurde ein Junge zu einem anderen Stand geschickt, um dort Geldscheine mit kleinerem Nennwert zu kaufen. Auf diese Weise konnte eine kleinere Transaktion riesige Wellen wirtschaftlicher Aktivität auslösen, die sich durch das ganze Viertel ausbreiteten, es belebten, Beteiligung erzeugten. Ich hatte noch kein Haschisch, das ich hätte rauchen können – war mir nicht einmal sicher, ob ich das überhaupt wollte –, aber ich kaufte zur Sicherheit schon einmal eine kleine Pfeife. Der Typ hatte Dutzende davon, von denen einige völlig verstopft waren. Ich bezahlte mit einem Fünfzig-Rupien-Schein und erhielt – nachdem ein Junge losgeschickt worden war – als Wechselgeld einen Zwanziger, der aussah wie aus der Tiefe eines Komposthaufens ausgebuddelt. Das liebte ich so an Indien, die Art und Weise, wie Dinge trotz allem ihren Wert behielten. In einem anderen Leben hätte ich mir bestens vorstellen können, hier zu arbeiten. Es hatte etwas Verführerisches, seine Zeit damit zu verbringen, sich um einen Stand zu kümmern, der gleichzeitig Arbeitsplatz und Kneipe war, der Ort, an dem man sich mit seinen Freunden traf, ohne Ehefrau, ohne Bier und oft ohne Kunden. Wenn man keine Frau hatte, war es natürlich weniger verlockend. Dann musste man eher bei der Zeitung Trost suchen. Die Brillen, die von bestimmten Männern getragen wurden – dicke Gläser, schwarze Plastikgestelle –, verliehen dem Akt des Lesens dieser Zeitungen einen höchst gelehrten Anstrich. Wo immer eine Zeitung gelesen wurde, herrschte, egal wie groß der umgebende Trubel war, stets die kontemplative Atmosphäre einer Präsenzbibliothek. Seiten wurden umgeblättert. Die Sonne stand senkrecht. Lichtspeere vertieften die Schatten. Soldaten in Khaki-Pullovern saßen mit Gewehren im Arm herum. Es waren Waffen mit Holzkolben, bei denen Assoziationen zum Zweiten Weltkrieg aufkamen. In der Nähe war ein großer sonnenbeschienener Hof, wo gerade Federball – ein Doppel – gespielt wurde. Er war von drei Seiten von hohen grünen Mauern umgeben. Die anwesenden Affen schenkten dem Spiel keinerlei Beachtung. Sie waren nur an Bananen interessiert, und es waren keine Bananen zur Hand.

Kurz danach fand ich mich vor einem Tempel wieder – ich wusste nicht, welcher es war, nur, dass es nicht der große war, Vishwanath, mit seiner ganzen Flughafen-Security: Metalldetektoren und Durchsuchungen. Deswegen waren hier so viele Soldaten: Weil Vishwanath, der goldene Tempel, und eine Moschee praktisch aufeinanderhockten, die Gläubigen antrieben, sie anstachelten, in Frieden miteinander zu leben. Es war das alte Böse-Nachbarn-Szenario, angehoben auf das Niveau extremer Gegensätzlichkeit der theologischen Prinzipien bei unmittelbarer nachbarlicher Nähe. Es gibt keinen anderen Gott außer Gott, behauptet der eine Ort. Es gibt Millionen von ihnen, behauptet der andere. Die Tatsache, dass Menschen es seit Jahren geschafft hatten, einvernehmlich miteinander auszukommen, bedeutete nicht, dass sie sich nicht ohne Vorwarnung gegenseitig an die Gurgel gehen konnten. Daher die Soldaten.

Ich zog meine Sandalen aus und betrat den Tempel. Der gekachelte Boden fühlte sich unter meinen Füßen nass an. Es war ein dunkler, ziemlich feuchter, nicht besonders sauber wirkender Ort. Eine bunte Mischung von Göttern steckte in kleinen Nischen, und eine noch größere bunte Mischung von Kindern war begierig darauf, mir zu erklären, um welche Götter es sich handelte. Da war ein mit Ringelblumen behängter Ganesh, mit einem schwarzen Gesicht und Knopfaugen, die eigentlich Perlen waren. Ganesh, so erklärte mir einer der Jungs, sei der Gott des Glücks – und es war leicht zu sehen, warum. Er sah aus, als könnte er sein eigenes Glück nicht fassen – ein halber Elefant, und er darf trotzdem ein Gott sein! Aber das ist das Schöne am Hinduismus – jeder darf mitmachen, und es gibt immer Platz für noch einen Gott. Garuda (teilweise Adler) war da, ebenso Hanuman, der Affe. Der Hinduismus ist das Disney der Weltreligionen. Die Götter haben alle ihre Gattinnen, und die Götter und ihre Gattinnen haben alle ihr eigenes Transportmittel: Vishnu reist per Adler (Garuda), Shiva per Stier (Nandi), Kartikeya per Pfau … Die Liste und die Permutationen der Liste sind endlos, unüberschaubar, aber es lässt sich wohl getrost annehmen, dass selbst die »Vehikel« (die doch, so hätte man meinen können, in der Lage sein sollten, sich selbst um ihre Reise-Arrangements zu kümmern) ihre eigenen Vehikel haben, dass Garuda gelegentlich auf einer Eule oder einer Schildkröte reitet. Und Ganesh, der Elefant, wie reist er? Per Maus natürlich.

Wenn es etwas gibt, was die großen Monotheismen gemeinsam haben, dann ist es ihr Mangel an Humor. Gibt es einen einzigen Witz in der Bibel oder im Koran? Der Hinduismus, das war mir jetzt klar, war ein Witz, aber er war nicht nur ein Witz, er war ganz und gar lächerlich. Und das war nicht alles. Er schaffte die Vorstellung des Lächerlichen ab, indem er eine ganze Kosmologie daraus machte! Ich wusste natürlich nicht, ob das wirklich auf den Hinduismus zutraf, aber hier, in diesem Hindu-Tempel, bekam das Konzept des Lächerlichen plötzlich etwas Hehres und Erhabenes.

Es war nur ein kleiner Tempel. Meine Runde war bald vollendet. Ich gab den Jungs, die mich herumgeführt hatten, ein paar Rupien und trat hinaus in die erinnerte Sonne. Meine Sandalen waren dort, wo ich sie zurückgelassen hatte. Ich war froh, sie wieder anzuhaben, nicht barfuß durch die staubigen, kotbespritzten Straßen von Varanasi gehen zu müssen. Die Erfindung und Entwicklung von Schuhwerk war so eindeutig eine gute Sache, dass meine Freude, das Federn in meinem Schritt, das durch den Umstand ausgelöst wurde, bequem beschuht zu sein, von einem korrespondierenden Verlust von Begeisterung begleitet war. Was mir nur wenige Augenblicke zuvor als eine ungeheuer überzeugende Vorstellung erschienen war – dass Lächerlichkeit das beseelende Prinzip des Lebens sein könnte –, schien angesichts dieser banaleren Vorstellung von Fortschritt ganz plötzlich … lächerlich. Kaum hatte ich das gedacht, hatte ich genug vom Gehen. Ich wollte zurück zum Hotel, wollte wieder *Varanasi Death Trip* spielen.

Ich kaufte eine Dose Cola (um mehr Kleingeld zu bekommen) und wurde mit einem Tuk-Tuk-Fahrer (der keines hatte) handelseinig. Ich wollte es vermeiden, den Namen des Hotels zu nennen – eine sofortiger Anstoß zur Hyperinflation –, konnte aber kein Wahrzeichen in der Gegend benennen. Also ging es auf zum Taj – oder hätte es gehen sollen, doch nach fünf Minuten verließen wir plötzlich die Hauptstraße.

»Was soll das?«, rief ich. Ich war nicht verärgert, aber ich musste schreien, um mich über den Lärm des Tuk-Tuks und des übrigen Verkehrs hinweg verständlich zu machen. »Warum fahren wir hier lang?«

»Hauptstraße gesperrt«, sagte er. Die Hauptstraße war vielleicht gesperrt, aber es war schwer vorstellbar, dass sie sich in einem schlechteren Zustand befand als diese Nebenstraßen. Es waren gar keine Straßen, nur staubige Wege, nicht asphaltiert, voller Schutt, müllübersät. Wir bogen in eine kleinere, noch weniger verkehrstaugliche Straße ein, die durch eines der offenbar ärmsten Stadtviertel führte. Das stimmt vermutlich nicht: Es gibt endlose Abstufungen von Armut. Verglichen mit manch anderen Gegenden war diese womöglich relativ wohlhabend, sogar gefragt. Ein paar glücklich aussehende Schweine wühlten in einem Haufen Müll herum. Ein Teil dieses Mülls hatte sich zu einem dunklen Teer verdichtet, eine Ablagerung aus konzentriertem Dreck, reinem Dreck, Dreck ohne Verunreinigungen, frei von allem, das kein Dreck war. Die Schicht darüber bestand aus einem Mulch verfaulenden Gemüses, dem ein entsprechend angepasstes Geschöpf möglicherweise noch eine Spur von Nährwert hätte entnehmen können. Darauf befand sich eine Ansammlung von braun werdenden Ringelblumen, Teilen durchweichter Pappe (nicht grundsätzlich als Kalorienquelle auszuschließen) und halbfrisch aussehenden Exkrementen (dito). Eine unverwüstliche Garnitur blauer Plastiktüten bildete einen Kontrast zu dem Ganzen. Auf seine Art war es eine potenzielle Touristenattraktion, eine zeitgenössische Manifestation des klassischen Ideals von Elend. Ich war ziemlich aufgeregt, überlegte, den Fahrer zu bitten, dass er anhielt, damit ich einen näheren Blick darauf werfen, vielleicht sogar ein Foto machen könnte. Bevor ich dazu kam, hatte er angehalten. Denn das Tuk-Tuk war von einem Schwarm Kinder umzingelt. Es gibt viele schmutzige Kinder, die barfuß und in zerrissenen T-Shirts in Varanasi herumlaufen und Touristen belästigen, um Rupien zu ergattern. Aber diesen Kindern, das war offensichtlich, ging es schlechter. Selbst nach den Maßstäben der völlig Mittellosen waren sie arm. Nach den Maßstäben der Schmutzigen waren sie dreckig, so dreckig wie die Schweine, die den Müll durchstöberten. Es war sogar möglich, dass das, was ich für einen Müllabladeplatz gehalten hatte, in Wahrheit ihr Spielplatz war, vielleicht sogar ihre Küche. Es war nichts Reizendes an ihnen, aber es waren Kinder, Kinder mit Zähnen und Augen und dünnen Armen, und als solche hatten sie etwas Reizendes – oder hätten es haben können. Sie waren Hyänenkinder, Stadtkojoten, wilde, verwilderte Tiere. Genauer gesagt, sie waren wie die abgetrennten, stark belebten Teile einer einzigen wimmelnden Einheit mit Dutzenden von Augen und multiplen Armen und Händen, die alle ins Tuk-Tuk griffen, nach meiner Tasche, meiner Kamera, meinen Armen, meinen Hosentaschen grabschten. Der Tuk-Tuk-Fahrer sah verängstigt aus. Zum Glück hatte ich so etwas schon einmal im Kleinen erlebt, in Neapel, als eine Bande von Zehnjährigen mich beraubt hatte. Damals hatte ich keine Ahnung, was ich tun sollte; als ich endlich herausgefunden hatte, was da vor sich ging, waren sie schon mit meiner Brieftasche auf und davon. Jetzt schlug ich, meine Tasche fest zwischen die Beine geklemmt, so boshaft wie möglich um mich, hieb mit Ellbogen, Fäusten und Unterarmen auf alles in Reichweite ein und achtete lediglich darauf, niemanden ins Gesicht zu treffen. Vermutlich hatten sie gar keine Eltern, aber ich wollte vermeiden, dass plötzlich der Papa von irgendeinem auftauchte und wissen wollte, weshalb dieser reiche Tourist seinem Kleinen eine blutige Nase verpasst hatte. Während ich wie wild um mich schlug und gleichzeitig meine Habseligkeiten an mich drückte und meine Hosentaschen bewachte, befahl ich dem Tuk-Tuk-Fahrer, weiterzufahren.

»Weiterfahren!«, rief ich mit all der imperialen Autorität, die ich aufbringen konnte. »Weiterfahren!« Der Motor sprang mühsam an. Immer noch grabschten und schnappten Hände nach mir. Da sie nicht in der Lage waren, irgendwas Substanzielles zu ergattern, gingen sie jetzt dazu über, mich zu kneifen. Das Tuk-Tuk setzte sich in Bewegung. »Schneller!«, brüllte ich, ohne mit dem Boxen und Abwehren aufzuhören. »Überfahr sie, wenn's sein muss!«

Wir beschleunigten und fuhren unter großem Lärm davon. Ein Projektil – ein Stein oder ein Backstein, möglicherweise auch ein Klumpen getrockneter Scheiße – landete dumpf auf dem Dach des Tuk-Tuk, aber wir waren in Sicherheit. Der Fahrer schwieg. Ich schwieg. Es war nicht klar, ob es eine »abgekartete Sache« gewesen war, wie es in Thrillern heißt, ob er ein Komplize bei dem Überfall gewesen war oder ebenso sehr ein unfreiwilliges Opfer wie ich selbst. Er hatte jedenfalls erschrocken ausgesehen. Wie auch immer, ich war jetzt in Sicherheit. Mir kam die Idee, dass man eine Version dieses Zwischenfalls gut in *Varanasi Death Trip* einbauen könnte. Ich sah mich um. Die Hyänenkinder standen immer noch auf ihrem Flecken Müll. Sie hüpften aufgeregt herum und hielten etwas hoch – etwas, das in der Sonne blitzte – wie eine Trophäe, ein Beutestück von einem Raubzug. Ich überprüfte meine Habseligkeiten: Meine Kamera, mein iPod waren noch da. Mein Geldgürtel lag immer noch um meine Hüfte. Und dann wurde mir klar: Sie hatten mir tatsächlich etwas abgenommen. Der Gegenstand, mit dem sie so aufgeregt in der Luft herumgewedelt hatten, war meine Dose Cola gewesen.

Am nächsten Tag gewann ich einen weiteren neuen Freund – oder führte zumindest eine weitere Unterhaltung. Eine lange Treppe aus blauen und weißen Stufen in der Nähe von Shiva Ghat führte hinauf zum Mother Rytasha Bookshop and Café. Oben, auf einem der beiden weißen Stühle, saß Andre Agassi. Nicht der Agassi von heute (oder von vor ein paar Jahren, als er sich aus dem Geschäft zurückzog): liebenswert, mit geschorenem Schädel, ein Buddha mit Entenwatschelgang und beidhändiger Rückhand. Dies war Agassi in seinen rebellisch-vermarktbaren frühen Zwanzigern: lange Haare, Ohrring, Baseball-Kappe, unrasiert. Ich setzte mich auf den anderen Platz, unsicher, ob er hier arbeitete oder nur ein Gast war. Ein bisschen von beidem, wie sich herausstellte. Sein Freund Chanra leitete den Laden, und er kam vorbei, leistete ihm Gesellschaft und half etwas mit. Er klang amerikanisch, er hieß Ashwin, und die Ähnlichkeit mit Agassi – ich konnte es mir nicht verkneifen, es zu erwähnen – war gar nicht so abwegig. Wie Agassi war er persischer Herkunft.

»Aber du bist Amerikaner?«

»In dieser Inkarnation.«

»Was ist mit den vorherigen? Weißt du, woher du in denen kamst?«

»Von Gott.«

»Wenn wir jetzt mal bei deiner aktuellen Inkarnation bleiben, aus welcher Gegend von Amerika kommst du?«

Ashwin kam aus Kalifornien und war seit vier Wochen in Varanasi. Momentan war er gerade zurück von einem freiwilligen Aufenthalt in einem von Mother Rytashas Augen-Camps in Bangladesch, wo billige Operationen an grauem Star und anderen leicht zu behandelnden Krankheiten durchgeführt wurden. Ich hatte noch nie von Mother Rytasha gehört, also ging er und holte mir ein illustriertes Buch über sie. Sie hatte blasse Haut und sah aus, als wäre ihre Nase von demselben Chirurgen bearbeitet worden wie die von Michael Jackson. Es ließ sich unmöglich sagen, wie alt sie war. Fest stand, dass sie eine positive Kraft war. Sämtliches Geld, das sie sammelte, floss zur Gänze in die Arbeit für die Armen. Ashwin hatte sie in Santa Fe kennengelernt, wo sie ein paar reiche Leute behandelt hatte, um Geldmittel zu beschaffen. Er war mit der üblichen Skepsis hingegangen, aber als er sie gesehen hatte, hatte er diese reine Liebe gespürt, die von ihr ausging. Trotzdem war er nicht überzeugt gewesen und war nach Hause gegangen. Später am selben Tag war er ihr wieder begegnet. Sie saß mit Freunden in einem Park unter einem Baum, und wieder sah sie ihn an, und er spürte ihre Liebe – nicht Liebe für ihn, für jeden, für die Welt, einfach nur Liebe –, die sein Herz erfüllte. Durch diese Liebe für sie habe er Gott gefunden.

»Welchen Gott genau?«, fragte ich. Das war nicht zynisch von mir gemeint, aber wir waren in Indien, die Auswahl war groß, und irgendeine Klärung erschien mir hier wesentlich. Er presste die Hände zusammen und richtete die Augen gen Himmel.

»Den Gott der Liebe«, sagte er. Es war ein gute, nicht sektiererische Antwort. Ich konnte nichts dagegen sagen, aber auf einer bestimmten Ebene hätte ich natürlich eine Menge dagegen sagen können. Er erzählte mir mehr über Mother Rytasha und die Dinge, die sie tat, von denen alle – auch in dieser Hinsicht gab es keinen Zweifel – die Welt verbesserten. Trotzdem war da etwas an dem glückseligen Blick in Ashwins Augen, bei dem ich an starke Dosen Prozac oder Zoloft denken musste. Die Liebe, von der er so erfüllt war – ehrlich, absolut, bedingungslos, löblich, lebenserweiternd –, war alles, was zwischen ihm und dem Nervenzusammenbruch stand, der wie die Nacht in Ackermans Bildern auf ihn lauerte. Die Liebe würde den Nervenzusammenbruch in Schach halten, Ashwin aber letztendlich anfälliger dafür machen. Ein Teil von mir hoffte sogar, ich könnte hier sein, um es mitzuerleben.

Trotzdem, es war nett gewesen, eine Cola zu trinken und ihm zuzuhören. Wir gaben uns die Hand und sagten, wir würden uns bestimmt noch einmal treffen.

Ich checkte aus dem Taj aus und ins Ganges View ein. Ich rief bei der Fluglinie an, stornierte meine bestehende Buchung und bekam eine Bestätigung für einen anderen fiktiven Flug nach London ein paar Wochen später. Ich hatte es nicht eilig, Varanasi zu verlassen, aber ich war froh, das Hotel zu wechseln. Die Aufregung und der Lärm der täglichen Reise zu den Ghats und wieder zurück war mir lästig geworden wie Berufspendelei, und auch des sterilen Komforts des Taj war ich überdrüssig. Ich freute mich so sehr, im Ganges View zu sein, dass ich den ganzen ersten Tag auf der Terrasse verbrachte, Mittagessen und Drinks bestellte und las. Oder es vielmehr versuchte.

Ich hatte im Harmony Bookshop – dem Laden, in dem ich mit Darrell gewesen war – einen Stapel Bücher über den Hinduismus gekauft, hatte aber Mühe, mich auf sie zu konzentrieren. Sosehr ich mich auch anstrengte, ich konnte mir einfach nicht merken, wer wer und was was war. Es ließ sich unmöglich sagen, ob diese Person in einem Teil der Geschichte dieselbe war wie jene in einem anderen, ein paar Seiten später. Jeder war ein Avatar von jedem anderen. Niemand war nur er selbst. Shiva, Vishnu, Krishna – sie waren alle jeweils auch alle anderen. Es war wie eine Welt, in der Thor, statt seinen Hammer zu schwingen und sich in den schmächtigen Don Blake zurückzuverwandeln, als die Menschliche Fackel (die zugleich Doctor Doom war) wiederaufflammte oder sich – noch verwirrender – in einen Gaststar aus einem rivalisierenden mythologischen System verwandelte: Green Lantern etwa oder Lois Lane. (Ein erstaunliches Versäumnis seitens Marvel, dass sie das Superhelden-Potenzial des Hinduismus so wenig ausschöpften.) Selbst wenn sie nicht sie selbst und zugleich die jeweils anderen waren, verwandelten sie sich ständig in etwas anderes, um einen Gegner zu bestrafen oder sich selbst aus der Klemme zu ziehen. Da ihre Kräfte grenzenlos waren, konnten die Klemmen, in die sie sich brachten, nie sonderliche Spannung erzeugen. Die Namen waren wesentlich – nichts war so wichtig wie die Namen –, aber sie waren unendlich flexibel, wurden gemeinschaftlich genutzt. Ein weiteres Problem war, dass die epischen Eskapaden dieser Götter – all diese langatmigen Geschichten über Eier, die so groß sind wie Planeten, Wassertropfen, die riesige Seen bilden, ein Augenblinzeln, das die Sonne verdunkelt, Aufträge, die Zehntausende von Jahren dauern – genau die Sorte Lektüre war, mit der ich schon immer meine Schwierigkeiten gehabt hatte. Nach einem misslungenen Versuch mit Gabriel García Márquez hatte ich begonnen, auch nur die geringste Andeutung von magischem Realismus in der Belletristik zu verabscheuen. Sowie ich in einem Roman an eine Stelle kam, wo Bäume plötzlich miteinander redeten, gab ich sofort auf. Verglichen mit dem, was in den Hindu-Mythen los war, wirkten miteinander redende Bäume eher wie gewissenhafte Berichterstattung, Dokumentation. Dies war magischer Realismus ohne die geringste Spur von Realität. Vielleicht musste man alles als Kind in sich aufnehmen und sich einfach in der Fabelhaftigkeit des *Mahabharata* oder des *Ramayana* verlieren, und als Ergebnis dieser frühen Einwirkung wäre das Gehirn dann so konfiguriert oder formatiert, dass alles irgendeinen Sinn ergab, der gleichzeitig allegorisch und wörtlich war, fantastisch und glaubhaft. Für mich, das stand fest, war dieser Zug längst abgefahren.

Vielleicht bin ich aber auch zu streng mit mir, denn ein paar Dinge habe ich doch gelernt. Die meisten Bücher hatten Glossare, und obwohl ich nicht alle Begriffe verstand, war es hilfreich zu erfahren, woher Namen wie Shakti (die Band, die in den 1970ern von John McLaughlin, Shankar und Zakir Hussain gegründet wurde), Samsara (wie in »Escape from«, dem Londoner Trance-Club) oder Surya (wie in Surya Samudra, dem Wellnesshotel in Kerala) eigentlich stammten.

Dank Kerouac, Ginsberg und den anderen Beats waren Vorstellungen wie Karma und Dharma Gemeingut geworden, doch Wörter wie *moksha*, *bhakti* oder *rocana* waren mir neu. Begriffe wie diese eignen sich nicht zur direkten Übertragung, weil sie Ideen repräsentieren, die in unserem begrenzten westlichen Bewusstsein keine Entsprechung haben. Ein Konzept, das allerdings Sinn ergab, war *darshan*: der Akt des göttlichen Sehens, der Enthüllung. Das war der Grund dafür, dass Hindus Tempel besuchten: um ihre Gottheit zu sehen, damit sie sich ihnen enthüllte. Je mehr Aufmerksamkeit einer Gottheit geschenkt wurde, je mehr sie angesehen wurde, desto größer war ihre Macht, desto leichter konnte sie gesehen werden. Man ging zum Tempel, um seine Gottheit zu sehen, und damit trug man zu ihrer Sichtbarkeit bei. Die Aura, die von ihr ausging, speiste sich zum Teil aus der Macht, die ihr verliehen wurde.

Eine Vorstellung, die wir aufgrund ihrer säkularen Entsprechung, der Anbetung von Berühmtheit, mühelos nachvollziehen können. Je häufiger Berühmtheiten fotografiert werden, desto größer wird ihre Aura von Berühmtheit. Ich hatte einmal David Beckham in La Manga in Spanien aus einem Bus steigen sehen. Selbstverständlich hatte ich zuvor schon Fotos von ihm gesehen, und jetzt machte sich der kumulative Effekt all dieser Fotos bemerkbar. Die Lichtblitze der Kameras machten ihn strahlend, hochglänzend, göttlich. Ich sah ihn in all seinem Beckhamsein und seiner Beckhamhaftigkeit. Jemand, der nicht die Tausenden von Bildern gesehen hatte, der nicht vertraut war mit den Veränderungen seiner Frisuren, der viralen Ausdehnung seiner Tätowierungen (einschließlich des falsch geschriebenen Schriftzugs in Hindi auf seinem Arm), hätte ihn nicht so gesehen. Aber vielleicht wäre der Blickwinkel dieses hypothetischen und unwahrscheinlichen Betrachters – des Menschen, der nicht wusste, dass er David Beckham sah – aufschlussreicher, zumindest interessanter als der von uns, die wir genau verstanden, wen und was wir da sahen. Hier in Varanasi sah der schlecht informierte Tourist nicht dieselbe Stadt, die die Tausenden von Pilgern sahen, die Pilger, die hierherkamen, und die, die hier lebten. Aber das hieß nicht etwa, dass der Besucher nicht in der Lage wäre, seine eigene Form von *darshan* zu haben. Auch wenn ich nicht wusste, was ich sah, konnte ich trotzdem noch sehen. Und wenn jemals ein Ort mit dem Auge im Sinn gestaltet worden war – sicherlich gab es einen Sanskritbegriff, der exakt »Auge-im-Sinn« bedeutete –, dann Varanasi.

Am nächsten Morgen gab es nichts zu sehen. Der Fluss, die Ghats, selbst der Himmel waren verschwunden. Ein dichter Nebel löschte alles aus bis auf ein paar vage Details: die verschwommenen Umrisse des Tempels nebenan, dunkle Gestalten, die sich unten auf der Straße bewegten. Ich zog mich an und ging hinunter zu den Ghats, hörte Menschen husten, bevor ich sie ein paar Meter entfernt sah. Bootsfahrten wurden immer noch angeboten, obwohl es sinnlos war, eine Bootsfahrt zu machen, da es nichts zu sehen gab. Dann sah ich doch etwas: ein Boot, das sich aus dem Dunst herauslöste, als kehrte es aus dem Reich der Toten oder Untoten zurück. Es hatte zwei Passagiere, die in graue Decken gehüllt waren. Nach einer Weile trieben sie wieder davon und verschmolzen lautlos mit der größeren, grauen Nebeldecke. Es waren ein paar farbige Vierecke zu sehen – das Gelb eines Schildes, das Blau einer Mauer –, doch unendlich schwach und gedämpft, Schatten ihres eigentlichen Selbst.

Bis zum Mittag lichtete sich der Nebel unbemerkt, wodurch der Nachmittag noch strahlender wirkte als sonst. Ein Eisvogel erschien auf der Mauer der Terrasse des Ganges View, begierig darauf, gesehen zu werden, wieder zu existieren. Als ich hinausging, war der Himmel voller Flugdrachen. Beim Munshi Ghat fiel mir ein kleiner blauer Schrein auf, von der Größe einer Notrufsäule an der Autobahn. In der Mitte des Schreins, wo das Telefon gewesen wäre, war ein oranger Klumpen Farbe, die verbrauchte Verschwommenheit einer Form. In der allgemeinen Rundheit konnte man den Klumpen eines Körpers und den kleineren Klumpen eines Kopfes ausmachen, aber gerundeter, konturloser, als es die Henry-Moore-Version einer indischen Gottheit gewesen wäre. Wer war es? Ganesh? Es hätte irgendeiner von ihnen sein können. Da war nicht einmal die Spur einer Kontur, aber damit war die Macht dieser Gottheit nicht notwendigerweise gemindert worden oder geschrumpft. Ich hatte eher das Gefühl, dass ihre Essenz noch konzentrierter geworden war. Hier hatte ich nicht den Eindruck von Erosion oder Verminderung, sondern von Rückzug. Die Gottheit, wer immer sie war, hatte sich in sich selbst zurückgezogen. Indem sie sich zu beinahe nichts reduziert hatte, indem sie dem Punkt so nah kam, an welchem sie nicht mehr als sie selbst erkannt werden konnte, war sie noch unverhüllter sie selbst geworden. Dessen war ich mir ganz sicher, obwohl ich nicht wusste, wen oder was ich da sah.

»Wer ist das?«, fragte ich einen Jungen.

»Hanuman«, erwiderte er sofort. Weil er den Affengott erkannte (weil er *sehen* konnte, dass er es war?), oder weil er wusste, dass der Klumpen das bedeutete, weil er wusste, dass der blaue Schrein der Ort – einer der Orte – war, wo Hanuman lebte? Die Fragen waren irrelevant. Es kam auf dasselbe heraus. Dieser orange, verschwommene Klumpen war Hanuman.

»Sehr mächtiger Gott«, fügte der Junge hinzu. Die Tatsache, dass seine Identität nicht in Zweifel stand, dass der Junge nicht gezögert hatte, seinen Namen zu sagen, war der Beweis dafür.

Ich fuhr in einem Boot zurück. Drachen flogen über der Stadt, wie Funken, die über einem Lagerfeuer schweben.

Am nächsten Morgen erschien der Nebel wieder und auch am Morgen danach. Zusätzlich zu dem Nebel hatte es in ganz Nordindien einen Kälteeinbruch gegeben. Die Zeitungen waren voll mit Berichten über Eiseskälte – »plötzliche Temperaturstürze ...« – und Störungen des Reiseverkehrs. Flüge wurden annulliert, und es gab überall erhebliche »Verspätetheiten«. Züge aus Delhi trafen mit zehnstündiger Verspätung in Varanasi ein. Das Drachensteigenlassen war nachteilig betroffen.

Als der Nebel sich verzogen hatte – nachdem der Reiz des Neuen verflogen war, war ich froh, dass es endlich ein Ende hatte –, nahm die Drachendichte am Himmel täglich zu. Überall waren Drachenschnüre. Auf ihre dünne, unverwüstliche Art hatten sie die gesamte Stadt zusammengebunden. Die Ruder der Boote waren mit ihnen umwickelt. Es war unmöglich, mehr als ein paar Schritte zu gehen, ohne sich in ihnen zu verheddern. Sie hingen von jedem Baum und baumelten von jedem Telegrafenmast wie zerstörte Leitungen.

Ich sah häufig dieselben Menschen; dieselben Jungs, die ihre Drachen steigen ließen, dieselben aufdringlichen Verkäufer, dieselben Bootsvermieter. Ältere, wohlhabender aussehende Touristen blieben nur ein paar Tage, bevor sie nach Agra oder Kerala weiterreisten. Die Rucksackreisenden blieben länger, und je länger sie blieben, desto mehr entsprachen sie einem internationalen Maßstab von Schmuddeligkeit. Viele trugen sowieso schon Dreadlocks, andere – wie Ashwin, dem ich ein paarmal über den Weg lief – entschieden sich für Turbane, die als Sarongs begonnen hatten. Die Frauen trugen Schals, um sich tagsüber vor der Sonne und abends vor der Kühle zu schützen, und auch als Zugeständnis an die ortsüblichen Maßstäbe von Anstand und Sittsamkeit. Die meisten dieser Reisenden waren in ihren Zwanzigern und waren wegen Erleuchtung, Yoga, dem Charas-Rauchen, spirituellem Wachstum und Befreiung gekommen. Sie waren Suchende in Ausbildung, und in Varanasi gab es Dutzende – wahrscheinlich Hunderte, möglicherweise Tausende – von Gurus und Führern, die ihnen helfen konnten, aus dem Gefängnis des Egos auszubrechen oder auf der Überholspur zur Erleuchtung oder wohin auch immer sie wollten zu gelangen. Die meisten von ihnen würden um einige Pfund leichter (sowohl in Körpergewicht als auch in Währung), doch ansonsten enorm bereichert von der Erfahrung heimkehren. Einige würden ernsthaft entgleisen – Varanasis Ruf, Menschen verrückt zu machen, rivalisierte mit seinem Ruf, sie krank zu machen – und einige würden sich im Laufe der Zeit in Versionen der älteren Typen verwandeln, die sich hier herumtrieben, Typen in meinem Alter, von denen viele aussahen, als hätten sie ein Jahrzehnt Goa absolviert. Sie hatten oft das etwas verhärmte Aussehen von Männern, die ihre einsamen Abende gewohnheitsmäßig mit der Lektüre von *Mr. Nice* oder einer Auswahl von Gurdjieff verbrachten. Wie ich waren sie oft auf der Terrasse der Lotus Lounge zu finden, wo sie hervorragende Eierkuchen aßen und Cappuccino (den besten in Varanasi) oder Tschai tranken. Wir nickten uns gegenseitig zu, doch wie Schwarze auf einer ansonsten vollständig weißen Cocktailparty vermieden wir es stillschweigend, irgendein Bündnis zu bilden, weil das unseren gemeinsamen Status als Altersaussätzige verschärft hätte. Nicht, dass die jungen Menschen unfreundlich gewesen wären – sie waren einfach jung. Aber selbst das stimmt nicht; das Entscheidende war weniger, dass sie mir jung vorkamen, sondern eher die Vorstellung, wie alt ich aus ihrer Sicht erscheinen musste. Ich an ihrer Stelle hätte einem Mann in meinem Alter keine Beachtung geschenkt. Ich hätte meine gesamte Energie darauf verwendet, die jungen Mädchen in ihren T-Shirts und Schals davon zu überzeugen, dass meine Maßstäbe der Schicklichkeit unter gar keinen Umständen durch irgendein Verhalten, wie ungezügelt auch immer, beleidigt werden könnten.

Diese jungen Leute waren vielleicht nicht wegen des Sex hier, aber sie waren auf jeden Fall wegen des Todes hier. Sie waren genau so begierig zu sehen, wie Leichen am Manikarnika Ghat verbrannt wurden, wie jeder andere – ich zum Beispiel. Ich hatte noch nie eine Leiche gesehen, doch in Varanasi war die Prozession des Todes endlos. Ich gewöhnte mich an den Anblick von Trauernden, die unter dem Singsang von »*Rama nama satya hai … Rama nama satya hai …*« Bahren durch die Stadt trugen, den Leichnam zum Fluss brachten und ihn in den Ganges tauchten. Die zufälligen Details, die mir an jenem ersten Nachmittag aufgefallen waren, waren Teil einer unveränderlichen Zeremonie, täglich Dutzende Male neu aufgeführt. Die Stimmung war nie düster, weil die Toten Zurschaustellungen von Trauer nicht schätzten. Der nur mit einem weißen Lendenschurz bekleidete Mann mit dem geschorenen Schädel war der Oberste Trauernde.

Sich Kopf und Augenbrauen rasieren zu lassen, war Teil eines Rituals, das ihn zwischen den Lebenden und den Toten in der Schwebe hielt. Er führte die anderen Trauernden fünf Mal gegen den Uhrzeigersinn (weil im Tod alles umgekehrt ist) um den noch nicht angezündeten Scheiterhaufen herum. Er war derjenige, der Sandelholz auf den Scheiterhaufen kippte, bevor er ihn mit der Flamme eines heiligen Feuers entzündete, das niemals erlischt, das brennt, seit die Welt erschaffen wurde, hier in Varanasi, am Manikarnika Ghat, wo sie auch enden wird, nur dass sie nie enden wird, ebenso wenig, wie die Reise vom Leben zum Tod enden wird.

Es dauert Stunden, bis ein menschlicher Körper verbrannt ist. Gegen Ende der Kremierung brach der Oberste Trauernde den Schädel mit einer Bambusstange auf, wodurch die Seele vom Körper befreit wurde. Schließlich schüttete er sich eine Kanne mit Gangeswasser über die Schulter – immer die linke Schulter –, um symbolisch die Glut des Scheiterhaufens zu löschen. Ohne zurückzublicken, ging er forsch davon. Es war vorbei. Die Seele hatte ihre Reise angetreten, um sich mit den Vorfahren am anderen Ufer zu vereinen. Diese Reise würde elf Tage dauern, Tage des Trauerns und des Feierns. Am zwölften Tag würde, wenn alles gut verlaufen war, wenn alle Rituale richtig befolgt worden waren, die Seele wohlbehalten ankommen.

Weil das andere Ufer menschenleer war, fiel es nicht so schwer, sich vorzustellen, dass es um mehr als nur um eine physische Reise ging. Das andere Ufer war deswegen leer, so erklärte mir ein kleiner Junge mit einem alten Gesicht, weil man, wenn man dort drüben starb, als Esel wiedergeboren würde.

Auf dieser Seite herrschte unterdessen immerzu lebhafter Betrieb auf dem Gelände um den Verbrennungsplatz herum. Die Reise vom Leben zum Tod hörte nie auf, und hier in der Ur-Abflughalle hörte auch nie etwas auf. Es fanden immer Totenfeiern statt, aber es war auch sonst immer viel los: Man diskutierte, ließ Drachen steigen, spielte Karten, hörte Musik, machte Yoga, badete. Ein paar Meter jenseits des Verbrennungsplatzes stand Varanasis schiefer Turm von Pisa: ein Tempel, der zusammengestürzt oder im Schlamm des Flussufers eingesackt war. Möglich, dass sein Putz einmal prayag-rosa gewesen war, jetzt jedenfalls hatte er die matte, vernachlässigte braune Farbe von Uferschlamm. Aus bestimmten Blickwinkeln sah er so aus, als würde er sich nur leicht neigen, doch aus anderen schien er kurz vor dem Umfallen zu sein. Ich hatte angenommen, durch seine Verletzlichkeit würde er ein besonders glücksbringender Ort der Anbetung sein, aber das war offenbar nicht der Fall. Daraus konnte man jedoch unmöglich schließen, dass er gänzlich obsolet geworden und ausrangiert worden war, nur weil er schwere Zeiten durchgemacht hatte. Es war nur ein alter Tempel, der ein wenig aus der Spur geraten und sich selbst überlassen worden war. Wie ein Vulkan, der irgendwie weder aktiv noch erloschen – noch irgendetwas dazwischen – war, sah er auf Fotos immer noch gut aus. Dadurch blieb er lebensfähig, tat seinen Teil, trug etwas bei. Falls er einen Namen hatte, so kannte ich ihn nicht.

Das andere Ufer des Flusses, mit all seinen Veränderungen, bildete den beständigen Hintergrund für meine Tage. Beim ersten Licht war es reine Möglichkeit. Wenn die Lavalampensonne sich vom Horizont löste und wacklig durch den grauen Dunst emporschwebte, verwandelte es sich in substanzloses Anderssein. Allmählich konnte man den Unterschied zwischen dem sandigen Vordergrund und dem Grün dahinter ausmachen. Nachts verschwand alles. Ich musste dabei an den Tag denken, als die Sonne zum ersten Mal unterging, als es keine Garantie gab, dass die

Erde je wieder aus der Finsternis emportauchen würde, die sich über sie gesenkt hatte. Selbst jetzt, so viele Jahre später, mit all den zahllosen Präzedenzfällen für einen Morgen, schien es, als würde das andere Ufer nicht bloß wieder erscheinen, sondern als müsste es über Nacht mühsam neu erschaffen werden, jeden Tag aufs Neue.

Die *Hindustan Times* (Lakhnau) formulierte es beispielhaft verschwommen: »In diesem Jahr wird das Fest von Makar Sankranti aus irgendeinem astronomischen Grund zwei Tage lang gefeiert.« Die Ufer bei Assi und anderen Ghats waren übervoll mit Menschen, die darauf warteten, an diesen ersten, glücksbringenden Tagen des neuen Jahres ein Bad zu nehmen. Die Straße draußen vor dem Hotel war gerammelt voll mit Bettlern und denen, die ihnen Almosen gaben. Morgens war es immer noch kühl, aber weil es Feiertage waren, schien die Sonne leuchtender.

»Es ist auch windiger«, sagte ich zu dem Jungen, der neben mir hertrottete.

»Weil es ist Drachenflugtag«, sagte er. Natürlich. So wie jeder Gott oder jede Göttin sein oder ihr Vehikel hatte, so gab es auch keine Wirkung ohne Ursache. Makar Sankranti war der Höhepunkt der Drachenhysterie, die die Stadt ergriffen hatte, doch Drachen steigen zu lassen, war nur ein Teil des Vergnügens. Es ging auch darum, sie zu fangen, manchmal mit Hilfe einer Stange oder eines Cricket-Schlägers – mit allem, was sich gerade anbot. Drachen wurden inmitten der dösenden, gleichgültigen, teilnahmslosen Büffel gejagt, die sich damit zufriedengaben, auf Blumen herumzukauen oder, wenn es keine gab, ihre eigenen Schatten abzugrasen.

Bei Manikarnika klatschte ein Drachen auf einen der Scheiterhaufen herunter und fing Feuer – was nicht weiter verwunderlich war; überraschend war nur, dass er dort überhaupt gesunken war. Heiße Luft sollte eigentlich aufsteigen, aber offenbar wurden die üblichen Naturgesetze hier umgekehrt. Als der Drachen eine Gelegenheit erkannte, aus dem endlosen Auf und Ab seines Daseins auszubrechen, wagte er den Sprung, ergriff diese einmalige Chance, abzustürzen und zu verbrennen.

Ich sah mir Bücher über Varanasi an, aber es gab mehr zu erfahren, als ich je hätte behalten können. Es war der Ort, an dem Shiva beschlossen hatte, sein Leben hier fristen zu wollen. Es war der Ort, an dem die Welt begonnen hatte. Orte des Übergangs – *tirthas* – waren heilig, bestimmte Orte des Übergangs waren besonders glücksbringend, aber ganz Varanasi war ein Ort des Übergangs, zwischen dieser Welt und der nächsten. Eigentlich gab es keinen Ort auf der Welt, den zu besuchen sich mehr lohnte, obwohl er in einem gewissen Sinn gar nicht von dieser Welt war. Ich hatte irgendwo gelesen, dass Lourdes für die Menschen, die dort leben, nicht Lourdes ist. Das Gleiche galt wahrscheinlich für Mekka: Wohin pilgerten die Menschen, die dort lebten? Doch für Varanasi galt das nicht. Wenn es um Varanasi ging, wurde die Vorstellung, irgendwo anders hinzugehen, völlig unsinnig. Alle Zeit war hier und wahrscheinlich auch aller Raum. Es enthielt den gesamten Kosmos.

Und es enthielt mich: den Gast mit dem längsten Aufenthalt im Ganges View. Ich war der einzige Mensch, dem der Status bewusst war, aus dem einfachen Grund, dass niemand lange genug dort geblieben war. Angenommen, du kommst an einem Dienstag an, dann merkst du einfach nur, dass sich einige Gäste zum Zeitpunkt deines Eintreffens bereits eingelebt haben. Nur eines weißt du nicht, nämlich dass ich sie alle habe ankommen sehen, so wie du jetzt angekommen bist, und dass ich sie alle wieder abreisen sehen werde, so wie ich auch dich abreisen sehen werde; Welt ohne Ende.

Ich war lange genug im Ganges View, um zu sehen, dass Anand Sethi recht gehabt hatte: Es war wirklich eines der großartigsten Hotels der Welt. Und das lag daran, wie Shashank, der Besitzer, erklärte, »dass wir eigentlich gar nicht wissen, wie man ein Hotel führt.« Den meisten Hotels, vor allem den luxuriösen, liegt ein sehr einfaches Prinzip zugrunde: den Gästen so viel Geld wie möglich abzuknöpfen. Jeder Wunsch, jede Marotte kann auf der Stelle erfüllt werden – für einen fetten Aufschlag. Im Verlauf meines Aufenthaltes im Ganges View hatte ich ein Dutzend Mal zu Mittag und Abend gegessen und gefrühstückt, hatte zahllose Säfte, Tees und Dutzende Flaschen Wasser bestellt. Da ich mich allmählich fragte, was das alles kosten würde, erkundigte ich mich bei Kamal – einem der lächelnden, freundlichen Nepalis, die dort arbeiteten –, ob sie irgendwo notierten, was ich alles konsumiert hatte. Nein, sagte er, das hätte ich notieren sollen, aber sie hätten vergessen, mir das Formular zu geben, auf dem es notiert wurde. Kamal holte das entsprechende Formular hervor und sagte, ich könne heute damit beginnen. Als er mir das Papier reichte, hörte ich ein Rascheln hinter mir. Ich sah mich um und sah eine Ratte hinter einen Schrank flitzen.

»Keine Sorge«, sagte Kamal. »Er ist auch Gast.«

Im Hauptsaal des Hotels hing ein Porträt von Shashanks Vater, in seinen Dreißigern, der in seinem Anzug weltmännisch aussah. Es war wie eines dieser Gemälde in Spielfilmen, wo echte Augen durch die gemalten Augen spähen, um irgendetwas auszuspionieren oder zu überwachen. Hier wurde auch das Abendessen serviert, auf eine halbgemeinschaftliche Art, die den Kontakt zwischen den Gästen förderte. Während unterschiedliche Menschen kamen und gingen, miteinander Bekanntschaft machten und sich wieder trennten, änderte sich auch die Atmosphäre im Hotel. Zu unterschiedlichen Zeitpunkten überwogen unterschiedliche Kombinationen und Nationalitäten. So dominierten ein paar Tage lang die Franzosen; sie saßen beim Abendessen zu sechst am großen Tisch, plapperten auf Französisch und gaben uns anderen das Gefühl, wir seien in Frankreich und wünschten, wir wären es nicht. Als sie fort waren, waren wiederum Amerikaner in der Mehrheit, und das Hotel wurde von ihrer Freundlichkeit und ihren tadellosen Manieren belebt. Ab und zu gab es einen einsamen Japaner oder Inder, ein paar Deutsche, interessierte Skandinavier, lebhafte Italiener. Dann gab es Phasen, die sich dadurch auszeichneten, dass ihnen ein bestimmter Charakter oder eine Zwangsläufigkeit fehlte, wenn es einfach nur eine bunte Mischung von Leuten war, die aus allen möglichen Ländern kamen: größtenteils Singles, ab und zu ein Pärchen. Immer gab es irgendjemanden – egal, wo derjenige herkam –, der krank war und den Tag matt und elend in seinem Zimmer verbrachte, ungesehen und unglücklich. Jeder war von irgendwoher gekommen und ging irgendwohin. Jeder hatte seine eigenen Erfahrungen mit Zügen und Nebel und mit Verspätetheiten gemacht. Jeder hatte seine eigenen speziellen Lieblingsorte und Orte, an denen man krank geworden war. Wir konnten alle irgendwelche Anekdoten erzählen und wussten etwas, das alle anderen auch wussten.

Mein Abendessen nahm ich immer im Hotel ein. Es war schön, Menschen kennenzulernen, und manchmal saßen wir im Anschluss an den Nachtisch noch herum und unterhielten uns, doch aus diesen Abendessen wurde nie mehr als ein Abendessen. Wenn man ein frühabendliches Bier auf der Terrasse trinken wollte, ging einer der Jungs zum Markt, um eine Flasche Kingfisher zu kaufen, aber im Haus selbst war kein Alkohol erlaubt. Für jemanden, der es gewohnt war, sein Sozialleben mit Alkohol zu befeuern, bedeutete der Mangel an Wein beim Abendessen, dass es mit dem geselligen Teil des Abends so ziemlich vorbei war, wenn man aufgegessen hatte. Es war immer noch zu kalt, um abends mit einem Bier auf der Terrasse zu sitzen. Also sagte man sich Gute Nacht, ging früh zu Bett, las noch ein bisschen unter der Decke und sehnte den nächsten Tagesanbruch herbei.

Trotzdem war es keine einsame Zeit. Weil das Ganges View teurer war als die meisten anderen Hotels am Fluss, waren die Gäste eher etwas älter, oder zumindest waren die Altersgruppen gemischter. Es fiel mir leicht, mich selbst von einer Gruppe zur nächsten weiterzureichen wie einen Staffelstab.

Trotzdem war ich überglücklich, als Darrell nach Varanasi zurückkehrte. Ich hatte nur ein paar Stunden mit ihm verbracht, doch als er eines Nachmittags auf der Terrasse erschien – »He, Kumpel!« –, fühlte es sich wie die Rückkehr eines seit Langem verschollenen Freundes an. Sein Haar war so kurz geschnitten wie zuvor, als wäre es in den dazwischenliegenden Wochen gar nicht gewachsen. Er wohnte jetzt hier im Ganges View, wenn auch in einem Zimmer für Neueinsteiger. Bis es etwas Besseres gab, musste er sich mit einer fensterlosen Zelle auf der Rückseite des Hotels zufriedengeben (»an Hinterseite«, wie sie in Indien sagen). Wir bestellten schwarzen Tee und unterhielten uns darüber, wo er gewesen war und was sich in seiner Abwesenheit ereignet hatte. Es war, als säßen wir in einem Diner in seiner staubigen Heimatstadt im Mittleren Westen, und er hätte sich in die weite Welt hinausgewagt, während ich an Ort und Stelle geblieben war, als Tankwart oder Aushilfe in einer Eisenwarenhandlung.

Auf der Rückreise nach Varanasi hatte er in Bodhgaya Station gemacht, wo der Buddha Erleuchtung gefunden hatte. Darrell wollte in fünftägige Klausur gehen, hatte es aber nur eine Nacht ausgehalten. Atmosphärisch, sagte er, war es einer der intensivsten Plätze, an dem er jemals gewesen war – und er habe es kaum erwarten können, schleunigst wieder zu verschwinden. Jeder in Bodhgaya war ein Mönch oder Bettler oder Tourist, und von jeder Sorte gab es eine Menge. Es gab Schalter in der Stadt, erzählte er, an denen man neunzig Rupienmünzen für einen Hundert-Rupien-Schein bekam, damit man etwas hatte, das man neunzig Bettlern geben konnte – und das war lange nicht genug, um alle zu bedienen.

»Was mir daran gefallen hat«, sagte er, »war, dass der Aufschlag so leicht zu kalkulieren war. Zehn Prozent.«

»Hätte ich gewusst, dass du kommst«, sagte ich, »dann hätte ich dich gebeten, mir ein paar Münzen mitzubringen. In Indien kann man nie genug Kleingeld haben. Dann hättest du fürs Mitbringen selbst einen Aufschlag nehmen können. Noch mal zehn Prozent.«

»Das Problem ist, zehn Prozent von neunzig sind neun. Also wird die Rechnerei sofort komplizierter. Wir sind jetzt bei einundachtzig.«

»Und auf einmal ist das Geschäft für mich nicht mehr so interessant. Vielleicht müsstest du dich mit nur fünf Prozent zufriedengeben.«

»Fünf Prozent von neunzig? Da hätte ich Mühe.«

»Stimmt. Jetzt haben wir's mit Bruchrechnung zu tun.«

Es war nichts, nur ein bisschen Geplauder. Aber es war die erste Unterhaltung dieser Art seit Ewigkeiten, das erste Mal, dass ich mit jemandem reden konnte, der ein instinktives Verständnis von einer ganz anderen Art von Mathematik hatte, die Leute oft schwer begreiflich finden: dass es möglich ist, zu einhundert Prozent aufrichtig zu sein und gleichzeitig zu einhundert Prozent ironisch. Dies war die Sorte Unterhaltung, bei der ich mich zu Hause fühlen konnte. Dabei wurde mir bewusst, dass es, auch wenn ich eben etwas anderes behauptet habe, doch eine einsame Zeit gewesen war.

Mit Darrells Rückkehr veränderte sich mein Aufenthalt in Varanasi auf subtile Weise. *Unser* Aufenthalt wiederum wurde bald darauf durch die Ankunft von Laline verwandelt, und zwar gründlich. Sie reiste allein, war schön, freundlich und Inderin (nahmen wir an – sie *wirkte* indisch, und wir hörten sie mit Shashank Hindi sprechen), und an ihrem zweiten Abend aßen wir mit ihr zusammen. Ihr Haar war lang und dunkel. Sie trug eine Hornbrille, ein weißes T-Shirt, eine weiße Hose und einen bequemen blauen Pullover. Sie hatte etwas Nervöses an sich – ihr Blick wanderte unstet im Raum umher, sie kratzte sich abwesend am Arm –, und gleichzeitig wirkte sie ganz und gar unnervös. Sie kam ursprünglich aus Bangalore, war im Alter von fünf Jahren mit ihren Eltern nach London gezogen und in Honslow aufgewachsen. Im Verlauf dieser Reise war sie in Bangalore und in Hampi (Darrell war auch dort gewesen) und zuletzt in Lakhnau gewesen, wo es ein interessantes Museum gab.

»Soweit ich weiß«, sagte Laline, »ist es das einzige Museum der Welt, wo man, um hereinzukommen, eine Eintrittskarte für den Zoo kaufen muss.«

Unsere Freundschaft mit Laline wurde durch einen Zwischenfall beschleunigt, der einen weiteren Neuankömmling betraf. Sie hieß Francesca, war Italienerin, und unser Abendessen mit ihr wurde von einer langen Debatte beherrscht, in der es um den Islam und die Frauen ging, die sich freiwillig verschleierten. Francesca war sehr gegen Verschleierung. Laline auch, Darrell und ich ebenso. Es war also nicht so, dass wir uns dieser umstrittenen Frage von extrem polarisierten Standpunkten oder radikal verschiedenen Kulturen aus näherten. Nein, der Grund, warum die Debatte sich so lange hinzog, lag ausschließlich daran, wie Francesca »Verschleierung« und »verschleiern« aussprach. Für sie war es schrecklich, dass Frauen sich vereierten. Die Vereierung sei ein Symbol der absoluten Unterwerfung der Frau. Statt sie zu korrigieren, stiegen Darrell, Laline und ich voll in die Diskussion über die Vereierung ein, ließen uns alles mögliche einfallen, um die Vereierungsdebatte in Gang zu halten.

»Du findest also nicht, dass Vereierung nur eine Frage des persönlichen Geschmacks ist?«, fragte Darrell.

»Vereierung ist ganz klar eine ethische Frage«, sagte ich.

Je länger sich das hinzog, umso schwieriger wurde es, nicht zu lachen. Schließlich sagte Laline: »Es ist einfach so eindeutig eine schreckliche Angelegenheit …« Kurz davor, von Lachen überwältigt zu werden, hatte sie Mühe, den Satz zu vollenden, und musste von vorn beginnen. »Es ist einfach so eindeutig eine grausame Angelegenheit … dass ich wirklich nicht kapiere, warum um das Thema so ein Eiertanz gemacht wird.«

Nach einer kurzen Stille mussten wir alle drei gleichzeitig vor Lachen losbrüllen. Wir hatten unser Gelächter so lange unterdrückt, dass es jetzt, wo wir ihm endlich nachgegeben hatten, schier unmöglich war, wieder aufzuhören. Francesca saß da, irritiert und verwirrt, und wartete auf eine Erklärung, die wir ihr nicht einmal annähernd liefern konnten, ohne die schreiende Komik der Situation zu verdoppeln. Als die Erklärung schließlich geliefert wurde – von Laline –, machte Francesca mehr oder weniger gute Miene zum bösen Spiel, doch der Schaden war bereits angerichtet: Wir hatten uns gegen den Neuankömmling verschworen, hatten sie ausgeschlossen, und der Spaß, den wir uns geleistet hatten und der sich in einer monströsen, hemmungslosen Lachorgie entladen hatte, war vollständig auf ihre Kosten gegangen. Zwar hatte sie ohnehin nicht vorgehabt, lange in Varanasi zu bleiben, doch der Gag mit dem Verschleiern und Vereiern machte ihr eine Verlängerung ihres Aufenthaltes nicht gerade schmackhaft.

Laline hatte, wie Darrell und ich auch, vorläufig keine weiteren Reisepläne. Eine Nachricht, über die ich mich sehr freute. Wenn man viel Zeit allein verbracht hat, dann kann das Kennenlernen von Menschen, die man mag, so erregend sein wie sich zu verlieben. Als ich Darrell kennenlernte, hatte ich ihn auf Anhieb gemocht, aber jetzt war ich in einer noch besseren Lage, aus dem einfachen Grund, weil wir zu dritt waren. Ich habe mir nie etwas aus dem pingponghaften Austausch gemacht, zu dem es so häufig kommt, wenn man mit Freunden eins zu eins zusammen ist. Wenn man nur zu zweit ist, wird das Gespräch immer schnell in Richtung einer Aussprache getrieben – nicht etwa, um irgendeine verborgene, doch wesentliche Wahrheit zu entschleiern, sondern einzig und allein, um den Ball am Rollen zu halten. In einem Trio sind alle drei der Ball, und er hört nie auf zu rollen. Und weil wir alle im selben Hotel wohnten, verabredeten wir uns nie. Wir liefen uns auf den Ghats über den Weg, in der Lotus Lounge oder, wenn alle Stricke rissen, wieder auf der Terrasse des Ganges View. Somit hatte unsere Beziehung etwas von einem glücklichen Zufall, der ständig erneuert und erweitert wurde.

Es ist unter Reisenden üblich, dass man einander eher nicht fragt, was man beruflich macht. Die Folge ist, dass man extrem neugierig wird und versucht, aus dem Gebaren des anderen Rückschlüsse auf das zu ziehen, was er macht oder zu Hause gemacht hat. (Ich weiß nicht mehr, wie ich erfuhr, dass Darrell Industriedesigner ist – und da ich nicht wusste, was das beinhaltete, war ich ohnehin so schlau wie zuvor.) Laline bildete die Ausnahme von dieser Regel. Schon an ihrem dritten Tag verriet sie uns, dass sie fürs Fernsehen arbeitete, für eine Produktionsfirma, und sich freigenommen hatte, um durch Indien zu reisen. Nachdem sie einen Morgen auf den Ghats und in den Straßen verbracht hatte, war ihr die Idee für eine sechsteilige Serie gekommen.

»Es ist eine Reality-Show«, sagte sie. »Jemand vom Gesundheitsamt wird nach Varanasi geschickt, um britische Standards einzuführen. In der ersten Folge sehen wir, wie er seiner Tätigkeit nachgeht, Inspektionen durchführt und so weiter. Dann, im Verlauf der nächsten fünf Folgen, beobachten wir, wie er durchdreht.«

Wir saßen vor dem Abendessen zu dritt bei einem Bier auf der Terrasse. Wir stießen an. Ich erzählte ihnen von meiner Idee für *Varanasi Death Trip*, und wir stießen ein weiteres Mal an. Aus ähnlich kleinen Anfängen war damals wahrscheinlich die Britische Ostindien-Kompanie entstanden. Der Schritt von ein paar gemeinsam geleerten Flaschen Kingfisher zur Gründung des Britischen Empires – eine riesige Schneise der Ausbeutung und Bereicherung – hatte in dem Moment etwas von einer historischen Zwangsläufigkeit.

Unternehmerische Findigkeit war wohl auch im Spiel gewesen, als wir einen Laden in der Nähe von Shivala Road entdeckt hatten, wo man Bier zu siebzig Rupien die Flasche kaufen konnte. Im Hotel verlangten sie zweihundert Rupien pro Flasche, ein Aufschlag, der absolut in Ordnung war. Wegen der zahlreichen Tempel in der Gegend war in der näheren Umgebung von Assi Ghat der Verkauf von Alkohol verboten, also zog jede Nachfrage nach Bier einen eigenen Botengang nach sich. Trotzdem, drei zum Preis von zweien, da konnte man unmöglich widerstehen, und nachdem Darrell und ich diesen Laden gefunden hatten, lag es nahe, gleich en gros einzukaufen. Wir waren durch Zufall darauf gestoßen, angezogen von einem Gedränge von Leibern, die aussahen, als würden sie Crack kaufen. Tatsächlich bezogen sie Hochprozentiges in Flaschen durch eine winzige Spalte in einem schwerbewachten Sicherheitsgitter. Daneben befand sich die weniger stark gesicherte Schwester-Ausgabestelle, an der Bier verkauft wurde. Am nächsten Abend kauften wir zehn große Flaschen pro Nase, kehrten unter Geklapper und Geklirr mit einer Rikscha zum Hotel zurück und lagerten unsere Bestände in unseren eigenen Kühlschränken ein. In dem Stil konnten wir Bier für das Doppelte des Einkaufspreises an andere Hotelgäste verhökern und trotzdem noch die Jungs im Hotel um sechzig Rupien unterbieten. Wenn wir diese Masche erst einmal konsolidiert hatten, würden wir expandieren und weitere Schiebergeschäfte aufziehen können.

»Glücksspiel.«

»Boote.«

»Hasch.«

»Nutten.«

»Ringelblumen?«, schlug Laline mit süßer Stimme vor.

»Scheiß auf die Ringelblumen, Mann. Verbrennungen – *damit* verdient man hier das große Geld.«

Etwas anderes, das uns drei verband, war unser Abscheu vor den stinkigen Hippies, die sich auf den Stufen gleich unterhalb vom Assi Ghat versammelten. Manchmal sah ich sie, wenn sie unterwegs zu ihren Quartieren waren oder gerade von dort kamen – ich hatte keine Ahnung, wo sie wohnten –, aber die meiste Zeit verbrachten sie auf diesen Stufen. Sie hatten einen langsamen, sanften Gang, als wäre Eile oder Dringlichkeit ein Anzeichen dafür gewesen, dass man in irgendeiner minderwertigen Version seiner aktuellen Inkarnation gefangen war. Von den Sadhus hatten sie sich das Kunststück abgeguckt, geistige Leere als höheres

Bewusstsein, Unbedarftheit als Weisheit und Beinahe-Erstarrung als Erleuchtung erscheinen zu lassen. Stoned zu sein, half natürlich, und obwohl ich sie nie rauchen sah, konnte man mit ziemlicher Sicherheit annehmen, dass sie alle den ganzen Tag lang zugedröhnt waren.

Eine der Frauen war sogar extrem attraktiv, zumindest theoretisch, wären da nicht die schmutzige Decke und die Aura von gepflegtem Elend gewesen, die ihr anhafteten. Sie hatte strahlende Augen, olivenfarbene Haut, Dreadlocks (natürlich) und zierliche Fesseln. Sie hätte sich nur die Haare waschen und sich etwas besser kleiden müssen – gar nicht mal in Designer-Klamotten, sondern nur in der sauberen, lockeren Kleidung des internationalen Reisenden –, und sie wäre ungeheuer begehrenswert gewesen. So wäre noch etwas von dieser Verwildertheit übrig geblieben, die gegenwärtig alles andere verdrängt hatte. Es bedurfte nur des kleinsten Hüpfers der Fantasie, um sie sich als eine Studentin der New York University vorzustellen, eine betuchte Jüdin aus gutem Hause, die Yoga machte, nur Gemüse aß und sich bereitwillig auf Analsex einließ. Als dieser Sprung erst einmal vollzogen war, wurde mir klar, dass ich mich bezüglich ihrer Verwildertheit geirrt hatte, denn sie hatte überhaupt nichts Wildes oder Ungezähmtes an sich. Zugegeben, sie sah schmutzig aus, doch ihre Haupteigenschaften waren Gehorsam und Unterwerfung. Sie hatte die leicht bovine Ausstrahlung des zu einem Kult Konvertierten: glücklich, erfüllt, gänzlich eins mit der Identität, die sie gewählt hatte.

Es ist durchaus bezeichnend für unser Verhältnis, dass ich all das Laline erzählte – es war sogar sie, die den Gag mit dem Analsex beisteuerte. Wir waren Freunde. Das Ziel war, uns gegenseitig zu unterhalten. Sie war äußerst anziehend, aber wir waren nur Freunde, auf die Art, wie Darrell und ich Freunde waren – aber nicht, wie sich bald herausstellte, auf die Art, wie Darrell und sie Freunde waren.

Es gibt eine bestimmte Sorte Männer, die es immer irgendwie schaffen, sich eine toll aussehende Freundin zu angeln, ohne dass sie sich sonderlich dafür anstrengen müssen. Es geschieht einfach. Dabei meine ich nicht einmal erfolgreiche, ehrgeizige Männer, für die es völlig selbstverständlich ist, immer zu bekommen, was sie wollen, die Frauen aus reiner Raffgier erwerben. Nein, den Männern, die ich meine, fehlt oft jeglicher Antrieb und Ehrgeiz. Wahrscheinlich ist es gerade dieser Mangel an Anstrengung, das Fehlen jeglicher Aufdringlichkeit in Alltags- wie in Liebesdingen, das einen Teil ihrer Anziehungskraft ausmacht.

Bis auf ein einziges Mal – und das war so außergewöhnlich, dass ich mir wie ein anderer Mensch vorkam – hatte ich nie diese »Wenn's passiert, passiert's«-Einstellung, die, so scheint es, fast schon eine Garantie ist, dass etwas passieren wird. Ohne den Wunsch – oder vielleicht besser gesagt, den Ehrgeiz –, mich selber anziehend zu machen, ohne all die Dinge zu kultivieren, die mich für Frauen anziehend machten, war ich für Frauen nicht anziehend. Und das gilt für die allermeisten Männer. So bleibt eine winzige Minderheit, relaxt, oft mit Yoga-Erfahrung, nicht einmal besonders witzig, gewöhnlich völlig uneitel, zu der schöne Frauen sich hingezogen fühlen. Darrell war so einer, und er brachte auch noch den erheblichen Vorteil mit, dass er einen guten Sinn für Humor hatte. Das Einzige, was ihm fehlte – und das war etwas so Entscheidendes, dass es meine kleine Theorie zu untergraben schien –, war … eine Freundin.

Ich fand ihn sehr umgänglich und unkompliziert. Ich war gern mit ihm zusammen. Ich genoss seine Gesellschaft. Mir war schon klar, wie sich bei einer Frau so etwas sehr leicht in Begehren verwandeln konnte. Und Laline war das auch klar. So bekam ich die Gelegenheit zu beobachten, wie der Beweis für die Richtigkeit meiner Theorie geführt wurde.

Wenn Männer wie Darrell mich immer schon fasziniert hatten, so gehörte Laline zu dem Typ Frau, in den ich mich leicht verliebte. Sie war witzig. Sie hatte lange, dunkle Haare. Die billigen Klamotten, die sie trug, sahen an ihr aus wie von einem Designer entworfen, der in ein paar Jahren bei coolen Londonern und New Yorkern »in« sein würde. Sie hatte ein beschwingtes Temperament. Jeden, mit dem sie in Berührung kam – ob Rikscha-Fahrer, Kellner oder andere Gäste –, behandelte sie mit derselben Rücksicht und Geduld. Ihre Beziehung zur Welt war völlig unhierarchisch. Sie prägte sich die Namen aller Jungs ein, die im Hotel arbeiteten, plauderte mit ihnen auf Hindi (das sie, so versicherte sie uns, längst nicht so fließend sprach, wie wir dachten). Sie war schön, aber mir mangelte es an dem, was auch immer es war, was sie an mir hätte anziehend finden können, unter anderem dem Drang, mich für sie anziehend zu machen. Dass dieser fehlte, kam sicherlich auch daher, dass sie und Darrell sich ganz offensichtlich zueinander hingezogen fühlten.

Es ist etwas Wundersames, wenn zwei Menschen Gefallen aneinander finden, wenn Mögen sich in erwidertes Begehren verwandelt: Es ist greifbar. Es ist körperlich spürbar, wie eine Art Schwerkraft. Selbst wenn sie sich am Tisch gegenübersaßen und sich unterhielten, ohne sich zu berühren, streckten sie die Hände nach einander aus. Wenn sie redeten, berührten sich ihre Lippen beinah, allein durch die Worte, die sie benutzten. Ich sah zu. Es machte mir nichts aus.

Das Ganges View hatte einen ordentlichen Vorrat indischer Klassik-CDs, die man auf dem kleinen Ghettoblaster im Speisesaal abspielen konnte. Nach und nach saugte Darrell diesen Hausvorrat von CDs auf seinen Laptop – der bereits gut mit indischer Musik versorgt war – und überspielte manche der Nummern wiederum auf meinen iPod. Es war ein Durchbruch – und nicht nur in Bezug auf die Menge von Musik, der ich ausgesetzt war.

Jeden Morgen begegnete ich auf den Ghats Menschen, die der aufgehenden Sonne zugewandt waren, Inder wie Reisende, die meditierten oder Yoga machten. Kein Wunder, dass Yoga und Meditation hier gediehen. Es war eine evolutionäre Notwendigkeit – eine Art, ein wenig Ruhe und Frieden zu bekommen. Es gab nur eine Möglichkeit, wohin man gehen konnte, und das war nach innen: Man musste nach innen gehen, um das Außen fernzuhalten, um es in Schach zu halten. Abschalten bedeutete, dass man für zwanzig Minuten oder so in Ruhe gelassen wurde. Und da diese zwanzig Minuten so angenehm waren, war es ein logischer nächster Schritt, weiterzugehen und zu versuchen, sich für immer auszuklinken, die äußere Welt nur noch als eine irritierende Ablenkung und Einmischung zu betrachten.

Da ich nichts vom Meditieren verstand und auch kein Yoga-Fan war, versuchte ich meinen iPod zum selben Zweck einzusetzen: Ich hörte indische Musik, um das Getöse von Indien einzudämmen. Das klappte nicht immer. Wenn ich, durch meine Kopfhörer von der Außenwelt isoliert, taub gegenüber den Angeboten von »Boot?« umherschlenderte, musste meine Aufmerksamkeit eben auf andere Arten und Weisen erregt werden: durch Anstupsen, Zerren und Knuffen. Um nicht gefragt zu werden, ob ich ein Boot haben wolle, nahm ich mir ein Boot. Eine einstündige Fahrt: ideal, um sich in einem Raga zu verlieren. Aber schon nach ein paar Minuten bemerkte ich, dass sich die Lippen des Bootsmanns bewegten. Ihn zu ignorieren, war schlicht und einfach zu unhöflich. Ich nahm die Kopfhörer ab. Jeder Bootsmann, wie beschränkt sein Englisch auch sein mochte, möchte sich auch als Führer andienen. Und so verkündete er, während er auf das Schild wies, auf dem Jain Ghat stand: »Jain Ghat«. Ich lächelte ihm zu und setzte meine Kopfhörer wieder auf. Das Muster wiederholte sich bei jedem Ghat. Es wurde auf das Schild gedeutet und der Name ausgesprochen. Ich gab es auf, weiter Musik zu hören, und ließ ihn die vielen Namen der Ghats intonieren.

Doch wenn es funktionierte, war es himmlisch – als wäre man Teil einer Werbekampagne, die zum Ziel hat, die Marke Apple in ein bis dahin ungenutztes Reich des globalen Unbewussten (d. h. Marktes) auszudehnen. Während das Boot im schwindenden Licht an den Ghats entlangtrieb, war ich im schluchzenden Singsang der Sarangi gefangen. Sultan Khan spielte den *Raga Yeman*. Die Strömung war so stark, dass der Bootsmann eigentlich nur noch zu lenken brauchte. Es wurde allmählich dunkel. Kerzen schwammen neben dem Boot her. Das andere Ufer war verschwunden. Bald würden die Sterne erscheinen. Die Stadt krümmte sich entlang dem Westufer des Flusses. Es hätte die Küste jeder beliebigen beliebten Touristenregion – Amalfi zum Beispiel – während eines Stromausfalls sein können, mit nur ein paar Lichtern in den Häusern, die ihren eigenen Generator hatten, doch mit den unaufhörlichen Feuern von Manikarnika Ghat in der Ferne. Von der Sarangi mitgezogen und von der Tabla vorwärtsgedrängt, kamen wir an einer toten Katze vorbei, die wie ein dunkler Holzscheit im Wasser trieb.

Der Zustand der Hunde von Varanasi war allen Besuchern der Stadt eine Quelle anhaltender, entsetzter Faszination. Doch in einer Stadt voller räudiger Hunde war einer fraglos der räudigste, der absolute Bodensatz. Er lungerte in der Nähe von Manikarnika herum und war über und über mit Geschwüren bedeckt, die es ihm unmöglich machten, stillzusitzen. Stattdessen probierte er auf jede mögliche Art und Weise, sich an verschiedenen Stellen seines Körpers zu kratzen. Mit »verschiedene Stellen« meine ich eigentlich »überall«. Selbst sein Schwanz war entzündet. Es sah aus, als praktizierte er eine Sonderform des Kundalini-Yoga, wenn er seinen Schwanz quer ins Maul nahm und ihn zwischen den Zähnen hindurchzog, als wollte er ihn häuten. Kopf und Ohren kratzte er mit einer Hinterpfote. Den Rücken scheuerte er sich an den Stufen hinter sich. Seine Existenz bestand aus dem schrecklichen Samsara von Jucken und Kratzen, Jucken und Kratzen. An manchen Stellen war das Fell komplett verschwunden, wodurch riesige Flecken rosafarbener, schrecklich menschlich aussehender Haut sichtbar waren. Als hätte eine verpfuschte Reinkarnation stattgefunden, als wäre der Hund, der zu werden er bestimmt war, teilweise noch der Mensch, der er gewesen war – oder umgekehrt. Und so schien sich in seinen beträchtlichen körperlichen Qualen die Erscheinungsform dessen zu äußern, was offensichtlich die weitaus schlimmere psychische Malaise war, nämlich in der Schwebe zwischen zwei Leben, zwei Spezies zu verharren.

Die Affen dagegen waren völlig entspannt in ihrer eigenen Haut, eins mit ihrem Affensein. Ich war mit Darrell und Laline in der Nähe von Munshi Ghat unterwegs, als ein Trupp von ihnen wie eine Meute von Albträumen herangestürmt kam.

»Die wilden Kerle«, sagte Darrell.

»Angriff der Killerprimaten«, sagte ich.

»Die Rückkehr der Unterdrückten«, sagte Laline.

Das traf alles auf sie zu. Sie waren das Gegenteil von Göttern, aber einer von ihnen war ein Gott. Ich hatte ihn als orangen Klumpen Farbe am Rande der Abstraktion gesehen, in seinem blauen Schrein am Munshi Ghat. Wir traten zurück, machten den Affen Platz, die vorbeihüpften, ein paar Wäschestücke herunterrissen, die zum Trocknen ausgehängt waren, und dann die senkrechten Mauern eines Gebäudes hinaufsprangen. Als wäre das Grand-National-Pferderennen auf eine andere Spezies übertragen und auf eine schwindelerregende Spitze getrieben worden. Einige stürzten ab, aber mit ein paar Sprüngen waren sie wieder oben und setzten ihren Amoklauf fort.

»Es ist wie *Die Verdammten der Kalahari* oder so was«, sagte Darrell, aber eigentlich war es das gar nicht. Alle waren sich einig, dass die Affen gefährlich waren, doch niemand machte jemals den Vorschlag, etwas gegen sie zu unternehmen, geschweige denn sie auszulöschen, die Biester einfach auszurotten. Wenn es zu einem totalen Krieg kam, konnte es nur einen Sieger geben, doch in dem Guerillakrieg, der jetzt herrschte, belästigten sie uns nur und errangen ständig kleine, gewöhnlich mit Bananen verbundene Siege. Zwar hatten die Affen einen schlechten Ruf, aber ich habe nie erlebt, dass jemand direkt von einem verletzt – angegriffen, gekratzt oder gebissen – wurde. Abgesehen davon, dass sie zum allgemeinen krankheitsschwangeren Klima beitrugen, brachten sie ein bisschen Schwung in die Bude – obwohl Schwung weiß Gott das Letzte war, was Varanasi brauchte.

Seit ich die Affen zum ersten Mal gesehen hatte, wie sie versucht hatten, den sakralen Straßenatlas zu klauen, waren sie für mich mit dem heiligen Mann verbunden, der bei dem Filmset predigte. Und jetzt, ein paar Minuten nach dem Verschwinden der Affen, stießen wir bei Tulsi Ghat wieder auf ihn. Er hatte schreckliche Probleme mit seiner Stimme, konnte kaum sprechen. Laline meinte, das sei wahrscheinlich die Folge davon, dass er sich im Verlauf des wütenden Streits übernommen hatte, in dem sie ihn tags zuvor erlebt hatte und bei dem es natürlich um Geld gegangen war. Was immer die Ursache gewesen sein mochte, heute konnte er nur heiser krächzen. Gelegentlich hustete er, eine Anrufung an den lindernden Gott Strepsil. Seine Zuhörer bekamen kaum ein Wort mit, aber das machte nichts, weil er gar keine Wörter benutzte: Er hatte sie zugunsten eines post- oder präverbalen Krächzens, Grunzens und Schnarrens hinter sich gelassen. Es machte nicht den Anschein, als würde er etwas Nettes sagen. Die Erleuchtungen, die er empfing und anderen mitteilte, schienen von harscher, düsterer Art zu sein. Vermutlich das übliche Zeugs: Tut dies, lasst das. Aber vielleicht tue ich ihm auch unrecht. Vielleicht war er ein Geschichtenerzähler, und in seinen Geschichten ging es darum, dass man lieb zu Tieren und Ehefrauen sein sollte und es sich empfahl, nicht nachtragend zu sein, wenn man nicht als Termitenhügel wiedergeboren werden wollte. Vielleicht erzählte er auch seine eigene Lebensgeschichte, berichtete, welcher steinige Pfad ihn zu dieser Heiserkeit geführt hatte. Wenngleich nur noch ein Schatten seines ehemaligen rhetorischen Selbst, war er noch eine verehrungswürdige Gestalt, in der Lage, seine Zuhörer zu fesseln, ihnen die entsprechende Aufmerksamkeit abzunötigen und sich in diesem Wettbewerb zu behaupten, der nicht besonders hart war.

Da gab es zum Beispiel die Stinkehippies unten bei Assi, die für jeden, den es interessierte – und für etliche, die es nicht interessierte – eine ihrer sogenannten Performances zum Besten gaben. Die Frau, die ich irgendwie anziehend fand – die Frau, die ich, wenn die Umstände gänzlich andere gewesen wären, anziehend gefunden hätte –, war auf unbestimmbare Weise Teil der Performance, obwohl sie eigentlich nichts tat. Ihr Haar war mit einer dunklen Schleife zurückgebunden. Sie hatte einen goldenen Nasenstecker, volle Lippen, dunkelbraune Augen. Einer ihrer Freunde spielte auf einem dreisaitigen Instrument, das mir unbekannt war, doch offenkundig über derart begrenzte technische und expressive Möglichkeiten verfügte, dass sich der kompetente Umgang damit innerhalb von zehn Minuten erlernen ließ und man es binnen einer Stunde zur Meisterschaft bringen konnte. An einer Stelle bat er sie, ihm seine Tasche zu reichen. Er sagte ihren Namen: Isobel. Für mich war das der Höhepunkt der Vorstellung, für sich schon den Preis des kostenlosen Eintritts wert. Die Tasche war gelb-schwarz bestickt und mit münzengroßen Spiegeln verziert, in denen Haar, Gesicht und Himmel aufblitzten, als sie sie ihm reichte. Ihre Finger waren lang und unberingt.

Ein anderer Typ blies ein Didgeridoo. Ein paar weitere spielten auf verschiedenen Sorten von Trommeln – aber natürlich nicht die Tabla. Die Tabla ist kompliziert. Sie hatten eine ziemliche Menschenmasse angelockt, was in Indien jedoch nicht als Zeichen auch nur rudimentärer Fähigkeiten zu werten ist. Es bedeutet lediglich, dass sie in Indien waren, denn Indien *ist* eine Menschenmasse. Es gab eine Menge Leute in der Umgebung, und solange sie ihre Blicke in die Richtung der Lottertruppe richteten, waren sie ein Publikum.

Isobel also …

Es gab auch ein paar richtige Konzerte. Eines davon wurde in einem großen Zelt hinter Tulsi Ghat veranstaltet, von weißen und grünen Leuchtröhren beleuchtet. Lal, Darrell und ich setzten uns in die Nähe einer dieser Röhren und bereuten es sofort. Die Lampen zogen Unmengen von Insekten an. In Erwartung des Konzerts hatten wir uns alle drei bekifft, was den Schrecken der anstürmenden Insektenscharen noch in seiner Wirkung verstärkte. Wir zogen zu entfernteren Plätzen um, wo wir uns zurücklehnten und zusahen, wie der nächste Pulk Unglücklicher an der Reihe war, bestürmt zu werden. Das Publikum hätte gemischter nicht sein können: Inder und Westler, Sikhs, Moslems und Hindus, Männer und Frauen, jung, alt und unglaublich alt, vielleicht sogar unsterblich. Ich entdeckte Ashwin, und wir winkten einander zu, als wären wir im neunzehnten Jahrhundert und säßen in der Scala, um uns eine Oper anzuhören. Von Isobel war nichts zu sehen. Dass ich bekifft war, mochte dabei eine Rolle gespielt haben, aber ich war mir bewusst, dass diese Gelegenheit für Laline und Darrell und ihre Beziehung irgendwie von Bedeutung war. Auf verschiedene Weisen – alle unendlich unauffällig, abgesehen von der unübersehbaren Tatsache, dass sie beide Kenner indischer Klassik waren – waren sie sich beide näher, als jeder von ihnen mir nahe war. Als ich früher an diesem Tag in einem Boot von Manikarnika zurückgekommen war, hatte ich zur Terrasse der Lotus Lounge hinaufgeblickt und sie dort gesehen, Arm in Arm. Während das Boot stromaufwärts schlich, blickte ich ab und zu hoch wie irgendein trauriger Scheißer in einem Roman von Henry James, erleichtert, dass sie nicht gesehen hatten, dass ich sie gesehen hatte.

Auf der Mitte der Bühne lag ein Teppich, so üppig gefärbt wie der Boden eines Herbstwaldes. Weitere Farbe wurde von Blumengirlanden und Shiva-Bildern auf der Bühnenkulisse beigesteuert, alles war in warmes Kerzenlicht getaucht. Dem Konzert ging eine Litanei von Reden und Ehrungen voran, in denen dem Publikum verschiedene Pandits und Gurus vorgestellt wurden. Bei niemandem waren irgendwelche Anzeichen zu erkennen, dass man ungeduldig darauf wartete, zum eigentlichen Zweck des Abends überzugehen – nämlich Musik zu hören.

Als die Musiker die Bühne betraten, warnte uns Laline – die zwischen Darrell und mir saß –, wir sollten dies nicht als ein Zeichen missverstehen, dass die musikalische Darbietung in irgendeiner Weise bevorstehe. Schon es sich auf der Bühne bequem zu machen, dauerte eine Weile. Die Sängerin trug einen mattgrünen Sari. Sie musste um die sechzig sein, sah imposant aus, streng, kräftig. Sie überwachte das Stimmen der Tampura, trank Wasser, ohne dass die Flasche ihre Lippen berührte, und wartete. Die Sarangi wurde gestimmt (keine geringe Leistung; die Sarangi stimmen zu lernen, dauert so lange, wie die meisten Instrumente spielen zu lernen), die Tabla wurde gestimmt. Oder zumindest schien es so. Aber es waren nicht die Instrumente, die gestimmt wurden, flüsterte Laline, es waren die Musiker, die sich für den *Raga* einstimmten. Dann stellte die Sängerin das erste Stück vor.

Innerhalb von Minuten, nachdem sie zu singen begonnen hatte, war sie verwandelt. Es war, als würde man ein Mädchen hören, dunkelhaarig und wunderschön wie die Gopis, die Krishna von seinem Baumkronenversteck aus belauert hatte. Ich hatte keine Ahnung, wovon sie sang, konnte nicht einmal feststellen, wann die Worte aufhörten, Worte zu sein, und einfach Silben wurden, schwebender Klang. Ihre Hände griffen in die Luft über sich, als würden die Töne dort wachsen und, solange sie wieder und wieder gepflückt wurden, bis in alle Ewigkeit, auch immer dort sein. Musiker sprechen vom absoluten Gehör, aber ich musste bei ihrer Stimme an absolute Haltung denken: Haare, so lang und gerade wie ein geschmeidiger Rücken, bloße Füße, die sich so leicht bewegten, dass sie kaum den Boden berührten. Ihre Stimme versprach völlige Hingabe; doch dann wurde der Ton noch weiter gedehnt, darüber hinaus, bis man sich fragte, was man tun müsse, um so viel Hingabe zu verdienen, so viel Liebe. Man müsste dieser Ton sein, nicht das Objekt der Hingabe, sondern der Hingebende. Ihre Stimme glitt und schwirrte hin und her. Es war wie einer dieser vollkommenen Augenblicke im Leben, Augenblicke, in denen sich das, was man sich am meisten erhofft, erfüllt und, indem es sich erfüllt, verwandelt wird – verwandelt, in diesem Fall, in Klang: wenn man an einem öffentlichen Ort den Menschen entdeckt, den man am meisten sehen will, und nichts Überraschendes daran ist. Das Muster im Willkürlichen, wenn Zufall in Schicksal hineingleitet. Ein Ton wurde so lange wie möglich ausgedehnt und dann noch etwas länger; er setzte sich irgendwo fort, als er schon längst nicht mehr hörbar war. Er ist noch da, selbst jetzt ist er noch da.

* * *

Laline und ich gingen in der Abenddämmerung am Mahanirvani Ghat entlang. Die ersten Kerzen schwammen stromabwärts. Ein Cricket-Match war im Gange. Wir blieben stehen, sahen für die Dauer von ein paar Overs zu und wollten gerade weitergehen, als der Schlagmann den Ball hoch in die Luft knallte. Er flog auf mich zu, einen Meter über meinem Kopf, in Richtung Ganges. Ich sprang hoch und fing ihn mit einer Hand. Der Ball klatschte feucht in meine Finger und blieb dort kleben. Im Reich der Legenden hatte ich einen lodernden Kometen aus dem Himmel gegriffen und ihn zum Stillstand gebracht. Und selbst jetzt, an einem Dienstagnachmittag, bei schlechtem Licht, war es ein spektakulärer Fang. Es gab Beifallsrufe und Applaus, von Laline und von den Spielern und den paar Zuschauern. Der Schlagmann klatschte in die Hände. Ich hob meine Arme gen Himmel, immer noch den schmutzigen Ball haltend, und sonnte mich in dem Lob, das mir gebührte. Dann warf ich ihn an den Werfer zurück, und wir setzten unseren Weg zum Ganges View fort.

Ich war froh, dass Laline dabei gewesen war, um meinen Fang zu bezeugen und zu bestätigen. Es genügt nicht, eine gottähnliche Tat zu vollführen, sie muss gesehen werden – idealerweise von den Göttern. Ich war mir nicht sicher, inwieweit *darshan* ein

Konzept war, das auch Wechselseitigkeit beinhaltete. Natürlich mussten die Götter gesehen werden, aber sahen sie auch gern zu? Waren sie auch Zuschauer? Betrachteten sie uns mit all der Liebe und Ehrfurcht, mit der wir – oder einige von uns – sie betrachteten? Wenn das der Fall war, dann war mein früherer Vergleich mit Beckham und Berühmtheit fehlerhaft. Denn *Betrachten* ist genau das, was zu tun Berühmtheiten nicht freisteht. Die Sonnenbrillen, hinter denen sie sich gezwungenermaßen verstecken, sind der symbolische Ausdruck der Blindheit, zu der sie verurteilt sind, weil sie immer betrachtet *werden*. An meinem ersten Tag auf den Ghats hatte ich mich wie ein Royal auf Besuch gefühlt, und in den nachfolgenden Wochen hatte ich immer mehr das Gefühl gehabt, wie eine Berühmtheit zu leben, Gegenstand ständiger Neugier und Prüfung zu sein. Ich mochte sie verachten, hatte vielleicht nichts getan, um solche Aufmerksamkeit zu verdienen, aber dies war etwas, was ich mit den Schmuddelhippies gemeinsam hatte. Es gab viel zu sehen, es gab hier im göttlichen Varanasi in zehn Minuten mehr zu sehen als in einer Woche im ungöttlichen London, aber es gab eine Menge Dinge und Orte, bei denen man es sich zwei Mal überlegte, ob man sie tun oder besuchen sollte, wegen des ganz erstaunlichen Aufruhrs, den das verursachte. Es gab Situationen – selbst wenn es nur darum ging, sich eine Rikscha zu nehmen –, die verbitterte Revierkämpfe zwischen Anbietern entfesselten. Nach meinem Besuch beim Durga-Tempel hatte ich das Gefühl, dass selbst eine völlig normale Besichtigung mit mehr Stress verbunden war, als es die Sache wert war.

Der Tempel lag nur zehn Minuten zu Fuß vom Hotel entfernt, er war leuchtend rot angemalt und derart unübersehbar, dass man sich fragte, wie es so lange dauern konnte, ihn zu finden. Im Tempelbezirk stand auf einem Schild, dass Nicht-Hindus keinen Zugang zum eigentlichen Tempel hätten. Das war ärgerlich, aber mir wurde sogleich versichert, dass es schon in Ordnung sei. Ich bräuchte nur meine Schuhe auszuziehen. Derjenige, der mir das sagte, behauptete, einer der Priester zu sein, ein Brahmane, aber er sah eher wie ein Hausmeister aus und benahm sich auch so. Ein Hausmeister, der Jahre zuvor gefeuert oder entlassen worden war, aber trotzdem zur Arbeit erschien, weil er nichts anderes zu tun hatte und nirgendwo anders hingehen konnte. Bevor er mir den Tempel von innen zeigte, führte er mich in einen kleinen, übelriechenden Schrein. Mir wurde irgendeine Paste auf die Stirn geschmiert. Dann erschien jemand anderes, ein weiterer Hausmeister-Priester, der trotz meines Protests darauf bestand, mir eine Girlande von Ringelblumen um den Hals zu drapieren – die Ursache, so erkannte ich, des üblen Geruchs. Es war, als hätte man sie in Urin mariniert und dann mehrere Tage lang vor sich hin faulen lassen. Für das Privileg, dieses stinkende Ding um meinen Hals gehängt zu bekommen, sollte ich natürlich bezahlen. Ich hatte nur einen Hundert-Rupien-Schein, schaffte es aber, auf fünfzig Rupien Rückgeld zu bestehen – keine geringe Leistung in einer Situation, in der Kleingeld nicht nur einfach nicht erhältlich, sondern praktisch unvorstellbar ist. Die beiden Hausmeister/Priester/Abzocker bedeuteten mir, ich solle die Girlande auf den *lingam* legen, was ich nur zu gerne tat. Ich war froh, das stinkende Ding los zu sein. Dann wollten sie mich zu dem eigentlichen Tempel geleiten, doch erpicht darauf, etwaige Schrecken und Scherereien, die mich dort womöglich erwarteten, zu vermeiden, stieg ich in meine Sandalen und ergriff die Flucht.

Alles an dem Erlebnis war abstoßend gewesen. Der Verwesungsgeruch der Ringelblumen blieb an mir haften – der Geruch einer Religion, so dachte ich, während ich nach Assi Ghat zurückstapfte, die primitiv, dunkel und feucht war. Es war absurd, eine Denkart anzustreben, die es möglich machte, derartige Rituale als heilig zu betrachten. Nein, dies war eine Phase, welche die Spezies irgendwann einmal hinter sich lassen würde. Es war, als würde man irgendeinen zurückgebliebenen Teil der menschlichen Psyche betreten. Und wenn es mir heute so vorkam, wie musste es dann auf die Missionare gewirkt haben, die damals – in welchem Jahrhundert war das doch gleich gewesen? – hier ankamen und die Botschaft des Christentums brachten – sauber und blutig, dröge wie ein Sonntag in Wales? Die Götzenanbeter mit ihrem faulem Zauber und ihrem *puja* dürften kaum weniger furchterregend gewirkt haben als Apachen mit Kriegsbemalung und den Skalps von Bleichgesichtern, die von ihren Indianersätteln baumelten.

Bei Vats Yaraj Ghat war ein Schild, auf dem stand: »ICH LIEBE MEIN INDIEN«. Oft war mir danach, auszurufen: »Ich auch!«, doch nach diesem Besuch im Durga-Tempel hatte ich Schiss bekommen. Wörtlich. Ich hatte mir irgendetwas eingefangen und musste ständig zum Hotel zurückrennen, um aufs Klo zu gehen. Es war nichts allzu Ernstes, nichts, verglichen mit dem, woran manche Touristen litten. Menschen im Hotel kippten um wie die Fliegen. Eigentlich ein schlechter Vergleich, denn die Fliegen gediehen prächtig. Und das war ja auch kein Wunder. Als ich ein Teenager war, waren für kurze Zeit mal anstößige T-Shirts und Poster Mode gewesen, die die Aufforderung trugen: »Fresst Scheiße – zehn Millionen Fliegen können sich nicht irren.« Vielleicht kamen die Poster ursprünglich von hier, denn die Stadt des Lichts (wie jemand Varanasi einmal genannt hatte) war voller Scheiße. Aller Arten von Scheiße: tierischer (Affe, Ziege, Kuh, Büffel, Hund, Vogel, Esel, Katze, Gans), pflanzlicher (die liegengelassenen Ringelblumen bildeten einen stinkenden Matsch) und nicht zuletzt menschlicher. An manchen glückbringenden Plätzen gab es wahrscheinlich sogar Götterscheiße. Prabhu Ghat, wo die *dhobis* ihre Wäsche windelweich schlugen, diente zugleich auch als Toiletten-Ghat. Es war grauenhaft, dort entlangzugehen. Der Anblick drang einem in die Augäpfel, und der Gestank drang einem in die Nasenlöcher. Es juckte mir in den Fingern, neben dem »ICH LIEBE MEIN INDIEN«-Schild ein weiteres Schild aufzustellen: »Wenn ihr es so sehr liebt, warum scheißt ihr es dann so voll?« Es war doch sicher in jedermanns Interesse, dass ein Gesetz verabschiedet und durchgesetzt wurde, das Menschen daran hinderte, auf die Ghats zu scheißen. Es musste doch sicher möglich sein, Menschen, egal wie arm und unwissend sie waren, dazu zu erziehen, nicht ausgerechnet dort hinzuscheißen, wo jedermann spazieren ging. Doch bevor man das tun konnte, musste man natürlich dafür sorgen, dass es Alternativen gab, dass es Toiletten gab, auf denen sie scheißen konnten. Etwas Wichtigeres, Elementareres konnte es doch sicher nicht geben. (Wie oft sich hier in Varanasi, an einem Ort, wo sich so wenig mit Sicherheit sagen ließ, die eigenen Gedanken – die eigene Entrüstung, Verärgerung und Empörung – mit diesem Wörtchen »sicher« bewaffneten!) Egal wie sorgfältig man sich die Hände wusch, sich die Nase zu- und den Mund geschlossen hielt, früher oder später nahm man Scheiße zu sich. Wie war es möglich, dass die Verbindung zwischen Krankheit und Exkrement nicht hergestellt wurde? Wie konnte eine Kultur mit einer Abscheu vor Verunreinigung so gleichgültig gegenüber der widerwärtigsten Form von Verunreinigung sein? So sehr man versuchte, gesund zu bleiben, man wurde zwangsläufig krank. Es war unvermeidbar. Früher oder später enthielt irgendetwas garantiert irgendeinen Krankheitskeim – und wie konnte es auch anders sein, in einer Stadt, in der Scheiße, Tiere und Menschen aufeinandergestapelt waren? In

Zeitschriften und Zeitungen wurde viel darüber geschrieben, wie modern Indien geworden sei – über die Bars und Clubs von Mumbai, wie Chennai gedeihe, dass Bangalore das Silicon Valley des Ostens sei –, doch außer den Internet-Cafés war hier wenig davon zu spüren.

Es gab Tage, an denen ich mir vorkam, als würde ich mich in den Protagonisten von Lals Reality-Show verwandeln, an denen ich fand, Varanasi müsste dem Erdboden gleichgemacht werden, überbaut werden im Namen von Gesundheit und Sicherheit, Hygiene und Fortschritt. An einem solchen Tag war es, dass ich beschloss, den Stier bei den Hörnern zu packen. Ich ging zum Rand des Flusses, öffnete den Reißverschluss meiner Hose und pisste in den Ganges. Ganz richtig: *Ich pisste in den Ganges.* Ich war verzweifelt, ich musste dringend pinkeln, aber es war auch eine Art Protest, mit dem ich betonen wollte, wie absurd es war, einen Fluss anzubeten, während man ihn gleichzeitig verunreinigte. Direkt in den Fluss zu pissen, war viel hygienischer, als auf die Ghats zu pissen – und zu scheißen – und alles in den Fluss sickern zu lassen. Es war früher Abend, niemand war in der Nähe, aber während ich pisste – es war eine dieser epischen Pissaktionen, die endlos dauern –, wartete ich die ganze Zeit darauf, dass es jemandem auffiel, dass etwas passieren würde, wartete auf Rufe, denen Schläge folgten, oder auf Schläge, denen keine Rufe vorausgegangen waren. Aber es geschah nichts. Niemand tat irgendetwas. Falls andere es bemerkt hatten – und das hatten sie garantiert, es ist unmöglich, in Indien irgendetwas zu tun, ohne dass es jemand bemerkt – und Anstoß genommen hatten (was gar nicht anders denkbar war), so mussten sie beschlossen haben, nichts weiter zu unternehmen.

Wenn mir diese Pisspartie endlos vorgekommen war, so war sie kurz, verglichen mit der unaufhörlichen, unerbittlichen, unbremsbaren Forderung nach Geld. Jeder soziale Austausch war ein Vorspiel zum Handel. So mancher soziale Austausch bestand vollständig aus Handel. In seiner primitivsten Ausprägung sah das dann so aus, dass ein Kind einfach »Eine Rupie« sagte, sodass die Forderung nach Geld eine Form der Begrüßung darstellte. In einer leicht verfeinerten Version wurde man zunächst mit *»Namaste!«* begrüßt, worauf dann unmittelbar die Frage nach Geld oder das Angebot einer Dienstleistung folgte. Bei anderen Gelegenheiten gingen dem Angebot von Dienstleistungen ein paar Sätze Unterhaltung voraus. Im Allgemeinen galt, je langwieriger der Aufbau, umso hinterlistiger das Geschäft – und es war immer ein Geschäft. Man plaudert über dies und das, es wird einem ein Boot angeboten, und der Mann sagt »Komm«, obwohl noch kein Preis vereinbart wurde. Gelegentlich hatte es den Anschein, dass man ausnahmsweise eine richtige Unterhaltung führte – über Sehenswürdigkeiten, über Leute, die es zu meiden galt, die schlechten Menschen, die in der Gegend ihr Unwesen trieben –, bis schließlich das transaktionelle Motiv griff. Die Meister dieser Kunst waren wie klassische Musiker, die den *alap* unendlich ausdehnten, den *raga* ausschmückten und erkundeten, ohne ihn genau zu inspizieren, bis sein Wesen deutlich wurde – nur dass in diesem Fall der *raga* immer derselbe war: *raga* Boot, *raga* Rikscha, beide Varianten des *raga* Rupie, einer der wenigen *ragas*, vielleicht der Einzige, der nicht an eine bestimmte Jahres- oder Tageszeit gebunden war. Nein, dieser große, alles überspannende *raga* konnte ständig gespielt werden, zu jeder Zeit, und eignete sich für alle Stimmungslagen. Es war so enttäuschend, wie jeder zwischenmenschliche Austausch immer darauf hinauslief, dass der andere einem Geld abnehmen wollte, und mit besonderer Dreistigkeit in den Tempeln. Das bedeutete, dass man jeder Unterhaltung, selbst jenen – denn es gab einige wenige –, die ohne

Hintergedanken geführt wurden, mit Misstrauen begegnete. Daher versuchte ich bei der erstbesten sich bietenden Gelegenheit, dem Gespräch zu entfliehen, bevor Themen wie Boote oder Besuche von Läden oder Fabriken angeschnitten wurden. Ich versuchte, Gespräche grundsätzlich zu vermeiden. Ich mied die Blicke der Menschen. Ich sah in alle möglichen Richtungen, nur um zu vermeiden, dass ich im Netz von Geldtransaktionen gefangen wurde.

Diese Enttäuschungen erinnerten mich daran, wie ich in meinen Dreißigern den Fehler begangen hatte, für ein paar Jahre nach Oxford zu ziehen. Angeblich war irgendwo in der Stadt ein pulsierendes intellektuelles Leben im Gange, vermutlich hinter den Mauern der altehrwürdigen Colleges, aber ich konnte nie in diese Szene eindringen und fristete schließlich ein Dasein an den LSD-getränkten, veganen Rändern der Gesellschaft. In Varanasi gab es sicherlich auch eine Welt von Dichtern, Intellektuellen und Denkern, aber da ich nicht in der Lage war, Zugang zu dieser Gesellschaftsschicht zu finden – oder sie überhaupt zu lokalisieren –, blieb mir nichts anderes übrig, als widerwillig meine Rolle im ewigen *jugalbandi* des Touristenlebens zu spielen: »Boot, Sir?« »Nein, danke. »Rikscha, Sir?« »Nein, danke.« »Sehr billig.« »Nein, danke.« Ost trifft West. Fusion: *raga* Rupie; *raga* Nein, danke.

Diese Phase der Irritation und Verärgerung erreichte ihren Höhepunkt, als ich in der Warteschlange vor einem Geldautomaten stand, der sich im Vorraum einer Bank befand, im Stadtzentrum, kurz hinter Dasaswamedh. Der Lärm machte das Anstehen sehr anstrengend. Noch anstrengender wurde es dadurch, dass die Schlange genau genommen gar keine Schlange war; zugleich war es aber auch nicht *keine* Schlange. Ein totales Jeder-gegen-jeden, eine Nicht-Schlange oder ein Gedränge, damit wäre ich fertig geworden, aber dies war das Schlimmste aus beiden Welten: eine Art Schlange, in der das Prinzip der Schlange weder gänzlich ignoriert noch befolgt wurde. Mehrmals hatte der groß gewachsene Deutsche vor mir Leuten erlaubt, sich vorzudrängeln. So wie »Schlange« nicht ganz das richtige Wort war für das, was passierte, so war »drängeln« es ebenso wenig. Die Leute drängelten nicht. Irgendwie standen sie plötzlich vor ihm. An der Tür stand ein Wachmann, aber er unternahm nichts. Eigentlich war er nur eine Säule in einer blauen Uniform.

»Wenn Sie die Leute so vordrängeln lassen, dann stehen wir bis an unser Lebensende hier«, sagte ich zu dem Deutschen. Er zuckte mit den Schultern. Er war wohl noch nicht so lange in Indien. Nachdem wir ein paar weitere Minuten so gestanden hatten, kamen ein Inder und seine Frau und stellten sich vor ihn. Der Deutsche warf mir einen Blick zu, und ich tippte dem Mann auf die Schulter.

»Es gibt hier eine Schlange«, sagte ich. »Und Sie müssen sich in die Schlange stellen.« Natürlich ignorierte er mich. Ich tauschte den Platz mit dem Deutschen – im Prinzip hatte auch ich mich vorgedrängelt.

»Es gibt eine Schlange, und Sie müssen sich in die Schlange stellen«, wiederholte ich. »Hinter mich und hinter diesen Mann und hinter die Leuten hinter ihm.« Er lächelte und schüttelte den Kopf. Der Wachmann registrierte nichts. Seine Aufgabe war es, ein Wachmann zu sein und hier in seiner blauen Uniform zu stehen. Seine Pflichten gingen nicht darüber hinaus.

»Sie werden ans Ende der Schlange gehen«, sagte ich zu dem Mann, der, nachdem er sich vorgedrängelt hatte, jetzt schon seine Bankkarte herausholte. »Es hat keinen Sinn, dass Sie Ihre Karte herausholen. Sie sind noch nicht dran.«

»Ich bin eilig, Sir.«

»Jeder ist eilig.«

»Ich bin eilig, Sir. Ich werde schnell sein.«

»Jeder ist eilig. Jeder wird schnell sein. Niemand wird schnell sein, wenn niemand wartet, bis er dran ist.«

Er war immer noch vor mir. Ich drängte mich neben ihn. Langsam wurde ich wütend. Er war absolut ruhig, lächelte. Ich sorgte dafür, dass mein Gesicht zu etwas angeordnet war, das als Lächeln ausgelegt werden konnte.

»Ich bin eilig, Sir.«

»Jeder ist eilig, Sir. Sie werden nicht vor mir in diese Bank gehen.«

»Sir, ich bitte Ihnen.«

»Aber Ihrer Bitte wurde nicht stattgegeben. Also müssen Sie sich hinten in der Schlange anstellen.«

»Sir, ich bitte Ihnen.«

»Und Ihre Bitte wurde kategorisch abgewiesen.«

Unter anderen Umständen hätte ich das vielleicht ermüdend gefunden, aber ich war jetzt lange genug in Indien, um zu erkennen, dass es keine Obergrenze dafür gibt, wie oft dasselbe gesagt werden kann. Die Tatsache, dass man etwas klargemacht hat, bedeutet nicht, dass man dasselbe nicht wieder und wieder klarmachen muss. Es gab jedoch Spielraum für Erweiterung und Variation.

»Außerdem wird Ihrer Bitte niemals stattgegeben werden«, sagte ich. »Nie. Verstehen Sie mich?«

In gewisser Weise verstand er mich nicht. Eine absolute Weigerung ohne jeglichen Spielraum für eine spezielle Befreiung oder Ausnahme, das war eine Vorstellung, die keinen Sinn ergab. Er blieb stehen, wo er war. Wir standen Kopf an Kopf. Physisch stand er in der Schlange nicht mehr vor mir, und ich stand nicht vor ihm, aber ich hatte mir inzwischen einen entscheidenden psychologischen Vorteil verschafft. Mein Gegenspieler war nicht an der Etikette oder dem Prinzip des Schlangestehens interessiert. Er wollte einfach schnell den Geldautomaten benutzen. Das war alles. Während für mich mein Platz in dieser Schlange – ja das weitere Fortbestehen des Gedankens und Prinzips des Schlangestehens an sich – auf dem Spiel stand. Nichts in meinem Leben spielte eine größere Rolle als zu verhindern, dass dieser Mann vor mir drankam. Ich hatte eine Sache gefunden, für die ich sterben konnte. Oder töten konnte.

»Sir«, sagte ich. »Sehen Sie mir in die Augen.« Ich nahm meine Sonnenbrille ab. »Sehen Sie mir in die Augen, und hören Sie zu.« Ich hatte keine Ahnung, wie meine Augen aussahen. Ich hoffte, die Tatsache, dass sie blau waren, würde demjenigen, der zornig aus ihnen herausstarrte, eine Aura unversöhnlicher Entschlossenheit und unbeirrbaren Willens verleihen. Eigentlich spielte es auch keine Rolle, weil der Vordrängler mich gar nicht ansah. Er hielt den Blick auf die Tür der Bank gerichtet und lächelte immer noch. Mein eigenes Lächeln war inzwischen zum Grinsen eines Totenschädels geworden, zu einer Grimasse unterdrückter englischer Wut, das Produkt von Jahren verregneter Sommer, ruinierter Picknicks, nicht fahrender Züge und Niederlagen beim Elfmeterschießen. »Sie gehen nicht vor mir in diese Bank. Der einzige Weg, vor mir in diese Bank zu gehen, führt über meinen leblosen Körper. Verstehen Sie?«

Der kritische Augenblick war gekommen. Die fleischige, saritragende Frau, die vor uns dran gewesen war, trat aus dem Vorraum. Bevor sie ganz zur Tür heraus war, versuchte mein Rivale schon, sich an ihr vorbeizuschieben, aber ich klemmte mich wie einen Keil zwischen sie und drängte hinein. Als er versuchte, ebenfalls hereinzukommen, machte ich ihm die Tür vor der Nase zu. Ich hatte es geschafft. Aufgeputscht und siegestrunken ballte ich die Faust wie ein Mann, der sich durchgesetzt hatte, sein Ziel erreicht hatte, gewonnen hatte.

Ich tippte meine PIN ein. Meine Hände zitterten. Vielleicht war das der Grund, warum der Automat meine Nummer verweigerte. Ich musste die falsche PIN eingegeben haben. Ich versuchte es wieder, langsam, vorsichtig, bedächtig. Die Bank verweigerte meine Karte ein zweites Mal. Und ein drittes Mal. Alles, was in Indien geschieht, ist eine Parabel, selbst wenn die Bedeutung dieser Parabel unklar ist. In diesem Fall bedeutete sie, wie ich annahm, dass es einen Pyrrhussieg nicht gibt, sondern nur eine Pyrrhusniederlage.

Tatsache ist, dass ich mit leeren Händen herauskam, ohne Bargeld. Der Mann, der versucht hatte, vor mir reinzukommen, kam als Nächster, kein bisschen erregt, reuig oder vorwurfsvoll. Seine Frau stand draußen. Der Deutsche auch, aber er war nicht der Nächste in der Schlange. Einer weiteren Person war es gelungen, sich zwischen ihn und die Tür zu drängen.

»Sauerkrautfressender Schlappschwanz«, zischte ich den Deutschen an, bevor ich davonstapfte.

Ich nahm eine Fahrrad-Rikscha zurück zum Hotel. Während wir ruckartig und schaukelnd durch die verstopften Straßen fuhren, wurde mir klar, dass die Episode bei der Bank meine gute Laune seltsamerweise wiederhergestellt hatte. Ich musste laut lachen, als ich daran dachte, mit was für einem schockierten Gesichtsausdruck der überforderte Deutsche auf meine Beschimpfung reagiert hatte. Ich bewunderte es, wie der Mann, der versucht hatte, sich vorzudrängeln, sich lächelnd an seine Strategie gehalten hatte, nichts anderes als seinen Wunsch hatte gelten lassen – gerechterweise muss ich sagen, dass er nie ein Anrecht daraus abgeleitet hatte –, schnell an sein Bargeld zu kommen. In einem anderen Licht betrachtet, konnte alles Irritierende an Indien mit unwahrscheinlicher Geschwindigkeit zu einem Quell der Freude und Erkenntnis werden. Plözlich verstand ich, warum da etwas seltsam Vertrautes, beinahe Beruhigendes an der Irritation gewesen war, die mich während der vorangegangenen Wochen befallen hatte: So fühlte ich mich immer in London, es war die Standardeinstellung für ein Leben, in dem ein ständiges Nieseln von Frust, Verärgerung und U-Bahnfahren zur Stoßzeit die nicht weiter erwähnenswerte Norm darstellte.

Überall um mich herum herrschte Gehupe und Geplärr. Der Lärm, der Staub, der Krach waren unglaublich, aber war es nicht toll, dass es auf der Erde einen Ort gab, wo Lärm, Staub und Geplärr gediehen? Was wäre es doch für ein sauberer und langweiliger Planet, wenn alles ein Vorort von Stockholm wäre, wo Bürger geduldig Schlange standen und die Geldautomaten neue, betrugssichere Geldscheine von hohem Nennwert ausspuckten, wo es keine elefantenköpfigen Götter gab, die auf Mäusen durch die Gegend ritten, wo es keine Bettler gab, die einem mit ihren bandagierten eiterfleckigen Stummeln vor dem Gesicht herumwedelten, keine Hausmeister, die behaupteten, Priester zu sein, keine Kühe, die in aller Würde die Straßen düngten, keine Affen, die verrückt spielten, und keine Kinder, die einem Rupien abpressten? Und bei aller Irritation und Verärgerung, die man empfand, wusste man doch, dass Geld zu verlangen ein entwaffnend aufrichtiger Ausdruck der Ungleichheit wirtschaftlicher Beziehungen war. Wir, die Touristen, waren unermesslich reich, und sie, die Bettler und die Bootsleute, die Masseure und die Drängler, waren bodenlos arm. Die Belästigungen waren eine beständige, doch immer noch freiwillige Luxussteuer. Man musste sie nicht bezahlen. Man konnte Nein sagen. Dieses Nein würde zwar ignoriert werden, aber wenn man es ständig sagte, wenn man es wieder und wieder sagte, dann … würde es trotzdem ignoriert werden. Doch schließlich, nach dem zwanzigsten Mal, würde es akzeptiert werden. Entweder das, oder es hätte sich in ein Ja verwandelt. Angesichts der Kluft zwischen dem, was man selbst besaß, und dem, was sie entbehrten, war es eigentlich ein Wunder, dass man nicht jedes Mal, wenn man den Schutz des Hotels verließ, beraubt wurde, dass sie einem nicht die Füße abrissen, nur um an die Sandalen zu kommen, die man trug, dass man nicht Glied für Glied zerrissen und aufgegessen wurde, oder einem die Leber geklaut und als Hundefutter verkauft wurde.

Während wir uns mühsam auf der Shivala Road vorwärtsarbeiteten, sah ich Isobel, in einem ausgeblichenen gelben T-Shirt und Jeans, die gerade direkt vor unserer Rikscha die Straße überqueren wollte. Sie blickte erschrocken auf. Ich winkte, lächelte – »Vorsicht!« –, und sie lächelte und trat zurück. Es war das erste Mal, dass ich sie allein sah, und das erste Mal, dass wir die Existenz des anderen zur Kenntnis nahmen. Im Hinduismus wächst und entfaltet sich das Karma über mehrere Leben hinweg, doch mit meiner beschleunigten, westlichen Denkweise konnte ich diese zufällige Begegnung einzig und allein als ein Zeichen von sofortigem karmischem Payback sehen und nichts anderes. Zwei Tage zuvor – oder eine halbe Stunde zuvor – hatte ich so mit der Welt überkreuz gelegen, dass eine solche Begegnung nie hätte stattfinden können. Und selbst wenn sie stattgefunden hätte, hätte ich Isobel nur angebrummt. Vorausgesetzt, sie hätte mich überhaupt bemerkt, hätte sie nur ein bekanntes mürrisches Gesicht gesehen, das vom Orientalisten-Hochsitz seiner Rikscha bedrohlich auf sie herabblickte. Doch jetzt, mit wiedergewonnenem Gleichmut, war ich ein netter, lächelnder Mensch, der offenkundig um ihre Sicherheit besorgt war.

Wir kamen bei Assi Ghat an. Als ich ausstieg, tippte mir der Rikscha-Fahrer ans Bein an und bog seinen Fuß zurück, sodass seine Sandale nach unten klappte und seine Fußsohle freigab. Da war ein entzündetes Loch in seinem Fußgewölbe, als wäre er gekreuzigt worden, nur war das Loch nicht blutig. Es war weißlich, vermutlich irgendein Geschwür. Ich gab ihm hundert Rupien, wofür er keine Dankbarkeit zeigte – und wer konnte es ihm übelnehmen? Für jemanden, dessen Arbeit darin bestand, den ganzen Tag lang in die Pedale zu treten, war dies ein schreckliches Leiden. Aber nicht sehr viel schlimmer – eigentlich ein ganzes Stück besser – als einige der anderen Leiden, Verletzungen und Krankheiten, die die Menschen hier heimsuchten. Das Ausmaß von Schmerzen, Beschwerden und Agonie, das die Menschen hier routinemäßig ertragen konnten, ohne Murren, ohne jegliche Erwartung auf Besserung (geschweige denn Heilung), ohne Hoffnung, dass auch nur das Ausmaß der Schmerzen verringert wurde, war enorm. Hieß das, dass es keine Schmerzen waren, keine Qual? Vielleicht erhöhte sich bei uns im Westen die Fähigkeit, Schmerz zu empfinden, in dem Maße, wie er vermeidbarer wurde. Die Qual bestand im Warten darauf, dass das, was uns plagte, verringert und behandelt werden konnte. Die Qual bestand in der Empörung, dass das erwartete Ergebnis nicht sofort erzielt wurde. Die Qual bestand in der Verzögerung, bis man die richtige Behandlung bekam, im Abwarten, bis das Medikament seine Wirkung entfaltete. Die Qual bestand im Warten.

Und hier in Indien mussten wir Westler auf so gut wie nichts warten. Wir jammerten über die ständigen Belästigungen, die ständigen Angebote von »Boot« und »Rikscha«, aber wenn wir ein Boot oder eine Rikscha haben wollten, dann erwarteten wir, dass jemand da war, der uns sofort ein Boot oder eine Rikscha bereitstellte, zu Billigstpreisen. Während wir uns daheim längst an die trostlose Warterei auf einen Bus gewöhnt hatten, waren wir hier schon leicht verärgert, wenn wir mehr als eine Minute warten mussten. In gewisser Weise genoss hier auch der ärmste Rucksackreisende die Privilegien und Vergünstigungen von Britisch-Indien.

Ich ging eine Weile an den Ghats entlang. Ein Junge kam angerannt.

»Schreibstift«, sagte er. Ich lächelte, ging weiter. »Schreibstift«, sagte er wieder. »Schreibstift.« Zufällig hatte ich einen Stift bei mir, einen teuren Kugelschreiber aus London. Ich gab ihn dem Jungen, der schnell davonrannte. Ein heiliger Mann saß am Fluss, im Schatten eines Pilzschirmes, und sah mich freundlich an.

Ich kam zu dem »ICH LIEBE MEIN INDIEN«-Schild und freute mich, es zu sehen.

Laline sagte: »Was liest du da?«

Ich war auf der Terrasse und hatte sie nicht kommen gehört. Sie war barfuß, trug sehr ausgeblichene Jeans und ein T-Shirt, das weiß und sauberduftend aussah. Ich hielt das Buch hoch: *Liebende Frauen,* eine alte Penguin-Ausgabe.

»Seltsame Wahl.«

»Ich habe es nur angefangen, weil jemand es im Hotel liegen gelassen hat. Aber hier in Varanasi erinnert eine Menge an Lawrence. Der Fluss der Auflösung, das Schiff des Todes …« Mir wollte nichts mehr einfallen. Lal nahm sich einen Stuhl, setzte sich neben mich und wartete. Ihre Zehennägel waren rosa lackiert, und einen kleinen Zeh schmückte ein Silberring.

»Das sind nur zwei Sachen.«

»Ich weiß, aber zwei können viel sein. Unter bestimmten Umständen kann *eins* viel sein.«

»Und null kann alles sein, Sir«, sagte sie, indisch weise. »Um als ›eine Menge‹ gelten zu können, brauchst du eigentlich mindestens drei.«

»Du hast natürlich recht.«

»Und, war Lawrence in Indien?«

»Sri Lanka. Ceylon. Was er schrecklich fand. Und er schloss irgendwie von Sri Lanka auf Indien. Aber es ist schade, dass er nie hier war. Es hätte ihn natürlich ungeheuer genervt. Auf die Kasten bezogen, hätte er sich selbst als einen unberührbaren Brahmanen betrachtet. Er hätte behauptet, dass Gandhi nur deswegen Gewaltlosigkeit befürwortete, weil er insgeheim Leuten mit einem Hammer den Schädel einschlagen wollte.«

»Vor allem Nehru?«

»Genau. Er wurde überall krank, aber er hätte hier kränker werden können als an allen anderen Orten zusammen. Und wahrscheinlich hätte er einen indischen Roman geschrieben. In etwa acht Wochen. Voller Ungenauigkeiten und wilder Spekulationen, aber wahr in vielerlei seltsam prophetischer Hinsicht. Er hätte erkannt, dass Tandoori-Chicken eines Tages das englische Nationalgericht werden würde, dass es in seiner Heimatstadt Eastwood mehrere Restaurants geben würde, die das Wort ›Mahal‹ in ihrem Namen führen.«

Laline hatte Tee bestellt. Kamal brachte eine Kanne auf einem glänzenden Tablett und stellte sie auf den Tisch. Ich legte mein Buch beiseite und ging hinein, um mir eine Banane zu holen. Seit ich mir den Magen verdorben hatte, war ich dazu übergegangen, mich hauptsächlich von Bananen zu ernähren.

»Du lebst wie ein Affe«, sagte Laline, als ich mich wieder setzte. »Als Nächstes wirst du Leuten Bananen vom Teller klauen. Und einen Aufruhr verursachen.«

»Wenn ich eines Tages nur noch ein oranger Klumpen wäre, würdest du mich dann noch erkennen?«, sagte ich.

»Wenn du nur ein oranger Klumpen bist? Nein, natürlich nicht. Aber ich glaube nicht, dass das passieren wird. Du gehörst zu den Männern, die immer magerer und magerer werden. Und du bist nicht orange. Du bist irgendwie halbweiß, rosa. Du solltest etwas Sonnencreme auftragen.«

»Du verleugnest den Gott in mir«, sagte ich. »Bingo! Das ist irgendwie ein Lawrencescher Gedanke: den Gott in sich selbst oder jemand anderem verleugnen. Jetzt habe ich die drei beisammen, die ich gebraucht habe, um sie als eine Menge gelten zu lassen.«

»Das klingt mir zwar ziemlich allgemein, aber ich lasse es mal durchgehen.«

Darrell erschien auf der Terrasse, und Lal winkte ihn herüber.

»Gerade rechtzeitig«, sagte sie. »Ich muss mir hier gerade einen endlosen Vortrag über *Die sieben Keulen der Weisheit* anhören. Und du wirst es nicht glauben, was er gerade gesagt hat. Er hat Ganga einen Fluss der Auflösung genannt.«

»Hat er dir erzählt, dass er reingepisst hat?«

»Nein!«, sagte Lal. »Gotteslästerer! Frevler!«

Darrell nahm sich einen Stuhl und setzte sich zu uns. Wir waren jetzt zu dritt: genug, um eine Menge zu sein. Wie Lal trug auch er ein weißes T-Shirt. Er küsste sie nicht, aber jetzt wo er da war, sah ich, dass sie wie eine verliebte Frau glühte. Darrell glühte nicht auf diese Weise – Männer tun das nicht, vor allem nicht Männer wie er. Aber etwas anderes an ihm war (wenn auch beinahe unmerklich) ausgeprägter geworden: die Sicherheit, dass man sich auf ihn verlassen konnte, dass Laline keinen Fehler beging. Vielleicht ist das einer der Gründe, warum die Tatsache, dass Laline und er ein Verhältnis hatten, sich nicht auf ihre Beziehung zu mir auswirkte.

»Was macht der Magen?«, fragte Darrell.

»Geht schon«, erwiderte ich. »Du weißt ja, was man sagt. Was mich nicht umbringt, macht mich schwächer.«

Für die Dauer von ein paar Tagen hatten wir Gesellschaft von Sayoko, einer jungen Japanerin. Sie nahm ihr Abendessen allein an einem Tisch ein, und Darrell fragte sie, ob sie sich nicht zu uns setzen wolle. Sie sprach sehr wenig Englisch, und so begann er, als sie an unserem Tisch Platz genommen hatte, Japanisch mit ihr zu sprechen – was selbst nach seinen Maßstäben ziemlich cool war. Sayoko und ich konnten nicht viel zueinander sagen, aber sie war sehr umgänglich. Sie war anders als alle Menschen, die ich kannte. Da ich in London als Journalist gearbeitet hatte, wofür ich oft Künstler interviewen musste, hatte ich mehr oder weniger akzeptiert, dass der einzige Sinn des Lebens – vor allem für Künstler, aber auch unter Journalisten – darin bestand, sich zu profilieren, aufzufallen, auf sich aufmerksam zu machen. Sayoko war das Gegenteil. Sie bewegte sich durch die Welt, als ginge es darum, so wenige Spuren wie möglich darin zurückzulassen. Wie eine geschickte Fahrerin manövrierte sie sich ohne Zusammenstöße oder Beinahe-Zusammenstöße sicher zwischen den Dingen hindurch. Im Kontext von Varanasi gesehen, ergab dieser Vergleich keinen Sinn, aber wenn man in ihrer Gesellschaft war, erinnerte man sich wieder daran, wie entspannt es eigentlich war, nicht immerzu auf die Hupe zu drücken oder ständig einen Zusammenstoß zu erwarten oder in einer Situation zu sein, in der die Nerven nicht bis zum Zerreißen gespannt sind. Ich fragte mich natürlich, ob nur sie diese Eigenschaft besaß oder ob das etwas typisch Japanisches war.

Es gab eine Menge Japaner in Varanasi, sowohl die leicht idiotisch aussehenden Gruppen, die alles in Sichtweite fotografierten und ihrem Reiseführer fraglos gehorchten, als wäre er der Kaiser, als auch die jüngeren Trance-Typen, die manchmal Dreadlocks und häufig interessante T-Shirts trugen. Eine der Sehenswürdigkeiten, die sie interessierten, war Sarnath, wo Buddha seine erste

Feuerpredigt gehalten hatte. Es lag nur ein paar Kilometer nördlich der Stadt, und ich weiß nicht, warum ich es nie dorthin schaffte. Ich hätte mit Sayoko gehen sollen. Sie war Buddhistin und ging eines Tages allein hin. Sie fragte mich nicht, ob ich mitgehen wollte, aber es gab keinen Grund, nicht hinzugehen, und es war nicht so, dass ich etwas dagegen gehabt hätte oder mir das Interesse fehlte.

Sayoko war nur kurz bei uns. Wir gingen ein paarmal zusammen die Ghats entlang, aßen Eierkuchen und tranken Kaffee in der Lotus Lounge. Einmal sahen wir unterwegs zwei tote Ratten, die nebeneinander auf der Promenade lagen, woraus man schließen konnte, dass der Ganges selbst für sie zu dreckig war. Als wir in der Lotus Lounge waren, sprachen wir nicht mehr miteinander. Schon vorher, auf dem Weg dorthin, hatten wir kaum ein Wort gewechselt, doch während wir unterwegs waren und die toten Ratten und andere Dinge sahen, war das nicht so schlimm. Es war auch nicht so schlimm, als wir dort waren und auf Kaffee und Eierkuchen warteten, aber für mich war es eine neue Erfahrung, mit jemandem schweigend zusammenzusitzen, unfähig, sich zu unterhalten, nur auf der Schwingungsebene kommunizierend. Kaum hatte ich sie etwas näher kennengelernt, war sie schon wieder gegangen, nach Bodhgaya. Ich erzählte ihr von den Geldwechslern, den zehn Prozent Kommission, aber ich weiß nicht, ob sie mich verstand. Ich war traurig, als sie ging, und das war seltsam, denn als sie fort war, war es, als wäre sie nie da gewesen.

In der Galerie Kriti wurde eine Ausstellung eröffnet: Fotografien von Dayanita Singh. Wir – Darrell, Laline und ich – besuchten die Vernissage zusammen mit Shashank und ein paar anderen Gästen vom Ganges View. Mit ihren schlichten weißen Wänden im internationalen Kunststil hätte sich die Galerie ebenso gut in

London oder New York befinden können. (Das war es: Die Modernität, die man überall im Indien des einundzwanzigsten Jahrhunderts antreffen konnte, gab es also *doch* auch in Varanasi!) Obwohl auf der Vernissage ein ziemliches Gedränge herrschte, unterschied sie sich sehr von vergleichbaren Veranstaltungen in den beiden genannten Städten: Es gab keinen kostenlosen Alkohol – überhaupt keinerlei Getränkeausschank –, sodass mir, nachdem ich ein paar Samosas gegessen und vergebens nach Isobel Ausschau gehalten hatte, nichts anderes übrig blieb, als mich auf die Kunst zu konzentrieren.

Die Bilder waren nicht groß, sie hatten etwa das Format von LP-Covern; sie waren in einer einzigen Reihe rund um die ganze Galerie herum angeordnet und mit Rücksicht auf die indischen Besucher aufgehängt. (Ich musste mich leicht vorbeugen, um sie mir anzusehen.) Sie waren schwarz-weiß, hatten aber nichts von der Verzerrung, der psychologischen Malaise und dem Schock von Ackermans Varanasi-Bildern. Auf manchen waren Menschen abgebildet, auf anderen leere Räume. Spiegelungen. Regale mit Dingen. Der Vorhof eines Gebäudes in der Abenddämmerung. Zerbrochene Pflastersteine, die sich gegen jeglichen Hinweis sträubten, dass sie ein Weg waren. In einem Swimmingpool reflektiertes Licht, das das Becken wie einen Unterwasser-Tennisplatz aussehen ließ. Handschuhe, die an einer Kleiderablage hingen. Eine Totenmaske unter einer Glasglocke. Zwei weiße Jacken, wie Nehru sie trug, in einer Art Schaukasten aufgehängt.

Die Abwesenheit von Menschen war kein allgemeines Prinzip. Menschen waren anwesend oder nicht, anwesend auf manchen Bildern und nicht anwesend auf anderen. Auf einem Infoblatt stand zwar, dass alle Fotos in Indien gemacht worden seien, aber es gab keine Bildunterschriften, nichts, was einen darüber informierte, wo irgendetwas war oder was irgendetwas war oder wann es gewesen war. Es waren einfach Bilder von Orten, Bilder von den Orten, die auf diesen Fotos zu sehen waren. Es gab nichts, was einem half, sich zu orientieren, und dann, wenn man diesen Gedanken erst einmal akzeptiert hatte, begriff man, dass man diese Dinge, auf die man sich so oft verließ, gar nicht brauchte, dass es überhaupt keine Notwendigkeit gab, sich zu orientieren. Ein bestimmtes Bild stand in keiner expliziten oder narrativen Verbindung mit dem daneben, doch ihre Nachbarschaft deutete eine Ordnung an, die die Wirkung von beiden erhöhte.

Eine gebogene Reihe von Kinositzen oder Sitzen in einem Konzertsaal, leicht glänzend. Vom Blickwinkel der Sitze aus war das Kino immer voll, selbst wenn es leer war. Es spielte keine Rolle, was gezeigt wurde oder ob überhaupt etwas gezeigt wurde. Fenster in einem Turm. Licht, das durch die Fenster fiel. Ohne die Bilder, bis zu dem Zeitpunkt, wo sie gemacht wurden, hätte man denken können, dass es an diesen Orten nichts zu sehen gab. Dadurch dass sie fotografiert wurden, blieben sie so, wie sie waren, unverändert und doch verwandelt. Kam hier die Idee von *darshan* ins Spiel? Gab es eine Form von *darshan*, in der es nichts zu sehen gab?

In das Gästebuch, das auf dem Tisch lag, hatte jemand drei Zeilen geschrieben, in Hindi, wie ich annahm. Ich machte Laline darauf aufmerksam, und sie las die Zeilen laut vor. Sie seien aus einem Gedicht von Faiz, sagte sie, einem pakistanischen Dichter. Faiz hatte auf Urdu geschrieben, aber derjenige, der diese Zeilen hier niedergeschrieben hatte, hatte sie ins Hindi übersetzt. Während ihr Finger die fließenden Schriftzüge entlangfuhr, übersetzte sie sie zögernd.

»Denn es bleibt nichts als Allahs Name,
Er, der abwesend ist, aber auch gegenwärtig,
Er, der der Seher ist, aber auch der Gesehene.«

Ich starrte auf das unverständliche Muster von Wörtern, ließ ihre enthüllte Bedeutung wieder in sie zurücksinken. Lal sagte: »Ohne die erste Zeile wäre es vielleicht besser gewesen.«

»Stimmt, in diesem Zusammenhang hätten wir auf den Zusammenhang verzichten können«, sagte ich.

Die Leute blieben nicht lange auf der Vernissage – wie bei den Abendessen im Ganges View war das Fehlen von Alkoholischem ein starker Anreiz dagegen, länger zu verweilen. Als sich das Publikum in der Galerie ausgedünnt hatte, war es möglich, alle Fotos – jetzt mit der Bildunterschrift von Faiz – gleichzeitig in dem weißen Raum in einer einzigen Reihe angeordnet zu sehen. Eine in den Bildhintergrund zurückweichende Eingangshalle, in derem nassen Boden sich Türen und Fenster spiegeln. Ein von Himmel umgebener Turm. Ein Netz von Lichtern unter Wasser, wie etwas, das seine eigene Spiegelung war.

Zwei Musiker quartierten sich im Hotel ein: ein Tablaspieler und ein französischer Gitarrist. Der Gitarrist studierte in Kolkata hindustanische Musik und hatte seine Gitarre durch die Zufügung von Resonanzsaiten modifiziert, die ihr einen indischen Klang verliehen. Der Tablaspieler war Inder, aus Mumbai, lebte aber hauptsächlich in Europa, in Deutschland. Sie kannten sich nicht, doch nach dem Abendessen jammten sie zusammen auf der kleinen Dachterrasse des Hotels. Es war keine öffentliche Vorstellung, aber wer im Hotel wohnte, konnte dabei sein und zuhören.

Selbst wenn man ganz intensiv zuhörte, war es unmöglich, sich nicht ausgeschlossen zu fühlen von dem kleinen Kokon, den die Musiker für sich sponnen. Wenn man sie beim Spielen beobachtete, meinte man, zwei Liebende zu beobachten, die auf die geringste Regung und Bewegung des anderen reagieren und für alles andere blind sind. Während sie spielten, hatten sie nur Ohren und Augen füreinander, und wenn sie nicht spielten, zeigten sie an nichts Interesse, es sei denn, sie konnten sich über Musik unterhalten. Es fiel schwer, sie nicht darum zu beneiden, wie leidenschaftlich und rückhaltlos sie sich in ihr Fach vertieften. Jahrelang hatte ich meinen Lebensunterhalt als Journalist verdient, obwohl ich das Schreiben hasste. Wenn ich einen Beitrag zu schreiben hatte, gab es nichts – nichts –, das ich stattdessen nicht lieber getan hätte: Tennis spielen, fernsehen, trinken, abwaschen, ein Bad nehmen, die Zeitung lesen, sogar einfach ins Leere starren. Alles war mir lieber. Vielleicht wäre es anders gewesen, wenn ich »für mich selbst« geschrieben hätte – was immer das bedeutete –, aber ich bezweifle es. Es wäre immer noch Schreiben gewesen, etwas, das man verschieben und meiden musste. Während diese beiden nur eines wollten: Musik machen. Ich hörte sie in ihren Zimmern, wo jeder für sich übte, Material durchnahm, das sie am Abend zuvor gemeinsam entdeckt hatten, oder irgendeine Struktur, um die herum sie später am Abend improvisieren könnten. Ich wünschte, in meinem Leben hätte es auch so etwas gegeben. Überzeugt, dass es das irgendwann einmal gegeben haben musste, versuchte ich mich zu erinnern, was es gewesen war. Es dauerte sehr lange, bis ich mir eingestand, dass es mir deswegen so schwerfiel, mich zu erinnern, weil es gar nichts gab, woran ich mich hätte erinnern können. Tennis kam dem noch am nächsten, nur dass es, als ich es richtig ernsthaft hatte betreiben wollen, ein Limit dafür gab, wie viel mein Körper verkraften konnte: höchstens dreimal die Woche. Wenn ich häufiger spielte, zog ich mir Verletzungen zu. Was noch? Auf Partys gehen, trinken, Drogen nehmen. Drogen waren sicherlich etwas, auf das ich mich immer gefreut habe, aber wie beim Tennis war ich mir bewusst, dass ich mir, wenn ich es übertrieb, körperliche oder psychische Verletzungen zufügen würde. Außerdem war Drogennehmen ja kaum eine Berufung, jedenfalls nicht für mich. Es war nur eine Freizeitaktivität, ein Hobby, nichts, womit ich meinen Lebensunterhalt hätte bestreiten können. Vielleicht war das, was einem tragfähigen, alles verzehrenden Vergnügen am nächsten kam, das Leben, das ich hier führte, das Nichtstun. Und es war tragfähig oder könnte es leicht werden. Wenn ich meine Wohnung in London vermietete, könnte ich auf unbestimmte Zeit so weitermachen.

Während meiner ersten Woche in Varanasi hatte ich ständig meine E-Mails gecheckt, hatte mich über arbeitsbezogene Sachen in London auf dem Laufenden gehalten. (Als ich irgendwann meinen Beitrag über Varanasi auf der Website des *Telegraph* las, waren die Dinge, die mir anfangs das Gefühl gegeben hatten, ein Pauschalreise-Tourist vom Mars zu sein, für mich schon beinahe völlig normal geworden.) Seitdem hatte ich die Dinge schleifen lassen, hatte verschiedene Arbeitsangebote unbeantwortet gelassen. Nichts war so dringend, dass es nicht warten konnte, und wenn man lange genug wartete, dann wurde das, was einmal dringend gewesen war – gerade durch seine Dringlichkeit –, irrelevant. Allmählich verringerte sich die wechselseitige Eigendynamik der E-Mails, verblasste und verflüchtigte sich schließlich ganz. Das Einzige, was ich noch verfolgte, war Fußball, möglicherweise weil es keinen Sinn hatte. Ohne Zugang zu den Spielen – ohne die Zusammenfassungen im Fernsehen zu sehen – waren sie irrelevant, hätten ebenso gut nie stattfinden brauchen. Die Ergebnisse hätten ebenso gut erfunden worden sein können. (Dann verlor Chelsea eben null zu acht gegen Watford, und wenn schon?) Aber ich fand es trotzdem schwierig, darauf zu verzichten, vor allem jetzt, wo die Europameisterschaft angeblich wieder weiterging. Ich war kein Fan einer bestimmten Mannschaft, aber ich vermisste den Rückhalt, den mir der Fußball gegeben hatte. Es waren nicht nur die Spiele an sich, es war die ganze Struktur, die Fußball dem Leben gab, das System gemeinsamen Glaubens, die Geschichten und Kontroversen, die ihn untermauerten.

Ich war nach Varanasi gekommen, weil mich in London nichts hielt, und ich blieb aus demselben Grund: Weil es nichts gab, wofür ich hätte zurückkehren müssen.

Darrell war unterwegs zu einer Yoga-Stunde. Ich begleitete ihn bis zum Niranjani Ghat, wo ich den freundlich aussehenden heiligen Mann entdeckte, den ich nach der Konfrontation am Geldautomaten gesehen hatte. Er befand sich an derselben Stelle, saß im Schatten eines Pilzschirmes und blickte auf den Fluss hinaus.

»Ich will mal eben mit diesem Philosophen sprechen«, sagte ich zu Darrell, der weitereilte. Ich hatte »sprechen« gesagt, aber da er kein Englisch konnte, gab ich ihm einfach fünfzig Rupien dafür, ihm in die Augen sehen zu dürfen. Er tat mir den Gefallen gern. Wir hockten uns im Schneidersitz in den Schatten, einander gegenüber. Sein Kopf war von dem Backsteinrot der Mauer hinter ihm eingerahmt – sie hatte fast genau denselben Rotton wie der *tilak* auf seiner Stirn, sodass es aussah, als wäre mitten durch seinen Schädel ein Loch gebohrt worden. Zunächst war ich etwas unsicher, aber bald gewöhnte ich mich daran, einfach seine freundlichen braunen Augen zu betrachten. Er saß da und starrte. Es war nicht wie dieses kindische Spiel mit dem Nicht-Blinzeln – obwohl er offenbar eine unheimliche Fähigkeit besaß, nicht zu blinzeln. Aber es hatte nichts Aggressives. Wir schauten einfach nur. Er sah aus, als würde er nichts sehen. Ich versuchte, an nichts zu denken, versuchte nur zu schauen. Ich bin mir nicht sicher, wonach ich suchte, was ich zu sehen erwartete – deswegen schaute ich, um herauszufinden, was ich suchte. Was ich nicht sah, war irgendeine Ähnlichkeit zwischen uns. Er war in seiner Welt, und ich war in meiner. Meine Weltsicht würde nie die seine werden, ebenso wenig umgekehrt. Das verband uns. Was uns voneinander unterschied, war, dass er für meine Weltsicht keinerlei Interesse zeigte – sie bedeutete ihm nichts –, während ich höchst begierig war, etwas über seine zu erfahren. Wie war es, er zu sein? Ich wünschte, wir hätten die Plätze tauschen können, zumindest für eine Weile. Wenn ich genau hinsah, konnte ich mein eigenes Gesicht in den geweiteten Pupillen seiner Augen sehen. Es war, als wäre ich dort, ein kleiner Humunculus. Und dann, nachdem ich mich eine Weile darauf konzentriert hatte, füllte dieses kleine Abbild von mir mein ganzes Gesichtsfeld aus. Ich zoomte hinein, sodass ich, statt sein Gesicht zu sehen, jetzt nur noch mein eigenes sehen konnte, das mich wie aus einem Spiegel heraus anstarrte. Das war eine Art, es zu betrachten. Die andere war, dass ich tatsächlich sah, was er sah, und im Gegensatz zu dem, was ich ursprünglich gedacht hatte, war da eigentlich kein wirklicher Unterschied zwischen der Art, wie ich ihn sah, und der Art, wie er mich sah. Er sah, was ich sah, einen Mann Mitte vierzig, grauhaarig, mageres Gesicht, mit einem mürrischen Zug um den Mund. Das Gesicht war nicht unfreundlich, aber es hatte etwas Starres an sich, denselben starren Ausdruck, den ich schon bei anderen Reisenden desselben Alters bemerkt hatte. Es war kein dummes Gesicht, das war klar, aber ebenso klar war, dass, wenn man sich einmal von dem eng gefassten Begriff von Intelligenz gelöst hatte, ein Zuviel oder Zuwenig davon überhaupt nicht ins Gewicht fiel. Das Gesicht, das ich sah, das Gesicht, das mein Gesicht war, war voll von etwas, zitterte wie ein Glas randvoll mit Wasser, zitterte wie ein Windhund. Nicht aus Angst, sondern aus dem schlichten Umstand heraus, dass es lebendig war. Ein Windhund zu sein, bedeutete zu zittern, und ich zu sein, bedeutete, wie ein Glas voll Wasser zu zittern. Wovon war es voll, dieses Gesicht, dieses Gesicht, das mein Gesicht war? Ich sah genauer hin, strengte mich an zu sehen, zu erfahren, und je mehr ich das tat, desto mehr nahm das Gesicht, das ich sah, eine angestrengte, eindringliche Miene an. Jetzt sah ich, wovon das Gesicht voll war; es war voller Sehnen, Verlangen, in diesem Fall ein Verlangen nach Wissen, aber es hätte ohne Weiteres ein Verlangen nach Schokolade oder Sex gewesen sein können. Dies war der fundamentale Unterschied zwischen mir und meinem neuen Freund, dem heiligen Mann. Sein Gesicht war frei von Verlangen. Wie war er so weit gekommen? Wie hatte er das geschafft? War er zufällig einfach so? Unwahrscheinlich. Wahrscheinlicher war es, dass es ein Zustand war, den er erreicht hatte, dass er sich dazu durchgearbeitet hatte, durch Meditation, Yoga, Charas-Rauchen oder was auch immer. Die Vorstellung, sich in einem solchen Zustand zu befinden, einen solchen Zustand zu erreichen, fand ich großartig. Doch damit die Vorstellung der Abwesenheit von Verlangen Wurzeln schlagen kann, um die ersten Schritte in diese Richtung zu tun, um zu versuchen, sich von Verlangen zu befreien, muss es sich doch sicherlich zunächst als ein Verlangen, ein Sehnen, ein Drang äußern. Wie also transzendiert Verlangen sich selbst? Während ich das dachte, weitete sich, ohne dass ich es beabsichtigte, mein Blickfeld. Nachdem ich in die Pupille des Auges meines Freundes hineingezoomt hatte, zoomte ich nun wieder heraus, und der Anblick meines Gesichts, das eben noch im Vollbild gewesen war, im strengen Close-up, wich zurück und nahm seinen Platz als ein einzelnes Detail innerhalb des größeren Bildes seines Gesichts ein. Ich sah seine Augen und seine Haare, den *tilak* auf seiner Stirn, den *tilak*, der von demselben Rot war wie die Mauer hinter ihm. Ich sah seine Nase, seine Zähne und die Lücken, wo seine Zähne fehlten. Er lächelte. Ich lächelte zurück.

An diesem Abend wurde auf der Terrasse des Ganges View ein Konzert veranstaltet. Es war eine klare, warme Nacht, voller zuhörender Sterne. Die Terrasse war mit Kerzen beleuchtet, die in einer unmerklichen Brise flackerten. Ein Publikum von vielleicht dreißig Leuten hatte sich versammelt, um sich das Geigenspiel einer Frau mittleren Alters anzuhören, begleitet auf der Tabla von einem dünnen Mann mit weißem Haar und einer dicken Brille. Die Tampura wurde von einer Frau gespielt, deren scheue Art perfekt zu ihrem Instrument passte. Die Geigerin erklärte, sie würden den *raga Malkauns* spielen. Ich hatte ihn schon in verschiedenen Versionen auf meinem iPod gehört, aber ich wusste noch immer nicht, was ihn zum *raga Malkauns* machte und damit von einem anderen, ähnlich klingenden *raga* unterschied. Die Teile, die ihn, wie ich angenommen hatte, in einer Version kennzeichneten und fixierten, waren in einer anderen nirgends zu finden – nirgends zu hören.

Es war Stunden zuvor dunkel geworden, doch die Geige war dämmerungsgeladen, zwielichtig. Ich wusste, die Geigerin erkundete den *raga*, ließ ihn entstehen, ich spürte, wie ich allmählich in eine Geometrie des Klangs eingetaucht wurde, aber ich konnte ihn nicht identifizieren. Doch ich hatte zumindest eine Ahnung, warum ich es nicht konnte. Melodie ist an Zeit gebunden. Wird sie ein wenig schneller oder langsamer gespielt, bleibt sie erkennbar dieselbe. Doch hier war das Herz des *ragas*, die Melodie, der er entsprang, vollständig aus der Zeit herausgenommen. Eine ganze Dimension des Hörens war entfernt worden. Ich begann mich in der Unendlichkeit von etwas zu verlieren, das ich nicht erkennen oder verstehen konnte.

Dies mochte Musik des Geistes gewesen sein, aber es gab keinen Versuch, die physische Tatsache ihrer Erzeugung zu verbergen. Inmitten der lyrischsten Berührungen gab es keine Scheu vor dem Schaben, der Reibung des Bogens, der über die Saiten gezogen wurde. Es konnte im Handumdrehen zurückgelassen werden, dieses Schaben, aber das wurde es nie, oder nicht lange. Selbst während es frei emporschwebte, grub es sich noch tiefer in die Erde. Die Geige war so undurchdringlich wie die Nacht, die über dem Fluss lag, von ihr nicht zu unterscheiden. Jede Vorwärtsbewegung wurde zurückgezogen, und doch schritt die Musik unwiderstehlich voran und beschleunigte sich. Ein Puls wurde spürbar. Es ließ sich nicht sagen, wann dieser Puls begonnen hatte. Ich wurde mir dessen – der Rückkehr der Zeit – erst bewusst, als er schon eine Weile da war, als wäre er da gewesen, unhörbar, unmerklich, selbst bevor er da war. Die Sterne lagen auf dem Fluss. Zuerst hatte etwas Gestalt angenommen, jetzt wurde es lebendig. Da war ein Gefühl von brütender Akkumulation und subtiler Verwirklichung: Eine Melodie konnte noch schöner gemacht werden, wenn sie sich nicht selbst überlassen wurde. Indem sie gezwungen wurde, sich selbst zurückzulassen, wurde sie mehr als sie selbst und schließlich auf reinere Weise sie selbst. Der Puls war stärker als irgendetwas anderes geworden, so stark, dass er einen Bedarf – nach Rhythmus – erzeugte, den zu stillen er nicht in der Lage war.

In diesem Moment setzte die Tabla ein. Man konnte geradezu spüren, wie sich die Erleichterung durch die Nacht ausbreitete. Ein Schwarm Vögel flirrte vorbei, schnelle Schatten ihrer selbst. In dem unbegleiteten *alap* lag ein ungeheures Sehnen, ein Sehnen seitens der Geige, das unvergleichliche Schluchzen der Sarangi zu erreichen. Die Tatsache, das das unmöglich war, hatte sehr zu dem Gefühl des Sehnens beigetragen, doch dieses Sehnen war von der Tabla erfüllt worden, und die Geige wurde wieder zu etwas Vertrautem. Über längere Strecken hatte die Musik jetzt etwas von fußstampfendem, heftigem Hillbilly an sich, was der Stimmung von Meditation und Transzendenz keineswegs zuwiderlief. Es war, als würde man irgendeine universelle Blaupause für Musik entdecken, die sich von den Appalachen bis zur indogangetischen Ebene erstreckte. Das Schaben, das Quietschen wurde jetzt stärker, aber ebenso das Gleiten und Auf und Ab der Melodie, der verlassenen Melodie, die nie zurückgelassen worden war. Die Tabla knüpfte die Melodie in Knoten, immer wirrer, immer komplexer – und entknotete sie ebenso schnell wieder, schneller und schneller, aber immer mit einer Zeitreserve. Im Herzen des Galopps der Tabla war ein Gong, der hinausschallte. Ich konnte den rhythmischen Zyklen nicht folgen, zumindest nicht bewusst, doch so weit sich die Geige und die Tabla auch voneinander entfernten, gab es immer einen Ort, an den sie zurückkehren konnten, und auf eine bestimmte Weise ahnte ich allmählich, wo dieser Ort war, erkannte ihn, wusste, wie er klang, erwartete ihn, selbst wenn er ein weiteres Mal zurückgelassen worden war. Die Dunkelheit strömte über den Fluss und in ihn hinein. Der Fluss war dunkel. Der Himmel über dem Fluss war so dunkel wie der Fluss, aber anders als der Fluss, der ständig in Bewegung war, blieb er unbewegt. Von Dunkel war die ganze Welt bedeckt.

Obwohl ich es mir jeden Tag angesehen hatte, war ich nie zum anderen Ufer des Ganges hinübergefahren. Dann, eines Nachmittags, tat ich es. Das Boot schob sich in den weichen Schlamm, direkt gegenüber Jain Ghat, und ich stieg aus. Es war menschenleer, aber nicht ganz: Ein paar Touristen hatten die Fahrt ebenfalls gemacht und schlenderten umher. Was aus der Ferne reizvoll ausgesehen hatte, erwies sich aus nächster Nähe als abgrundtief grauenhaft. Es hatte nichts auch nur im Entferntesten Heiliges an sich. Es war größtenteils sandig und trocken. An manchen Stellen sah es wie eine schlammige Mondlandschaft aus, mit Tümpeln von Brackwasser, Flecken von Moos und Schleim. Am Wasserrand pickten hübsche Stelzvögel an Schaumblasen von Schwimmschlamm. Nach normalen Maßstäben war es hier müllübersät. Zerknüllte Zigarettenpackungen, Plastiktüten, die unter den Füßen schmatzten, ein paar Tierknochen, braune Scherben von Tongefäßen, eine alte Sandale, ein paar kaputte, schlammverkrustete Kugelschreiber. In einer braun-grünlichen Wasserlache lagen mehrere verendete Flugdrachen. Ein Hund kam auf mich zugetrottet, mehr Hyäne als Hund. Ich hatte das starke Gefühl, mitten in den Nachwehen von etwas zu stehen, aber von was? Den Nachwehen einer Müllhalde, einer Halde, aus der die besten Stücke herausgefischt worden waren, sodass selbst nach den niedrigen Maßstäben von Müll ausschließlich Abfallprodukte – Dreck – übrig blieben: Dinge, die selbst dem indischen Brauch maximaler Verwertung zufolge nicht mehr recycelt oder wiederverwendet werden konnten. Es gab hier nichts zu tun, es war sinnlos, noch länger zu bleiben.

Ich wünschte, ich wäre nicht gekommen. Vorher hatte man immer noch glauben können, dieses andere Ufer sei der Ort, an dem Seelen ihre Ruhe fanden. Falls dem tatsächlich so war, dann stellte sich die Ewigkeit jetzt als ein verschmutzter, verunreinigter Ort dar. Man hätte besser daran getan, wiedergeboren zu werden, sein Glück noch einmal am Rouletterad des Samsara zu versuchen und darauf zu hoffen, dass die nächste Runde einem ein Inkarnations-Upgrade verschaffte, denn etwas Schlimmeres, als hier zu enden, konnte es doch sicherlich nicht geben.

Vor allem, wenn man hier starb und – wie man mir wiederholt

versichert hatte – als Esel wiedergeboren wurde. Wenn das geschah, würde man dann wissen, und sei es nur für jenen Bruchteil einer Sekunde, in dem sich die Seelenwanderung vollzog, dass man im vorherigen Leben man selbst gewesen war? Würde irgendetwas von einem in dieser neuen Inkarnation überleben oder wäre man einfach ein erinnerungsloser Esel? Wenn Letzteres der Fall war, dann brauchte man sich um die Reinkarnation nicht den Kopf zu zerbrechen. Ohne jegliches Bewusstsein von vorherigen oder zukünftigen Leben hätte man ebenso gut nie zuvor geboren worden sein können. Wenn er keine Vorstellung davon hatte, jemals etwas anderes als ein Esel gewesen zu sein, dann war sich der Esel der Tatsache nicht bewusst, dass er ein Esel war. So war der Esel durch Unwissenheit dem Samsara entkommen – obwohl er selbst wahrscheinlich nicht das Gefühl hatte, während er Lasten schleppte, mit Stöcken geschlagen oder gezwungen wurde, Dinge gegen seinen Willen zu tun, wo er doch nichts anderes wollte, als sich in den weichen Schlamm zu legen, nach Varanasi hinüberzublicken und zu denken: *Das kenne ich doch irgendwoher …*

Ich wurde etwas schläfrig. Ich dachte an die perfekten Schläge, die ich im Tennis ausgeführt hatte, und an die Spiele, in denen ich an entscheidenden Stellen Fehler gemacht und infolge dieser Fehler schließlich das ganze Match verloren hatte. Ich dachte an Spiele, die ich gespielt hatte, und an die Zehntausende von Litern Bier, die ich gesoffen hatte, und an die Hunderte von Lines Kokain, die ich gezogen hatte, und mir wurde klar, dass mein Leben vor meinen Augen vorbeizog, wie es, so sagt man, im Augenblick unseres Todes geschieht. Das wird immer so verstanden, dass das gesamte Leben sich einem vor den Augen entfaltet, und vielleicht gab es eine Zeit, wo dies der Fall war, aber heute, im Zeitalter der Soundbites und Highlights, ist ein gewisses Maß an Selektivität angesagt. Man braucht nicht jeden Augenblick seines Lebens wiederzuerleben, alle Einzelheiten von Verlangen, Versuchung und Erliegen, all die Stunden, die man vor dem Fernseher, an der Bushaltestelle, in der Nase bohrend verbracht hat. Das ist nur Polsterung. Nein, es gibt nur eine begrenzte Anzahl von Augenblicken, die etwas wert sind, die ein Leben ausmachen und definieren. Und einer dieser Augenblicke, erkannte ich, war dieser, derjenige, in dem ich begriff, dass mein Leben … Ich schreckte hoch, hatte plötzlich Angst, ich wäre kurz davor zu sterben, dass dies mein Schicksal gewesen war, dass ich hier sterben und als Esel wiedergeboren werden sollte, ein Esel mit einem Gehirn, ein Esel, geplagt von einer hartnäckigen, doch unvollständigen Ahnung – keine Erinnerung, eigentlich nur ein nagender Zweifel – davon, was es bedeutete, ein Mensch zu sein.

Ich richtete mich auf, unsicher wie ein neugeborenes Fohlen. Die anderen Touristen waren verschwunden. Ich war allein am anderen Ufer des Ganges.

Ich vergewisserte mich, dass der Bootsmann noch da war – er war es –, und schlenderte eine Weile umher, während ich nach Varanasi hinüberblickte. Dabei verkehrte sich das Gefühl, dass es ein Fehler gewesen war, hierherzukommen, allmählich ins Gegenteil. Ich war jetzt froh, es getan zu haben: Es erinnerte mich daran, dass dieses Leben – das dort drüben auf der anderen Seite, dort drüben in Varanasi, in der vertrauten Welt – das einzige war, das man hatte, und dass es deshalb das einzige wirkliche Verbrechen, der einzige Fehler war, nicht das meiste daraus zu machen. Die Vorstellung vom Leben nach dem Tod oder von der Ewigkeit war genau das, als was sie hier enthüllt wurde: Müll. Müll, den niemand haben wollte, dem niemand einen Wert beimessen konnte. Was hier war, das waren die Nachwehen des Lebens selbst, das, was übrig blieb, wenn deine Zeit um war.

Bei Harishchandra Ghat war irgendein Happening im Gange. Eine Gruppe von fünf Trommlern schlug einen hektischen Rhythmus an, während ein paar alte Typen dazu austickten, abwechselnd tanzten und kämpften. Es war eine Kombination aus einem Bumfight-Video und einem Festival für gehirngeschädigte Veteranen der Trance-Szene. Beruhigte die Musik sie oder putschte sie sie auf? Schwer zu sagen. In einem Moment hüpften sie alle herum und warfen sich auf den Boden. Dann, ohne erkennbare Provokation, gingen sie aufeinander los, und das Ganze verwandelte sich in eine Schlägerei. Es gab keine erkennbaren Bündnisse oder Seiten – oder wenn es Bündnisse gab, wechselten sie zu schnell, als dass der neutrale Beobachter etwas davon mitbekommen hätte –, aber irgendwann versuchten ein paar Teilnehmer, die ganze Sache zu schlichten. Aus Ringergriffen wurden Umarmungen. Ein Mann, der sich noch ein paar Minuten zuvor geprügelt hatte, ließ jetzt wie eine Bauchtänzerin die Hüften kreisen und streichelte einen unsichtbaren Phallus in einen Zustand enormer, imaginierter Anschwellung hinein. Dann setzte die Musik wieder ein, und die Randale begann erneut. Oder die Musik hörte auf, und die Randale begann erneut. Jene, die gerade noch versucht hatten, Ruhe in die Sache zu bringen, wurden jetzt die Anstifter einer weiteren Runde von Feindseligkeiten. Je länger ich zusah, desto schwieriger wurde es, irgendeine Ordnung, ein Muster, Loyalitäten zu erkennen. Es war ein kleines Stück Chaos, das zwar ständig drohte, gänzlich außer Kontrolle zu geraten, es aber nie richtig tat. Alle Beteiligten amüsierten sich bestens.

Ich musste an den Teilnehmern vorbeigehen, um zum Ganges View zurückkehren zu können. Während ich mich vorbeischob, taumelte einer von ihnen gegen mich. Ich stieß ihn instinktiv ins Gerangel zurück. Diese Vergeltung schien niemanden zu stören.

Aus nächster Nähe war der Krach der Trommeln von einer hypnotischen Heftigkeit. Ich nickte ein bisschen mit dem Kopf und fing an zu tanzen. Ein paar Minuten später krachte ein anderer Typ gegen mich, wodurch ich wiederum gegen jemand anderen taumelte. Ich ließ mich nicht vollständig gehen, achtete darauf, nicht gegen die wirklich verrückten Typen zu torkeln und zu taumeln, aber wenn man erst einmal mittendrin war, war all dieses Getorkel und Getaumel eigentlich weniger gefährlich, als es von außen, für einen Unbeteiligten, aussah. Es war eigentlich nur ein Freiluft-Moshpit, an einem Standort, der sich – unpassend für westliche Empfindsamkeiten – in zehn Metern Entfernung von einer Totenfeier befand.

Kurz nach meinem Ausflug zur anderen Seite tat ich etwas anderes, das ich schon seit Ewigkeiten vorgehabt hatte: Ich besuchte den Tempel bei Kedar Ghat. Im Laufe meines Aufenthaltes in Varanasi waren die blassblauen Streifen zu dem Weiß verblichen, für das ich sie ursprünglich gehalten hatte. Ich erinnere mich, dass Varanasi an meinem ersten Tag hier wie ein vergammelter Seekurort ausgesehen hatte. Mit seinen rosa-weißen horizontalen Stufen und senkrechten Streifen war Kedar das Epizentrum dieses Eindrucks: Es sah aus wie von einer Zuckerstange und einem Deckstuhl inspiriert. Das war gar nicht so abwegig. Der Hinduismus, der ja höchst anpassungsfähig ist, hätte keine Mühe, sich die Vorstellung zu eigen zu machen, dass Shiva einmal ein langes Wochenende – etwa zehntausend Jahre – in Brighton verbracht hatte, bevor es Mods und Rocker gab, als selbst das bescheidenste Bed & Breakfast die Größe des Pavilion hatte.

Das Dach war von Statuen der Götter gesäumt, leuchtend und fröhlich wie Gartenzwerge. Die Sonne knallte auf die rosaweißen Stufen nieder. Es war der bislang heißeste Tag des Jahres, bei Weitem. Verglichen damit, wie heiß es in zwei Monaten sein würde, wenn es unerträglich heiß wäre, war es überhaupt nicht heiß, aber dadurch fühlte es sich kein Grad kühler an. Ich ging die rosa-weißen Stufen hinauf zu den rosa-weißen Streifen des Tempels, wo aus horizontal vertikal wurde. Ich zog meine Sandalen aus und trat ein. Die Dunkelheit flackerte im Kerzenlicht. Einfach drinnen zu sein, raus aus der Sonne, war schon angenehm. Es wurden Glocken geläutet. Meine Augen gewöhnten sich an die Dunkelheit. Die Wände waren in demselben Lilablau gestrichen wie die Stufen draußen, bevor sie verblichen waren. Auf dem gekachelten Boden ein Pollock-Spritzmuster von demselben Blau, ein paar gelbe Säulen. Die grün-weißen Kacheln an den Wänden wären in einer alten Molkerei nicht fehl am Platz gewesen.

Der Tempel war Shiva geweiht – da war er, mit goldenem Hut, durch und durch blau und durch und durch allmächtig –, aber das bedeutete nicht, dass die anderen Götter und ihre Gattinnen ausgeschlossen waren. Im Gegenteil, sie waren alle da; alle verschieden, alle gleich, alle eins. Alle für einen und einer für alle. Ich ging im Uhrzeigersinn um den Tempel. Auf der Rückseite, in einem Verschlag, der wie eine Gefängniszelle aussah, befand sich ein heiliger Mann mit einer zusammengeknoteten Mähne aus weißen Haaren und Bart und bewachte, vor sich hin murmelnd, eine kleine Flamme, als wäre sie ein zarter Vogel, den es wieder zurück ins Leben zu locken galt. Er war ganz und gar auf die Flamme konzentriert und auf die Worte, die er sprach. Es klang nicht wie eine Beschwörung, allenfalls wie die Überreste von einer, als könnten die Worte, die er benutzt hatte, um ihn dorthin zu bringen, wo er jetzt war, nur vage erinnert werden, und als fehlte ihnen die Kraft, ihn zurückzubringen. Nicht dass es den Eindruck machte, als würde er irgendeinen Wunsch verspüren, zurückzukehren. Er sprach die Worte wie im Schlaf, Worte, die darauf hindeuteten, dass Wachen eine Art Schlaf war und nur jene, die tief schliefen, zum Traum des Lebens erwachen konnten. Er schien meine Gegenwart – und, so vermutete ich, auch seine eigene – nicht im Geringsten wahrzunehmen, was ihm den Anschein verlieh, sich in einer Irrenanstalt als Gebetsstätte ebenso zu Hause fühlen zu können. Er schlurfte in seiner Zelle vor sich hin, die gar keine Zelle war, ebenso wenig wie das Universum eine Zelle ist. Eingegrenzt in einer Nussschale und ein König des unendlichen Raumes! Irgendwie schade, dass *Hamlet* nicht ins Sanskrit übersetzt worden war – obwohl es durchaus möglich ist, dass ein Publikum von Brahmanen des 16. Jahrhunderts den Monolog »Sein oder Nichtsein« als ordentlichen Blödsinn abgetan hätte, mit der Begründung, dass Sein und Nichtsein ein und dasselbe sei, dass Nichtsein die höchste Form des Seins sei, dass Sein selbst eine Illusion sei. Ein Junge sagte Hallo und fragte: »Woher kommen?« Ich lächelte, sagte: »Vom Mars«, und ging weiter. Ich wollte allein sein, aber dieser Gedanke ergab auch keinen Sinn. Wieso allein sein, wenn ich jemandem Geld geben könnte, damit er mir Dinge erzählte, die ich schon wusste? Eine staubige Stange Sonnenlicht stocherte von draußen herein und erleuchtete ein Stück Sanskrit, das auf eine der Wände geschrieben war. Der Junge deutete auf das Licht, das auf den heiligen Text zeigte wie der Finger eines langsamen Lesers, der sich über die Seite eines schwierigen Buches bewegt. Ich zog auch weiter, und der Junge kam mit, stets ein winziges Stückchen vor mir, womit er subtil andeutete, dass er jetzt offiziell mein Führer war. Er benannte die verschiedenen Gottheiten, die in ihren kleinen Nischen steckten, viele mit frischem Zinnoberpulver bemalt oder mit Blumen garniert. Ein Vishnu aus weißem Marmor und ein Vishnu aus grauem Stein lebten Seite an Seite, in benachbarten, mit Blütenblättern bestreuten Schreinen. Vorübergehend war ich auch wieder im Freien, wo ich einen dreiäugigen Ganesh besichtigte, mandarinenfarbig, sonnenbeschienen.

Überall waren Blumen, meinen Hals eingeschlossen. Anders als die im Durga-Tempel rochen diese, wie es sich gehörte, dufteten nach Blumen. Als ich wieder drin war, gab ich dem alten Mann, der sie dort hingetan hatte, zwanzig Rupien, dem alten Mann, zu dem mich der Junge geführt hatte, dem alten Mann, dessen Platz der Junge irgendwann einnehmen würde oder fünfzig Jahre zuvor eingenommen hatte. In Indien war alles gleich so viel leichter, wenn man genug Kleingeld hatte. Der Duft der Blumen hing schwer in der Luft und der Duft von Weihrauch noch schwerer. Es hatten sich inzwischen mehr Leute hereingedrängt, und es wurden mehr Glocken geläutet. Es war unglaublich laut, laut wie in einem Nachtclub – das echte *Escape from Samsara*. Der Junge wich nicht von meiner Seite. Seine Lippen bewegten sich, aber ich konnte nicht hören, was er sagte. (War das so, wenn man taub war? In einem Sturm von Geräuschen gefangen zu sein?) Ich gab ihm fünf Rupien, und er ging weg. Es ließ sich unmöglich feststellen, wo der Lärm der einen Glocke aufhörte und der einer anderen begann. Wenn man den Lärm der Glocken mit einem einzigen Wort beschreiben wollte, dann konnte es nur »Getöse« sein. Die Glocken erzeugten das unglaublichste Getöse. Im Herzen dieses Getöses hämmerte eine Trommel, verstärkte das Getöse, vertiefte es, verlieh ihm Schärfe. Tiefer im Inneren des Tempels, im Allerheiligsten, zeichnete ein sehniger Priester in einem weißen *dhoti* mit einer Art Kandelaber Muster aus Feuer in die Luft. Die Flammen ließen Schatten über die Wände tanzen und taumeln. Die Glocken waren lauter denn je, so laut, dass sie aus meinem Schädel zu kommen schienen. Allerdings bedeutete das nicht etwa, dass sie laut genug waren. Je lauter die Glocken wurden, desto dringender wollten die Menschen sie läuten. Die Gläubigen bildeten zwei Reihen, als würde gleich jemand oder etwas – ein Stier? Ein Gott? Ein Stier-Gott? – freigelassen und käme aus der kerzenbeschatteten Dunkelheit herausgestürmt, an uns vorbei, hinaus ins unvorstellbare Sonnenlicht. Aber nein, nichts kam heraus. Wir wurden hineingeleitet, in das Allerheiligste. Die Glocken waren ohrenbetäubend. Und dieses Hämmern, sah ich jetzt, kam von einer mechanischen Trommel, die hämmerte, hämmerte, hämmerte. Bumm! Bumm! Bumm! Die Glocken waren verrückt, wahnsinnig, gestört. Hier, in dem Schrein im hintersten Winkel des Tempels, streckten Menschen die Hände nach dem *lingam* aus, einem braunen Steinklumpen, der mit orangen und gelben Blumen geschmückt war. Der Junge, der sich als selbsternannter Führer bei mir eingeschlichen hatte, tauchte wieder auf und gab mir zu verstehen, ich solle meine Girlande als Opfergabe darbringen. Niemand beachtete mich. Sie waren alle darin vertieft, die Hände auszustrecken und den *lingam* zu berühren. Ich warf die Girlande kurzerhand auf den Blumenhaufen. Nichts änderte sich durch diese Geste, dieses glaubenslose Stück *puja*, doch das Gefühl, dass ich mich im Mittelpunkt von etwas befand, war unwiderstehlich, und ich wollte auch gar nicht widerstehen. Die Trommel hämmerte weiter. Bumm! Bumm! Bumm! Die Glocken waren ein zusammengeschmolzenes Getöse. Innerhalb des multiplen Getöses, des Getöses all der verschiedenen Glocken, nahm ein anderer Laut Gestalt an: rund, glühend, sich ausdehnend, golden. *Aum.*

Wenn es eine Episode aus meiner Zeit in Varanasi gibt, die ich gern auf Film hätte, dann ist es die mit dem Affen und der Sonnenbrille. Ich würde sie gern studieren, sie genauer analysieren. Ich saß auf der Terrasse, in dem Moment der einzige Mensch dort, und las in Darrells Exemplar von Ginsbergs *Indischem Tagebuch* (*Liebende Frauen* hatte ich aufgegeben). Meine Sonnenbrille lag auf dem Tisch, zusammen mit den Resten der Suppe und des Tees, die ich zum Mittagessen bestellt hatte. Ich hatte meine Magenbeschwerden überwunden und aß wieder normal, ernährte mich nicht mehr ausschließlich von Bananen. Plötzlich krachte es auf dem Wellblechdach hinter mir, und ein Affe landete auf dem Tisch. Ich sprang erschrocken zurück. Die Teetasse fiel zu Boden und zerbrach. Unsicher, was er nehmen sollte, packte der Affe meine Sonnenbrille und machte sich mit ihr davon, über die Mauer, in Richtung des Tempels.

Erleichtert, dass ich nicht berührt, gekratzt oder gebissen worden war, ging ich hinüber zu der Mauer, über die der Affe verschwunden war. Er saß ein paar Schritte von mir entfernt und hielt meine Sonnenbrille in beiden Händen. Einen Moment lang dachte ich, er würde sie aufsetzen, aber er saß einfach auf seinem Hintern und klammerte sich an eine Sonnenbrille – mit geschliffenen Gläsern –, für die er keine Verwendung hatte. Wir beobachteten einander. Er hielt meine Sonnenbrille jetzt mit nur einer Hand, wedelte mir damit zu. Vielleicht, überlegte ich, nahm in diesem Moment in seinem Kopf eine Idee Gestalt an, der fortgeschrittenste Gedanke, den er je gebildet hatte. Er hatte sich die Sonnenbrille rein impulsiv geschnappt, weil sie glänzte und weil sie da war. Aber er hatte sie nicht gestohlen, so begriffen wir jetzt beide. Er hatte sie als Geisel genommen. An sich wertlos, hatte sie doch einen beträchtlichen Tauschwert. Ich machte eine Geste, die ich an Buddha-Statuen beobachtet hatte: die Hand erhoben, Angst vertreibend.

»Warte«, sagte ich. »Ich bin gleich wieder da.«

Der Affe reagierte nicht. Ich ging rückwärts zu dem überdachten Teil der Terrasse, wo eine Schale mit Obst stand. Ich nahm drei Bananen, stopfte mir zwei in die Gesäßtasche und streckte die dritte dem Affen entgegen, während ich mich ihm wieder näherte. Ich hielt sie mit ausgestrecktem Arm in einer Hand, bereit, sie fallen zu lassen, falls er plötzlich auf mich zuspringen sollte. Die andere Hand hielt ich vor meiner Brust weiterhin in der Geste des *mudra* erhoben, das Angst vertreibt. Der Affe hielt immer noch meine Sonnenbrille in der Hand. Mit sehr langsamen Bewegungen legte ich die Banane auf die Mauer, die uns trennte, wobei ich den Affen ständig im Auge behielt. Danach achtete ich darauf, dass meine erhobenen Hände sichtbar waren, die Handflächen ihm zugewandt. Er rührte sich nicht. Er saß einfach da, ob mit einem Pokerface oder sich meiner gar nicht bewusst, das ließ sich nicht sagen. Ich griff in meine Gesäßtasche, nahm eine zweite Banane heraus und legte sie neben die erste. Mit erhobenen Handflächen zog ich mich wieder zurück. Der Affe sah weg, schlug mit meiner Brille nach einer Fliege. Er schüttelte den Kopf, eine Geste, die vielleicht in keinerlei Beziehung zu meinem verbesserten Angebot stand.

»Du bist ein ganz Harter, was?«, sagte ich. »Na gut, Schluss mit lustig.« Ich nahm die letzte Banane heraus und legte sie neben die anderen beiden, sodass sie ein Bündel bildeten. Ohne ihn aus den Augen zu lassen, drehte ich mich leicht, damit er sehen konnte, dass ich keine Bananen mehr in der Tasche hatte. »Das ist mein letztes Angebot«, sagte ich. »Alles oder nichts.« Meine Hände waren noch immer erhoben, doch jetzt kreuzte ich sie in einer, wie ich hoffte, universalen, speziesübergreifenden Geste der Endgültigkeit, des Abschlusses. Ich trat einen Schritt zurück. Falls das Angebot nicht angenommen wurde, falls die Verhandlungen scheiterten, hatte ich nicht die Absicht, mir die Bananen wieder zu schnappen. Es war jetzt eine Frage der Ehre. Er war am Zug. Natürlich wollte ich meine Sonnenbrille zurückhaben, aber ich war mir auch der historischen Bedeutung dieser Begegnung bewusst. In Bezug auf die Entwicklung seiner Spezies war der Schritt, den der Affe kurz davor war zu tun – der Schritt, den er, wie ich hoffte, tun würde –, ebenbürtig mit Neil Armstrongs riesigem Sprung von der Mondlandefähre auf die staubige Oberfläche des Mondes.

»Jetzt liegt es an dir«, sagte ich. »Du hast die Wahl. Du kannst die Sonnenbrille liegen lassen und die Bananen nehmen. Mit anderen Worten, du kannst anfangen, dich weiterzuentwickeln. Oder du kannst die Bananen packen und auch noch mit der Sonnenbrille abhauen. Aber wenn du das tust, bleibst du bis zum Ende deines Lebens nur ein blöder Schimpanse. Und noch was: Wenn du das tust, dann schwöre ich, mache ich gnadenlos Jagd auf dich. Ich hetze dich wie ein Hund. Also, du bist am Zug.«

Im Verlauf dieser Rede hatten sich meine Hände allmählich gesenkt. Sie befanden sich jetzt auf Hüfthöhe, wie die eines Revolverhelden oder eines Gorillas. Der Affe zuckte etwas. Dann sprang er behende über die Mauer und schnappte sich die Bananen, schnell, aber mit Bedacht. Er hüpfte davon und ließ dabei – ob absichtlich oder aus Versehen, war nicht festzustellen – meine Sonnenbrille auf den Tisch fallen.

Ereignisse in Varanasi nahmen oft eine gewisse Symmetrie an. Als ich am nächsten Morgen zur Terrasse hinaufging, um zu frühstücken, schwirrte mir die Episode mit dem Affen und der Sonnenbrille immer noch im Kopf herum. Darrell war bereits da und aß Porridge.

»Wie geht's, Darrellji?«

»Ein bisschen von der Rolle. Ich habe heute Nacht geträumt, ich würde von einem Känguru angefallen.«

»Wie merkwürdig.«

»Ich weiß. Es ist der einzige Traum, den ich hier hatte, oder zumindest der einzige, an den ich mich erinnern kann. Und der einzige Grund, warum ich mich an ihn erinnere, ist, weil er so lächerlich ist, so irrelevant. An einem durchschnittlichen Tag sieht man hier mehr Tiere als in New York in einem ganzen Jahr. Es ist ein Zoo, eine Stadtfarm. An den Ghats entlanglaufen ist wie auf Safari gehen.«

»Ein Känguru gehört zu den Tieren, denen du hier garantiert nicht begegnen wirst.«

»Genau. Wenn sie nicht so gut wie ausgestorben wären, würde es mich nicht weiter überraschen, einem Tiger über den Weg zu laufen. Aber wieso taucht ein Känguru hier in einem Traum auf und fällt mich an?«

Ich schüttelte den Kopf. Zu dem Känguru fiel mir gar nichts ein, aber was den Mangel an Träumen betraf, hatte er recht. Varanasi war ein erstaunlich ungünstiges Klima für sie. Man hätte doch meinen können, dass sich der ganze Kram, dem man tagsüber begegnete – Kram, der schon unter normalen Umständen kaum einen Sinn ergab –, im wahnwitzigen Wirbel des Unbewussten ganz wie zu Hause gefühlt hätte, sich ohne großes Redigieren per Copy & Paste darin hätte einfügen können. Doch das war nicht der Fall. Man schloss die Augen und schlief, ohne zu träumen, und weil man nicht träumte, war es so, als hätte man gar nicht geschlafen.

»Ich habe hier neulich ein langes Nickerchen gemacht«, sagte ich. »Als ich die Augen aufmachte, war das nicht wie Aufwachen. Es war, als würde ich von Neuem anfangen zu existieren. Während meine Augen geschlossen waren, war ich nicht am Leben. Ich hätte ebenso gut der Stuhl sein können, auf dem ich saß, oder die Fliese unter dem Stuhl oder das Fundament des Hotels, selbst der Schlamm, die Erde, auf der es erbaut wurde.«

»Wenigstens wurdest du nicht von einem Känguru angefallen.«

»Ich weiß. Vielleicht ist es an der Zeit, dass der Hinduismus internationaler wird, auch Australien mit einbezieht. Ein Känguru-Gott könnte richtig populär sein. Ganoona könnte in seinem Beutel reisen und herauslugen.«

»Wer ist Ganoona?«

»Ganoona ist all das, was nicht etwas anderes ist. Aber auch das, was alles andere ist.«

»Ganoona?«

»Ja. Nietzsche hat die Ankunft des Übermenschen verkündet. Ich verkünde die Ankunft von Ganoona. Im Beutel eines Kängurus.«

Ich wusste nicht, wo diese Ganoona-Idee herkam. Im Rahmen einer Unterhaltung über einen Känguru-Angriff wäre es sinnvoll gewesen zu erzählen, dass ich am Nachmittag zuvor in Geiselverhandlungen mit einem Affen verwickelt gewesen war, aber stattdessen war ich mit diesem Ganoona-Unsinn gekommen. Ich hatte den Namen Ganoona noch nie gehört oder gedacht, bevor ich ihn aussprach, bevor er sich aussprechen ließ. Aber jetzt, da ich ihn ausgesprochen hatte, war Ganoona eine Tatsache. Es war wirklich. Es war Ganoona.

An dem nepalesischen Tempel in der Nähe von Meer Ghat befand sich ein hölzerner, mit erotischen Schnitzereien verzierter Fries, direkt unter dem Rand des hölzernen Daches. Die Figuren waren gerundet, kurvig, zweideutig. Manchmal war es schwierig, genau festzustellen, was da vor sich ging, manchmal war es eindeutig: eine Frau, die einen Mann befriedigt, während er ihre Brüste streichelt. Oder ein Mann, der sie von hinten vögelt, während eines ihrer Beine senkrecht nach oben ausgestreckt ist, wie eine Balletttänzerin, die von einem anspruchsvollen Trainer gestreckt wird. Oder sein Schwanz, der in ihr Gesicht übergeht. Ich wusste von den berühmten erotischen Schnitzereien in Khajuraho, hatte aber nicht erwartet, hier solche Dinge zu finden. Sie waren wie Visionen aus einer verlorenen Welt, an die ich mich dumpf erinnerte: die Welt der Begierde, erwiderter Leidenschaft. Sie zu betrachten, machte mich zufrieden und traurig zugleich, weckte Heimweh nach einem Ort, an den ich nie zurückkehren würde.

An diesem Nachmittag lag ich auf meinem Bett und dachte an Sex. Oder versuchte es. Ich hatte nie Fantasien gehabt, nur Erinnerungen, Erinnerungen, die gelegentlich etwas verbessert oder ausgeschmückt wurden. Doch meine Erinnerungen an Sex waren seltsam unkörperlich geworden. Unter Schuldgefühlen dachte ich an Lal, stellte mir vor, wie sich ihre Haut unter meinen Händen anfühlen würde, konnte den Gedanken aber nicht konkret werden lassen, um mich erregt zu fühlen. Mein Schwanz war nicht hart. Ich hatte seit Wochen keinen Ständer mehr gehabt. Vielleicht verlor ich allmählich die Fähigkeit, einen zu haben. Ich versuchte zu masturbieren, hatte aber Schwierigkeiten, mich zu konzentrieren. Bilder von Varanasi, von den Ghats, strömten herein und blockierten alles andere. In gewisser Weise war es eine Erleichterung, von der Qual sexueller Begierde befreit zu sein, doch dieser Mangel war an sich schon eine Form der Qual. Was, wenn diese Begierde verschwinden und nie zurückkommen würde?

Derlei Sorgen erwiesen sich bald als irrelevanter Luxus. Ich hatte schon seit Wochen eine leichte Erkältung mit Husten. Das war nicht weiter ungewöhnlich. Da man ein Gemisch aus Staub, Luftverschmutzung und dem Rauch der Toten einatmete, bedeutete das, dass sich jeder, der hier länger als ein paar Tage blieb, einen Husten holte. Wenn man sich damit abgefunden hatte, wurde es zu einer der normalen Vergnügungen des Lebens in Varanasi, an den Ghats entlangzugehen und grüne Klumpen Schleim auszurotzen. Ich hatte zwar ein paar Anfälle von Durchfall gehabt, aber angesichts all der Dinge, die hätten schiefgehen können, sah es so aus, als müsste ich mir darüber, ebenso wie über den Husten, keine größeren Sorgen machen.

Dann, eines späten Nachmittags, während ich in dem Straßengewirr hinter den Gebäuden am Flussufer umherschlenderte, wurde ich in einen bizarren Zwischenfall verwickelt. Die Gassen waren so eng und dunkel, dass die gelben, diamantförmigen Telefonschilder – STD – gastfreundlich leuchteten, als würden sich die Tavernen in diesem Viertel auch um Geschlechtskrankheiten – *Sexually Transmitted Diseases* – kümmern (wobei unklar blieb, ob man sich dort behandeln lassen oder sie sich zuziehen konnte). In Kesseln wurde Milch für die Herstellung von Süßigkeiten gekocht und umgerührt, die derart süß waren, dass Zahnärzte davon abraten würden, sie auch nur scharf anzusehen. Ich trat in einen ruhigen Tempel: grün und cremefarben gestrichene Wände, ockergelbe Säulen, violette Schreine. Er war leer bis auf einen anderen Menschen, der nicht einmal fragte, wo ich herkam. Durch die Anwesenheit dieses einzelnen Menschen wirkte der Tempel leerer, als wenn niemand da gewesen wäre.

Ein paar Meter vom Tempel entfernt kam ich an eine Kreuzung. Der Weg vor mir war zeitweilig durch eine Kuh versperrt, die die Quergasse entlanggeschaukelt kam. Unsere Blicke – ihrer aus einem Auge, meiner aus beiden – trafen sich. Ihrerseits gab es kein Zeichen von Begreifen, keinen Hinweis, dass meine Existenz auch nur registriert wurde. Auch gut. Die Kuh befand sich in ihrer Vieh-Trance, und ich war in meinem Zustand begieriger

Empfänglichkeit für alles, was sich um mich herum abspielte, aber selbst in dieser schmalen Gasse war genug Raum für alle Kinder Gottes, ob Mensch oder Tier. Die Kuh trampelte weiter. Ihr Schwanz war mit Kot getränkt wie der Pinsel eines Malers mit Farbe. Aber nur weil ich ich war, mit einem schönen sauberen Hintern, und sie eine Kuh mit einem kotverklebten Arsch, bedeutete das nicht, dass ich in einem früheren Dasein nicht sie – oder sie ich – gewesen war. Wir konnten von einer Sekunde zur anderen die Plätze tauschen. Der Wert unserer Aktien auf dem großen Samsara-NASDAQ kann ebenso steigen wie fallen. Trotzdem, insgesamt war es doch reichlich seltsam, Kühe zu verehren. Ich sah keinen Grund, grausam zu ihnen zu sein, hatte seit Jahren keine mehr gegessen, aber abgesehen von der Tatsache, dass sie harmlos und dumm waren und nicht bissen, hatten Kühe nichts allzu Besonderes an sich, ebenso wenig wie Ziegen. Na ja, leben und leben lassen. Als ich hinter ihr vorbeiging, peitschte die Kuh mit ihrem Schwanz, klatschte mir ihren Schwanz, ihren kotgetränkten Schwanz, ins Gesicht. Es folgte ein heftiges Einatmen – meines – , als mein Mund sich vor Entsetzen öffnete. Ich gab eine Art Schrei von mir. Die Kuh musste mich gehört haben. Sie warf mit unveränderter Miene einen Blick zurück und schaukelte weiter. Ich begann panisch zu spucken, aber nicht, wie man es normalerweise tut, indem man die Zunge benutzt, um die Spucke aus dem Mund herauszubefördern. (Das hätte meine Zunge in Berührung mit dem Schleim gebracht.) Während ich meine Zunge zurückgebogen hielt, blies ich Spucke aus meinem Mund heraus, benutzte meinen Mund wie ein Wal sein Blasloch. Ich war von vielen Leuten umringt, und nicht wenige lachten. Ein alter Mann klopfte der Kuh sogar auf den Rist, als wollte er ihr gratulieren. Ich zog ein Knäuel Papiertaschentücher aus meiner Hosentasche und schrubbte Nase und Kinn ab, unentwegt weiter spuckend und rotzend. Eine freundliche Frau wies mich auf einen Wasserhahn hin, und ich beugte mich herab, um mein Gesicht ordentlich zu säubern, wobei ich darauf achtete, meinen Mund fest geschlossen zu halten, damit die Infektion, die ich mir von dem Kot der Kuh geholt hatte, nicht durch die Infektion verkompliziert wurde, die ich mir von dem Leitungswasser holen könnte. Ich ging weiter, ohne mich zu bedanken. Ich wollte nicht undankbar oder unhöflich sein, doch unter den Umständen machte ich mir Sorgen über die hygienischen Konsequenzen, die das Formen von Wörtern nach sich zöge.

Im Westen bringt es Glück, wenn man Hundescheiße am Schuh hat, und so könnte im Hinduismus ein Schlag ins Gesicht mit einem kotverschmierten Kuhschwanz ja vielleicht als extrem glücksbringend gelten. Das war eine Möglichkeit, es zu betrachten. Doch mir schoss eine andere, düsterere Möglichkeit durch den Kopf. Wusste die Kuh, was sie tat? War es ein Unfall gewesen, oder war es ein gezielter Attentatsversuch, göttlich bovine Vergeltung dafür, dass ich in den Ganges gepinkelt hatte? Unmöglich zu sagen. Unmöglich auch, eine Verbindung zwischen diesem Zwischenfall und dem, was später geschah, zu beweisen, doch Tatsache ist, dass ich später am Abend explodierte.

Ich ging mit einem Bauch zu Bett, der gespannt war wie eine Trommel. Ich musste schrecklich und oft furzen, Fürze, die so eklig rochen wie die anderer Leute. Mir wurde übel, aber da ich erst ein paar Stunden zuvor meine wöchentliche und meine tägliche Dosis Malaria-Tabletten eingenommen hatte, widerstand ich dem Drang, mich zu übergeben. Bevor eine halbe Stunde um war, kam alles hoch, hoch und raus, raus und hoch. Ich war auf Händen und Knien, kotzte in die Kloschüssel, und der Geruch von Erbrochenem ließ mich sofort wieder würgen. Sowie ich meinen Mund ausgespült hatte, schiss ich gelbe Soße ins Klo.

Mein Körper versuchte das, was in ihn hineingelangt war, so verzweifelt loszuwerden, dass er sich dabei in Stücke zu reißen drohte. Im Verlauf der Nacht kotzte ich zehn Mal und musste ständig scheißen. Es war sogar Scheiße auf dem Bettlaken. Es war nicht so, dass ich mir im Bett in die Hosen gemacht hatte. Meine Eingeweide waren so wässrig geworden, dass mein Arschloch nicht fest genug schloss, um alles abzudichten. Ich lag in meinem scheißebesprenkelten Bett. Jedes Haar auf meinem Kopf war ein in meinen Schädel getriebener Nagel. In meinem Magen schlug eine Viper um sich. Der Geschmack in meinem Mund, nach Erbrochenem und, noch schlimmer, nach den Malaria-Pillen, die ich hochgekotzt hatte, war grauenhaft. Wer jemals ein MDMA-Pulver geleckt hat, weiß, wie unangenehm dieser Geschmack ist. Meine Zunge schmeckte, als hätte ich mehrere Stunden lang eine MDMA-Pastille gelutscht, damit sie möglichst lange hielt. Ich hatte etwas Cola im Kühlschrank und gurgelte damit. Es hatte keine Wirkung auf den Geschmack, und innerhalb von Minuten war ich zurück auf dem Klo und spritzte sie wieder raus.

Am nächsten Morgen kam der Arzt. Er gab mir Pillen gegen Übelkeit und Antibiotika. Ich verbrachte den Tag im Bett, schlief immer wieder ein, wachte für ein paar schreckliche Minuten auf und dämmerte wieder weg. Schon die geringste Augenbewegung verursachte Schmerzen. Mein Kopf wummerte. Nach einigen Tagen stand ich auf und schlurfte umher wie ein Patient am Tropf. Ich konnte nichts essen. Ich trank Wasser und nahm Dioralyte und schiss hin und wieder. Ich stand zwischen Baum und Borke. Ich hatte schon vor Wochen aufgehört, Anti-Mücken-Spray zu benutzen, weil ich davon Ausschlag bekam. Ich hatte meine Malaria-Tabletten ausgekotzt. Ich konnte sie erst wieder nehmen, wenn sich der Durchfall gelegt hatte.

Allmählich erholte ich mich wieder, aber in gewisser Weise erholte ich mich nie. Ich war immer schon dünn gewesen. Jetzt sah ich aus, als wären meine Knochen auf der Außenseite meines Fleisches – und sie fühlten sich so brüchig wie Glas an. Meine Augen schmerzten noch immer, wenn ich sie schnell bewegte. Ich hatte mit Schwindelanfällen zu kämpfen, war desorientiert, stand neben mir. Als ich die Ziege sah, der ich vor einer Ewigkeit begegnet war, die mit dem sauberen weißen Fell und den schwarzen Socken, dachte ich, sie würde mich gleich ansprechen. Beim Anblick von Linsen wurde mir schlecht. Beim Geruch von Curry wurde mir unwohl. Beim Gedanken an indisches Essen musste ich würgen.

Das evolutionäre Prinzip hinter dieser Aversion war klar. Vor vielen Jahren, als wir Essbares von Bäumen pflückten und lernen mussten, welche Beeren genießbar und welche giftig waren, war es sinnvoll, dass der Körper seine eigene untrügliche, instinktive Erinnerung erwarb, dass man, egal wie hungrig man war, vor der anziehenden, verlockenden roten Beere zurückwich, wegen der man sich Monate oder Jahre zuvor die Seele aus dem Leib gekotzt hatte. Eine moderne Teenager-Version desselben Mechanismus sah so aus, dass ich dreißig Jahre lang die Finger von Cider oder Cinzano Bianco gelassen hatte. Aber wie sollte ich in Indien überleben, ohne indisches Essen zu essen? Wie sollte ich je wieder zunehmen, wenn ich nur von Wasser, Dioralyte und Bananen lebte?

Gleich draußen vor dem Hotel war ein süßer kleiner Welpe, der dunkle Klumpen Blut schiss. Lass diesen Kelch …

Nach dieser Krankheit fühlte ich mich so schwach, dass ich jetzt öfter per Boot unterwegs war, vor allem, wenn ich bis zu Manikarnika Ghat wollte. Während wir von dort zurück zum Hotel fuhren, sah ich ein vom Wasser aufgeschwemmtes Buch im Fluss treiben. Es wurde zu dem kleinen Strudel gezogen, der von der Wasserverarbeitungsanlage erzeugt wurde. War dies der verheißungsvollste Ort, an dem ein Buch landen konnte? Sicherte dies dem Autor eine Form von Unsterblichkeit, gegen die Kritikerlob und Monate oder Jahre auf der Bestsellerliste verblassten? Oder war es das Schicksal des Buches, das jetzt immer schneller dem Strudel entgegentrieb, nie wieder in aktuellen, modern aussehenden Ausgaben neu gedruckt oder aufgelegt zu werden? Würde es nie wieder gelesen werden? Ich versuchte, den Titel des Buches zu erkennen. Es war auf Englisch geschrieben, aber mehr konnte ich nicht sehen.

Im schwindenden Licht ruderten wir weiter in Richtung Assi Ghat. Ich hatte ein fürchterliches Kitzeln in der Nase. Ich rammte einen Finger ins rechte Nasenloch, und das Kitzeln verwandelte sich in ein Kribbeln. Ich meinte, ein Summen in meiner Nase zu hören. Als ich meinen Finger herauszog, sah ich inmitten von schmierigem Rotz den noch zuckenden Leib einer Mücke. Kurz darauf begann mein Nasenloch zu jucken. Als ich den Finger wieder hineinsteckte, konnte ich einen kleinen Hubbel fühlen. Ich war von einer Mücke ins Nasenloch gestochen worden.

An einem Stand in den Gassen hinter Kedar Ghat hatte ich einen kleinen Hanuman entdeckt, der mir gefiel. Er war von Hand orange angemalt und saß in einem blauen Behälter, der aussah wie eine Kreuzung aus einer Hundehütte und einem Wachhäuschen bei der Horse Guards Parade. Es war nichts Besonderes an ihm, nichts, was ihn von dem restlichen Indo-Ramsch unterschied, der in den benachbarten Läden angeboten wurde, aber ich kaufte ihn und stellte ihn auf die Kommode in meinem Zimmer. Ich betete nicht zu ihm – wusste nicht, wie –, aber ich nahm ihn jeden Tag früher oder später irgendwie *zur Kenntnis*. Ich legte die Hände aneinander und … ich kann nicht genau sagen, was ich tat. Ich versuchte zu meditieren, aber da ich auch nicht wusste, wie man das tat, dachte ich an Sex. Oder versuchte es. Ich versuchte mir Isobel vorzustellen, nackt, auf den Knien, mit gewaschenen Dreadlocks und kostspielig gereinigter Unterwäsche, aber die Bilder wollten sich einfach nicht zu einer Sequenz zusammenfügen, zerfielen und verflüchtigten sich. Es bedurfte einer solchen Willenskraft, mich zu konzentrieren, dass ich aufgab. Es regte sich kein Hauch von Begierde. Weil ich nicht an Sex denken konnte und auch nicht wusste, wie man meditierte oder betete, nahm ich das einzige Wort, das mir einfiel, als Mantra. Ich intonierte den Namen Ganoona. Ich sprach den Namen Ganoona aus, wieder und immer wieder, und indem ich ihn wieder und immer wieder aussprach, bat ich auch um etwas – wenngleich ich nicht wusste, was dieses Etwas war.

In der Nähe von Lalita Ghat, nur einen Meter über dem Wasserspiegel des Flusses, stand ein lila-weißer Schrein. Gefüllt mit dem Schattengeflacker von reflektierter Sonne und Wasser, war er nur von einem Boot aus sichtbar. Ich wusste, dass die Tempel am Flussufer in der Regenzeit, wenn der Ganges Hochwasser hatte, manchmal überflutet wurden. Ich hatte Raghubir Singhs berühmtes Foto von einem Jungen gesehen, der während einer besonders starken Überschwemmung vom Turm eines solchen Tempels hinunterspringt – er schwebt völlig horizontal in der Luft, als würde er fliegen. Dieser spezielle Schrein befand sich so tief, dass er bestimmt jedes Jahr vollständig unter Wasser lag. Nicht dass dies die Menschen davon abgehalten hätte, dort ihrer Gottheit zu huldigen. Tollkühne Jungs, ausgerüstet mit Fackeln in Plastiksäcken, tauchten hinab, um *puja*-Opfer zu bringen. Sie schwammen hinunter und leuchteten mit den Fackeln die Wände an, die sich trübe im ablagerungsreichen Wasser abzeichneten. Die Götter waren noch da, unversehrt, froh über den Besuch, amphibisch, in der Lage, unter Wasser zu atmen wie Fische oder zumindest die Luft monatelang anzuhalten. Wenn das Wasser zurückging, wäre ihre Behausung fleckig, voller abwaschbarer Ablagerungen.

Ich machte einen zweiten Ausflug zur anderen Seite, diesmal von Manikarnika aus. Ich war noch früher als sonst aufgestanden. Es war noch Nacht, doch die Sterne standen blass am Himmel, und der Tag stand vor der Tür. Die Sonne ging auf, gerade als ich bei Kedar Ghat vorbeikam. Ich ging weiter. Nachdem ich eine Stunde bei Manikarnika verbracht hatte, nahm ich das Angebot für ein Boot an, mit der Absicht, rechtzeitig zum Frühstück ins Ganges View zurückzukehren. Der Fluss war völlig ruhig, platt wie faltiges Glas. Einer spontanen Eingebung folgend, bat ich den Bootsmann, stattdessen zur anderen Seite zu rudern. Der Boden des Bootes war in einem matten Rot gestrichen und leckte leicht. Auf halbem Wege zur anderen Seite zeigte ich auf die paar Zentimeter von herumplatschendem Wasser und fragte, ob es vielleicht ein Problem geben könnte.

»Kein Problem«, sagte er mit einem Grinsen. Er unterbrach das Rudern und hielt einen Zinnbecher hoch – er war so groß wie ein Bierglas –, mit dem er witzig gemeinte Schöpfbewegungen vollführte.

Das Ufer auf der anderen Seite war recht steil. Beim Aufstieg kam ich mir vor, als würde ich eine niedrige Sanddüne erklimmen. Als ich den Kamm erreichte, stieg ein dunkler Vogel mit lautem Flügelschlag auf. Zu meiner Rechten, in einer kleinen Bucht, sah ich zwei Hunde, die am Flussrand etwas fraßen.

Ein Toter.

Wurde von zwei Hunden angenagt. Einer kaute auf seinem linken Unterarm herum, der andere auf seinem rechten Handgelenk. Der Tote war ansonsten unversehrt. Er lag auf dem Gesicht. Ich konnte seine Haare und ein Ohr sehen. Er trug ein verschmutztes blassblaues T-Shirt, das an verschiedenen Stellen zerrissen war, und Shorts. Die Hunde blickten auf, sahen mich an und setzten dann ihre Mahlzeit fort. Die Arme. Irgendwie seltsam, ausgerechnet dort anzufangen. Vielleicht hatten sie ja dort angefangen, weil sie mit ihren Kiefern Gliedmaßen am leichtesten packen konnten.

Ich konnte den Toten nicht richtig sehen, aber einen der Hunde erkannte ich.

Ich erzählte Darrell von dem Toten. Er nahm gleich am nächsten Tag ein Boot hinaus, um ihn sich anzusehen. (Laline wollte nicht mit, aber sie missbilligte seinen Wunsch nicht, es sich anzusehen.) Die Hunde fraßen immer noch von dem Toten, der immer noch größtenteils intakt war. Der Tote, der von Hunden aufgefressen wurde, war zu einer Touristenattraktion geworden. Darrell war schockiert, sagte aber, er wäre es noch viel mehr gewesen, wenn der Tote von Delphinen aufgefressen worden wäre. Das, sagte er, wäre extrem schräg gewesen, selbst für hiesige Verhältnisse.

Am dritten Tag ging ich noch einmal hin, um nachzusehen, was sich in der Zwischenzeit getan hatte, aber der Tote war nicht mehr da. Da waren Hunde, die diverse Stücke von irgendetwas fraßen, aber nichts wies darauf hin, dass dieses Etwas – nur ein undefinierbarer Haufen – einmal etwas Menschliches gewesen sein könnte.

Man hatte mich gewarnt, dass die *bhang*-Lassis stark waren, viel potenter als das stärkste Gras, aber da Darrell und Lal einen nahmen, dachte ich, ich mache mit. Es fing schon recht merkwürdig an, weil sie nicht in einem Café für uns zubereitet wurden, wie man hätte erwarten können, sondern von einem Schneider, der uns auch noch ein paar Anzüge andrehen wollte.

Die erste halbe Stunde war, als wäre man bekifft oder befände sich in der Anfangsphase eines Trips. Wir liefen, alle drei die Arme einander um die Schultern gelegt, herum und lachten über alles, zum Beispiel über den Fluss, kompakt und grau wie eine Autobahn, voll mit amphibischem Verkehr. Dann war es, als wäre man völlig gestört. Wir waren uns nicht ganz sicher, wo wir waren, aber immerhin waren wir vernünftig genug, einen Bogen um Manikarnika zu machen und uns nicht am Harishchandra aufzuhalten, wo uns, in Darrells Worten, »der ganze Tod total runterziehen könnte«. Bei einem der Ghats sahen wir einen dünnen Mann, der sich eine blasse Schlange um den Hals drapiert hatte wie eine Federboa, nur dass diese glattgerupfte Boa eine zahme Schlange war. Die Luft wurde so still, als würde sie gleich erstarren. Wolkenberge türmten sich auf, als hockte ein Gewitter über der Stadt – nur um sich wieder aufzulösen, ohne dass ein Tropfen fiel.

Dann war es so, als wäre man ein Geist. Darrell war plötzlich verschwunden, und Laline und ich blieben allein zurück und fragten uns, wohin er wohl gegangen sei, und schließlich irrte ich allein umher und fragte mich, wohin Laline verschwunden war. Ich war nicht weiter beunruhigt, aber ich wünschte, sie wären in der Nähe gewesen, als ich auf den Baba mit dem Straßenatlas und dem wilden Bart stieß. Ich dachte schon, irgendwas stimme nicht mit meinem Gehör, doch dann zog ich den Schluss, dass ich nur ihn nicht hören konnte, und ich konnte ihn deswegen nicht hören, weil mit seiner Stimme etwas absolut nicht in Ordnung war, in dem Sinn, dass er sie komplett verloren hatte und komplett unhörbar war. In Ermangelung von Worten gestikulierte er wild herum. Da er sich ausschließlich durch Gesten ausdrückte, war seine Art zu kommunizieren eine Form von sitzendem, stummem Tanz. Indem ich ihn genau beobachtete, konnte ich diesen Gesten gelegentliche Satzteile entnehmen, hin und wieder sogar einen ganzen Satz. Während ich zusah, begann ich mir Teile von dem, was er erzählte, zusammenzureimen. Nach einer Weile war ich ohne bewusste Anstrengung in der Lage, ihn bestens zu verstehen. Er war hierhergekommen, sagte er, um etwas zu suchen, das er verloren hatte. Was hatte er verloren? Offenbar einen Regenschirm. Und mehrere Kugelschreiber. Kam uns das absurd vor? Schon, aber so, wie ich es verstand, sollte es bedeuten, dass die Dinge, die uns am wichtigsten waren – iPods und Lieblings-T-Shirts –, kaum wichtiger waren als jene, die wir ständig verloren, wie Regenschirme oder Kugelschreiber, denen wir keinen Wert beimaßen, so sehr sie uns auch halfen, in einem Gewitter trocken zu bleiben oder Gedanken und Telefonnummern zu notieren. Zuerst dachte ich, dass er das meinte, aber dann dämmerte mir, dass diese metaphorische Deutung zu wörtlich war, denn obwohl er dachte, er sei hierhergekommen, um sein verlorenes Eigentum wiederzufinden, dämmerte ihm, dass der Grund dafür, dass er gekommen war, das Eigentliche war, was er verloren hatte, dass er hier war, um herauszufinden, warum er hier gelandet war. Er hielt inne, saß eine Zeit lang bewegungslos da, ließ die komplexe Einfachheit dieser Botschaft wirken, und dann packte er mit großartiger Theatralik einen Regenschirm und spannte ihn auf. Aber es war nicht einfach irgendein Regenschirm. Nein, dies war ein sehr alter, völlig nutzloser Versager von einem Regenschirm. Bar jeglichen Stoffes, war er nicht mehr als ein spindeliges Metallskelett, unfähig, Schutz vor Regen oder Sonne zu bieten.

Später, als das Licht nachließ, sah ich wieder die Ziege, die mit dem sauberen weißen Fell und den lustigen schwarzen Socken. Diejenige, von der ich gedacht hatte, dass sie mich ansprechen würde. Als ich an ihr vorbeiging, schloss sie sich mir an. Jetzt sah ich, dass die Ziege ein Ziegenbock war. Er roch ein bisschen nach Käse, Ziegenkäse. Ich spürte, wie etwas mein Bein berührte. Er stieß mich sanft mit dem Kopf an. Ich blickte hinab in sein Ziegengesicht.

»Boot, Saaah?«, sagte er.

»Nein, danke«, sagte ich.

»Sehr billig, Saaah.«

»Nein, danke«, sagte ich.

»Saaah will Boot?«, wiederholte der Ziegenbock.

»Ich gehen. Kein Boot wollen.«

»Sehr billig«, sagte der Ziegenbock.

»Nein, danke«, sagte ich.

Ich war langsamer geworden, und der Ziegenbock, der mein Zögern spürte und dies als eine Bereitschaft deutete, mich aufhalten zu lassen, probierte es mit einer anderen Masche.

»Saaah, denken Sie, ist schön, Ziegenbock in diese Stadt zu sein? Leben hier hart für mich. Ich habe Kinder. Ich biete Ihnen Boot an, aber was ich mir am meisten wünsche, ist ein Austausch, ein kleiner philosophischer Diskurs.«

Ich blieb stehen, damit ich dem Ziegenbock die Aufmerksamkeit schenken konnte, nach der er sich offensichtlich sehnte und die er verdiente.

»Okay. Worüber möchtest du reden?«

Der Ziegenbock zögerte und sagte dann: »Nehmen Boot, Saaah?«

»Ich dachte, du wolltest einen philosophischen Austausch.«

»Mache Witze, Saaah. Was ich will, ist fragen, wie es ist, Gedanken in menschlichem Kopf zu haben. Wie menschliches Bewusstsein anders sein als Ziegenbewusstsein?«

»Nun, das ist eine sehr schwierige Frage. Um sie zu beantworten, müsste ich eine klarere Vorstellung davon haben, wie es ist, eine Ziege zu sein. Ich will ehrlich sein, ich habe angenommen, du wärst einfach irgendwie selbstvergessen in deiner Ziegenwelt.«

»Das ist Problem, Saaah. Weil ich Ziege bin, habe ich nicht Mittel zu erklären, wie es ist, eine Ziege zu sein.«

»Na ja, siehst du, das ist wahrscheinlich der Unterschied. Die Fähigkeit, Dinge zu artikulieren. Sprache, Selbstbetrachtung ...« Mir fiel nichts weiter ein. Anscheinend fehlten mir genau die Eigenschaften, von denen ich behauptete, dass sie mich von meinem Gesprächspartner unterschieden. Je mehr ich versuchte, den Unterschied zwischen mir und der Ziege zu artikulieren, desto mehr hatten wir gemeinsam. »Weißt du, ich muss wirklich gründlich darüber nachdenken. Du hast mich etwas überrumpelt. Und außerdem bin ich, um ehrlich zu sein, im Moment philosophisch nicht ganz auf der Höhe. Könnten wir uns ein anderes Mal darüber unterhalten?«

»Morgen, Saaah?«

»Ja, vielleicht morgen.«

»Noch eine Sache, Saaah. Ganoona erscheint bald.«

»Ganoona? Woher weißt du von Ganoona?«

»Ich weiß nur, dass Ganoona wird bald erscheinen. Im Beutel eines Kängurus. Aber nur wer Ganoona ist, wird ihn sehen können.« Mit diesen Worten drehte sich der Ziegenbock um und trottete davon, und ich hörte, wie Leute jemandes Namen riefen. Der Name klang vertraut, aber es dauerte eine Weile, bis ich es begriff: Es war mein Name, und die Leute, die ihn riefen, waren meine Freunde, deren Namen mir zeitweilig entfallen waren.

»Na, das werden wir wohl nicht so bald wiederholen«, sagte einer von ihnen (Darrell, genau!) am nächsten Tag. Er sagte es so, als sei die Sache abgeschlossen, aber ich vermutete, dass ein Teil von mir immer noch drinsteckte.

Auf gewisse Weise hatte Laline Recht behalten: Ich machte keine Randale, aber ich lebte wie ein Affe. Es war schön, unter der Himmelskuppel Bananen zu essen und auf den Fluss hinauszublicken. Der Fluss floss ostwärts, von rechts nach links, aber er floss nicht weiter zum Ozean, wie jeder vernünftige Fluss es getan hätte. Hier, in Varanasi, überlegte er es sich anders und kehrte zur Quelle zurück (wieder eine Vorstellung, der ich zum ersten Mal in einem Trance-Club in London begegnet war). Er kehrte um, zurück zum Himalaya, wo er herkam, wo die Götter lebten, von wo sie aufgebrochen waren und wohin sie zurückgekehrt waren und von wo sie nie fortgehen würden. Das war es, wo der Ganga hinwollte. War es deswegen sinnvoll, eine Plastiktasche voller Ringelblumen hineinzuschmeißen, als Opfergabe? Was hatte das für einen Sinn? Die Leute taten es tagein, tagaus. Es war eindeutig dumm, so etwas zu tun. Wenn alle nichts anderes täten, als Plastiktaschen in den Fluss zu werfen, dann wäre er nichts anderes als ein Fluss von Plastiktaschen, und dann wäre er nicht mehr so heilig, oder? Ich hatte meine Banane aufgegessen. Sie hatte nicht so toll ausgesehen, aber geschmacksmäßig war es eine der besten Bananen, die ich je gegessen hatte, also schälte ich mir gleich noch eine und begann auch die zu essen, und sie war fast haargenau so gut wie die, die ich gerade aufgegessen hatte.

Mnjam.

Ein Stück hinter dem Panchakot Ghat saß, der aufgehenden Sonne zugewandt, irgendein heiliger oder unechter heiliger Mann, der zu einer Handvoll Zuhörer sprach. Zu seinen Füßen lagen zwei gelbliche menschliche Schädel, die auf den Ganges starrten. Nur Dekoration, oder sollte hier etwas Größeres bewiesen werden? Schwer zu sagen, aber es war deutlich zu sehen, dass sie dem, was er sagte, nicht viel Aufmerksamkeit schenkten. Sie hatten einen ziemlich leeren Blick. Was er erzählte, hatten sie vermutlich schon x-mal gehört. Er winkte mich zu sich, und ich setzte mich zu ihm und seinen Gefährten oder Anhängern oder was immer sie waren. Einer von ihnen trug ein Chelsea-Trikot mit John Terrys Namen auf der Rückseite. Es war entmutigend, dieses leuchtende Hemd, ebenso deprimierend, wie wenn indische Jungs versuchten, mit ihrem Englisch anzugeben, indem sie Werbeslogans rezitierten. Die Augen des heiligen Mannes waren schrecklich blutunterlaufen, nicht weiter überraschend angesichts der Größe des Chillums, an dem er zog. Er blies eine mächtige Wolke Rauch aus – zusammen mit seinen Dreadlocks sah das Ganze aus wie auf einem ikonischen Reggae-Foto – und reichte mir einen der Schädel, damit ich ihn mir näher ansehen konnte.

Ich hatte noch nie einen menschlichen Schädel in der Hand gehalten, es war also eine ganz interessante Erfahrung. Mir kamen dabei keine Gedanken über die Sterblichkeit oder die Seele oder die Vergeblichkeit allen menschlichen Strebens im Angesicht des unvermeidlichen Todes, doch ich begann mir Sorgen zu machen, dass ich, indem ich den Schädel untersuchte, ein stillschweigendes Interesse daran gezeigt hatte, ihn zu erwerben. Na ja, es gab schlimmere Dinge, die man sich andrehen lassen konnte. Ich verspürte den vorübergehenden Drang, den Schädel wie ein Torwart in den Ganges zu kicken. Es wäre möglich gewesen, glaube ich. Stattdessen legte ich ihn behutsam wieder auf den

Boden zurück. Ich hatte das Gefühl, irgendetwas sagen zu müssen – so wie man es tut, wenn einem jemand Gedichte oder Fotos zeigt, die er geschrieben oder gemacht hat –, und so sagte ich: »Et in Arcadia ego.«

Der heilige Mann nickte, und ich stand auf. In dem Moment sah ich Isobel, die allein am Fluss entlangging. Ich verabschiedete mich schnell von meinen neuen Freunden und lief hinunter, um sie abzufangen. Sie trug dunkle, dreiviertellange Shorts mit einer Menge Taschen und Reißverschlüsse und dasselbe blassgelbe T-Shirt, das sie trug, als ich sie auf der Shivala Road beinahe überfahren hatte.

»Hallo. Wie geht's dir?«, sagte ich.

»Gut, danke. Und dir?«

Sie hatte einen Akzent, aber ich konnte ihn nicht einordnen. Ihre Shorts waren, wie ich jetzt sah, nicht einfach schwarz, sondern hatten ein subtiles Tarnmuster: ein getarntes Tarnmuster! Ich versuchte, nicht auf ihren braun gebrannten, flachen Bauch zu starren. Sie war groß. Ihre dicken Dreads fielen bis unter ihre Schultern herab. Aus der Nähe sah sie noch jünger aus, als ich sie eingeschätzt hatte. Der Folgesatz dazu lautete, dass ich noch älter aussehen musste. Nichts ist seltsamer, heikler, als das Verhältnis von Menschen, die einander nur vom Sehen her kennen – und nichts ist peinlicher als der Übergang vom Sehen zum Sprechen, wenn endlich Sprache ins Spiel kommt. Unsicher, was ich sagen sollte, hätte ich sie beinahe noch einmal gefragt, wie es ihr gehe. Mit leichten Variationen der Betonungen – »Wie *geht's* dir?« »Wie geht's *dir*?« – hätten wir für alle Ewigkeit in dieser Schleife von Nettigkeiten stecken bleiben können. Im letzten Moment fragte ich stattdessen: »Gehst du hier lang?« Ich deutete in die Richtung von Manikarnika und blickte hinunter auf ihre Füße, als würde das Wort »gehen« mich verpflichten, nachzusehen, ob sie welche hatte. Sie trug Sandalen, ein Fußkettchen. Ihre Zehennägel waren silber lackiert.

»Ja.«

»Ich auch. Sollen wir ein bisschen zusammen schlendern?«

Wir gingen an den geschäftigen Ghats entlang, tauschten Eckdaten darüber aus, wo wir wohnten, wie lange wir schon in Varanasi waren. Sie wohnte in einer Unterkunft, von der ich noch nie gehört hatte. Als ich sagte, ich würde im Ganges View wohnen, sagte sie, sie habe gehört, es sei sehr schön, aber teuer.

»Wahrscheinlich schon«, sagte ich, stolz darauf, in einer so schicken Unterkunft zu weilen.

»Wo kommst du her?«

»Aus England, London. Und du?«

»Aus der Schweiz.«

»Aus der Schweiz?« Ich wollte schon sagen: *Ich dachte, du wärst Israelin,* befürchtete aber, das könnte antisemitisch aufgefasst werden. Beinahe sagte ich: *Ich dachte immer, Schweizer wären sehr reinlich und schick,* befürchtete aber, dies könnte vielleicht als anti-schweizerisch oder anti-Schmuddel aufgefasst werden. Während ich all diese Dinge dachte und nichts davon sagte, erklärte sie, ihre Freunde kämen aus Israel. Sie sagte »Freunde«, Mehrzahl, nicht »Freund«, Einzahl. Sie hatten sich in Goa kennengelernt. Ich hörte zu, aber insgeheim schmiedete ich auch Pläne, Pläne darüber, was wir außer einem Spaziergang noch anderes machen könnten – ich hatte keine Ahnung, was. Die Sonne gleißte auf dem Fluss zu unserer Rechten, auf dem reger Bootsverkehr herrschte. Wir waren an den Stufen angekommen, die zur Lotus Lounge hinaufführten. Völlig unvermittelt fragte Isobel: »Warst du schon mal in Venedig?«

»Ja, natürlich. Sogar ziemlich oft.«

»Erinnert dich Varanasi nicht an Venedig?«

Die Gelegenheit, eine ernsthafte Antwort zu geben, förderte nur den Impuls zutage, etwas Schlagfertiges zu sagen: »Weil sie beide mit einem V beginnen?«

Sie knuffte meinen Arm. »Winzige Gässchen, verfallende alte Gebäude. Das Wasser …«

»Nein, du hast recht.« Wir blieben stehen. Ich wandte mich zu ihr, um sie anzusehen. »Sie sind sich unglaublich ähnlich. Versionen von einander. Zwillinge.«

Die Luft war ganz still, doch der Augenblick – was immer es ist, das einen Augenblick zu einem Augenblick macht – war bereits vorüber. Trotzdem sagte ich: »Wollen wir hier einen Kaffee trinken? Oder einen Saft oder so?«

»Ich bin mit jemandem verabredet«, sagte sie.

Ich hätte sagen können: *Okay, gehen wir zusammen weiter,* aber für den Fall, dass ihre Weigerung, Kaffee oder Saft mit mir zu trinken, als eine umfassendere Ablehnung gedeutet werden sollte, sagte ich: »Na ja, schön, dass wir uns endlich mal kennengelernt haben.« Dann, für den Fall, dass es *nicht* als eine Ablehnung von irgendetwas anderem als Kaffee oder Saft gedeutet werden sollte, fügte ich hinzu: »Vielleicht können wir uns wieder mal treffen.«

»Das wäre nett«, sagte sie. »Aber morgen ist mein letzter Tag in Varanasi.«

»Nein!«

»Ja. Ich fahre übermorgen nach Hampi.« Ich konnte einfach nicht fassen, wie grausam das Timing war, dass wir die ganze Zeit hier gewesen waren und erst jetzt miteinander sprachen, wo es keinen Sinn mehr hatte.

Ich stand da und probierte zu verinnerlichen, was das bedeutete – was das alles nicht bedeutete –, als jemand ihren Namen rief: »Isobel!« Wir blickten beide zum Fluss, wo die Stimme hergekommen war. Ein Boot kam vorbei. Jemand darin winkte.

Ashwin.

Sie winkte zurück. Zuerst stand ich mit herabhängenden Händen da, wie ich es getan hatte, als ich den Affen konfrontierte, der meine Sonnenbrille geklaut hatte. Dann winkte ich ebenfalls, um meine Verlegenheit zu tarnen. Ashwin winkte mir zu. Alle winkten. Wir ertranken alle in einem Meer von Winken. Ashwin rief etwas herüber, fragte, ob sie mitfahren wolle.

»Nein, schon gut«, rief Isobel zurück. »Wir treffen uns dort. Ich muss erst noch in mein Zimmer.« Es wurde nochmals eifrig gewinkt, und dann fuhr Ashwin weiter stromabwärts in Richtung »dort«, wo immer das war.

»Du kennst also Ashwin«, sagte ich. Sie sagte Ja und lächelte auf eine Weise, wie ich es bei ihr noch nicht gesehen hatte. »Netter Kerl«, sagte ich.

Wir standen dort etwas verlegen, bis sie sagte: »Ich sollte jetzt mal weiter.«

»Ja, natürlich. Also, ich bin froh, dass wir wenigstens die Chance hatten, kurz miteinander zu plaudern«, sagte ich und verkniff mir, sie zu fragen, ob Ashwin auch nach Hampi gehe. Wir schüttelten einander die Hände, und sie wandte sich zum Gehen um. Ich blickte ihr nach, als sie ihren Weg an den Ghats entlang fortsetzte. Dann ging ich die Stufen zur Lotus Lounge hinauf. Ich lehnte mich über die Mauer der Terrasse und konnte sie noch gerade so sehen – dicken Locken, gelbes T-Shirt –, wie sie in der Menge verschwand.

Ich bestellte mir einen Cappuccino und einen Pancake. Während ich dort in der Lotus Lounge saß und über den Ganges blickte, spürte ich dumpf, dass ich gerade meine letzte Chance – wozu, da war ich mir nicht sicher – verpasst hatte. Oder besser: verpatzt hatte.

Das mit dem Cappuccino war, wie sich herausstellte, keine so gute Idee gewesen. Ein paar Minuten nachdem ich die Lotus Lounge verlassen hatte, verspürte ich den heftigen Drang zu kacken. Ich rannte los, in der Hoffnung, ich könnte es irgendwohin schaffen, wo es eine Toilette gab. Aber es war nichts zu machen. Ich hockte mich neben eine Mauer und spritzte übelriechenden Schmodder über ein paar alte sonnengetrocknete Scheißhaufen.

Zwei Zeitpläne koexistierten in Varanasi. Während meine Tage ziel- und planlos verstrichen, wurde der Kalender der Stadt durch einen streng koordinierten Ablauf von Festen getaktet. Es gab so viele Feste, dass ich es aufgegeben hatte, im Einzelnen zu verfolgen, was alles gefeiert oder eingeläutet wurde. Die vielen Hochzeiten bedeuteten, dass selbst die Tage, die keine Festtage waren, äußerst festlich waren. Der kindliche Wunsch »Wenn doch jeden Tag Weihnachten sein könnte« war durch eine Kombination von Islam, Sikhismus und Hinduismus mehr oder weniger wahr geworden. Es war also nicht weiter verwunderlich, dass ich mich allmählich von den üblichen Zwängen von Zeiten und Daten löste. Da ich nicht mehr wusste, wie lange genau ich schon hier war, sah ich auf dem Visum in meinem Pass nach – oder hätte es getan, hätte ich ihn finden können. Ich kramte alle Schubladen und alle Kleidungsstücke in den Schubladen durch, in denen ich meinen Pass hätte verstecken können. Ich versuchte mich zu erinnern, wo ich ihn das letzte Mal gesehen hatte, wann ich ihn das letzte Mal herausgenommen hatte. Bei der Auseinandersetzung mit dem Vordrängler bei der Bank hatte ich ihn noch gehabt, und ich meinte mich erinnern zu können, ihn danach weggelegt zu haben, aber je mehr ich darüber nachdachte, desto weniger sicher war ich mir, ob es sich um eine Erinnerung handelte oder bloß um die Hoffnung einer Erinnerung, und desto wahrscheinlicher war es, dass ich ihn seitdem *doch* noch bei anderen Gelegenheiten, an die ich mich jetzt nicht mehr erinnerte, mitgenommen hatte. Ich war doch hoffentlich schlau genug gewesen, ihn nicht an jenem Tag mitzunehmen, als wir uns mit *bhang*-Lassis zugedröhnt hatten? Je mehr ich darüber nachdachte, desto weniger sicher war ich mir, dass ich ihn nicht mitgenommen hatte. Ich saß auf dem Bett und wusste nicht, was ich tun sollte, und dann beschloss ich, nicht zu wissen, was man tun soll, sei nur eine Form von wissen, was man tun soll, nämlich nichts, und genau das tat ich.

An einem Tag, der vielleicht, vielleicht auch nicht besonders glücksbringend gewesen sein mochte, überreichte mir Laline ein Päckchen, das in zartem rosa Papier eingewickelt und mit einem roten Faden zusammengebunden war.

»Geschenk für dich«, sagte sie. Ich machte den Faden auf und entfernte das Papier vorsichtig. Drinnen befand sich eine CD mit einer Aufnahme von Richard Strauß' »Schleiertanz der Salome«. Auf dem Cover hatte sie sorgfältig das »Schl« in »SCHLEIERTANZ« übermalt.

»Danke«, sagte ich. Ich küsste sie, ich war dankbar. Es war ein wunderschönes Geschenk, aber ich hörte die CD nicht, weil CDs hören etwas war, das ich nicht mehr tat.

Es wurde heißer. Ab und zu erschien ein Streifen dünner Wolken im scharfen Himmel.

Als ich einmal durch die Gassen hinter den Ghats ging, begegnete ich einem Mann, der eine Art Kürbis in einer Schubkarre vor sich herzuschieben schien. Ich drückte mich an ihm vorbei und erkannte, dass das, was ich für einen Kürbis gehalten hatte, tatsächlich seine Hoden waren. Durch eine Krankheit monströs angeschwollen, waren sie untragbar geworden, und es war sein Schicksal, sie in einer Schubkarre herumzukutschieren. Alles in

Varanasi wurde auf wahnwitzige Weise ins Extrem getrieben. In Europa hatten wir den Mythos des Sisyphos mit seinem Felsblock. In Varanasi gab es die Tatsache dieses Mannes und seiner Eier.

Ich nahm mir eine Rikscha zum Museum der Hindu University. Es war ein geräumiger, staubiger Ort mit gelassenen Buddha-Standbildern und trancigen Bronzeskulpturen von Shiva in der Gestalt von Nataraja, dem kosmischen Tänzer. Es gab auch eine eindrucksvolle Vielfalt indischer Miniaturen, von denen einige sogar ziemlich groß waren. Ich hatte keine Ahnung von den jeweiligen Vorzügen der einzelnen Bilder, aber eines erschien mir besonders schön. Es war ein Gemälde von Shivalal – der Name sagte mir nichts – aus dem Jahr 1893, sah aber für den Blick des Laien aus, als wäre es zwei- oder dreihundert Jahre früher entstanden. Eine kostspielig gepolsterte Prozession von Pferden und Reitern überquerte, offensichtlich während der Regenzeit, im Gänsemarsch eine überflutete Brücke. Regen prasselte pfeilartig in den nass aussehenden Fluss, der an den Bäumen und in die Häuser emporgestiegen war, die in fatalistischer Manier auf dem Überschwemmungsgebiet errichtet worden waren. Im Hintergrund leuchteten kegelartige Hügel – auf einem hockte eine Burg – grünlich auf. Wolken hingen herab. Blitze blitzten – eine goldene Schlange, die sich durch den durchnässten, indigoblauen Himmel wand.

Unten am eigentlichen Fluss, dem echten, nichtgemalten, war die Trauerfeier eines *sanyasin* im Gange. Er wurde nicht kremiert. Sein Leichnam wurde in den Ganges getragen, mit einem Stein beschwert und losgelassen.

Bis jetzt war ich noch niemandem aus meinem, wie ich es jetzt betrachtete, früheren Leben – meiner früheren Inkarnation – in

London über den Weg gelaufen. Doch dann, bei Kedar Ghat, begegnete ich Anand Sethi, der mir den Rat gegeben hatte, nicht im Taj Ganges zu bleiben.

»Du hast ja einen Entdeckerbart«, sagte er. Es stimmte. Ich hatte mir keinen Bart wachsen *lassen*, ich hatte einfach aufgehört, mich zu rasieren – und als Folge war ich ein Mann mit einem Bart geworden. Die jungen Sikhs mit ihren dunklen Bärten und die Rucksackreisenden mit ihren dünnen Ziegenbärten wirkten jung, sahen gut aus; ich sah wie eine abgemagerte Version von Dougal Haston oder Chris Bonington aus. Anand trug ein gestreiftes Hemd von Paul Smith und eine Prada-Hose. Er sah wie ein Banker in einer Hitzewelle aus, und genau das war er auch. Das machte mir bewusst, in welchem Ausmaß ich weniger zum Eingeborenen als vielmehr zum alternden Rucksackreisenden mutiert war. Ich trug ein altes Rip-Curl-Shirt und ausgefranste Shorts. Meine Haare waren lang und ungekämmt, wie mein Bart.

»Seit wann bist du denn hier?«, fragte ich.

»Erst seit gestern. Und du?«

»Ich bin schon seit Ewigkeiten hier. Seit wir uns das letzte Mal gesehen haben, bei dieser Vernissage von Fiona Rae. Ich bin seitdem nicht mehr zurück. Ich habe hier irgendwie Wurzeln geschlagen. Wohnst du im Ganges View? Ich bin überrascht, dass ich dich da nicht gesehen habe.«

»Nein, im Taj«, sagte er. »Das Ganges View war voll.«

»Tut mir leid«, sagte ich und versuchte, nicht zu grinsen. »Ich habe die ganze Zeit dort gewohnt. Wahrscheinlich habe ich im Endeffekt dein Zimmer besetzt.« Ich schlug vor, wir könnten uns auf einen Drink oder zum Essen treffen, aber er musste am nächsten Abend weiter nach Agra. Danach fuhr er nach Bombay, um ein Bild von Atul Dodiya zu kaufen.

Als wir uns trennten, sagte er: »Weißt du, ich bin mir wirklich nicht so sicher wegen dem Bart. Du siehst wie ein Schiffbrüchiger aus. Oder Terry Waite im Hungerstreik.«

»Du hast recht«, sagte ich. »Ich werde was dagegen unternehmen.«

Ich ging direkt zu einem Friseurladen, für den ich aufgrund seines Namens seit Langem etwas übrig hatte – *Decent Barber* in der Shival Road –, um mir Schädel, Bart und Augenbrauen rasieren zu lassen. Ich bat den Friseur, einen kleinen Rattenschwanz am Hinterkopf übrig zu lassen, wie ich ihn bei Trauernden gesehen hatte. Ich fragte mich, ob er etwas dagegen haben würde, ob es als beleidigend betrachtet werden könnte, auf diese Weise das Ritual des Verlusts nachzuäffen, aber er tat es, frag- und klaglos. Mehrere Leute sahen zu. Wahrscheinlich ging es nicht ohne einige kleine Schnitte vonstatten, denn danach brannte mein Kopf. Er kam mir weiß wie ein Ei vor, wie ein Totenschädel. Ich spürte, wie die Sonne ihn kochte, während ich zum Assi zurückging.

Unterwegs begegnete ich Ashwin. Ich war ebenso überrascht, ihn zu sehen, wie er mich.

»Ich dachte, du wärst in Hampi«, sagte ich.

»Nein. Ich … Aber, ich meine, was ist passiert?«, fragte er.

»Ich trauere um mein Leben«, sagte ich, den alten Tschechow-Scherz aufgreifend. »Mein altes Ich weigert sich zu sterben. Das neue ringt darum, wiedergeboren zu werden. In diesem Interregnum erscheint eine große Vielfalt von Krankheitssymptomen.«

Im Hotel gehörte ich beinahe zum Inventar. Obwohl ich immer noch einen guten Witz zu schätzen wusste, war ich nicht mehr auf der Suche nach Freunden, nach Leuten, mit denen ich zu Abend essen und scherzen konnte. Jeder, den ich traf, war nur auf der Durchreise. Es waren einfach Gäste, die kamen und gingen. Meine Haltung war wie die des Personals, nur dass ich nicht mit dem letzten, definitiven Urteil konfrontiert war, das am Tag der Abreise gefällt wurde und alle vorangegangenen Gefühle darüber, wie höflich oder angenehm die Gäste gewesen waren, außer Kraft setzte: das Urteil, das ausschließlich aufgrund der Höhe des Trinkgeldes gefällt wurde. (Ich war schon so lange hier, dass mein abschließendes Trinkgeld vermutlich erwartet wurde wie mein letzter Wille oder mein Testament.) Es war eine Erleichterung, von der Tyrannei meiner eigenen Vorlieben und Abneigungen befreit zu sein. Was konnte es schon groß für eine Rolle spielen, was ich von X oder Y hielt? Ich meine, wie konnte es für mich eine so große Rolle spielen?

Ich will nicht wie irgendein Pseudo-*sanyasin* klingen. Wir stellen uns Entsagung als etwas vor, das formell geschieht, endgültig, möglicherweise als eine Folge von Verbitterung, Zorn oder Enttäuschung *(»Ich entsage dieser Welt …«)*, aber es kann auch allmählich geschehen, so allmählich, dass es sich nicht wie Entsagung anfühlt. Und es fühlt sich deswegen nicht wie Entsagung an, weil es keine ist. Ich entsagte der Welt nicht; ich verlor bloß allmählich das Interesse an bestimmten Aspekten von ihr, nahm weniger an ihr Anteil – und diese Abnahme des Interesses wurde allmählich erwidert. So funktioniert das. Die Welt greift einen nicht mehr heraus. Man fühlt sich nicht mehr von der Welt herausgegriffen.

Manche verlieren den Glauben daran, dass ihnen irgendwann einmal das Glück begegnet. Kurz davor, selbst so jemand zu werden, akzeptierte ich allmählich, dass es mein Schicksal war, unglücklich zu sein. Unter normalen Umständen hätte ich mich irgendwie darauf eingestellt, hätte mich damit abgefunden, ein permanent unglücklicher Mensch zu sein. Doch in Varanasi wurde etwas aus der Gleichung herausgekürzt, sodass es nichts gab, an dem sich das Unglücklichsein festmachen konnte. Dieses Etwas war ich. Ich hatte das Schicksal getäuscht. Eigentlich drückt es der Passiv genauer aus: Das Schicksal war getäuscht worden.

Ich erinnerte mich, wie persönlich ich immer alles genommen hatte. Zwei Jahre zuvor hatte man mir Karten für den Eröffnungstag in Wimbledon, Centre Court, geschenkt. Es regnete immer wieder, den ganzen Tag. Wir warteten, den Blick zum Himmel gerichtet, und hofften. Um drei Uhr wurden die Planen zurückgerollt, und es sah aus, als könnte das Spiel beginnen. Es gab ein großes, durchweichtes Hurra, doch innerhalb von zwanzig Minuten waren die Planen wieder drauf, und das scheußliche Nieseln setzte wieder ein. Wir gaben die Hoffnung nicht auf. Wir blickten weiter hinauf zu den tiefhängenden Wolken. Einmal hatte ich das Gefühl, dass der Himmel zugleich aufklarte und dunkler wurde. Am Ende des Tages war kein einziger Ball gespielt worden. Es war, als läge ein Fluch auf mir. Niemand sonst – nicht die Spieler oder sonst jemand im Stadion – litt so wie ich. Es war mein Tag, mein Wimbledon, meine Suppe, in die mir der Himmel spuckte. Das Wetter hatte sich zwischen mich und das gestellt, was ich wollte – nämlich mir ein Tennisspiel anzusehen. Der Schmerz und der Regen waren unerträglich, weil sie einem größeren klimatischen Muster entsprachen: Etwas stellte sich immer zwischen mich und das, was ich wollte. An jenem Nachmittag in Wimbledon war es der Regen, an einem anderen Tag war es etwas anderes. Aber da war immer etwas. Ich erkannte jetzt, dass dieses Etwas ich war. Ich stand mir im Wege. Ich stand vor mir in der Schlange. Ich ließ mich warten. Alles war eine Art Warten. Wenn ich Bier trank, wartete ich darauf, dass das Glas sich leerte, damit ich es gefüllt bekommen konnte und wieder anfangen konnte zu trinken. Statt einfach den Kokainrausch zu genießen, überwachte ich ihn zugleich, um zu sehen, ob die Wirkung nachließ, damit ich nachlegen konnte, mehr haben konnte, wieder überwachen konnte … Ich will wirklich nicht wie jemand klingen, der in der Reha war oder eine Konversion oder Erleuchtung durchgemacht hat. Ich sage nur, dass ich in Varanasi nicht mehr das Gefühl hatte zu warten. Das Warten war vorbei. Ich war vorbei. Ich hatte mich aus der Gleichung herausgekürzt.

Am Anfang, als ich wie all die anderen Touristen nach Varanasi kam, hatte ich den Ganges mit extremem Abscheu behandelt. Er mochte ein heiliger Fluss sein, aber er war auch ein dreckiger, überflutet mit Abwässern, Plastiktüten und der Asche von Leichen: eine heilige, fließende Gesundheitsgefahr. Jetzt verspürte ich den Drang, einzutauchen. Ich sage »Drang«, aber das ist nicht das richtige Wort. Ich hatte keinen Wunsch zu baden, so wie ich ein kaltes Bier begehrte – und ich begehrte kaltes Bier noch ebenso sehr, wie ich einen guten Witz zu schätzen wusste, vor allem jetzt, wo es so heiß war. Es war eher so, als wüsste ich, dass ich eines Tages ohnehin im Fluss baden würde und dass es daher keinen Zweck hatte, es nicht zu tun. Zögern bedeutete nur, das Unvermeidliche vor sich herzuschieben. Da der Zeitpunkt käme, wo ich im Ganges gebadet haben würde, ergab es keinen Sinn, es nicht zu tun: als wollte ich vermeiden, etwas zu tun, das ich bereits getan hatte.

Kurz nach Sonnenaufgang zog ich bei Kedar Ghat Shorts und T-Shirt aus, entkleidete mich bis auf die Unterhose. Mein ganzes Leben lang hatte ich Komplexe gehabt, weil ich so dünn war, doch umgeben vom endlosen Formenreichtum der Inder – dick wie Ganesh, dünn wie die Windhunde – fühlte ich mich eigentlich ganz wohl. Ich ging die Stufen hinunter und ins Wasser hinein. Im Verhältnis zur Luft war es überraschend kalt. Die Sonne tanzte und glitzerte auf der Oberfläche. Ich stand bis zu den

Knien im Wasser und hatte mich an die Kälte gewöhnt. Jetzt fühlte sich das Wasser recht warm an, aber abgesehen davon fühlte es sich nach gar nichts an. Ich fühlte mich nicht schmutzig, und es fühlte sich nicht heilig an, es fühlte sich einfach wie Wasser an. Ich watete etwas weiter hinaus, auf Zehenspitzen, um den Augenblick zu vermeiden, in dem das Wasser meine Eier und meinen Bauch berührte. Dann war ich bis zur Brust im Wasser. Ich konnte den Schub der Strömung spüren, aber es war nichts Verräterisches oder Gefährliches an diesem leichten Nachdruck seines Willens. Jetzt, da ich im Wasser war, wusste ich nicht, was ich tun sollte. Die Sonne brannte bereits nieder, verursachte aber keine Probleme. Es war ganz angenehm, im Wasser zu sein, so wie immer an einem sonnigen Tag. Auf beiden Seiten waren Leute, die sich wuschen, beteten oder nur dastanden. Ein paar Kinder spielten, spritzten sich gegenseitig nass, aber nicht mich. Niemand achtete auf mich. Niemand sagte »Gut gemacht« oder »Siehst du, es ist gar nicht so schmutzig, wie diese pingeligen Touristen immer behaupten«. Ich war der einzige Nicht-Inder, der einzige Westler im Wasser, aber ich wusste, auf den Stufen hinter mir waren einige, die mich beobachteten. Ich spähte zum gegenüberliegenden Ufer, zu dieser leeren Welt. Man konnte sich gut vorstellen, dass man sein gegenwärtiges Leben hinter sich ließ, wenn man dorthin schwamm.

Ich spürte, wie etwas mein Bein berührte, und warf einen Blick ins Wasser, in der Angst, es könne etwas Schreckliches sein, irgendwelche in den Fluss geleiteten Exkremente, aber es war nur ein aufgeweichter Korb mit ein paar verwelkten Blumen auf dem Boden. Das Wasser war vielleicht nicht sauber, aber es sah nicht schmutzig aus und fühlte sich auch nicht so an. Ich konnte Stimmen hören, die Stimmen der Menschen hinter und neben mir. Die aufgegangene Sonne schien mir ins Gesicht. Nachdem ich eine Weile im Fluss gestanden hatte, ging ich zurück zu den Stufen und zog T-Shirt und Shorts wieder an. Sie fühlten sich warm und sauber an, und es war auch schön, wieder Sandalen an den Füßen zu haben. Ich war mir nicht sicher, ob ich nun ein Bad genommen hatte oder ob ich eines nötig hatte, aber ich war mir sicher, dass die Inder mich jetzt anders betrachteten, dass ich einen entscheidenden Schritt dazu getan hatte, einer von ihnen zu werden. Was meine Mit-Touristen betraf, so dachten sie wahrscheinlich, dass ich bloß angab, tollkühn und dumm war, aber das, so erkannte ich jetzt, war eine Form von Angst und Neid. Wenn sie mich sahen, sahen sie eine Ablehnung ihrer eigenen Kleinmütigkeit.

Mein Husten war nicht besser geworden, aber ich hatte mich so daran gewöhnt, dass ich ihn kaum noch beachtete. Husten war einfach eine Form des Atmens, eine etwas lärmigere Lebensfunktion. Ich hatte es mir zur Gewohnheit gemacht, nach jeder Mahlzeit einen flüssigen Schiss abzusetzen. Mein Arschloch fühlte sich rot an wie das eines Affen. Da ich mich wieder hauptsächlich von Bananen ernährte, hatte ich abgenommen. Denken hatte eine seltsame Ähnlichkeit mit Kopfschmerzen. Es war unmöglich zu sagen, ob dies die verschiedenen Symptome einer einzigen Krankheit waren oder eine Koalition einzelner Leiden, die ein Bündnis gebildet hatten, um mir Schaden zuzufügen. So oder so war mein gesamtes System im Belagerungszustand – von innen. Aber ich passte mich diesen neuen Bedingungen an, gewöhnte mich an sie. Zunächst wünschte ich mir ständig, ich würde mich besser fühlen. Dann, nach einer Weile, wurde meine Vorstellung von dem, wie sich »sich besser fühlen« anfühlte, etwas verschwommen. Ich vergaß, dass es überhaupt diesen Zustand namens Wohlbefinden gab. Sich wohl fühlen war nicht mehr zu unterscheiden von sich unwohl fühlen. Wenn ich mich nur ein wenig krank fühlte, dann fühlte ich mich pudelwohl.

Es wurde täglich heißer. Das habe ich vielleicht schon gesagt, aber es wurde immer noch heißer. Die Hitze bedeutete, dass Insekten und Keime aller Art bestens dafür gerüstet waren, zu gedeihen und sich zu vermehren. Als hätte das nicht gereicht, bestanden auch gute Aussichten auf einen Sonnenstich oder Hitzeschlag. Um die Hitze zu bekämpfen, kaufte ich einen *dhoti*. Anfangs trug ich ihn nur in meinem Zimmer, übte, ihn so zu wickeln, dass meine Oberschenkel freiblieben. Dann, eines Tages, setzte ich mich damit auf die Dachterrasse, erleichtert, dass niemand anderes heraufkam. Als jemand kam – ein französisches Pärchen, das erst am Morgen eingecheckt hatte –, stellte ich überrascht fest, dass ich mich wohl fühlte, entspannt. Ich sagte *»Bonjour«* und warf ihnen ein Lächeln zu, eines dieser langsamen Halb-Guru-Lächeln, mit dem jeder, der sich eine Zeit lang hier aufgehalten hatte, Neuankömmlinge bedenken zu dürfen meint. Sie blieben nur ein paar Minuten auf der Terrasse, gerade lange genug, um zu beweisen, dass dieser dünne heilige Mann sie nicht in Verlegenheit brachte, und gingen dann in ihr Zimmer zurück, wo sie es hörbar miteinander trieben. Ich hörte die Frau sogar sagen: *»Je viens.«*

»Steck ihn rein und wackel damit rum«, dachte ich bei mir. Und dann, weil mir dieser Satz so gut gefiel, sagte ich ihn mehrmals laut: »Steck ihn rein und wackel damit rum!« Wenn ich ihn hätte übersetzen können, hätte ich ihn auf Französisch gesagt.

Ein paar Tage später wagte ich mich zu den Ghats hinaus, nur in meinen *dhoti* gekleidet. Als Teenager hatte ich mich wegen meiner dürren Beine dermaßen geschämt, dass ich in Jeans Squash spielte. Jetzt, dünner denn je, ging ich in diesem Stück Stoff hinaus, so dünn wie Gandhi. Meine Beine waren über den Knien vollständig weiß und tief gebräunt darunter. Ich sehe völlig lächerlich aus, sagte ich mir, aber nicht lächerlicher als so manch anderer hier. Was hatte es für einen Sinn, sich in einer Stadt lächerlich zu fühlen, in der man seine Hoden in einer Schubkarre herumkutschieren konnte? Lächerlichkeit, so etwas gab es nicht in Varanasi. Allein die Vorstellung war lächerlich. Ich war viel weiter draußen als irgendeiner der Rucksackreisenden. Sie hatten Dreadlocks und trugen Turbane aus Sarongs, aber niemand sah so lächerlich aus wie ich. Ich mied ihre Blicke nicht, ich sah ihnen in die Augen. Der Besitzer eines dieser Augenpaare, Micky, mit dem ich in der Lotus Lounge ein paarmal gesprochen hatte, war so sichtlich hin- und hergerissen zwischen seinem Wunsch zu fragen, was los sei, und seiner Angst, mich zu beleidigen, dass ich, um ihn von seinem Leiden zu erlösen, sagte: »Und, wie findest du's?«

»Was?«

»Das hier«, sagte ich, hob die Arme und vollführte eine kleine Drehung, als wollte ich mit einem neuen Outfit von Topshop angeben.

»Sieht gut aus«, sagte er. »Aber was soll es, na ja, bedeuten?«

»Du hast doch schon mal von *sadhus* gehört, oder?«

»Sicher.«

»Na ja, das hier ist meine Version. Ein Schad-du«, sagte ich und strahlte, während ich diesen schwächlichen kleinen Witz machte. Ich ging weiter. Ich konzentrierte mich darauf, meinen ruhenden Gesichtsausdruck neu zu ordnen. Da ich gewohnheitsmäßig missmutig dreinblickte, lächelte ich jetzt ständig, in der Hoffnung, meine Miene würde sich in diesem optimistischeren Stil fixieren.

So auszusehen – wie ein Freak, ehrlich gesagt –, hatte noch einen anderen Vorteil, denn obwohl ich die Blicke auf mich zog, wurde ich weniger häufig von Händlern und Dränglern belästigt. Wie ein potenzieller Käufer sah ich nicht gerade aus. Am Harishchandra Ghat fragte mich ein Tourist mit einem deutsch klingenden Akzent, ob er ein Foto von mir machen könne. Ich sagte: »Ja, natürlich«, und stand strahlend vor dem gelb-schwarzen Rettungsturm, der kein Rettungsturm war. Wir wechselten danach noch ein paar Worte. Er wollte meine Geschichte erfahren. Ich sagte, ich hätte keine Geschichte, und er fragte mich, wo ich herkäme.

»Wo kommst du her?«, sagte ich.

»Aus der Schweiz«, sagte er.

»Aus der Schweiz?«, sagte ich. »Dann kennst du bestimmt meine Freundin Isobel.«

Er schüttelte den Kopf.

»Mann, was hätte ich gern meinen Löffel in ihren Pudding gesteckt«, sagte ich. »Ihn reingesteckt und damit rumgewackelt! Schweiz also. Neutrale Schweiz. Ich hab mal vor dem Springbrunnen in Genf gestanden. Hab mich da fotografieren lassen, lächelnd, zusammen mit ein paar Freunden, hinter uns der Springbrunnen. Ein Establishing Shot. Ich war ein Champion. Verstehst du?«

Er nickte, aber es war eindeutig, dass er nicht verstand. Er sah mich vor ihm stehen, aber er konnte nicht sehen. Das Konzept des *darshan* sagte ihm nichts.

»Meine Geschichte ist deine Geschichte«, sagte ich. »Wenn du aus Swindon wärst, dann ist das der Ort, wo ich herkomme. Es spielt keine Rolle. Es gibt keinen Unterschied zwischen Swindon und Genf. Für mich könnten sie ebenso gut Bourton-on-the-Water sein. Warst du mal da?«

»In Bourton on Water? Ich glaube nicht.«

»Wenn du da gewesen wärst, wüsstest du es. Ein reizendes

Dorf in den Cotswolds. Als Junge war ich mit meinen Eltern dort. Es gab da einen Tea Shoppe, wo wir Teacakes aßen. Ich erinnere mich, wie das Kinn meines Vaters von der Butter glänzte. Der Tea Shoppe is jetzt wahrscheinlich eine Cappuccino-Bar. Im Wesentlichen ist es genau dasselbe wie Genf. Was mich stutzig macht. Was passiert als Erstes? Wird Varanasi wie Genf aussehen, oder wird Genf wie Varanasi werden? Wie lange wird das dauern? Oder vielleicht ist es schon passiert. Vielleicht hat jede Stadt als die andere begonnen und sie befinden sich jetzt in dem langsamen Prozess der Rückbildung. Nicht alle Geschichte spielt sich in der Vergangenheit ab. Es gibt keinen Unterschied in der Geschichte zwischen dem, was war, dem, was ist, und dem, was sein wird.«

Der Schweizer nickte.

»Ein anderes Mal sind wir nach Longleat gefahren, um die Löwen im Safaripark zu sehen. Ein sehr heißer Tag, und im Gegensatz zu den Vorschriften auf den vielen Schildern haben wir die Fenster unseres Autos – ein himmelblauer Vauxhall Victor – etwas heruntergekurbelt. Nicht mehr als ein paar Zentimeter, aber ich fing an zu weinen, weil ich mich vor den Löwen fürchtete.

Kennst du Mike Summerbee, den Fußballspieler? Er hat für Manchester City gespielt und ging auf dieselbe Grundschule wie ich. Schon damals sagte mein Vater, Fußballspieler würden zu viel Geld verdienen. Mehr als alles andere hasste mein Vater es, Geld auszugeben, also war Urlaub eine Art Folter für ihn, und deswegen zog er es vor, daheimzubleiben und unsere Einfahrt zu betonieren oder so. Und wenn wir doch in Urlaub gefahren sind, ging es nach Weston-super-Mare oder Bournemouth, aber wenn wir dort ankamen, war immer Monsun, also mussten wir ins Kino gehen. Wir sind immer nur ins Kino gegangen, wenn wir im Urlaub waren und es geregnet hat. Es hat immer geregnet, und wir haben uns immer die Filmversion unserer Lieblingsfernsehsendungen angesehen: *Steptoe and Son*, Morecambe and Wise in *That Riviera Touch*. Wir haben uns nie die großen Werke des Mediums angesehen: Antonioni, Satyajit Ray, Godard. Nicht mal *Thunderball* haben wir gesehen, aber ich muss zugeben, *Where Eagles Dare* und *The Italian Job* habe ich schon gesehen, Filme, die mich damals in meinem zarten Alter tief geprägt haben. Nicht dass du einen falschen Eindruck kriegst. Ich weiß, es ist schwer zu glauben, wenn du mich jetzt so siehst, aber zu meiner Zeit war ich ein ziemlicher Schwerenöter. Stecken. Wackeln. Apropos Bewusstseinsstrom, hast du *In der weißen Stadt* von deinem Landsmann Alain Tanner gesehen? Das ist einer der ersten Filme, die Super-8-Material verwendeten, die die merkwürdige Art und Weise ausnutzten, wie Super 8 von der Erinnerung selbst durchtränkt ist. Die Hauptrolle spielt Bruno Ganz. Im Prinzip spielt er einen Matrosen auf Landgang in Lissabon, der nicht mehr auf sein Schiff zurückgeht, der einfach dortbleibt und durch die Straßen zieht, aber für mich ist es eine Allegorie der Attraktionen von Bourton-on-the-Water, dem ewigen Dorf in den heiligen Cotswolds. Es gibt dort eine Brücke, einen Überquerungsplatz, ein *tirtha*. Es heißt, wenn man die Brücke überquert, kommt man zu einem glücksbringenden Eiswagen – *Mr. Whippee* –, der Eissandwiches und Himbeereis am Stiel verkauft. Lass Sein sein das Finale von Schein / Der Eiskremkaiser ist Kaiser allein.«

Inzwischen ließ der Schweizer verständlicherweise Anzeichen erkennen, dass er weitergehen wollte.

»Warte«, sagte ich. »Ich habe eine Frage, eine Frage zu deinem Landsmann Roger Federer. Ein großer Tennisspieler. Ein Gott, auf seine Art. Aber warum musste er in Wimbledon unbedingt diesen absurden cremefarbenen Blazer tragen? Trag niemals einen cremefarbenen Blazer zu Shorts oder einem *dhoti*. Das ist eine der elementarsten Kleidungsregeln. Also, warum hat er es getan?«

Der Schweizer sagte, er wisse es nicht. Ich war nicht überrascht. Es entzog sich jedem Versuch, es zu begreifen. Deswegen war es die Frage, die alle anderen Fragen beantworten würde.

Danach ging ich immer in meinem *dhoti* spazieren. Meine weißen Oberschenkel wurden bald so braun wie meine Waden. Ich verlor das Bewusstsein dafür, dass ich so gekleidet war. Es fühlte sich gut an, es fühlte sich natürlich an, und mir war so kühl, wie es eben möglich war in einer Umgebung, in der einem nur heiß sein konnte. Als ich an ein paar mit *bhang* vollgedröhnten Hippies vorbeiging, hörte ich einen sagen: »Hey, das ist ja Shuman the Human!« Etwas später sah ich meinen Freund, den Freund, in dessen Augen ich geblickt hatte. Ich winkte ihm zu, aber er schien mich nicht zu erkennen, vielleicht weil ich mich bis zur Unkenntlichkeit verändert hatte, obwohl ich für meine Begriffe noch erkennbar ich selbst war. Wahrscheinlicher war, dass er sich an nichts erinnerte, kein Gedächtnis hatte. Selbst Erinnerungen zu haben, war eine Form der Verbundenheit und eine Form von Verlangen. Ich persönlich hatte keine Verwendung für sie.

Apropos Erinnerungen: Ich habe vergessen zu erwähnen, dass Laline und Darrell Varanasi verließen. Sie gingen nach Rajasthan, nach Jaipur und Jaisalmer, einer Stadt in der Wüste. Sie wollten nach Jaipur oder Jodhpur fliegen, fliegen oder mit dem Zug fahren. Laline fragte, ob ich mitkommen wolle, aber ich hatte kein Bedürfnis, Varanasi zu verlassen.

»In Varanasi sein, ist überall sein«, sagte ich. »Die Stadt ist Kosmogramm und Mandala. Letztendlich ist es wahrscheinlich der am wenigsten langweilige Ort der Welt. Und, was noch wichtiger ist, die Pancakes in der Lotus Lounge zeigen keinerlei Anzeichen von Verschlechterung.«

»Wir machen uns Sorgen um dich«, sagte Laline.

»Um mich? Wie rührend, aber ich kann mir nicht vorstellen, warum. Ich fange gerade an, hier auf eigenen Füßen zu stehen.«

»Es ist nur ... Du wirkst ...«

»Was? Du willst mir doch nicht wieder vorwerfen, dass ich wie ein Affe lebe, oder? Diese Zeiten sind vorbei, versprochen. Ich überlege sogar, Sanskrit zu lernen. Dabei würdest du einen Affen wohl kaum erwischen, oder?«

»Deinen Humor hast du jedenfalls nicht verloren«, sagte sie.

»Eigentlich müsste ich mir um *dich* Sorgen machen.«

»Wieso?

»Darrell.«

»Was ist mit ihm?«

»Er ist von der CIA.«

»Von der CIA?«

»Den Verdacht hatte ich gleich bei unserer ersten Begegnung. Jetzt bin ich mir sicher.«

»Na, dann ist er eine tolle Reklame dafür«, sagte sie, offenbar unbeeindruckt.

»Ich weiß. Ich bin versucht, mich auch zu bewerben.«

»Die würden dich nicht nehmen. Du bist ein Sicherheitsrisiko.«

»Und wenn Darrell ein gutes Wort für mich einlegen würde?«

Lal lächelte und fuhr mir durchs Haar. »Dein Haar wächst nach. Es ist ganz weich. Wie bei einem Gänschen.« Das hatte sie schön gesagt.

»Weich wie ein Gänschen und geschmeidig wie ein Otter«, sagte ich. »Das wird von nun an mein Motto sein.« Wir machten Anstalten, uns zum Abschied zu umarmen.

»Autsch!« Ich hatte ihr auf den Fuß getreten.

»Verzeihung«, sagte ich. »Ich bin so tolpatschig.«

»Schon in Ordnung.«

Darrell und ich umarmten uns auch. Ich trat ihm nicht auf den Fuß, er strich mir nicht übers Haar oder sagte, dass es so weich sei wie bei einem Gänschen. Aber ich sagte ihm, dass Laline sich jetzt, da sie ein Paar waren, eigentlich vereiern sollte. Weil sie gingen, machte ich ein Foto von beiden zusammen, auf der Terrasse des Ganges View. Sie nahmen ihre Sonnenbrillen ab und standen lächelnd da, die Arme umeinandergelegt. Vögel jagten vorbei. Es war ein gutes Bild und zugleich ein ganz normales. Im Hintergrund floss der große Fluss, reglos, riesig. Sie waren meine Freunde. Ich war traurig, dass sie fortgingen, aber es war mir auch gleichgültig. Wie alle anderen waren auch sie nur auf der Durchreise, einfach Gäste. Dasselbe galt für mich. Obwohl ich noch hier war, keine Pläne hatte, irgendwo anders hinzugehen, war ich ein Gast, nur auf der Durchreise, weich wie ein Gänschen, geschmeidig wie ein Otter.

Ich badete jeden Morgen im Ganges, der immer auf der Durchreise war und doch blieb, wo er war. An manchen Tagen schwamm ich sogar darin, nicht weit, nur ein paar Züge. Ich achtete darauf, kein Flusswasser zu schlucken, aber es war unvermeidlich, dass ich ein paar Spritzer in den Mund bekam. Eines Morgens sah ich die Delphine, die angeblich im Fluss lebten. Zwei von ihnen, schwarz und geschmeidig in ihren nassen Anzügen, tauchten immer wieder auf und ab und lächelten breit dabei. Es schien schwer zu glauben, dass sie wirklich existierten, aber die Tatsache, dass sie existierten, verrät uns etwas, über Delphine und den Ganges und Existenz im Allgemeinen. Es verrät uns, dass es Delphine im Ganges gibt, und wenn es hier Delphine gibt, dann kann es hier auch andere Tiere geben, Otter zum Beispiel, und nicht nur hier, sondern auch in anderen Flüssen, und auch nicht nur in Flüssen.

»Ich reise durch, ich bleibe hier«, sang ich vor mich hin. »Ich reise hier, ich bleibe durch.«

Bei meinem ersten Bad war ich zögernd ins Wasser gestiegen. Jetzt sprang ich von den Ghats aus hinein. »Hineinspringen« klingt viel spektakulärer, als es tatsächlich war. Es war eher so, dass ich mich einfach vorbeugte, mich auf nichts stützte und losließ, auch als Bauchplatscher bekannt. Die Sonne war so stark, dass ich wenige Sekunden nachdem ich aus dem Wasser geklettert war, schon wieder trocken war. Danach ging ich zur Lotus Lounge, um meinen Zitrone-und-Zucker-Pancake zu essen, oder kehrte ins Hotel zurück und ging meinen nicht vorhandenen Geschäften nach. Ich ging vielleicht langsam, aber ich wurde mit allem fertig. Alles schien möglich. Es hätte mich nicht überrascht zu erfahren, dass ich Varanasi verlassen hatte und jetzt ein Kriegsverbrecher war, der in den 1950ern in Buenos Aires gelebt hatte. Wenn sich herausgestellt hätte, dass ich zu Hause auf meinem Sofa saß und mir einen Dokumentarfilm über Varanasi ansah oder ein Videospiel spielte, das *Varanasi Death Trip* hieß, hätte das meine Einschätzung der Situation nicht beeinflusst, weil meine Situation sich nicht wesentlich geändert hätte. Als mir jemand sagte, ich sei in den Siebzigern mit ihm zusammen in Charterhouse gewesen, zuckte ich nicht mit der Wimper, obwohl ich nichts weiter über Charterhouse wusste, als dass es eine Privatschule war und dass Peter Hammill oder vielleicht auch Peter Gabriel dort zur Schule gegangen war. Wäre jemand auf mich zugekommen und hätte gesagt, er habe keine Ahnung, wer ich sei oder wovon ich rede, hätte ich ihm zugestimmt und gesagt: »Ich auch nicht.« Das ist mir übrigens wirklich irgendwann passiert, das – oder etwas in der Art – hat tatsächlich mal jemand gesagt, doch derjenige, der es sagte, war Ashwin. Er war aus Hampi zurück, vermutlich von Isobel sitzen gelassen worden und hatte, obwohl es viel länger als erwartet gedauert hatte, endlich den Nervenzusammenbruch bekommen, für den ihn all die überbordende Liebe prädisponiert hatte, der arme Kerl. Ich konnte nichts weiter für ihn tun, als ihm meinen Segen und ein paar Rupien zu geben.

Die Zeit verging oder vielleicht auch nicht. Alle Zeit ist hier, in Varanasi, also kann die Zeit vielleicht gar nicht vergehen. Leute kommen und gehen, aber die Zeit bleibt. Die Zeit ist kein Gast. Die Tage jedoch vergingen, und schließlich kam der Tag, der Tag der Tage, der glücksbringendste aller Tage. Bei Kedar Ghat kam ein Känguru vorbeigehüpft. Es erregte ziemliche Aufmerksamkeit, wie man sich vorstellen kann, doch es wurde sofort auf die gastfreundliche Art der Hindus willkommen geheißen und in den Pantheon interessanter Ereignisse eingegliedert. Statt Verwunderung war da eher eine Haltung zu spüren wie: »Ach, warum eigentlich *kein* Känguru?« Menschen warfen leuchtende Blumen als Gruß, berührten seine großen Füße, drapierten eine Ringelblumengirlande um seine viktorianischen Hängeschultern. Ein *tilak* aus Sandelholzpaste wurde ihm auf die Stirn gesetzt. Das Känguru legte die Pfoten aneinander und machte eine leichte Verbeugung, die annähernd wie ein *anjali*-Gruß aussah. Es sei ein nettes, ruhiges Känguru, sagten alle, dankbar für die Aufmerksamkeit und die Gesellschaft. Überhaupt nicht aggressiv, nicht wie jenes, das Darrell in seinem Traum angefallen hatte. Ich sage »sagten alle«, weil ich das Känguru nicht sehen konnte. Ich war nämlich in seinem Beutel, spähte hinaus, weich wie ein Gänschen, geschmeidig wie ein Otter, war auf der Durchreise und blieb doch, wo ich war. Ich sah, was ich sah, nicht was die Leute sahen, die es anschauten. Was ich sah, waren die Menschen, die es sahen. Als das Känguru am Flussufer ankam, sah ich das schwere Wasser des Ganga, das sich düster und brütend vorbeischob. Die Leute dachten, das Känguru wolle in den Ganges springen, aber es schien zu zögern. Wahrscheinlich hatte es im *Rough Guide* gelesen, wie schmutzig das Wasser sei. Es stand einfach da, direkt am Ufer, und hielt sich mit seinem Schwanz im Gleichgewicht. Der Name »Ganoona« wurde gesungen. Die vielen Namen Ganoonas wurden intoniert, aber es gab nur einen Namen, und dieser Name war Ganoona. Ich hörte ihn überall um mich herum, er kam von den Menschen, er kam vom Fluss, und er kam von mir. Den Namen Ganoona zu hören und den Namen Ganoona auszusprechen, war dasselbe. Wer den Namen hörte, sprach den Namen aus, und wer den Namen aussprach, antwortete auf den Namen, und dieser Name war Ganoona. Ganoona sah vielleicht wie ein Känguru aus, aber in gewisser Weise war Ganoona mehr Otter als Känguru. Im Gegensatz zum Känguru hatte Ganoona bezüglich des Ganges keinerlei Bedenken. Das war der Otter in ihm. Es war leicht, über den warmen Rand des Beutels zu klettern wie über eine niedrige Mauer, den Ganoona-Gesang zu hören, sich vorzubeugen, sich nirgends abzustützen und loszulassen.

»Was hier ist, ist auch dort, und was dort ist, ist auch hier.«

Katha-Upanishad